图书在版编目（CIP）数据

浮躁/贾平凹著. —桂林：漓江出版社，2013.4（2017.3重印）

（原本贾平凹·长篇小说系列）

ISBN 978-7-5407-6500-2

Ⅰ.①浮… Ⅱ.①贾… Ⅲ.①长篇小说—中国—当代

Ⅳ.①I247.5

中国版本图书馆CIP数据核字（2013）第084344号

FUZAO

浮躁

作　　者　贾平凹
策　　划　石绍康　刘景琳
责任编辑　张　谦　谢青芸
责任监印　杨　东

出 版 人　刘迪才
出版发行　漓江出版社
社　　址　广西桂林市南环路22号
邮　　编　541002
发行电话　0773-2583322　010-85893190
传　　真　0773-2582200　010-85890870-814
网　　址　http://www.lijiangbook.com
印　　制　北京大运河印刷有限责任公司
开　　本　720mm×1000mm　1/16
印　　张　18.5
字　　数　350千字
版　　次　2013年4月第1版
印　　次　2017年3月第3次印刷
书　　号　ISBN 978-7-5407-6500-2
定　　价　35.00元

出版说明

“原本贾平凹”系插配原始手稿的贾平凹代表作品的选本。“原本”不是通常意义的“全本”，也不是“未删节本”的概念，它是采用部分原始的手稿与现在的成书相应映衬，让读者能够在参照中读出文学创作的原生态即文学创作最初的萌动与直觉，领略作者语言艺术的锤炼技巧，还可以在手稿的字里行间感受作者书法艺术的气韵流动、触处生春的一种特别的版本形态。

于当今文坛、书苑，贾平凹可谓两栖圣手，但现有已付梓的文本让我们只是看到经典文本的结果，而看不到经典文本具体形成的过程——“原本”则让我们既看到结果还能看到这个结果孕育的过程。原始手稿是粗糙的模糊的，原始手稿与现在的成书也不完全对应契合，但原始手稿是经典作品的胚胎和温床，手稿里的涂改增删潜藏着作者内宇宙的丘壑万千、波诡云谲。

慢慢走，欣赏啊。

序言之一

这仍然是一本关于商州的书，但是我要特别声明：在这里所写到的商州，它已经不是地图上所标志的那一块行政区域划分的商州了，它是我虚构的商州，是我作为一个载体的商州，是我心中的商州。而我之所以还要沿用这两个字，那是我太爱我的故乡的缘故罢了。

我是太不愿意再听到有关对号入座的闲话。

在这本书里，我仅写了一条河上的故事，这条河我叫它州河。于我的设计中，商州是应该有这么一条河的，且这河又是商州唯一的大河。商州人称什么大的东西，总是喜欢以州来概括的，他们说"走州过县"，那就指闯荡了许多大的世界，大凡能直接通往州里的大路，还一律称之为"官道"，一座州城简直是满天下的最辉煌的中心圣地。

现在已经有许多人到商州去旅行考察，他们所带的指南是我以往的一些小说，却往往乘兴而去败兴而归，责骂我的欺骗。这全是心之不同而目之色异的范围，然我是没有道理的。我说现在州河号然也是不真实的，但商州的河流多却是任何来人皆可体验的。这些河流几乎都发源于秦岭，后来却归于长江，但它们明显地不类同北方的河，亦不是所谓的南方的河。古怪得不可捉摸，清明而又性情暴戾，四月五月冬月腊月枯时几乎断流，春秋二季了，却满河满沿不可一世，流速极紧，非一般人之见识和想象。若不枯不发之期，粗看似乎并无奇处，但其流道从不蹈一，走十里滚靠北岸，走十里倒贴南岸，故商州的河河涯皆宽，"三十年河东，三十年河西"的成语在这里已经简化为一个符号"S"代替，阴阳师这的用，村里野腔妇孺孩尚小儿也这的用。

因此，我的这条州河便是一条我认为全中国的最浮躁不安的河。

浮躁当然不是州河的美德，但它是州河不同于别河的特点，这如同它翻洞过峡吼声价天喜欢悲壮声势一样，只说明它还太年轻，了实也正如此，州河毕竟是这条河流经商州地区的上段上游，它还要流过几个省，走上千里上万里的路往长江去，往大海去。它的前途是越走越深沉，越走越有力量的。

对于州河，我们不需要作过分的赞美，同时亦不需要作刻薄的指责，它经过了商州地区，是必由之路，更可贵的是它能奔流得无拘无束，流得随心所欲，以自己的存在流，以自己的经验流。

××年前，孔子说：逝者如斯夫。我总疑心，这先生是在作州河考。

1986年6月 平凹谨于五味什字巷

序言之一

这仍然是一本关于商州的书，但是我要特别声明：在这里所写到的商州，它已经不是地图上所标志的那一块行政区域划分的商州了，它是我虚构的商州，是我作为一个载体的商州，是我心中的商州。而我之所以还要沿用这两个字，那是我太爱我的故乡的缘故罢了。

我是太不愿意再听到有关对号入座的闲话。

在这本书里，我仅写了一条河上的故事，这条河我叫它州河。于我的设计中，商州是应该有这么一条河的，且这河又是商州唯一的大河。商州人称什么大的东西，总是喜欢以州来概括。他们说“走州过县”，那就指闯荡了许多大的世界，大凡能直接通往州里的公路，还一律称之为“官道”，一座州城简直是满天下的最辉煌的中心圣地。

现在已经有许多人到商州去旅行考察，他们所带的指南是我以往的一些小说，却往往乘兴而去败兴而归，责骂我的欺骗。这全是心之不同而目之色异的原因，怨我是没有道理的。就说现在的州河虽然也是不真实的，但商州的河流多却是任何来人皆可体验的。这些河流几乎都发源于秦岭，后来都归于长江，但它们明显地不类同北方的河，亦不是所谓南方的河。古怪得不可捉摸，清明而又性情暴戾，四月五月冬月腊月枯时几乎断流，夏秋二季了，却满河满沿不可一世，流速极紧，非一般人之见识和想象。若不枯不发之期，粗看似乎并无奇处，但主流道从不蹈一，走十里滚靠北岸，走十里倒贴南岸，故商州的河滩皆宽，“三十年河东，三十年河西”的成语在这里已经简化为一个符号“S”代替，阴阳师这么用，村里野叟妇孺没齿小儿也这么用。

因此，我的这条州河便是一条我认为全中国的最浮躁不安的河。

浮躁当然不是州河的美德，但它是州河不同于别河的特点，这如同它翻洞过峡吼声价天喜欢悲壮声势一样，只说明它还太年轻，事实也正如此，州河毕竟是这条河流经商州地面的一段上游，它还要流过几个省，走上千里上万里的路往长江去，往大海去。它的前途是越走越深沉，越走越有力量的。

对于州河，我们不需要作过分的赞美，同时亦不需要作刻薄的指责，它经过了商州地面，是必由之路，更看好的是它现在流得无拘无束，流得随心所欲，以自己的存在流，以自己的经验流。

××年前，孔子说：逝者如斯夫。我总疑心，这先生是在作州河考。

1986年6月平凹识于五味什字巷

一位书法家曾经对我评述过他的书法：他力图追求一种简洁的风格，但他现在却只得拘泥过去旧行书名家，少用减法之前而大用加法。

我写作也是如此，必须先写完这部作品了，因为我的技巧意识太差，生活底子不足，技巧更是生涩，我必须先跳出别人的羽翼，正在这条路上已有成百上千的优秀作家和相当了不起的作品排列在我之前。于是，我认真来写这部作品，它调使它更多混杂，更加芜杂，以总结我以前的创作，但更有一层意义是有意在这一个作品里留我的缺点和体我的笔，抑制在写下一部时的那种心态清淡，正是古典文学家作家的思路，而冲和宽缓。

可以说，我在完成这个作品的同时也就否定了我。

我之所以要写这些话，作出一种不伦不类的可怜又可笑的说明，因为我真有一种预感，自信我下一部作品可能会写好，可能会绝不再是这个作品的模样了。一个时代有一个时代的作品，我应该[redacted]而努力。现在不是产生绝对权威的时候，政治上不可能再出现毛泽东，文学上也不可能再会有托尔斯泰了。中西文化深层结构都在发生着巨大的裂变，各种思潮令人振奋又令人痛苦的裂变过程，我觉得这里面相当有活力，尤其作为我欣赏这样一段话：艺术家的最高目标在于表现他对人间宇宙的态度，发掘最动人的情趣，在存在之上建构他的意象世界。硬的和谐，苦涩的美感，艺术诞生于约束，死于自由。

但我还是衷心希望我的读者能尽情地先读完这部作品。[redacted] 按台州[redacted]的风俗，人生到了三十六是一个大关，庆贺仪式犹如新生儿一般，[redacted]庆贺[redacted]三十六岁却并不是三十六那年而在三十五岁生日的那天。明年我将是"新生"了，所以我希望我的读者与一个将要过去的我亲吻后而告别，等待着我的再见。

阿弥陀佛！

1986年7月平心说于

彭奎村

序言之二

下面的这段话原本是我作为跋的，现在却拉到前边来作又一个序，所以读者是可以先跳过去不看的。

老实说，这部作品我写了好长时间，先作废过十五万字，后又翻来覆去过三四遍，它让我吃了许多苦，倾注了我许多心血，我曾写到中卷的时候不止一次地窃笑：写《浮躁》，作者亦浮躁呀！但也就在写作的过程中，我由朦朦胧胧而渐渐清晰地悟到这一部作品将是我三十四岁之前的最大一部也是最后一部作品了，我再也不可能还要以这种框架来构写我的作品了。换句话说，这种流行的似乎严格的写实方法对我来讲将有些不那么适宜，甚至大有了那么一种束缚。

一位画家曾经对我评述过他自己的画：他力图追求一种简洁的风格，但他现在却必须将画面搞得很繁很实，在用减法之前而大用加法。我恐怕也是如此，必须先写完这部作品了，因为我的哲学意识太差，生活底气不足，技巧更是生涩，我必要先踏着别人的路子走，虽然这条路上已有成百上千的优秀作家将其了不起的作品放在了我的面前。于是，我是认真来写这部作品的，企图使它更多混茫，更多蕴藉，以总结我以前的创作，且更有一层意义是有意识在这一部作品里修我的性和练我的笔，扼制在写到一半时之所以心态浮躁正是想当文学家这个作祟的鬼欲望，而冲和、宽缓。可以说，我在战胜这部作品的同时也战胜了我。

我之所以要写这些话，作出一种不伦不类的可怜又近乎可耻的说明，因为我真有一种预感，自信我下一部作品可能会写好，可能全然不再是这部作品的模样。一个时代有一个时代的作品，我应该为其而努力。现在不是产生绝对权威的时候，政治上不可能再出现毛泽东，文学上也不可能再会有托尔斯泰了。中西的文化深层结构都在发生着各自的裂变，怎样写这个令人振奋又令人痛苦的裂变过程，我觉得这其中极有魅力，尤其作为中国的作家怎样把握自己民族文化的裂变，又如何在形式上不以西方人的那种焦点透视法而运用中国画的散点透视法来进行，那将是多有趣的试验！有趣才诱人着迷，劳作而心态平和，这才使我大了胆子想很快结束这部作品的工作去干一种自感受活的事。

我欣赏这样一段话：艺术家最高的目标在于表现他对人间宇宙的感应，发掘最动人的情趣，在存在之上建构他的意象世界。硬的和谐，苦涩的美感，艺术诞生于约束，死于自由。

但我还是衷心希望我的读者能热情地先读完这部作品。按商州人的风俗，人生到了三十六岁是一个大关，庆贺仪式犹如新生儿一般，而庆贺三十六岁却并不是在三十六岁那年而在三十五岁生日的那天。明年我将要“新生”了，所以我更企望我的读者与一个将要过去的我亲吻后而告别，等待着我的再见。

阿弥陀佛啊！

1986年7月平凹识于静虚村

上卷

1

州河流至两岔镇，两岸多山，山曲水亦曲，曲到极处，便窝出了一块不大不小的盆地。镇街在河的北岸，长虫的尻子，没深没浅的，长，且七折八折全乱了规矩。屋舍皆高瘦，却讲究黑漆门面，吊两柄铁打的门环，二道接檐，滚槽瓦当，脊顶耸起白灰勾勒而两角斜斜飞翘，俨然是翼于水上的形势。沿山的那面街房，后墙就蹬在石坎上，低于前墙一丈两丈，甚至就没有了墙，门是嵌在石壁上凿穴而居的，那铁爪草、爬壁藤就缘门脑繁衍，如同雕饰。山崖的某一处，清水沁出，聚坑为潭，镇民们就以打通节关的长竹接流，直穿墙到达锅上，用时将竹竿向里捅捅，不用则抽抽，是山地用自来水最早的地方。背河的这面街房，却故意不连贯，三家五家了隔有一巷，黑幽幽的，将一阶石级直垂河边，日里月里水的波光闪现其上，恍惚间如是铁的环链。在街上走，州河就时显时断，景随步移，如看连环画一样使任何生人来这里都留下无限的新鲜。漫不经心地从一个小巷透视，便显而易见河南岸的不静岗。岗上有寺塔，不可无一，不可有二，直上而成高，三户五户人家错落左右，每一户人家左是一片竹林，右是苍榆，门前有粗壮的木头栽起的篱笆，篱笆上生就无数的木耳，家来宾客了，便用铲子随铲随洗入锅煎炒，屋后则是层层叠叠的墓堆，白灰搪着墓楼，日影里白得生硬，这便是这户人家的列宗列祖了。岗下是一条沟，涌着竹、柳、杨、榆、青桐、梧桐的绿，深而叵测，神秘得你不知道那里边的世界。但看得见绿阴之中，浮现着隐约的屋顶，是三角的是长方的是斜面的是一组不规不则的几何图形。鸡犬在其间鸣叫，炊烟在那里细长，这就是仙游川，州河上下最大的一处村落。但它的出口却小得出奇，相对的两个石崖，夹出一个石台，直上直下，挂一帘水，终日里风扯得匀匀的，你说是纱也好，你说是雾也好，总是亮亮的，白！州河上的阴阳师戴着一副石头镜揣着一个罗盘，踏勘了方圆百十里地面，后来曾说：仙游川沟口两个石崖，左是青龙，右是白虎，中间石台为门槛；本来是出天子的地方，只可惜处在河南不在河北，若在河北面南那就是“圣地”无疑了。阴阳师的学说或许是对的或许是不对，但仙游川的不同凡响，却是每一个人能感觉到的，他们崇拜着沟口的两个石崖，谁也不敢动那上面的一草一石，以致野枣刺也长得粗若一握了。静夜子时，墨气沉重，远远的沟脑处的巫岭主峰似乎一直移压河面，流水也黏糊一片，那两个石崖之间的石台上就要常出现两团红光。这是灯笼，忽高忽低往复游动如磷火，前呼一声“回来了——”后应一声“回来了——”招领魂魄，乞求幸运，声声森然可惧。接着就是狗咬，声巨如豹的，彼起此伏，久而不息。这其实不是狗咬，是山上的一种鸟叫；州河上下千百里，这鸟叫“看山狗”，别的地方没有，单这儿有，便被视若熊猫一样珍贵又比熊猫神圣，作各种图案画在门脑上、屋脊上、“天地神君亲”牌位的左右。

一听见“看山狗”叫，河畔的白腊蒿丛里就横出一条船。韩文举醉卧着，看见岸上歪过来的一株柳上，一瓣黄月朦胧，柳枝上的两只斑鸠似睡未睡亦在蒙眬。那双手就窸窣而动，咣啷啷在船板上将六枚铜钱一溜儿撒开；火柴划亮，三枚“宝通”朝上。恰火柴又灭了，又划一根，翻开的是一本线装古书，烂得没头没尾；寻一页看了，脑袋放沉，酒臭气中咕哝一句：“今年又要旱了！”

旱是这里特点。天底下的事就是这般怪：天有阴有晴，月有盈有亏，偏不给你囫囵囵的万事圆满；两岔镇方圆的人守着州河万斛的水，多少年里田地总是旱。夏天里，眼瞧着巫岭云没其顶，太阳仍是个火刺猬，蜇得天红地赤，人看一眼眼也被蜇疼；十多里外的别的地方都下得汪汪稀汤了，这里就是瞪白眼，“白雨隔犁沟”，就把两岔镇隔得绝情！

不静岗的寺里少不得有了给神灯送油的人，送得多，灯碗里点不了，和尚就拿去炒菜，吃得平日吐口唾沫也有油花。间或这和尚也到船上来，和韩文举喝酒，喝到醉时竟一脸高古，满身神态，口诵谁也听不懂的经文，爬至河边一巨石尖上枯坐如木，一夜保持平衡未有坠下。

这一晚韩文举在船上又喝了酒，于“看山狗”叫声中醒来观了天象，卜了钱卦，知道天还要旱，遂昏昏又复醉去，恍惚间却见一老人冉冉而至，身长五尺，须鬓苍苍，腰系松宽皂绦，手执曲木之杖。便大惊，问其何人？那老人回答：“吾上通天机，下察地理，管人间寿命长短，富贵贫穷，若有人诵经念佛，获福无量，若是不信，病疾死亡，官灾牢狱，盗贼相侵，六畜损伤，宅舍不宁，迷梦颠倒，所求不遂，财帛耗散，鬼魅妖精，四处作祟……”韩文举顿时匍匐在下，叫道：“你是土地神老？！”那老人却倏然而逝。韩文举也随之酒醒，想起村人多在寺里烧香送油，却一直冷落了仙游川村后的那座小土地庙，土地神于是来提醒他吗？便爬起来弃船而去，直脚到了不静岗上的画匠家，他要嘱咐画匠明日一早就粉饰土地庙。但是，画匠已经睡下了，他手才触到黑漆大门的门环时，突然酒劲又复作，浑身稀软如泥，倒在台阶之上，昏沉直到天明。

土地庙复修起来，与不静岗寺里一样香火红盛，且韩文举一朋人又差不多用墨针在胸前饰了“看山狗”山鸟的图形，两岔镇的旱情依然没有根治，一年一年，越发贫穷，镇上好几家到了年纪的女子就外嫁给远远的外地了，发誓不给这地方的某男人做老婆过糟心光景。

两岔镇的穷在商州出了名，但谁也得说这地方好风水，因为这里的两个大姓巩家和田家，都产生了极有头有脸的人物就是明证，而转入贫穷，也全由于这些大门大户的昭著人物吸收了精光元气所致罢了。

先是四十年代，田家是船工，几辈子人在州河混饭，一年遭国民党抓丁，围住了白石寨渡口的船，枪子儿蝗虫也似的飞，田家老七鬼精灵，跳下船口噙一节芦苇管呼吸，泅水到下游白腊蒿丛里逃走了，老六则被五花大绑抓去，一去三年，生死不明。第四年，老六突然回转，身份却是陕北共产党派回商州的联络员，他说他是在抓丁路上逃跑到陕北去的。这位共产党员，一回到仙游川就秘密组织一帮船工搞武装。这是一伙活不下去的人，活不下去了就造反，于是，一个没星没月的三十夜里摸到白石寨，将保安队长侯三虎砸死在州河滩上，从此闹得声威大震。这时期，巫岭上有一古堡，落草了一支土匪，山大王就是巩宝山，少年英武，气盛而善谋略。巩家世代为猎，备受两岔镇镇长欺辱，一把火烧了镇长家院上的山。山上古堡坚实，持二十三杆“汉阳造”，也守得固若金汤。田老六几次想收归巩宝山一块革命，巩宝山却是不肯，怕被吞并，只求落得自由自在。后，红军 ×××× 军由南北上，途经白石寨，才派人上山说转了巩宝山，待到红军 ×××× 军开走，带去了州河上田家小部分人，大部分和巩家合成一支游击队，田老六做了队长，田老七和巩宝山做了两个支队长。这支游击队作战勇敢，以两岔镇为据点，沿州河向白石寨向州城进攻，每到一村就杀地主铲恶霸，一擦黑偷袭炮楼，天明扛回七个八个草捆，草捆里是盒子枪，草捆里还有富人的银元和血淋淋的脑袋。革命红火，州河的船上就有人唱一首歌：“柳叶子长，竹叶子青，杀进商州城，一人领一个女学生。”结果，又一次攻打州城时，遭遇了一场恶仗，直打得黑天昏地，田老六就战死了，商州保安司令部发泄仇恨，将人头悬在州城门楼，游击队的势力自此也减了。解放后，田老七任了白石寨兵役局长，巩宝山任了白石寨县委书记，田、巩两家内亲外戚，三朋四友，凡一块背过枪的都大小做了国家事。仙游川遂成了闻名的干部村。

讲起这段历史，州河岸上的人就最早论起仙游川的风水，那时自然还未产生阴阳师的“出天子”的“圣地”之说，但仍考证说此村背靠巫岭，巫岭突兀巉峻，必是出武人之地。村前沟口的两个石崖属巫岭伸展过来的余脉，又呈怀抱状，这是武人群起之势。面临州河，河水不是直冲而来，缓缓的，曲出这般一个环湾，水便是“银水”，不犯煞而盈益。且河对岸两岔镇依山而筑，势如屏风，不漏不泄，大涵真元，活该干部在这村子聚了窝儿了！但是，仙游川有十个姓氏，同是一村风水，偏偏只荫福了田家、巩家？有人就说人家的祖坟好：田老七的娘死时，家贫如洗，兄弟俩用草席卷了，抬着往后山掘坑埋，行至半坡，席卷葛条断了，就势在那里掘坑下葬，偏这地方恰是风水的正穴。而巩家的老祖也是在山上打猎，正于一土崖下歇息，忽然崖崩，死于其下，巩家亦是贫寒，并未挖寻，只在崩崖下焚化了一堆麻纸罢了。于是，后有许多人，将父母的遗体背上从巫岭出发，循脉向寻找“龙居”。各家都在寻，各家寻的地点不一，但终没有后辈出什么了不得的角色，父袭爷职，儿袭父职，只是世代农民，鞭杆戳牛的屁子，恨天，怨地，巩家、田家人骂不得，倒日娘捣老子的把牛骂得有板有眼。

五十年代，这里便出了个小子金狗。

金狗，不静岗的土著，在州河里独立撑排时十六岁，将三张排用葛条连了过青泥涡滩漂忽如蛟龙。其祖天彪，清末白石寨船帮会馆主，因与朝廷驻寨厘金局作对，被五马分尸在两岔镇。自此代代不在州河弄船。金狗母身孕时，在州河板桥上淘米，传说被水鬼拉入水中，村人闻讯赶来，母已死，米筛里有一婴儿，随母尸在桥墩下回水区漂浮，人将婴儿捞起，母尸沉，打捞四十里未见踪影。

金狗生世奇特，其父以为有鬼祟，欲送寺里做佛徒，一生赎罪修行。韩文举跑来，察看婴儿前胸有一青痣，形如他胸前墨针的“看山狗”图案，遂大叫此生命是“看山狗”所变，自有抗邪之气，不必送到寺里，又提议孩子起名一定要用“狗”字。结果查阅家谱，这一辈是金字号，便从此叫了金狗。

金狗自幼水性好，每与村中孩子在河边玩水，能从两丈高的河崖上往下跳。不静岗人家少，姓杂，弄不起一条船，连小鳅子船也没有。金狗就到仙游川村渡口上混，赖在韩文举的船上一边替人家刮芋头皮，一边缠着要随人家闯荆紫关，被人臭骂，一篙打落水中。金狗在水中半时不露头，韩文举慌了，叫道：“不好了，这孩子要淹死了！”七八个汉子跳下河去摸。斜对岸的水里就冒出金狗，嬉皮笑脸锐叫：“我在这儿！”仙游川的人以为奇，再不敢小觑他。后来，韩文举要带他行船荆紫关，人已经坐在鸭稍船舱里了，金狗爹跑来用腰带缚了他的双手拉走。金狗爹个矮，是个画匠，为人忠厚，对儿子却严肃。当时正在仙游川田家祠堂的大梁上画《王祥卧冰》，闻知金狗走州河，将田家族长送他的一瓶烧酒提给韩文举，拱拱手，道一番谢意，金狗就再没能在船上生活。自后，被爹一双眼睛盯死，只好帮爹研墨，调朱砂，合金粉，竟也慢慢学会蓝土合缝，白粉勾线，涂云笔，描万字纹，连“看山狗”鸟的图案也能画了。

田家的祠堂修得堂皇，田家的人越来越繁，分家立户，盖大院房子。金狗父子也就有了营生。脚手架上，爹是一个四脚虫，骑在椽上，双脚交叉，努力着平衡，画笔就吸饱各色颜料，画一笔，在嘴上备备，再画一笔，再备备，嘴唇上便滑稽可笑，吐一口唾沫也五颜六色。金狗在架下配料，配一碗了，就攀梯子送上去。田家的人在一旁说：“金狗，你知道‘四脏’吗？”

金狗说：“四欢我知道：‘风中旗，浪里鱼，十八岁的女子叫槽驴！’四脏不晓得。”

田家人说：“我告诉你：‘秃子头，连疮腿，婆娘 ×，画匠嘴！’”

金狗一声恨叫，将颜料碗从梯子上摔在墙上。这一惊，矮子画匠从架上掉下来，从此落个左腿瘸跛，身子越发短矮，任何路面都走着高低不平。

金狗再不跟爹去画画，一个人赌气到渡口上玩。渡口上有州河水，活活地流；有韩文举，自斟自饮喝醉了还让金狗喝；有韩文举的侄女小水，和他争辩太阳落河时是一个太阳呢，还是一个太阳变成两个太阳？爹喊他也喊不回。这一年腊月三十夜，天上没有月亮，田家、巩家的花门楼上，家家都挂竹筐般两个红灯笼，光亮就印在河面，拉得长长的。金狗和小水坐在渡船上，挺眼馋。小水说：“瞧人家的灯最大！”金狗说：“那大什么，我要点比他们大的灯！”回家偷了爹买回的贴窗纸，糊了一顶大烟灯，拿在田家、巩家门口放。烟灯升天，果然明亮，就大呼小叫与人家孩子比灯大灯高。矮子画匠听见了，过来不要他狂，他偏更锐声喊，爹就打了他一个耳光。这一耳光金狗就给爹记下了，不理爹，恨爹，夜里跑到渡船上，要与韩文举和小水睡一个被窝。大年初一早晨回家，爹拿出一角磕头钱给他，他不要也不给爹磕头。

“文革”二年，州河岸不平静。黑天白日，从省城、州城来的人到白石寨，白石寨的人又来仙游川，又去公社所在的两岔镇，后来文攻武卫，互相残杀，乱得像闹土匪。砸屋脊上的五禽六兽，批各阶层的牛鬼蛇神。金狗爹已不能再做手艺，金狗也从中学辍课回来，父子俩惊惊惶惶在家过日子。爹最担心金狗，怕他惹事，掩了门说：“金狗，世道乱了，咱不能惹了外人，也别让外人惹了咱。人家这个观点，那个观点，咱什么观点都不是。”

金狗歪着头，虎虎地望着爹说：“毛主席说：‘没有正确的政治观点，就等于没有灵魂。’我听谁的？”

爹说：“听我的，我是你爹！”

金狗说：“那不听毛主席的？”

爹吓得脸色煞白，开门在外望了一回，反身将金狗压在炕沿上一顿饱打。这一顿打得厉害，金狗再不敢多言多语。夏季遭了大旱，坡地没收，河畔的水稻又逢了虫害，秋后父子就日日上山，挑野菜，挖老鸦蒜水拔了毒吃。人活得万般凄惶。

一日，久旱落雨，州河发了黄汤洪水，沿岸的人都去河里捞浮柴，捞上游山里冲下来的南瓜、萝卜，金狗怂恿着爹也去捞。父子俩到了河边，人都占了有利地势，金狗说：“爹，咱到锥子岩下去！”锥子岩在仙游川下三里地，岩头突出，下临回水潭，不涨水时也深到两丈，幽幽漆黑。此时吃水线上升了六尺，白沫堆起一尺余厚，果然好多柴草、树枝浮在那里。矮子画匠连连摆手不让下水，金狗已剥了衣服，一丝不挂，抓污泥涂了下身，冲一泡热尿，接住喝了一口，掬两把搓揉在肚皮上，爹一把没拉住，早溜下水去。将一堆枯柴拉到岩下，又去拖一根栲木树桩，恰当时岩上正过一支队伍。

队伍是武斗的，从两岔镇来，皆拿有铁棍榔头，凶神恶煞得吓人。画匠在岩下远远瞄见，浑身打抖，急呼金狗过来，两人匿身岩下石缝，不敢弄出响动。队伍站至岩头，影子落在水面，恍惚如鬼，议论起回水潭的深浅。一个说："这狗日的拉到白石寨也不会老实交待，就让他带花岗岩脑袋见上帝去吧！"一个就说："别浪费了一颗子弹！"接着就骂起来，似乎又动了手脚，乱七八糟里，有一种凄惨的呻吟。后来有人呼叫队长，说："昨日夜里在西线打了一夜，咱那边死了三个战友。他们能杀咱一个，咱就敢杀他两个，把这狗日的处治了吧！"被问的人说："你们看着办吧。拉远一些，别让仙游川田家的人看见了。"几个声音回应："看不见的，咱给他下饺子。"水面上的人影就一阵乱动，一件东西抛下来。金狗看时，那东西在水面砸起很高的水柱，似乎还停了一下，是一个鼓鼓的扎了口的麻袋，一时沉不下去，即刻一个打旋，悠悠坠没。岩上的人全站在岩头，看水面泛泡沫，说："朝河里唾几口吧，别让他阴魂再追上咱！"呸，呸，呸，一阵唾声，就嘻嘻哈哈走了。水面上的人影一消失，金狗就跳起来，看爹时，爹大睁着眼，无知无觉。说道："爹，我去看看，那麻袋里装的什么？"一个猫子没下水去。水底里摸到那个麻袋，踹踹，肉肉的，软，不知装的是人是兽，拎起来特别轻。金狗往上浮，先暗得什么也看不见，后来朦朦胧胧有些微光亮，却怎么也浮不出水面。心想一定是遇上鬼了，暗中骂道："死鬼，我捞你尸首上去，你倒要找替身托生？"头就碰在硬硬的东西上，胳膊像是挨牙咬一般疼。金狗才蓦地明白浮柴积在水面，厚得冲不开，就将麻袋口的绳子缚在脚上，身子平行，双手奋力向一边划动，终从岩脚的清水里浮出来。麻袋拉出水来，沉重了十多倍，才到岩石下，金狗爹失声叫道："你怎么把麻袋捞上来？"

金狗说："我看里边装的啥？"

爹说："还能有啥？七星峡打仗，一次下六个饺子，身上都背个磨扇哩！多一事不如少一事，人既然死了，掀下水咱们快走吧。"

金狗却将麻袋打开，提角儿一倒，骨碌碌滚出一个人来，是田中正！田中正是田老六的外甥，任两岔镇公社副社长。矮子画匠先前与田姓一家人为自留地畔争吵，田中正偏向过本族人，硬判他不是，惹得他一身是口，冤不能诉，背地里只是咒骂：呸，身为副社长，明镜不能高悬，枉做政府官员！矮子的好恶当然不能左右田中正的官运，但从此是大大地敬而远之了。现在田中正被人下了饺子，惨是够惨的，但人已死，奈何不得，就要逃离是非之地。一边掉头走，一边说："冤有头，债有主，谁害死你你找谁去！我们捞你一个尸首，也是尽了乡邻情分，怪不得我们没送你回家了！"

金狗却在后边喊："爹，他还活着！"

矮子一时骇绝，趔趄返来，手在田中正的鼻下试了，果然有一丝热气。父子俩解了绳索，掐了人中，活动手臂，揉搓胸口，田中正阴里回阳，气息渐盛，哇哇向外吐水。金狗就抓了双腿，倒提着抖动，泥水又吐得一地，田中正的一双小眼睛睁开了。

田中正在锥子岩下躲了一天，半夜子时，由家人悄悄背回去，神不知鬼不觉。三天后，白石寨又一场武斗，双方死了许多人，且到处传说田中正也死了。家人就将计就计，在锥子岩下的州河里祀烧酒，撒阴钱，干一口白桐木棺具装了死者生前的衣服下葬了。下葬那天，村人都站着看，孝子婆娘穿了拖地的麻衣，头上缠了孝巾，一直遮过面颊，哭得长一声短一声的凄惶。就在这婆娘揭了孝巾稍稍向旁边一瞥，瞥见了远处目瞪口呆的金狗，哭声一住，立即又撕肠裂肚地号啕，低声却催抬棺人急步去了墓地。

这天夜里，金狗和爹已经睡下，门被人轻轻敲响，进来的是田中正的老婆。这女人让点了灯，却用被单蒙了窗子，从怀里掏出三百元来，放在炕席上。说："画匠大哥，金狗贤侄，我家掌柜的事多亏了你们！现在外边都知道他死了，能不能保住日后的安闲，也就只有你们和我家了！"

金狗当下黑封了脸，说："你小看人，能救他出来，就不会再害他死去！"立眉竖眼的好像受了侮辱。

田中正的老婆一脸尴尬，忙千解释万表白息事宁人，矮子就将钱塞给她，让给田中正回话：金狗父子不是这一派，也不是那一派，一张嘴除了寻着吃，不会说三道四。救人的事，往后一笔了了，我们不会记着曾经救过一个人，田中正也不要记着曾经被人救过。

又一年，武斗平息，社会上收缴枪支械具，田中正突然出现。他整整在家中地窖里藏了十多个月，头发全然灰白，脸也嫩白如妇人。两岔镇的人大哗，问其怎的死去复活？田中正笑而不宣，金狗和爹也绝口不提。后，天下平静，田中正又官复原位，已经从学校毕业返乡的金狗依然是金狗，上山砍柴割草，下河摸鱼捉鳖，爹拗不过，开始了摆船撑排，见了田中正，有话则说，无话则避，不卑不亢，刚正独立。

一日，金狗正在船上和韩文举用火烧白条子鱼吃，田中正穿得新鲜要往公社去，一上船问金狗："你爹好？"

金狗说："好。"

田中正将一盒锡纸香烟掰开，撂给金狗一支，韩文举一支。金狗把自己的一支别在韩伯的耳朵上。韩文举一边让着烧好的鱼，一边说："社长的头发怎么又黑了？"

田中正说："染的。"

韩文举又说："怕不是染的！世事就是这样，翻来覆去，颠三倒四，贵人还是吃贵物，崽娃子到底吃饸饹。大难不死，必是有后福的！"

田中正不为鱼肉所馋，也不为奉承所感，眼睛一直瞅着金狗，又问："金狗今年多大了？"

金狗说："十六。"

田中正说："十六了懂得媳妇了，你爹给你定下谁家女子？"

金狗摇头，一篙点在岸上的石头，船嗦嗦嗦地顺一条铁丝溜到河心。正是黄昏，太阳在河下游的水里将坠，水和天的交界处，上边一个红的圆圈，下边一个红的圆圈，连接成耀眼的八字。

金狗说："哎呀，世上真有两个太阳哩！"

三年后的冬天，金狗应征参了军。金狗盼望有仗打，他不怕死，可以去当英雄，但驻军在甘肃天水，一呆五年，先是当小班长，后到营里当通讯干事。和平年代没仗打，谋算报考军事学校，将来做个威风的军官，复习了许多功课。但是，逢上裁军，这一年就复员了，五年前从州河出去逛了许多世面，五年后又回到州河。

州河现在却不是往昔的模样了。

州志上记载：州河源于秦岭南坡羊家沟，一棵枯树下冒了一个泉眼，指头般粗细。但正因为流动是河的出路和前途，这股水并没有干涸，一路汇聚而下，竟经过陕、豫、鄂三省，于湖北均县入汉江时已浩浩渺渺，不可一世。这千百华里的水路，自明清时，由襄樊到州城就通商船，但往后沧桑变化，河水愈来愈小，河岸上的长坪官路越拓越宽，商船就渐渐消失。金狗五年前走时，河里只有梭子船、老鸭船、鸭稍船、小鳅子，数年里上游植树造林，又修了无数大小水库，流量顿减，荆紫关的鸭稍船行到白石寨就再不上驶了。仙游川村前的渡口上唯有韩文举还守着那只船，日日摆过去，渡过来，别的船都搁在河崖下的干滩上，风吹日晒，裂成碎片，钉子也被孩子们扒去卖作废铜烂铁了。

州河两岸的人大致结束了水上的生活，重新分得土地，就专注侍弄庄稼。难得几年的风调雨顺，五谷有收，温饱已经保障，这正是数百年间最安生平和的光景。

金狗爹已经很老了，身子越发矬矮。不静岗上的寺院，"文革"中摧毁的佛堂重新修起，塑了神像，他又趴在大梁上用五彩的笔涂色绘画。画是拙劣的，但态度十分庄重，每每画到困处，痴眼看一看大梁下心平气和端庄威严的佛爷，心里就祈祷：佛爷大慈大悲，我为你添色着彩，你也该保佑金狗成家立业才是！

金狗却仍是一条光棍。

别人为金狗急，金狗却不急。金狗急的是没钱花。温饱解决之后，人就想着奢侈，年轻人都学会吸烟、喝酒、买书看、交朋结友。金狗的活动范围已不在不静岗，仙游川、两岔镇的哥儿们多，整夜走动，吃喝聊天，说到米面光景，说到赚钱发财，竟甚至扯到国家的事、联合国的事，动不动三天两头到白石寨去，到州城里去，庄稼也不在心上精细了。这现象以致形成风潮，波及到州河沿岸许多村子。渡口上的韩文举就烟锅敲着金狗的脑门，说："金狗，你这小子，把一帮人心都搅野了！"

金狗说："韩伯老了，过不了几天了，让我们也过几十年穷日子吗？"

韩文举说："没良心的东西，这日子还穷吗？我们当年下船到荆紫关那阵……"

金狗就说："我知道，你那钱全丢给荆紫关木楼上的白脸脸了。你何苦哩，落得现在没个婶娘给你暖脚！"

韩文举并不恼，偏过头看船下的水，水活活地流，一个旋涡套一个旋涡的，想起当年的生活，还想起那个大奶子白脸脸，就呵呵地笑。

一抬头，岸上走来一个女子，轻手软腿的。太阳正照在她的脸上，金狗觉得天上的太阳已不存在，那脸是一盘肉太阳，这太阳有鼻子有眼睛的让人亲近。韩文举就嚷："小水，快来帮伯骂金狗，这坏狗张嘴咬人哩！"

小水上了船，将饭罐给伯揭了，是白菜豆腐面，一青二白的，果然说："金狗叔还当过兵，欺负老人？！"

金狗只是嘿嘿笑，看着小水替伯渡船，一双白细细的手攀着河上的铁丝拉，手腕子上一双镯子就叮叮作响。说道："小水，白石寨的女子都戴手表，你还戴那镯子！"

小水说："金狗叔嫌我落后，金狗叔给侄女买一块表来！"

说罢，自个就轻轻笑了。

金狗是逗着小水说出"金狗叔"这三个字的，小水一口一个金狗叔，金狗心里也受活得要笑。小水爹出生的时候，正在"犯月"，小水的奶让人卜卦，说是要一生平安，必认干亲。认亲的风俗是出世的第二天，一早，抱婴儿出门，第一个逢上谁谁就是干爹干娘。恰这日金狗爹四岁，清早出门撵一只狗跑，迎面碰上了韩家认亲的人，金狗爹就一生做了小水爹的干爹。小水爹娘死得早，晚一辈里，小水还得叫金狗是叔。金狗是巴儿狗站在粪堆上，看好充了个高便宜。

船到对岸，金狗跳下船。小水睁着一对毛毛眼问："金狗叔，你这往哪里去？"

金狗看见他正站在她那眼珠里，说："去白石寨，要我捎买什么东西？"

小水从手腕上卸下镯子，说："你去找着寨城南街我外爷，让他送镯子到小炉匠那儿给我洗洗。你告知他老人家，过了半月，我去给他拆洗棉衣呀！"

金狗说："还有啥？"

小水说："没啦。"

眼一眨，金狗看不见那个小小的她了，手里的一对银镯子，沉甸甸地下坠。小水又笑了笑，抬身回坐到船上去。金狗低头看着那一双脚，脚踝很高，玲珑如是小兽蹄儿，不卒看的却是那一双白布面圆口鞋。

韩文举却把船从此岸摆到彼岸去了。

2

小水的白鞋，是给小男人穿的。

爹娘死得早，小水就跟伯伯韩文举过活。韩文举能说会道，但性情敏感而胆怯，四十岁前浮浮浪浪错过了几次娶老婆的良机，四十岁后有机会娶老婆了，却没了收拾老婆的力气和心思，就光棍起了一辈子。他爱小水，爱酒，爱船，也爱在船上和来回搭渡的妇女取乐，说谑话。他是靠嘴受活的，这嘴里的话就常常说得出格，失了老年人的规矩，于别人，妇女早破口大骂了，但韩文举失规矩妇人还乐。小水有这样一个伯伯，什么都觉得好，就是嫌他浪荡惯了，心粗，一在船上喝酒说话便几天几夜不回家。因此小水从小成熟，像一匹马，没有调就驾辕拉车了。七岁上搭凳子在案上擀面，擀得薄纸一张，伯伯端着一窝丝一碗，高挑着在渡口上吸，没有人不企羡的。别人一夸小水，韩文举就张狂，邀了人家来喝酒，他又见酒便醉，反害得小水三更半夜打灯笼到酒场接扶他。金狗当兵那年，夜里穿着新军装到韩家话别，韩文举又拿了酒来喝，金狗没喝醉，他却先躺倒了。金狗也有些头重脚轻，让小水欣赏他的军装，说："小水，叔要走了，一去几年不回来，你给叔再擀两碗长条面吃吧！"

小水说："金狗叔去大世界，人参燕窝什么吃不得，还看得上面条子？"

金狗说："吃了你的长条面，叔走到天尽头，就会想起你！"

小水说："你还能想到小水呀，你一展翅膀怕再不回仙游川了！"

金狗说："金狗不是没心狼！"

小水偏说："我就不擀！"

话是这般说，却去舀面调和搓揉，搓揉了四四一十六遍，面醒得软软的，筋，却真的没给金狗吃长条子面，一颗一颗包了一罗底饺子，竟也在一颗饺子里包上一枚硬币。说："出远门不能吃长面，长面拉魂，会走得心不宁哩。吃饺子，囫囵囵的保你出外周全，将来真干出事来也好和人家田家巩家的娃们子一样！"

金狗喜欢了，却说："田家、巩家……哼，我倒不在眼里搁！你瞧着吧，我要穿就穿皮袄，不穿就光身子！"

小水说："金狗叔有志气。你要能吃到那枚硬币，这话便会灵验的！"

这一顿金狗吃了三碗饺子，但没吃出硬币来，夹了一个饺子让小水尝，没想小水就把硬币吃在嘴里了。

金狗一走，小水少了个说话的人，韩文举也没个跑小脚路买酒的人，日子寡了许多味。韩文举也就自那阵起，相好了不静岗寺里的和尚。这和尚学问深，熟知佛家经典，亦懂得人情世故，测字算卦，见韩文举有文墨，便教授了"六十四卦金钱课"观星座卜气象。韩文举掌握了此术，却越发与搭渡的妇女说浪话，察言观色，用六枚"宝通"铜钱推掐善恶凶吉、流年运气，嘻嘻哈哈打发自己的日子。这期间，小水在寂寞里悄悄发育，滚圆了肩膀，白皙了脖颈，胸部臀部显出曲线，人才十分地排场。

一日，小水提了饭罐到船上来，让伯伯于阴凉里用膳，自个便把船摆进白腊草丛下给老人搓洗衣裳。白腊草已经扬花，飘一种红红的粉，煞是好看，就听见岸头有人喊摆渡，声极尖锐。小水摇船过去，摆渡的是田中正的侄女，艳阳里，妖妖地笑出两排细碎白牙。

小水欢声大叫："哎呀，是英英呀！收拾得好俊气！"

英英说："真的俊气吗？怎不见路上男人家抢我？！抢去了也好，我是张口货，他得管我一天三顿好吃的，吃了人参想燕窝，还要吃他娘的心，看他肯不肯！"

小水就笑骂英英太"造孽"，拉着上船，伸手拧她那张薄薄的嘴，然后问："是去白石寨吗？那里男人多，一见你真会把你吃了！"

英英说："吓，你还算是老同学哩，这么不关心人！我这是到镇上商店去上班呀！你不知道吗？"

小水真的不知道，当下就被激情所奋，说："你有工作啦？！"

英英说："农业社里再待下去，我真是要疯了呢！虽说在商店工作不算好工作，可好赖是坐到凉房下边了！你日后要扯什么紧俏布，你来找我，别人不行，你来还不走个后门吗？小水，你瞧瞧，我这件上衣怎么样？"

小水说："有些艳乍了。"

英英说："要艳乍，衣服就是给外人眼睛穿的嘛，要不谁注意呀？你也来一件吧！"说着就脱下上衣来让小水试。

小水试穿了，一切合适。站在船头往水里一看，却忙脱下来，说："我可穿不出去，你是工作人了，我是农民呀。"

两人说着许多亲热话，船到了对岸，英英下来往镇子去了，小水直看着她走上河街小巷，忽然间眼皮低下来，心里觉得空空的慌。默默将船摆过来，伯伯已吃好了饭，上船问道："英英成工作人了？"

小水说："嗯。"

韩文举说："这田家，老少都不种庄稼了！"

小水并没有接伯伯的话，太阳下觉得身子很懒，就坐在船头看远处的河面。河面上升一层蓝雾，像火焰一样，且由近渐渐及远，末了在虚无飘渺之际，水波光影，似乎潮一样向船头泛来，其景灿烂。但每一次泛来，每一次仍留在原处。

船那边长长的一声叹息，韩文举从舱里又取了酒来喝。突然说："世事怎么说得清呢，我上学的那阵，田老七和我在一个班里，他学的什么？每一次考试都不及格，先生用板子打他手，都打肿了！说：'竖子不可教也！'他就跑去要枪杆打游击，我们还笑人家没个出息……可现在，咱是个船夫，人家门里……"

小水说："烦死了，伯伯！这话你不知说过多少次了？！"

韩文举就噤了口，只是喝酒。末了还叫小水也来喝一口，小水未应，反身坐到船舱后去，再不理伯伯。

韩文举突然感觉到自己对不住小水了，踽踽地过来，靠小水坐下，说："小水，你不喝，我也不喝了。伯伯知道我窝囊没能让小水和人家一样。可伯伯有什么办法？伯

少爷姓孙，属马，比小水小着一岁，个头也没小水高，
人却老实诚。韩文举卜了[redacted]"六十四卦金钱课"，
又请教了不静岗的和尚，认定腊月二十三结婚。金狗
没在，小水请了画匠去两只柜和木箱上漆画"连
理枝"、"鸳鸯鸟"，又画了"虎山狗"，便于二十二在家"送
路"待客，连白石寨铁匠铺的麻子外爷也接来热闹。
外爷是个酒鬼，遇着韩文举，喝得各自酩酊大醉。
韩文举已经[redacted]睡下了，外爷还话越说越多，
看着小水在窗前对镜用丝线、琢磨绞拔额上的茸
毛"开脸"，就说："瞧我们小水，鹅蛋大脸，是正宗福
福的相哩！那孙家倒积了德了，怎的受用得了我小水
的福！"

小水羞得一脸红，说："爷爷，你一喝就话恁多的！"
麻子外爷说："你嫌爷爷话多了？过明日出门，就难得
听爷爷说了！小水，新娘出嫁时都爱哭的，你也哭吗？"
小水说："爷爷！"噗噗几颗眼泪就掉下来。
小水也说不上为什么要哭，是舍不得撑船的伯伯吗？
是舍不得伯伯撑着的这条船吗？还是害怕那个自己觉得也

伯将来为小水寻个好家，日子一定要不比她英英差的！”

一团白腊蒿花绒悠悠飘落在小水的辫子上，红红的，像朵小云彩。小水动手去捉，花绒却浮起来，手一离开，遂又附落。小水掉下了一颗大而亮的眼泪。小水是忌恨了韩文举伯伯吗？是妒忌了同学英英吗？小水似乎不是，只觉得心空，有些不自在，现在，倒惹了伯伯伤心，小水就有些可怜伯伯了！她站起来，还笑了笑，说：“伯伯，看你想到什么地方去了！咱这不是很好吗，什么日子还不是人过的？我先回去了，今晚上你不要去谁家喝酒，早早回来，我给咱擀了面条子吃！”

日光荏苒，小水长高了、长美了，熟得像一颗软了的火晶蛋柿。任何青春少年都视她是菩萨，又觉她是一只可人的小兽。仙游川巩家的一位干部子弟意中了她，涎脸求人来说媒，韩文举心有些动，告知小水，小水却不悦，说：那家境是好家境，可他的人我瞧不上，花里胡哨的坯子！韩文举也便转了意，恶了那巩家，秋天里把小水订婚在东七里的下洼村。

少年姓孙，属马，比小水小着一岁，个头也没小水高，人却本分实诚。韩文举卜了“六十四卦金钱课”，又请教了不静岗的和尚，认定腊月二十三结婚。金狗没在，小水请了矮子画匠在两只核桃木陪箱上漆画“连理枝”、“鸳鸯鸟”，又画了“看山狗”，便于二十二在家“送路”待客，连白石寨铁匠铺的麻子外爷也接来热闹。外爷是个酒鬼，遇着韩文举，喝得各自酩酊大醉。韩文举已经躺下了，外爷还话越说越多，看着小水在窗前对镜用丝线、磁片绞拔额上荒毛“开脸”，就说：“瞧我们小水，银盆大脸，是正宫娘娘的相哩！那孙家倒积了德了，怎么受用得了我小水的福！”

小水羞得一脸红，说：“爷爷，你一喝酒话恁多的！”

麻子外爷说：“你嫌爷爷话多了？赶明日过了门，就难得听爷爷说了！小水，新娘出嫁时都爱哭的，你也哭吗？”

小水说：“爷爷！”果然几颗眼泪就掉下来。

小水也说不上为什么要哭，是舍不得撑船的伯伯吗？是舍不得伯伯撑着的这条船吗？还是害怕那个自己觉得也说不上怎么好、也说不上怎么不好却从此要白日同搅一个饭勺夜晚共枕一个枕头的小男人吗？反正觉得心里有一种说不来的说出来也没道理的难受，想哭也就哭了。

麻子外爷瞧小水真的哭了，忙过来要劝时，身子却趔趄不稳，样子滑稽，小水破涕为笑，说：“要倒了，要倒了！”话未落，麻子外爷果然就倒下去，醉得不省人事。

二十三，天高风清。露明，披着红彩带的小女婿便到了门首，跪倒在尘埃里给麻子外爷和韩文举磕了头，就鸣放鞭炮接小水上路。常来渡口与韩文举一块吃酒说笑的雷大空、关福运等一帮少年也买了成串的鞭炮，竟不知从哪儿搞来了三斤炸药、一节导火线和雷管，制作了一个炸药包子在门前爆响，把不静岗、仙游川乃至两岔镇的家家窗子都震得哗啦一声。待所有人出来观望时，小水被一簇花花绿绿的人拥着走了，小水被一阵咿咿呀呀的唢呐吹着走了。河滩上是人脚踩出的无数条纵横的路，小水走了，要去过她做妇人的日子，送亲的人都站在河岸上，已经做了婆婆的、媳妇的就回忆起了自己当年的一幕，未出嫁的姑娘也想象到了自己将来的情景。女人这一生真是说不来的奇妙啊，你从这个村嫁到那个村，她从那个村嫁到这个村，铺着四六大席的大炕在等待着，上四寸下四寸的石磨在等待着，生儿育女传宗接代的工作在等待着。小水被小男人背过了船，从娘家到婆家她是不双脚沾土的，小水立即被背上了早预备好的一辆架子车上，艰难地从沙滩上往下洼村拉去了。小水还在回头，她在给韩文举伯伯招手，给麻子外爷招手，给大空给福运给所有目送她的人招手。

站在渡口上的韩文举，喜欢得抹了几滴眼泪，按风俗，出嫁女儿这天父母是不能随同去的，韩文举虽是伯伯，但他一直在承担亲父亲母的角色。小水他们已经在沙滩上消失了，他说："小水走了，小水成了人家的人了！"说罢，似乎有些伤感，又似乎这种伤感已经传染了麻子外爷和大空、福运，就又笑着说："世事也就是这样嘛！我一辈子也总算办了一件大事啊！"便叫着大空和福运去提了酒来，在船上要陪麻子老人喝几盅。

小水羞羞答答到了下洼村，日头已一竿子高。孙家的房屋很破旧，却已经用石灰水刷了一遍，大红的对联用厚厚的糨糊贴在门框两边，那些自家做的衣架、板柜、椅子、凳子，和韩文举陪嫁做的箱子、火盆架、梳妆匣、脸盆架一应大小粗细用具全摆在台阶上，而柜盖箱盖之上堆放了新人所用的被子单子毯子枕巾，以及从头到脚穿戴杂品，妇女们全集中在那里翻看。忽然鞭炮大作，新娘嫁到，所有人又忽地拥来看新娘，小水就被于百口之中千眼之下，受不尽的评头论足，窘得钻进新房的炕上恼不得笑不得哭不得也骂不得。闹哄哄直到饭辰，院子里一片安桌摆椅的响动之后，来客开始入席吃酒了，小水方慢慢清醒过来，她环视自己的房间：顶棚是芦苇新扎的；墙壁是报纸新糊的，糊得并不齐；到处都贴着年画，除了几张"年年有余"的大胖娃娃骑着金鱼之外，就都是当今电影明星的美人照了，而且就在画的右上方有写着小水和小男人"结婚恭喜"的字样，左下角就填写了四个五个或七个八个贺喜人的名姓，字特别恶劣，黑糊糊乱糟糟一片。小水就把眼皮垂下来，手不自觉地抚摩着身下的竹席，思想这就是往后自己牵针引线、生儿育女的地方吗？娘生她来在大炕上，她再生儿女时又要在大炕上，大炕上她活老了死了再离开这里腾出给她的儿子的媳妇吗？不免心中是万般滋味，待要继续作想下去，门外边突然有人惊叫："昏倒了！"旋即唢呐驻音，脚步纷沓，屋里人也皆向外跑。接着就听喊叫："掐人中！快掐人中！把小男娃叫来接一泡热尿，热尿灌下就醒了！"小水不知何事，心里怦然作慌，跑出看时，小女婿仰面朝天倒在院中，双目紧闭，嘴脸乌青。先是小女婿在院中招呼来客，忽觉得一阵头昏，房子旋转，地面也竖起来，后就直挺挺倒下去了。小水"啊"了一声，脚未出门槛就软了，扑出来的时候又站不稳，撞翻了一条木凳，偏巧木凳磕碰了支大环锅的土坯，环锅倾倒，一锅白水豆腐尽泼一地。院子里一时混乱，有人就拖了小水重新到炕上去，就见族长折桃枝来，以簸箕覆盖小女婿头顶，在上使劲抽打。半个时辰过去，小女婿仍未苏醒，慌乱中就卸了门扇，一伙人抬着病人一溜烟去了村卫生所。小水缩在炕上，全然被吓呆吓痴，浑身打抖，到后来哭着要出去，只是被人按住动弹不得。院子里的族长对公公说："怪事，怪事，莫非真是犯了煞了！"公公哭着说："我遭了什么孽了，遇上这事？昨天我给列祖列宗都烧过纸了呀！"族长说："这不怪你家事，八成是新媳妇命硬，怎么她一进门，咱孩子就无缘无故地病了，竟支得好好的大环锅也倒了？！要消灾灭祸，家宅平安，赶快让新媳妇倒骑毛驴在村里转一遭谢罪才是！"

公公和村里人就进了新房，如实对小水说了。小水一听大恼，说这与她有啥罪，坚不服从。公公就流下泪说："事情到了这一步，你说这是为什么嘛！他是我儿子，也是你的男人，你不救救他，让他就这么死去吗？"

小水说不出个理，放声大哭。

族长就怒了，让人把小水拖下炕，强缚了双手，拉上备好的一头毛驴，倒坐了在村里走。驴很瘦，脊背如刀削过一般，且不住地蹬蹄嘶叫。小水被八只手按在驴背上，又哭又叫，要伯伯，要外爷，要她娘。几次从驴背上跌下来，又被人拉上去，头上的一枝花掉了，身上的新嫁衣也被撕破了。

陪娘是仙游川七老汉的大儿媳，胆小怕事，六神无主，小水被拖上驴背后，她就紧跑回到渡口。渡船上韩文举酒还未喝罢，听说原委，热酒全变为冷汗，万念也皆休了。麻子铁匠和大空、福运则咆哮起来，当下要到下洼村闹事，人已经跳上岸，被韩文举拦腰抱住，说："使不得的，使不得的！小水已经进了人家门，就是人家人了；下洼村已经嫌了小水，咱再去闹，让人家更见笑了！"

麻子吼叫："嫁女子不是跳火坑，他们就这么糟蹋小水？！"

韩文举还是拦住，一面打发陪娘快去孙家照料小水，一面呜呜地哭。铁匠麻子就一口气不得上来，浑身抽筋，手脚冰冷，大空和福运只得背老人到船上，替他揉了半日胸膛。

当天夜里，小水哭个通宵，第二天"回门"，小男人还在卫生所里打吊针，小叔子送小水回到仙游川，一见外爷、伯伯就哭得死去活来。

这一回娘家，小水口口声声丢人现眼，没脸出门见人，一直在炕上睡倒十天。十天里，小男人病还未好，躺在家里喑哑丧语，大小便稀稠失禁。小水也可怜他，想一场婚事既然她已公认为孙家人，也便灰沓沓去孙家伺候了半月，喂汤灌药，接屎接尿，只说病好了还好赖做他的媳妇，没想男人命短，竟翻翻白眼死去了。小水披麻戴孝，扑在坟头上哭了几场；她哭男人，更哭的是她自己。百日过后，小水离婚了，小水枉结了一场婚，还落下一个"扫帚星"的名誉，小水的眼泪只往肚里流。

回到仙游川，又厮守着伯伯过活，巩姓曾求婚的人家好不耻笑。田中正再到两岔镇去，在渡船上问韩文举："小水回来，孙家没纠缠吗？"

韩文举说："咱与他家一清二楚了，他有什么纠缠的？只是巩毛毛家在村里扬派小水的不是，他们欺人太甚了！"

田中正说："他还不是凭巩宝山的势？我也在家思谋了，小水好生可怜，让她呆在家里也不是长法……"

韩文举说："你是说能给小水寻一个工作？"他想起那次小水送英英上班时的情景，对田中正充满了无限的希望。

田中正说："工作一时不好找的。公社需要一个炊事员，那也是挖破手背的差事，我想把名额拨给小水。"

韩文举也是高兴的，说了许多感谢话，回家告知小水，小水第三天里，换洗了一身衣服，就去公社上班了。

小水心里也生疑惑：都是干部人家，巩家人百般欺辱她，田家人却为她办好事？到公社之后，方一切内幕明晓。先是一九五二年秋天，田老七要升为商州军分区政委了，委令已经下来，却害了肝病死去。从此田家没有做大官的头儿，巩家的势力却越来越大，两家族由此矛盾：田家对巩家不服，巩家愈故意不提拔田家，风风雨雨了几十年。如今巩宝山已做了州的专员，仙游川的巩家族人大大小小都出去工作，田家只有一人在白石寨任书记。田中正是田老七、田老六的外甥，可惜舅舅都没有婚娶，田中正做了个两岔镇公社社长，多少年里还一直是个副的。

田中正虽是个副职，却不是个甘居人下的角色，事事要强，常在厨房里对着小水说些书记和社长的坏话，吓得小水缄口不敢多言。

这期间，英英也常到公社来。她穿着入时，二八月里就不套外衫，紧身的大红高领毛衣，将两个奶子突显得十分饱满。那发型更是花样翻新，常令两岔镇的人大惊失色。英英不在乎这些，她随便得很，喜欢和小伙子们相处调笑，指挥着他们为她效劳，却不肯赐舍一丁点好处，过后则嘲笑他们的蠢相。她也常到小水的房子来，大声地说，笑，显夸做女儿的妙处。一次对小水说："小水，你三十几了？"

小水说："你二十三，我比你大两岁哩！"

英英说："那你把你收拾得老里老气！你是把你当做寡妇吗？你算什么寡妇，你还是黄花处女哩！"

小水说："我长得老面。"

英英说："你把什么老了？嫩得掐出水的人，你就是不打扮！人是衣裳马是鞍，你打扮得风流了，也有男子好娶你！"

小水就笑了，脸色赤红。说是她比不得英英，常言道：吃饭穿衣量家当。小水的家境不允许她风流。

英英就说："你以为我家什么都好吗？我爹死得早，我和我娘全凭叔叔和小娘照顾，可祸不单行，我小娘就瘫了，她也是没福的人，叔叔'文革'中受批斗，她身子好好的，担惊受怕，叔叔恢复工作了，她却一场中风，至今半死不活地躺着。我和叔叔一走，家里就剩下我娘，既要料理地里，又要照看小娘，日子也是乱糟糟的，我要是像你，该多邋遢就多邋遢了？！"

小水是知道田中正的老婆患了瘫症，但却想不来田家也有田家的难处，不觉对英英的娘有了几分同情。就说："家里也难得你娘撑着，你几时了，也该接你娘来镇上逛逛。"

英英说："我娘也是常来的。"就把话岔开去，立时脱下一件旧线衣送小水，小水不要，心里却一派感激。思忖道：往日都忌恨这些干部家，其实人心都是肉长的，生来便善良；往日对人家有成见，也是咱的气量太小了。由此与英英往来亲密，对田中正也殷勤了许多。

到了腊月，二十八逢集日，小水涮洗了早饭锅碗，正在院子里宰一只鸡，英英的娘到了公社。小水笑着说："姨赶集来了？你怎的不常到镇上来！见着英英了吗？我给你找去！"

英英娘人到中年，风韵犹存，穿一件浅花小袄儿，头上别一盏白玉发卡，笑吟吟地说："小水的嘴真乖！你不去喊英英了，我是来找她叔的，他好多日子也不见回家了！"

小水说："田社长也是忙。刚才还在院里，怕是到集市上去了。他房门开着，你先进去歇着，我好去找他。"

英英娘说："你正忙着，哪里能劳动你？我去他房子等着就是。"

小水就笑着说："姨今晌午就不要回村了，我给咱做鸡汤面吃，你尝尝我做的味道！"

小水一边用热水烫鸡拔毛，开膛洗涤，心里就念叨这妇人：家里那么繁累，却保养得好嫩面啊！后来去田中正房子给妇人倒茶水，妇人却看见了小水脚上的一双白鞋，惊讶道："小水，你还为那孙家行孝？"

小水沉重了脑袋，脸上绽出一丝苦笑。

妇人说："何苦哩，小水！那男人早不死晚不死，偏偏害糟了你去死，你还记他什么好处？你年轻轻的，还要为你日后着想！"

小水讷讷着不知说什么才是，退回到院子里继续洗鸡肉，脑子里乱乱的。妇人的话也是对的，但小水毕竟念惜小男人的可怜啊！再说，一结婚男人就死了，这事原本稀少，偏偏又落在自己头上，这怕也就是命吧！鸡肉放回厨房，打扫院中鸡毛，奇怪怪地却冒出一个想法：英英娘也不是七老八老了，模样又体面，她怎的多少年了也不改嫁？这当儿，院门口就进来了田中正，扛了整整半扇猪肉，后边是一个山里人，挑了一担木炭。对小水说："小水，你也不去办办年货？今集上肉价便宜哩！"

小水过去帮卖炭人将炭卸在台阶上，说："我家人少，伯伯前日买了一个猪头腌上了，也没什么再买的。你买这么多肉？"

田中正说："我家里人都是肉娘呀！往年割三十斤，限十五就没了。你伯伯爱喝酒，今年好酒紧缺，你要买，我给你批个条去！"

小水说："那敢情好，我替伯伯先谢你了！刚才我姨来找你，你偏出去了。"

田中正问："你姨，哪个姨？"

小水说："是英英她娘，说你好多日也没回去……"

田中正就说："人呢，她又走了？"

小水说："她在你房子等着哩！"

田中正掉头去房子了。小水扫除了鸡毛，在炉子上炖上鸡块，环锅里的水就开了，她灌了一壶水，想再给田中正送去。才走近那间房子前，却见门关着，窗子也闭了，正待叫，房里有一种奇异的声响，就听妇人低声说："急死你了，大天白日的……"田中正并不出声，只是粗口喘气。小水先不知甚事，后立即吓得手脚冰冷，急转身回到厨房，心还怦然作跳。她不敢相信这是真的，疑心是自己听错了。过了一会儿，田中正在房子里喊小水，问水开了没有，他要泡一杯茶喝的。小水提水过去，那门窗全洞开了，英英的娘脸色红红的，正对着镜子梳头。小水心里冷了半截，再没有与妇人说一句话，出得门来，看院子里一派阳光，冬天的麻雀在瓦棱上叽叽喳喳地叫得正乱。

这一顿午饭，小水并未做鸡汤长条面，一锅烩面打发公社的人吃了，推说身子不舒服，半下午就回到仙游川去。夜里给伯伯说她不去公社做饭了，韩文举不解，问是太劳累，还是受人欺负？小水无奈说了缘由，韩文举破口骂了一通"猪狗不如"！骂毕了却说："姓田的没了德性，他会有报应的。你这一走，他必要生疑心，认为你知道了他们的事，日后就要给咱夹脚鞋子穿。你还是去着好，装着什么事也不知，咱光光堂堂活咱的人就是了！"

小水就又在公社灶上干下去，只是待田中正不亲不疏，背地里碰着书记和社长议论田中正不是时，也附和几句，漫不经心的，不火不温，字字却揭在痛处。

到了阳春三月，田中正的老婆突然间死了。葬礼并不隆重，田中正没儿没女，英英摔的孝子盆。英英的娘哭了几场，哭得很伤心，村里的人都叹息这妯娌俩的关系，说这当嫂嫂的贤惠。韩文举喝醉了酒，在船上说："是贤惠，替瘫子把什么事都支应了！"

事过不久，政府颁发了新的法令，农村实行责任制，如一九五八年土地归公时一样热闹，一月之内，州河沿岸土地就全划分了。随之，公社取消，改建乡政府，田中正也便由社长变为乡长，但依然还是副的。仙游川原是一个大队，土地分包后，空下十八间公房，一时用不了，决定出售四间，虽是前三年新盖的，但折价五成。村里人皆红了眼，提出申请要买。偏田中正也突然宣布他要买，村人并没有肯和他争的，只好熨平心口说：田家要买就让他买吧，卖了钱，咱家家能分一笔钱也好。可是，田中正买房却并未付现款，说是欠上，一个欠条就罢了，且这四间大房拆除了木料，又让大队在他家旁边划分了四间房的地基，重新建造。村里就一派非议，有人竟愤愤不平了。原想买房的有七老汉，如今七老汉气是气，却只叹没权没势，夜里提了酒到渡船上和韩文举喝，碰着在场的雷大空，愤怒起来骂田中正的娘，口口声声提出要告状。韩文举也是喝多了，说出田中正与嫂嫂通奸丑事，这雷大空第二天就去了乡政府，告状到乡党委书记。书记、社长与田中正皆有隙，只是苦于没有把柄起事，收到大空状子，批了许多过分言辞，呈送给县纪委，且又在两岔镇上放出风声，一时议论汤沸，差不多的人都知道了田家内部的丑闻。

到此时，韩文举才后悔莫及，怨雷大空“口上没毛，办事不牢”，为了预防不测，也便让小水辞退乡政府炊事工作，父女俩日日在渡口惶恐不安。直到金狗复员回来，说了许多鼓励话，方心中稍稍踏实。

3

田中正拆除了四间公房后，每日叫六七个木石工匠在旧家近旁开基造屋。来帮忙的人自然很多，就见炸药在州河岸壁上爆破，开出上百方石料，开出来，又一一錾洗成长条，日夜用毛驴驮拉。乡政府生产干事田一申也便搞来二十袋水泥、八百斤白灰，且三天两头来现场督工，殷勤得像是给自己造屋筑舍。到了初七早晨，一串鞭炮响过，开始立木，田家的众亲广戚、三朋四友都来祝贺，有送钱的，有送粮的，有送中堂条幅的。村里的人，这家送过了那家就看样，唯恐亮显了自己，实在无东西可送，就赶去帮忙，脸上笑笑地对人家说一番恭维。人多手杂，大梁的小头就架上去了，大梁的大头直径尺五，沉重非常，一时却安架不成，恰福运在村口捡粪，躲闪不及，被人喝住：“福运，你好清闲！是不凑红田社长吗？快来，现在是用着你的时候了！”

福运瓷了好久，末了还是近来。他自小就做孤儿，相貌丑陋，蛮力超群，长到三十出头还没有婚娶，裤裆破了也没个人补。这日见村人去田家贺喜，自己却无什么东西去送也懒得去给帮忙，就假装是全然不知道有这回事，一早就挑了粪筐去捡粪了。这阵没想被人发现，情面上再碍不过去，倒也能对着英英的娘埋怨这么一场大事为什么不早早请了他？众人就奚落他：说大话不怕闪腰，是什么嘴脸倒还叫人家去请？福运也便再不论什么理，将衣服脱下垫在肩头去扛了木梁大头，粗声闷气地一阵吆喊，端端正正按到架上，一脸得意，说：“我能有什么嘴脸？我把木梁架上来了！”

田中正就着人爬上大梁中部缚了黄表、红绸，鸣放鞭炮，甩撒“漂梁蛋儿”。这年田中正恰四十有五，“漂梁蛋儿”便做了四十五个，内包了核桃、红枣、分币、石子；甩撒下来，孩子们疯了似的去抢，逗得田中正哈哈大笑。也是合了乐极生悲，田中正正笑得前俯后仰，英英娘气急败坏跑来，附在耳边说着什么。田中正不听则罢，听了顿时面如土色，急急返旧屋去了。妇人就强装了笑脸说道：“新屋算‘立木’了，难得劳苦了乡邻乡亲，本要备些水酒谢谢大伙，只因英英她叔突然有公事缠身，待后再款待啊！”

众人皆目瞪口呆，不知发作什么事体，但既然主人不再款待，也就牢骚一通“越有钱越吝”的话，怏怏散去了。

田中正回到旧屋，乡信用社信贷员蔡大安已坐在中堂八仙桌旁。蔡大安说：“社长，事情不好了，今早我到乡政府大院的厕所解大手，天还不大亮，黑糊糊的，后来书记和社长就也去小便了，他们以为厕所没人，一个说：‘咱那个材料送到纪委，怎的不见动静？是不是又压下了？’一个说：‘田中正以权买房，又不付钱，且私占房基，这是其一，更加上他与其嫂通奸，这么大的事，纪委能无动于衷？！’两人说完就出去了。我不知道这其中的细底，可我听得出来这是给你做坏的事，却不知你知道不，就跑来了！”

田中正说：“我一点也不知……这两个人安心置我死地，材料偏不呈送县委要送纪委？！”

说罢，就靠在椅背上闭目不语。蔡大安突然不知如何是好，一会儿看看田中正，一会儿搓一搓手。英英娘见田中正寂然不动，返回卧屋嘤嘤而泣。田中正心烦意乱，骂道：“你哭哪门子丧？烦死人了！”

妇人在卧屋回嘴：“你还算男子汉哩，平日里那么口大气粗，遇到事就软作一堆？别人今日骑到了你脖子上，赶明日就会在你鼻子上蹭屎屁子了！”

田中正挨了骂，并没有还声，又寂然不动起来。突然歪过头对蔡大安说：“今日下午你就往白石寨去一趟，把情况汇报给县委田书记。现在你到镇商店去弄出十斤木耳、十斤黄花菜、四瓶西凤酒，不要让乡政府任何人看见，知道吗？”

蔡大安点头要出门，田中正叫出英英娘说：“那三根人参你没泡酒吧？”

妇人说：“……那是农械厂长送我治关节炎的呀！”

田中正说：“过后我再给你搞，现在拿来，事情都到什么时辰啦？”

妇人将三根人参取出交给蔡大安，还嘟哝了一句，蔡大安就迟疑着看田中正的脸，田中正一挥手，他将人参揣在怀里，出门小跑着走了。

这蔡大安不敢怠慢，将一切礼物办妥之后，就急急火火赶到了白石寨。因为怕被人发觉送礼，他是背了个背篓的，到了县城又饥又渴，就慌乱买吃了一盘凉粉，又买了几把韭菜放在背篓上就直奔田书记家来。

书记田有善，拐弯抹角算起来也该是田老六的本家兄弟，在田家，他为官最大，直系亲属全在白石寨、州城工作，仙游川里已无一人，田中正又是他的远房侄子，关系倒一直十分好。此日他浇过花后，正沏了一碗茶在屋里坐下观赏新开的几株月季，近年来越发对花酷爱，轻易不许任何人到他的花坛里去，并特意在那里挂了一个牌子：只能观赏，万勿攀折。这阵看了一会儿月季的姿态，低头揭了茶碗盖儿，用嘴轻轻吹拂茶面上的白气，倏忽间发觉有人在花坊外探头探脑，就喝问道："谁在那儿？"

蔡大安正不知怎么见到田书记，猛听见喝问，先有些怯了，慌忙中看见田书记正站在窗里，就垂手立定，笑笑地说："是我，田书记，我要找找你！"

田有善说："是公事吗？你到县委办公室去吧，他们会给你解决的！"

蔡大安说："田书记，我不是公事，是私事，是两岔乡田中正让我向你说些话的。"

田有善看了蔡大安一会儿，说："你进来吧。"

蔡大安进去，立即将背篓取下来放在一边，他热得满头大汗，房子里很凉，但一见到田书记那汗似乎越发向外冒得多。田有善要给他倒茶，他说他自己来，果真倒了一杯水喝了，就坐在沙发上。沙发很大，蔡大安却只坐个沙发沿儿，他的身子很端正。

田有善说："到了我这儿你就放随便些吧！我之所以说是公事就让去办公室，因为这是我在县委会上讲的。现在搞改革，阻力大呀！推行一种改革，他通你不通你通他不通的，为了保证改革工作顺利进行，我不受任何势力干扰，有事就让找办公室，我只和办公室主任接头。田中正叫你来的，有什么事吗？两岔乡的情况好吗？"

蔡大安却不知道他该怎么来说了，因为他要说的都不属于公事之列，且又是为了走通说情的，而他对这位书记又不摸细底。他一边看着田有善的脸色，一边转弯抹角地说些别的事将此行的目的引说了出来，田有善的脸色果然就阴了，等到他再不敢说下去的时候，田有善却说："说呀，还有什么都说呀！"

蔡大安终于把一切都说了，他似乎觉得田有善书记很有耐心，很和气，他此行一定会给田中正圆满完成任务的。但田有善突然发起火来，说："田中正的事，我是已经知道了的，令我气愤，也令我痛心！一个共产党员，一个乡里的领导干部，不是领导群众怎样去改革怎样去致富那他就是失职！到了目前这种气候下，他倒还明着干那些龌龊事，这就足以表明他的水平有多么低！别人告了他，告得好，他是应该清醒头脑了！出了事才急了，派了你来，他怎么不来？他虽是我的亲戚，这你一定知道，可要是他来，我就得指着他的鼻子骂他，质问他田家这么多人中哪一个像他这样？！你回去告诉他，我田有善是他的叔，但田有善首先是党的县委书记，让他谁也不要找，有错就改，总结自己的教训，也该明白哪些事可以做哪些事不应该做的！你回去吧。”

蔡大安心立即凉起来，他不敢再说什么，看见放在那边的背篓，也不敢说明那里边装了些什么，但又不能将背篓再背走。蔡大安急中有了小聪明，就假装遗忘了有背篓在此，告辞着出了门。一绕过花坛，生怕田有善突然发现了背篓还要叫住他，极快地就闪走了。

蔡大安回来将经过说知田中正，田中正闷了半日，不觉长吁短叹，泪流满面。自此也不上班，说身体欠安，住在仙游川家里闭门不出，四间立木了的新房，也没有动工。村人皆在传说：田中正犯了错误了，怕这次要罢了官去！但十天里没有什么动静，半个月了，还是没有动静。两岔镇乡党委书记和社长怕夜长梦多，去白石寨纪委询问过一次，答复很快就要处理，回来心中有底，什么事便不把田中正放在眼里，只来过仙游川田家探视过一次病，就凡乡政府一应大小之事，两人一商量也便决定了。韩文举观察形势，心情宽敞，亦越发亲近金狗和大空。

残雪消尽，桃花灼灼，仙游川杂姓人家这春季心境十分的好，土地分包下来，各自为政，再不受巩家、田家权势要挟，也不再辛辛苦苦种出庄稼养活巩家、田家的在村家属，且田中正处境尴尬，虽不落井下石，但隔岸观火，感情上也是一种受活。

安心做人，本分过活，村民却渐渐发生了分化，老一辈子的人都在本分地侍弄着几亩土地，其理想退居于五十年代初，种了辣椒葱蒜，有了菜吃，种了烟草，每一家都有一个小木匣子装满烟末，来客任意吸抽吞吐。油盐酱醋的花费，就指望上山去砍荆条，编了荆笆去卖，或者割龙须草，搓条绳，织了草鞋交售给两岔镇收购站，日月过得紧紧张张又平平稳稳。年轻的一伙却又开始了在州河里冒险。已经多年失散了的梭子船，重新有人在山上砍了油心柏木，解了板，在河滩制造。当然这种船造得比先前小，更结实，可以到两岔镇西十里的上游去装山货，在州河里摆三天三夜，一直到老辈船工去过的荆紫关，甚至襄樊，赚得好大的款额。

起头人就是金狗。

金狗头剃得青光光的，当顶上两个旋；“男双旋，拆房卖砖”，金狗不是败家子，却也绝不是安生人。一只梭子船造出来，十只二十只梭子船就造出来，年轻人一声呐喊，一排儿拉开距离往下摆，喊着嚷着，岸上的老船工就站出来看，想起当年的情景，发出岁数不饶人的哀叹。当三日五日之后，船返回渡口，一麻袋一麻袋襄樊的大叶烤烟、荆紫关的白麻运回来，看热闹的人更多。田中正的嫂子气色一直还未好转，却仍收拾得光头净脸，正端了一簸箕鸡毛、鸡蛋皮往堰畔下倒，直着嗓子叫金狗：“金狗，又发了！世事真成你们的世事了！”

金狗说：“你也要去吗？合伙了，不让你出船钱，赚钱二一分作五！”眼睛故意眨眨，透出一种讽刺。

妇人不言语了，又不甘心，眼望着河里说：“田家也是船工出身哩，鸭子船也撑坏了十几只，枪林弹雨的……”

金狗说：“现在用不着了，江山打出来了坐江山嘛！”

妇人就说了：“坐什么江山？田家闹革命的时候，人家还在山上做山大王，咱的人脑袋挂在州城门上，现在人家倒坐了州府大堂！”

金狗看着妇人的神色，觉得一种恶心，但随之就很痛快了，他不知怎么就做了一个“指炮”儿，响着很脆的声，连那妇人也莫名其妙。金狗说：“那我们真活该做农民了！田老六给你们打下江山了，我们撑船的也是自个从龙王嘴里要的钱，自个就更应发财了！”

金狗说完，不免就又有了一种悲哀，可怜他生得太迟了，不能去打仗；他刀刃上敢过，火坑里敢跳，却偏偏当了五年兵，回来了只在州河里撑梭子船！撑船也竟被人眼红？！

他气又上来，涌动着一种报复欲，说：“你们家的新房怎么不盖了？是缺人手吗？”

妇人说：“原要麦忙住进去的……英英她叔病了。急什么呀，反正‘立木’了，贼也偷不走了！”

妇人说罢就转身回去，金狗稍觉心气平顺，提了酒去和韩文举喝。喝到天黑，大空和福运来，又提着两瓶酒，拉扯大伙把酒场子移到他家去，且叫了小水，说是他家买了两副猪大肠，一副心肺，酱做了下酒。五人在大空家正狼一样吼着猜拳，蔡大安来敲门，敲得山响。大空出去问甚事，蔡大安说：“田书记让我来请你明日去帮他家盖房，金狗和福运也在吗，你给他们都打个招呼！”

大空说：“哪个田书记，田有善？”

蔡大安说：“田中正呀！县委下午文件下来，原先的书记被调回县城了，听说是要照顾他，让他到县剧团当团长！‘要着气，领一班戏’，真是照顾他了！田中正就任命代理书记，你知道现在代理是什么含义吗？”

大空脑子里嗡嗡直响，已听不清蔡大安下边说的话，吼了一声叫道：“我不去！”

蔡大安竟吃了一惊：“大空，你！”

大空说：“我怎么啦？他当他的书记，我做我的村民；我愿意去那是我的人情，我不愿意去这是我的本分！”

两人在外边说话，屋里的韩文举、金狗他们全听到了，大家都是木木的表情，陷入久久的沉默。韩文举叹息了：“这世事，这世事……唉，该低头时就低头吧，金狗，你去劝大空，明日你们都去为好。”

金狗说：“是不是还要再买一吊肉提上？！”

韩文举摇了摇头，默然出去，招呼蔡大安进来吃酒，蔡大安不进来，韩文举就拉开了大空，说："老蔡呀，大空酒喝得多了些，你别上怪。因为田书记盖房的事太突然，大空、金狗、福运他们明日真的要到白石寨去订购船上的用钉，来不及改变了。我明日去帮忙吧。"硬将一场矛盾化了。

第二天，韩文举去帮忙盖房，来的人确实多。矮子画匠也去了，两个人一见面，就那么苦笑着，脸皱得如核桃一样难看。他们不愿意在人窝里劳动，到出窑的砖场上忙活。房子因为要一砖到顶，订购的砖又在不静岗后的小村子里，韩文举和画匠跳进窑里，脚手并用，反复将砖搬出来，人就失了人形，乌黑得像烧就的陶俑。干到中午，田家吆喊收工吃饭，两人赶回村子，田家门前安了八张桌子，人都入席了，田中正提着酒壶要大家多喝，就嚷道："两位老者也来给我帮忙了？我中正该怎么谢呈啊！英英她娘，端一盆水来，让他们洗洗手脸吧！"

韩文举说："不必了，下午还要出窑哩，也不讲究了。"

妇人说："洗洗吧，有香皂的。"

韩文举随便擦了两下，说："长就的黑脸，用刀子也刮不白的！"

旁边有人便打趣道："韩老伯出一次窑，怕要尿三年黑水哩！"噎得韩文举脸通红，入席低头吃喝起来。

田中正在各桌上添了酒后，来给韩文举和画匠添，故意大声说着笑话，末了问："金狗今日没来，又去行船了吗？"

画匠脸色难堪，回复道："他约定好今日去白石寨订购船钉的，他本想来的……"

田中正就笑了："来不来没啥。你家金狗不是平地卧的人啊，吃起水上饭了，发了，明年你家也怕要盖一院子了！"

画匠就说："他胡成精，什么事也没个落脚。"

田中正却一脸严肃起来，给韩文举添上酒说："人可不能小看！谁能料着谁的光景呢？我中正一生还不是绊绊磕磕，有人暗中陷害，眼看着不行了，不是又起来了？！他韩伯，你说呢？"

韩文举顿时不知所措，心里骂田中正欺人太甚：他已经知道是小水告发了他的事，偏这么问他！他后悔今日活该来给田家帮忙，可他给谁说去，他是自己来的呀！

韩文举脸上似笑非笑，打了一个极响的喷嚏，急用手去揉鼻子，将尴尬支应过去。

夜里，金狗一伙从白石寨回来，告诉说，白石寨满城风雨，都议论两岔镇乡领导班子变动一事，全是田有善从中起的作用。这田有善老奸巨猾，当着蔡大安的面痛骂田中正，先落得一身清明，背地里却到县纪委去施加压力，田中正反倒高升，握了两岔镇的实权了。韩文举叫苦不迭，自认霉气，要金狗他们明日在强人面前低头，老老实实替田家帮忙罢了。大空气窝在肚里，回家去睡觉了。小水也灰了心，想田中正如今翻上来，必会施报复于她，也决定到白石寨外爷家铁匠铺拉风箱去。金狗却越发死硬，就是不去田家，就在又一个早晨，偏从田家门前经过，咿咿呀呀唱着往州河行船去了。

五天里，田家的新房威威风风盖起来，画匠矮子又开始了他的职业，在那门楼上、照壁上涂白抹蓝。金狗的船便在州河上下行运，吸引了更多年轻人，河面已是一派热闹了。

州河里水量小，滩就显得多，从仙游川到白石寨还可，白石寨到荆紫关三百四十华里，就有皮钵子滩、羊皮峡滩、黄龙尾滩、乌龙滩、手扒滩四十六个“漫漫子”（小石滩）。梭子船十次下行，五次便要出事，船撞在黑石岩上裂为碎片，撑船的弹起来，眼睛亮的，手脚利的，在船将撞之时扑向岩头，抓住石嘴，或攀住岩上一根荆棘，那命就保下来。手脚不利的，更甚的是视船与船上货物重于命的，一心要把握船的方向，结果船板飞起来，一只胳膊一条腿也飞起来。即就是身子四全，被急流冲到岩石下的潭渊，水形旋涡，人像进绞肉机一般卷下去，扭个麻花，永远嵌在石缝里喂了鱼虾。

半年光景，新造的梭子船毁了八条，使州河岸上的人胆战心惊。

但出一次船就发一次财，侥幸成功的心理却给年轻人发作了魅力，他们相信命运，该死的不得活，该活的不得死。“这世事就是吃死胆大的，饿死胆小的！”发了财的，就大吊子提肉，大罐子盛酒，于渡口上将新鲜衣服当场穿在孩子的身上，大声叫吆着请韩文举，请雷家小子大空，请田家的人去家“划几拳”。直喝得醉天倒地，在桌子下躺倒几个人了，方才散去。福运每每也被请来喝酒，他不善饮，却喜热闹，从不入席，立于桌边负责看杯倒酒，每有使奸要赖者，由他检举，执行惩罚，实有不能再喝的，方他代喝。于是鸡叫三遍，醉客四散，黑暗中就都喊福运：

“福运，搀着我！”

“福运，你他娘的在哪达？你不背我，我从这堰畔上滚呀！”

福运把每一个醉汉送回家，天也就亮了。

但是，船每一次下行，情景却不大如这夜里热闹，做父母的，做妻子儿女的，全送至船上。此后三天五天，村子里一片寂静，只有狗在叫，汪汪汪，声音从这条巷子传到那座墙壁，嗡嗡如在瓮里。待到某一日太阳落山，河面上出现第一只船，人就跑向渡口，于那苍茫里分辨这是谁家的船，这船上人的家属就早跑过去，但船上的人却并不多说，急匆匆走近一位渡口盼望的人，低声地说什么，立即那家女人哇地哭起来，瘫在地上。便又有许多人抬她回去，又立即有许多人拿了门板、草席，坐那先返回的船又下行而去，总少不了有一只白公鸡被缚了双腿，也坐在船上，黄昏里扑棱棱抖动翅膀。当一口新漆染过的棺具抬往村后高高的山上去，天差不多是要下雨的。在河里死的，死了要埋到高山上，这是州河岸上的风俗，其道理没有人研究，但推想这是符合死者的心愿：死了的才痛恨河水，真正体验到水的恶毒，再也不到水里去了。山路陡峭，落雨又滑腻如油，这棺具就常常十分钟二十分钟抬不上一个土坎。于是，又有人喊：

"福运，你想吃不想吃葬饭？抬大头！"

"福运，憋足劲，上哟！"

福运扛住棺具的大头龇牙咧嘴地上了土坎。

下葬了，众人在雨中如卸重载，说一句"事情总算过去了"！十分疲劳，也十分轻松。回家去吃了葬饭，多是包谷糁糊汤酸菜，又喝多了酒，一夜沉沉睡去。于第二天早晨，船队又开拔，旧的一个没在了，新的一个又出现，只是多了无数的纸阴钱，船边行边撒。大伙说一阵那新寡的媳妇还年轻，虽有孩子，但终是守不了，又要去做谁家的屋里人。

船上有一位七老汉，州河里浪荡了一生，人老了心还年轻，冲着金狗说："金狗，那媳妇好人才，屁股滚圆，是能生养的，你把她拾掇了绝好！"

同伴的说："七伯老得不中用，眼睛不行，鼻子也不行了，金狗早猎住一个了！"

毛子伯便问金狗："是哪一个？"金狗就是不答理。

一个说："七伯有嘴，你去问白石寨铁匠张麻子去，他会留你灌一壶烧酒哩！"

七老汉说："是小水？那可是个嫩猫儿！"

金狗说："七伯嘴要闲了，船舱里有酒。小水把我叫叔哩，你敢作孽？"

七老汉呵呵大笑，去舱里取了酒喝，喝得太猛，喉咙里下酒还要说出："什么叫叔不叫叔，你算人家哪一门叔，她爹早死了，你还叔长叔短到哪一辈？"要站起来，双目昏眩，两腿发软，一个趔趄险些跌进河里去。骂道："死鬼，埋你还是我结的抬杠绳，你还要拉我替身？你是短命，你怪得了谁，我在州河四十年，怎不出一回事？！"后来就喃喃呓语，头枕在船舷上睡着了。

这帮命大的人，受得大苦，也享得大乐，船每到白石寨，就全要进寨城看一场戏，下一次饭馆。金狗不享受这些，他有他的受活处，提一条鱼，或是一只盖子发黄的鳖到南街麻子铁匠铺去。小水已经在那里好长时间了，终日挽着细白白的胳膊拉动炉子上的风箱，外爷将红铁钳出来，小锤叮叮当当敲一阵，叫一声："大锤！"小水就抄了大锤，照准砸下去，那咣咣巨响中，夹伴着打节拍扁鼓似的当当声，吵醒着窄窄街巷。金狗他们一到，小水眼尖，立即就锐叫了，那扬起的大锤便砸了空，气得麻子外爷骂句："急死了你！"

急的是小水，喜欢的更是麻子，让金狗一伙入屋坐了，翻箱倒柜寻着好东西来吃，但往往什么也寻不着，总拿出白铜酒壶来喝一通。鱼的鳖的，小水拿去做了，那汤必是新鲜。麻子是贪吃贪喝，小水总是说："老人吃头，小的吃尾。"将鱼头夹在外爷盘里，将鱼肚分给金狗，自己吃鱼尾。麻子就又骂："这女子没怎一下，心里就没外爷了！"红着眼直瞅着金狗乐。

在麻子铁匠铺喝酒，少不得被酒鬼麻子灌醉。同伙醉了，小水留一留说说便罢，金狗醉了却死留。金狗夜里就不回船上。铁匠铺里一面大土炕，金狗在炕东，小水在炕西，中间睡个干瘦麻子。灯点着浪费，屋里一片黑，半夜里金狗醒来，看见麻子在吸烟，烟火一明一灭。小水也看见外爷烟火一灭一明。

船第二天在州河行驶，风平浪静，同伙作践金狗夜里酒醉是装的，压在船上要他承认夜里干了什么事没有？金狗发誓，指头指着天上一轮油盆般似的太阳。同伙问他敢不敢喝三碗河里生凉水，金狗趴在船头，一气喝下四碗。

4

田中正新屋盖起之后，属仙游川最新颖的建筑。一砖到顶的四堵墙，又用白灰搪抹了，一律红色的机瓦，搭两岔镇街上举目一望，就显显眼眼。英英娘做了一套家具，搬住了进去，却常常与小叔子闹嘴，先是英英小娘在世的时候，田中正不让她改嫁，好言好语安顿着她的生活，也安顿着她做嫂嫂的身子。她一日三餐，给瘫子端吃端喝，瘫子泪流满面地感激她，她也说些万般体贴的话，眼却睁得圆圆的，寒气逼人，像是一双剑向瘫子砍去。可怜这瘫子阳寿殆尽，果然也便蹬腿去了。妇人只道自己苦难过去，幸福到来，又落个贤惠好名，没想事情败露，惹得满世界风雨。她便对田中正说："事情到了这步田地，我出门脸面往哪里搁去？英英小娘既然死了，你就名名堂堂娶了我。世上'熟亲'的事多得很，咱一结婚，众人的口就全堵了！"

田中正同意这妇人话，就答应盖了新屋后成亲，结果出了告状一事，新房停止施工，田中正蔫得霜打一般，间或在妇人身上发泄苦闷，妇人也便不敢提说"熟亲"一事。没想否极泰来，田中正官升一级，新屋盖就，一切该是万事俱备只欠东风了，田中正却绝口提说旧话，似乎从来无甚事一般，日日在乡政府开会，吃酒，打猎，闲逛，竟十天半月也不回转。妇人催迫几次，田中正不是说自己才上任，要先抓出几件像样的工作也好给田有善脸上增光，或者就说等亡妻的周年过后，不要再让人耻笑而坏了一个乡党委代理书记的名声。妇人心下就灰了许多，知道田中正现在大权在握，眼头高了，已不把她放在心上。这妇人也是厉害角色，面上柔和，心底刚硬，忍不住这口恶气，每等田中正回来，偏打扮得焕然一新，做出万般风流神态，直惹得田中正一颗心火烧火燎，待要近来快活，却掩门闭户，坚决不答应。田中正为此发了几次火，没想妇人火气更大，动不动嚷道："我老了嘛，你还找我干啥？两岔镇的嫩白菜多得是！可我告诉你，你敢领一个臭小婊子进这个门，我就敢去告你，你强夺公房，霸占嫂嫂，送财送礼走通田有善……你这书记怕也会当得不自在的！"

一说这话，田中正就软下来，当场会给嫂嫂跪下，指天诅咒说要娶她，但日期总是一月推迟一月，甚至到后来就长日子不回来了。

转眼到八月中秋，田中正把蔡大安叫来，说："前几日收到县委田书记便信，说是他给岳父岳母做了两副棺具，需要二十斤上好生漆涂刷，你明日去北山牛王沟一趟，连夜弄一塑料桶来。回来从商店内部再搞三十斤核桃、十斤香菇、五十斤上等猕猴桃，后天一早送到县上，你也可以在那里多呆几天，看几场白石寨剧团的秦腔吧。"蔡大安如此办理，第三天因没有便车，就假称自己去走亲戚，搭金狗的船去了白石寨。

中秋节夜里，英英买了好多水果、糕点来到乡政府，要叔叔一块回去过节。田中正推托夜里要开会，打发英英回去了，自个就无聊地呆在房子里喝酒。田一申知道细底，跑来说："书记夜里没有回去呀？"

田中正说："没有。中秋节又不是过大年，看得那么重要呀？"

田一申说："不回去也好，那就到我家去吧。"

田中正说："算了，我也没这份心思的！"

田一申就说："田书记，你那心思我知道，那算什么了不起的事！既然不到我家去，咱到翠翠家去吧？下午翠翠见了我，还问起你今晚回去不回去，说若不回去，就上她家去，怨你好几天没到她家去了，她寻思是把你得罪下了。"

田中正说："这翠翠会说话，我哪里上她的怪？你来了也好，咱一块去她那里喝一场。可我告诉你，酒席上你不许胡说！"

田一申说："我胡说什么了，我还不是为着你们好吗？"说完就笑了笑，直望着田中正挤眼。

两人从镇街走过，直到街西头，推开一间二道檐房子的装板门，步入后院，翠翠正和爹在院中石凳上坐着，立即站起来让座。老汉说："翠翠说你们要来，我们都等着，看着月亮到屋顶上了，我还以为你们不来了呢！"

翠翠说："爹尽说胡话，人家书记不先回去跟嫂嫂赏月，能一黑就到这里来吗？"

田一申就窃笑："翠翠这嘴真是刀子！但你把书记冤枉了，他今夜就没回去，专叫了我来陪他到你家吃酒的！有什么好酒，我今日可要喝醉啊！"

老汉慌作一团，急去内屋打开柜子取酒，翠翠就陪田中正和田一申坐着吃瓜子儿，故意将瓜子皮儿吐得很远，落在田中正的身上，目光波曳。田中正也浪了眼，皱着鼻子说道："翠翠，你头上擦了什么油，好香！"

翠翠说："有什么香的！我们小家小户的能有几个钱讲究？前日我在渡口上洗衣服，瞧见书记大嫂子了，恁大年纪倒不显老，收拾得像个十七十八的！"

田中正一时不知所答，嘿嘿应笑，田一申就说："翠翠是黄花女子，头上不擦什么油也有香气。说句冒犯书记的话，英英她娘毕竟是半老徐娘了，要打扮也打扮不了几天了！”

翠翠就说：“一申，这话书记可不爱听哩！世上的事，黑馍包酸菜，偏就有人爱吃哩！”

田中正被说得有些坐不稳，脸上也有些不好看起来。正无话寻处，翠翠爹一个簸盘里端了一壶酒，四个盅杯，四碟炒菜，招呼大家用酒。他一一在盅杯里斟了，端起来说：“田书记，水酒一杯，咱喝起吧！我们这个家里，翠翠娘死得早，儿子考不上学，回来做不了庄稼又做不了生意，全靠了书记关照，使我们承包了医疗站，勉强有个吃饭的地方……”

田中正将一盅酒倒下肚去，说：“老陆，医疗站承包了情况怎样？”

老汉说：“基础差，当然顶不住镇医院。我主要是卖药。”

田中正就说：“有几个人到乡上反映，说国家职工到你们那儿买药，发票一开七八元、上十元，却买的是罐头，是酒！老陆，你要策略一些，不该公开的事就得包捏得严严的，你要给我脖子底下支了砖，我的日子也就难过了！”

老汉一脸羞红，支吾道：“书记，这事我早不干了，再要那样我还能对得起你吗？翠翠，你也要给书记他们倒酒呀！”

田中正很得意自己不火不温要挟了老汉一顿；要挟老汉，不如说是煞煞翠翠的骄气。这风情女子，凭着一副白脸子和两个大奶子，心性比天高，二十岁上找对象起，一排一连的小伙子从手里过了，看不中，可怜三十岁了还在娘家呆着。田中正只是有几次把柄在她手里握着，说话就浪里浪气。田中正是她能控制住的孱头吗？翠翠果然是孙猴子，有了竿就顺着上，念了紧箍咒便服服帖帖了，她一连六盅酒陪书记喝了，田中正醉眼蒙眬，于桌下的黑暗处用脚踩住了她的脚，翠翠反倒淫淫地笑。

田一申看在眼里，假装去上厕所，要老汉陪他到街上指点地方。走到街上，夜已深沉，无有一人，就咿咿呀呀唱着，不想有人在叫他的名字，跑过来的竟是蔡大安。

田一申说：“你几时回来的，夜这般深了，去哪家相好家喝酒呀？”

蔡大安说：“我擦黑搭金狗的船回到渡口的，直脚去了书记家，书记过节却没在家，英英娘骂骂叨叨说了我一堆不是！赶到乡政府，又不见书记，他这是到什么地方去了，你见着吗？”

田一申说：“他正在翠翠家喝酒哩！”

蔡大安说：“他又是盯上那小狐狸了？！怪不得他家嫂子骂他坏了心，撇下她不理不睬了！”

田一申压低声音说：“人家的事你别管得太多，放着嫩草不吃吃老草啊？”

蔡大安就说：“田有善书记恼就恼他这一点哩！我这就喊他去，还有重要事要对他说的！”

田一申便说道："你要找他你去找吧，我可不干那伤脸的事！"一路摇摇晃晃倒回家睡觉去了。

这蔡大安进了陆家，田中正还和翠翠坐在那里，一边嘻嘻浪笑，一边捉盅儿吃酒。得知蔡大安从白石寨带回田有善的指示，便匆匆站起来要回乡政府去。翠翠父女送到门口，小声里只是怨恨蔡大安缺人缘，是个丧门星。

田中正和蔡大安回到乡政府的房里，蔡大安细细汇报了见田有善的过程。末了说："田书记要我给你说两件事。一件事是，两岔镇的工作在县上是摇了龙尾，要赶快想尽办法改变这种被动局面，要不他给你说话也不体强了！"

田中正说："他说得容易，现在怎么抓工作呀？两岔镇又不是县城关乡有副业可干，又不是南北二山有木材、山果、草药、桐油。你去抓生产吗，地都分了，咱指导人家怎样种地？现在能抓的就是计划生育，上月一次拉了四拖拉机大肚子女人到县医院做了手术，工作还可以嘛！"

蔡大安说："书记也说到这些不利因素，可他说，州河里那么多船，据有关部门查询，都是两岔镇的，怎么就不以乡政府名义把它组织起来呢？现在国家搞改革，中央一再强调抓农村商品经济，可要不失时机干一下，既有效地发展了地方经济，作为一个领导也有一份政绩呀！"

田中正默了一会儿，手拍着膝盖，喜形于色起来，说道："书记这一点，真把我点醒了！还指示什么了？"

蔡大安却嚅嚅支吾，田中正再问，方说："书记说，上次那场告状，事情虽然了结啦，可影响也够大的，往后凡事多谨慎。与英英她娘的事，会伤风败俗，辱没田家门庭的，也最容易让别人做了口实。但事情既然那样了，就'熟亲'了最好，堵了众人嘴，也不影响往后的前途。"

田中正脸上变了颜色，立即又笑起来，说："前途？书记是这样说的吗？他也是想象得太过分了……这事我会处理的！书记谈的组织船队的事，很重要，我要亲自组建一个河运队来！具体的事嘛，你就来负责吧，明日去不静岗找着金狗，这小子我观察了，是个刺儿头，把他猎住，事情就好办多啦！"

第二天，蔡大安起得很早，就去了不静岗。金狗他们撑船发财的事，他耳闻目睹，很是馋眼的，只是恨自己无船又无下苦的力气，田中正现在让他负责组织船队，心里禁不住地喜欢。赶到金狗家，金狗正吃罢饭要撑船到白石寨去，他强留住谈了乡政府的决策，金狗听罢就叫道："吓，田中正书记也注意起撑船的事了？！"

蔡大安说："他是书记呀，他什么不放在心上呢？！他说，群众中有了搞商品经济的苗头，做领导的就要站在群众前面啊！所以就准备组织一个河运队，让我找你来了！"

金狗说："要组织就组织，他书记一声令下，那不是很容易的事吗？我是什么人物，却来找我？”

蔡大安说：“金狗，你这话说得好，我就喜欢你这种口气的人！也正是为这，书记才让我找你的！你是复退军人，觉悟自然比旁人高，乡政府的决策你也该是理解的。你们有船的人家都富裕了，可不静岗、仙游川，以及两岔镇大多数人家还是贫困啊，咱们不能只顾自己，毕竟是社会主义国家嘛！”

金狗倒哈哈笑起来，直笑得蔡大安也莫名其妙了，突然他戛然止笑，说：“书记能想到这一步真不该是个代理书记了！河运队怎么个组织法？”

蔡大安说：“只要你金狗带头，这船队就好组织！具体办法，咱一块到乡政府和书记研究去。”

当下就拉了金狗要到镇上去，金狗却推辞了，他说他得和众船户谈谈这事，就脱身去找七老汉他们一伙人。

七老汉众船户倒好生疑惑，不知田中正又要的什么圈套。金狗分析了形势，说，田中正虽然拿了实权，或许上次告状一事对他有刺激，真心想办一点好事。就是他的目的不在于为两岔乡人民着想，可无论如何，他利用这些船户，咱们也可利用他，毕竟不是什么坏事。再说，组织了船队，统一采购货源，统一寻找销货出路，对船户也是有益。众人听了，言之有理，便推金狗出面与田中正具体商谈组织船队事宜。

金狗便在乡政府呆了一天，商谈的结果是船权还属于个人，无船而想参加船队的人家就投资入股，所得盈利，按股提成。这船队对外名称就是“两岔镇乡河运队”，直接属乡党委领导。

但是，在决定河运队具体负责人选时，先是蔡大安当着金狗的面对田中正说：“金狗是州河上的一条水龙，就让金狗当队长，我兼给咱跑货源采购吧！”田中正当场应允。船队很快就张罗起来，蔡大安也确实卖力，几天内联系到一大批桐子运输任务。运桐子的这天，田中正一定要一起行动，头尾相接，一字儿摆个长龙阵，领头的船由金狗撑，船头上还打出一面“两岔镇乡河运队”的旗牌。河运队开拔之后，田中正就立即给白石寨县委田有善挂了电话，报告了组织河运队的经过。田有善当时正召开常委会，便领着常委们去寨城南门外的渡口上观下来的河运队阵势，县委常委们要到河边看船队，消息传开，寨城许多人都赶到渡口去，黑压压站得寨城南门外没了插脚之地。

河运队的船只被白石寨的人观看欢呼，船工们也觉得脸面光彩。这批桐子运输，盈了一笔钱，金狗却并没有分给大家，以此又营造了两只船，且组织了一些无船而入股的人编了十几个木排，由他亲自领着往复州河。这支河运队有船有排，各家各户再不为货源四处奔波，且行驶水面上，互相照应，互相提携，伤亡事故也随之大减，村人倒对田中正改变了几分看法。

事过半月，田中正却到渡口找去了金狗和蔡大安，听取了二人汇报，说了许多鼓励话，又传达了县委对这个河运队的赞扬。末了却说："河运队办起来了，我们只能办好，不能办坏，要么就对不住县委的关怀了！为了扩大河运队的生意，我想咱蛮可以在白石寨成立一个货栈，这样既可以有固定销售点，又可以周转货物，咱们争取年内使河运队成员个个成为万元户，为全县树立一个典型！货栈负责人我们党委研究决定了，让田一申去，他在这方面也是有经验的，为了便于工作，他就也当个河运队队长吧。"

蔡大安一听则急了："一个船队怎么有三个队长？金狗，你说呢？"

金狗说："我无所谓。"

田中正就说："金狗这话很对，你在河上熟悉，木排组任务又重，你以后就主要管理木排组。田一申是生产干事，现在乡上又没别的事，让他在船队多负起责任。就这样先干吧，过上一月两月，咱还可以再调整嘛！"

蔡大安在田中正面前再不能说什么，下来就在金狗面前大骂田一申是狗头，为人狡奸，心底歹毒，偏偏田中正宠他。金狗只是发笑，觉得这么个小小船队的队长也争来夺去，实在有些无聊，却兴趣田中正为什么这么信任田一申？蔡大安也是心中窝火，说了田中正原准备与其嫂"熟亲"，可田一申却拉线为田中正勾搭上了陆翠翠，有心要娶。

蔡大安说："你瞧瞧，田一申充了什么角色？我去过书记家，英英她娘哭哭啼啼给我诉苦，人家也是有头有脸的人，怎么能需要了搂在怀里，玩够了就掀到崖里？那妇人也不是个软面儿，事逼急了也会做出神鬼都怕的事情！田一申却引着陆翠翠勾书记的魂，弄了就弄了吧，却还要娶了陆翠翠，这不是要让书记犯错误吗？"

金狗在心里一阵好骂，气都出得不均匀了，正好墙根下卧着一头母猪晒太阳，他照着猪肚子踢了一脚，看着母猪嗷嗷地逃走了，说："书记是两岔乡一乡之主，他愿意弄谁就弄谁，他有这个权嘛！"

蔡大安说："背地里咱也放了胆儿说，田一申是把心瞎了，咱书记也是把眼瞎了！"

金狗说："那都是你们的事，你们去处理吧。现在是田一申当了队长，就让他当去，咱各自把咱的工作搞好，明日镇上逢集，你收购四千斤龙须草，听说荆紫关那儿草价比这儿高一角二分，后天我们木排组就运下去。"

两人说罢，也便分了手。自此金狗倒后悔当初不该让田中正插手河运之事，事到今日也无可奈何，只是暗中留心各宗生意，以防田一申和蔡大安从中得了经济上的黑利。

半年光景，白石寨有了一个大大的货栈，船队已形成二十五只梭子船组和一个三十六人的木排组，声势浩大，财源茂盛。白石寨到荆紫关的水路险，除富有经验的十只船下行外，其余船只来往于两岔镇到白石寨。而木排是随编随撑，撑到目的地拆掉，便州河里无处不到，金狗领着这伙亡命徒，木排曾撞翻过十次八次，次次倒没有伤人。一月一次，河运队清账盘点，金狗每次都要在场，一宗一宗亲自过目，不能有半点差错。再加上蔡大安处处留神田一申在货栈的活动，田一申又暗中监视蔡大安的采购，各人虽有一些账目出入不符的，但三查两查也都怯了手脚。金狗也心中暗喜，故意不撮合两人团结，使河运队盈利之钱除按规定为他二人付了报酬后全都分给入股人家。不静岗、仙游川，以及两岔镇上的一些人家日渐富裕，人人都念叨这个河运队的好处了。

5

这一年，是壬戌岁的夏天，难得又风调雨顺，大麦丰收，小麦丰收，连扁豆麦也大面积丰收。不静岗寺里的和尚去化缘，坐在渡口上大发感慨："麦收八十三场雨，去年八月、十月，今春三月，场场雨都及时，活该当今的政策合了天意！法本不生，因心起见，见无可取，法则常如。世之至人，有证于此，得无漏不尽漏，度有为非无为……"和尚最后虽说的佛言，村民却觉得不能听懂的那些话也是言之有理。民国末年，商州大旱，十八个月滴雨不落，韩文举船到月日滩，去饭铺吃饭，包子里咬出个人脚指甲。国民党政府不几年就垮了。一九七六年，报纸上、广播上接连报道唐山地震，河南发水，东北某县降下大块陨石，这和尚就私下说不好了，天翻地覆，国要乱了。果然毛泽东、周恩来、朱德相继逝世。这还罢了，到华国锋上台二年，州河岸下了一场冰雹，仙游川王家的二小子山坡放牛，人钻进石洞没事，牛满坡乱跑，被几百颗冰疙瘩砸死在沟槽里。风雨过后，一地的冰雹不消，大者如拳，小者似蛋，白花花像铺了一层石头。不用和尚说，村民就知道华国锋不行了，真的不到半年，世事又是另一番世事。

乡下人有乡下人的哲学，城里的文明人不承认，村民却信服。

这一夜，风清月明，正是忙麦场的时候，仙游川村中的大场上，各家在规定的平方面积上摊麦碾打。牛几乎全都变卖，碌碡也推去垒了猪圈，所到处就梿枷起落，一片繁杂。待到麦草拢起，一家一个麦积子，上大下小，像是大清朝里文臣武将突然罢官放下的花翎顶帽；人在其中，又如出没少林寺前众长老的墓塔中。男人们扬好了麦粒，浑身骨骼就要散架开来，一等女人们回家去烧火做饭，便脱个精光，拉张草席在麦堆间抽烟清谈，一边悠悠地看渡口上的一盏灯。

灯是一盏马灯，韩文举点的，高高地挂在船舱门口。

自从小水到了白石寨外爷家拉风箱之后，韩文举就不大回家，吃的用的全放在舱里，一口铝制的小锅一天三顿在岸上石垒的灶上做罢饭，就挂在船的横杆上，船一行走，撞得叮叮价响。如今麦扬了堆在单独的门前场地，回到船上就喝起闷酒解乏，叫道:“小水，炒些芋头丝儿下酒！”话喊出口，方记起小水已不在身边了。这种一天喊叫几次每次都方醒悟的空落感，使他恨起这侄女了。恨侄女不如说更恨白石寨的铁匠麻子:麻子也真不长心，五黄六月的，也不放小水回来帮他收获!

就立起身来，对着高高河岸上的打麦场上喊:“福运——喝酒来——福运，你死了，让你喝酒你也不肯吗？”福运应声了，受宠若惊的语调，走下渡口的却是三个五个光着身子的人。

韩文举就怒嗔道:“谁叫了你们？你们是吃屎的狗，一叫就来了！”

众人说:“韩伯那壶里是屎，是马尿！你一个人吃喝央死在船上谁来背你？”

韩文举说:“央死了有福运，福运会用家里那一口浆水瓮装了我，放到州河一直漂到州河口，到大洋去！”话是这么说着，就从船上丢来几个草团垫子，直指令众人坐了，骂着福运去捡柴生火，一边熬罐罐茶，一边把酒壶提上岸。

福运是来喝酒的，却干了苦力差事，生了硬柴火架起吊锅烧水，同时用一个砂罐放了油炖在火边炒茶叶和大料，直待吊罐的滚水冲在罐里，一人一泥腥罐浓茶。福运干这事最拿手，任劳任怨，热得满头是汗，等每人添过三罐浓茶了，酒壶里已喝下了一半。

一个问:“韩伯，忙天小水也没回来？”

韩文举说:“老麻子不是人！他需要小水，就不知道我也少不得小水！小水也是不生心，你怕什么，田中正是老虎，总不能把咱吃了！……多亏福运帮我，要不麦子还在地里。”

喝酒的就说:“韩伯缺人手，收打倒比我们快！我们老婆娃娃一堆，黑来睡觉炕下尽是鞋，吃饭锅巷里尽是嘴，地里做活就没一个帮上力的，麦子还堆在大场上。等收拾清了，也请韩伯到家去喝酒！”

韩文举说:“说得倒孝顺！你家的酒我还未尝过是酸味还是臭味！我家麦子哪儿收拾停了，扬了还堆在场畔的。”

众人倒睁了大眼，叫道:“那你夜里还睡在船上，不怕贼偷了？”

韩文举说:“怕啥？有人看守的！”

福运就问:“谁给你看守？”

韩文举说:“咱老支书和贫协主席嘛！”

众人愕然不语，以为老头在说鬼话。老支书六年前得了癌症死了，贫协主席也死了五年，都埋在韩文举家门口场畔的空地里。这老不死的船工，说鬼弄神吓唬人哩!

韩文举很作势，把酒一一倒给众人盅杯里，为自己的一句幽默而得意。“老支书和贫协主席都是仙游川的强人，在世的时候，你们不怕？他们死了这些年，我拿眼睛看着，连个娃娃也不到坟头上去玩！强人死了就是鬼雄，谁不要命了偷我麦子去?！”

福运却补充说："听人说他们做鬼，还吵吵不休。这倒是真的？"

韩文举说："当然是真的，每晚上我都听见，活该阴阳先生选坟地，偏在一起！一个坟上'咯哇''咯哇'叫，一个坟上'嚯嚯''嚯嚯'叫，直吵到天明才停止。"

听讲的以为真是鬼，面色寡白，严肃紧张，待听过争吵之声，回味半天，方觉得这是癞蛤蟆和蛐蛐叫，吃亏上当，骂了韩文举嘴里要生蛆。便说："就算他们给你看麦子，可保不定他们各自偷起来，比别人还凶哩！村口水蹬台上那十八棵柏树，是仙游川风脉树，老支书还不是伐了，说是送给县上搞建设，结果白石寨的县长他娘做了一口棺具，田中正他丈人爹守了一口，一口留给他用了！八大块的好料，全油红了心，现在掏千儿八百哪儿买得？"

韩文举说："着！正是老支书为他们田家多吃多占，巩家的贫协主席才上告到州城的本家子，他们全不偷我哩！想想，两个人魂在那儿，你眼睁睁监视我，我眼睁睁监视你，我麦子一颗也少不了的！"

众人哈哈大笑，骂韩文举是门背后头的霸王，老支书和贫协主席在世的时候，他乖得连个屁也不敢放，岁数比人家大，见了鼻子眼睛都给人家笑，现在就说话刻薄难听。虽说贫协主席一死，巩家在仙游川大势殆尽，可田家还在势头，少不得将来要收拾他！

韩文举说："现在是什么世道，地分了，庄稼各人做各人的，我不犯法，谁也不能看我两眼半。他田中正书记到了河口，我不让他坐船，他也得光了屁股趟水走！"

话到这儿，河对岸出现一个人，软软地喊船。韩文举说："瞧，谁到这儿，不给我低三下四！"船摇过去，接过来的却是寺里的和尚。大家立即又乐了，叫道："和尚，深更半夜的你到哪儿去的，莫要做了花和尚再让把庙烧了！"四十年前，寺里长老是个色鬼，长年蓄一个粉头在佛堂后的暗洞里受活，被百姓群起攻击，一把火将寺烧了。寺院重建后，这和尚倒一心念经，待人十分和善，常被村民作践，也不生恼。当下说："罪过，罪过。佛性本在人心，心正则诸境难侵，心邪则众尘易染，能止心念，众恶自亡。众恶既亡，诸善皆备；诸善要备，非假外求。悟法之人，自心如日，遍照十方，一切无疑。"

和尚每遇难堪，就口诵佛语支应，且一脸正经。韩文举见话说得远了，就问道："和尚是从哪里回来的？"

和尚说："从白石寨云驾而来。"

韩文举说："白石寨那儿麦收停了吗？"

和尚说："白石寨一带今年麦客多，一亩地六块钱，人要放抢了似的，麦子全都碾晒入库了。想来也是可笑，人生在世七窍俱生，多有受惑，性是万恶之首，钱为熏心之根啊！"

韩文举便骂一句白石寨人有条件做生意，挣得钱雇麦客；却不同意和尚的观点，说："和尚，你是法门之人，我们尘世怎能比得，没有钱你让我们喝风屙屁去？"

和尚说："但凡见性之人，虽处人伦，其心自在，无所惑乱矣！"

韩文举就笑了笑，回头往岸上各个掌火扬场的场畔看看，不免也心胸达观地说道："和尚，白石寨的麦子哪会有咱这儿麦子厚呢？今年收成好，你们庙里又该热闹吧，到年底，和尚吃供油吃得肥头大耳，连老鼠怕也肥得亮光油色的了！"

和尚说："这倒不一定！白石寨麦收得这么紧，是有原因呢。满到处传一股风，说是上边政策要变的。先前到白石寨，粮价没有菜价高，寨城的人全拿粮食换鸡蛋，一斤换一颗，还是个儿小的。现在不了！说是又要收地了，地一收，集体去种，以后粮食又该涨价了。可见治国之道亦正是治心之道，欲要治国先治人心，治心不能以物归治，我佛无修而修，无得而得，能使学者，还其天识，如黑而迷，仰目斗极啊！"

众人并没有被和尚的说教所动，但他带来的消息却使大家顿时怔住，韩文举第一个就害怕起来。韩文举害怕的不是粮食涨价，他能吃得了多少？他和小水都是劳力，上不养老，下不供小，粮食再紧张，少得了他一张嘴吃的？韩文举害怕地一收，集体经营，那仙游川又是田家管理，那田中正真的要报复了！心里不悦，要和尚爻测，说："和尚，你虽教我《六十四卦金钱课》，但毕竟道行不深，人都传说你有一本《透天机》，上面从三皇五帝到下一辈人的下一辈人朝代，分分明明记载着。你查查，是不是朝代有动？夜里看天星有变化吗？你不是说今年风调雨顺，必是国泰民安，怎么又起这股风？"

和尚没有《透天机》，夜里观星斗变化，也只是晓得翌日风雨阴晴，即使一张嘴再能说，说到政治上的大是大非，和尚的嘴就只剩下能吃饭。"夜里起来看过天象，好像有变，好像又不变……天下这事如同州河的风雨一样，说不定的。合合分分，分分合合，不停地变变也好……"

韩文举说："好个屁！怎么能变？再变人心就不信了，地刚刚种得肥过来，农民有了一口饭吃！"

和尚说："这真要问问神了，扶扶乩。"

福运说："和尚，我不大信那个！"

韩文举说："福运，你胡说！神你也不信？"

福运说："要说神力无边，为什么'文革'中毛主席一声令下，神庙要砸，一夜砸个稀巴烂呢？"

和尚说："青青翠竹，尽是洁身，郁郁黄花，无非般若。我佛祖提倡直指人心，一切众生，皆有佛性。毛主席是至人之生，同人者形，出人者智，父乾母坤，独肖元气，他也是神嘛。毛主席的神大，他管着百神啊！"

和尚说罢，也觉似乎太玄，不能以理服人，寒暄数句，起身回不静岗寺里去了。

韩文举情绪颇不高，酒喝完了，也懒得到舱里再取。众人闷坐了一阵，索然无味，又没有瞌睡，不愿回去到家里炕上喂蚊子血肉，总不肯走。韩文举就自我安慰地笑一下，说："不说了，说说别的。谁听过州河里鬼成仙的故事吗？"众人说："没听过。"韩文举经多见广，常在渡口上叙说人妖夫妻、老鼠结亲之类故事，将土地未分前饲养室里的"天方夜谭"移至了这只船上。今夜凉快，莫让和尚的话坏了情绪，负了大好时光，听听鬼怪之事倒令人心里坦然。

韩文举一说起这些，极易进入境界，将烦恼忘却个殆尽："早年，白石寨是有个道观的，观里每晚要寄宿一个州河鬼。一日，鬼对道长说：'今天有一男人要从渡口过河，阎王命我拉他做替死鬼。'道长不信。第二天果然见有一男人从此过河，刚到河心便沉没了，但不久又冒了上来。晚上道长就问鬼：'你不是拉他做替身吗？'鬼说：'那男人有八十岁的老母，儿子死了，老母也就没法活了，我已是鬼了，姑且再做几年鬼吧。'过了一年，鬼又对道长说：'明日有一妇人过河，阎王命我拉她做替身。'第二天，又果然有一妇人过河，刚到河心便淹没了，但不一会儿又冒了出来。晚上道长便问原因，鬼说：'那妇人有个半岁的孩子，她死了，孩子就不得活了。我已经做了鬼，还是再做鬼吧。'又过了一年，鬼突然问道长：'你修道了六十多年，都悟出了些什么？'道长说：'流水遇土必浊，人要崇高，莫究人世烦恼。'鬼摇头。道长便问：'那么，你做鬼十年，悟出了些什么？'鬼说：'一个人变成鬼，该是他反省的机会，我反省了十年，知道了人为什么怕鬼。大凡是鬼，在世间有害无益。道长，你说呢？'这道长低头半天没有说话。鬼又说：'你愿意为人间做点好事吗？五年之后，白石寨将有瘟疫流行，巫岭上的草木都是药，你随便采上一些就可以给百姓治病。到了那里，或许你还能见到我。'说完，鬼便消失了。五年后，白石寨果然瘟疫流行，百姓灾难深重。道长想起溺死鬼的话，上了巫岭采药为百姓治好了病。百姓对道长感恩戴德，称他'神医道长'。道长深受感动，便去巫岭寻找那鬼，找了多天没找到。一日正要下山，忽听背后有人喊他，回头看时，土地庙里走出一个人来，正是五年前那个溺死鬼，只是穿着打扮像个神仙。"

韩文举讲完，众人皆觉得有趣，于鬼不惧怕，倒可亲可爱。韩文举就又说："鬼是不用怕的，我一个人在船上，夜里也常有鬼来，它来它的，我睡我的，百无禁忌！大前日晚，天半阴半晴，没有出月亮，好像又有月光。我要拉屎，嫌离渡口近了，风把臭气吹来，就到河边下滩去拉。走到那片石滩边，看见一双花鞋齐齐摆在一块石头上。心想，谁家女人将鞋丢在这里了，踢一脚，把鞋踢下石头，一只朝东，一只朝西。去远处将屎拉了回来，却见那鞋又齐齐地摆在石头上。看四周，并没一个人影，我知道这是鬼捉弄我玩的，偏不吱声，回来倒头就睡了。到了后半夜醒来，看见岸上有一个穿白衣的人往村里走，一边走一边说话，过一会儿一个人从村里走来，却是田中正书记。我问：'刚才过去的是谁家媳妇？'田书记说：'没人呀！'我说：'这又是鬼了！'

田书记倒吓得变脸失色，直在船上坐到天亮才到乡政府去。”

韩文举说得痛快起来，哈哈大笑，众人也便笑起来，目光倾注河面，月下一片光亮，水声溅溅，似乎鬼这时也就在那光中声中，全是温柔调皮的样子。

一个人就说：“韩伯，你在诳我们了！田中正书记是怕女鬼吗？你老是看眼花了，怕看到的是田中正书记去找陆翠翠了吧？”

说到陆翠翠，韩文举声调低了，说：“这可是你说的！陆翠翠怎么啦，田中正书记怎的去找了她？”

那人说：“韩伯你别装糊涂！田中正是吃在碗里看在锅里，陆翠翠毕竟是个处女呀！”

韩文举却骂了一句：“处女？她只是没生个娃娃来！他真勾上那翠翠了，那可是个女鬼，女活鬼，够他折阳寿的了！”

话题扭转过来，这伙人就从陆家说到田家，快活时笑一通，愤恨处骂几声。福运则一直头埋在两腿之间不动亦不语。韩文举在摇他：“福运，你睡着了？”

福运没有睡着，他先被鬼所迷惑，满心里想着鬼全是女的，某一夜会从他的门缝里悄然飘进，他福运是不会害怕的。到后来大家说起陆翠翠，他首先倒想起田中正那个嫂子，可怜这个女人要当一辈子寡妇了，不知她又是什么鬼变的。

福运正想入非非，果然一个女鬼在叫他，声调拉得长长的，像孩子拉下屎了叫舔吃的狗。这女鬼却实实在在是人，是田中正的嫂子，一边叫一边从村里直下到渡口来。

赤身裸体的男人本能地立即两腿夹起来，月色苍茫中弯曲了身子。福运一边慌慌张张穿裤子，一边回应：“是田婶吗？你先不要过来，都是光屁股哩。我的裤带呢？”

妇人就笑了，偏不停步：“我又不是十七八的，你吓唬我吗？”

有几个男人一时穿不及，扑扑通通溜进河水里。韩文举却已经站起来了，他对这妇人已没了多少怨恨，更多的则是一种可怜，问：“夜深沉，你也是睡不着吗？”

妇人说：“我哪有你们清闲呀！你们全有劳力，地里收停了，场上碾净了，我们家的麦子全堆在场上还没动梿枷！英英她叔也不见回，顾不上家，英英单位也不放假，你说我苦不苦？”

韩文举说：“书记是忙，他是有应酬的事多哩！可话说回来，家里那么多挣钱的，还在乎那一点粮食？”

妇人说：“我家里能有几个钱呀？她叔和英英挣的都是死钱，村里谁家也比得上我们，金狗不是要成万元户了吗！”

韩文举说：“金狗那万元户，蛇大窟窿粗！哪儿有你们家一个钱当两个使？”

话说出口，韩文举心里就打闪，想起和尚的话，一种阴影又袭上心里，放软了舌头说："你是来叫福运去帮工的吗？"

妇人说："福运一个人，无牵无挂的；福运，帮帮我去，工钱我是不亏你的。"

福运就笑了："我哪儿要了工钱，你顿顿有肉就对了。"

韩文举说："你嘴头倒馋，田书记家是什么人，能亏你下苦人？明日我有空了，也来帮你家扬扬场。"

妇人说："你是请不到的人！她叔几日回来了，请你去喝酒，前几天有人送他几瓶四川老窖，好好灌你个稀软！"

韩文举心下想：谁又送他酒了？这些日子去送礼的人多了，必是有了什么变化。就问："田书记没说什么消息吗？听说白石寨有风声，这地又要收，真有这事？"

妇人说："这是上边的事，我可不知道。但听说现在各管了各，都去发了疯地挣钱，钱全归了个人，国家倒缺了钱，这样下去，怕也不是长法。"

韩文举心寒了，知道和尚的话不是信口胡说的，就后悔自己不留后路，将来要吃亏了。眼呆呆看着福运跟着女人走了，锐声叮咛："福运，去了就要舍得出力呀！"

众人也就操心起场上的麦堆来，似乎火燃眉毛，得赶快将今年的麦子收存藏好，方是起码良策。就全站起："夜不早了，得回去了！"一溜上岸各自散去。韩文举空落落呆在船上，看着那堆火化为红炭，蒙了白灰，最后黑下去。

后半夜，"看山狗"叫起来，仙游川的大麦场上一切寂静，蒙眬中的韩文举掏出六枚"宝通"铜钱在船板上撒开，但苦于月亮已坠，看不分明，也懒得去看了，痴眼守着船尾处水里的那一颗孤星发怵。

6

韩文举的担心完全是多余的。他闷闷不乐在渡口上呆了几日，却见一切安然如旧，河运队照常船只往返，走白石寨，下荆紫关，去襄樊，赚钱发财，洋洋得意。且白石寨的小水人也没回来，也不来信，看样子，白石寨方面并没什么大的变动。白石寨那边没事，两岔镇也就没事的，和尚真是逮住风就是雨，白吓唬他一场了。但韩文举毕竟是精透了的人，他要彻底静观了一切形势方可决定下一步言行的，便将一颗小小的聪明收藏起来，有心暗中再探探田中正的口气。

田中正却好长日子了没在渡口上出现。

麦子全部收清后，州河两岸似乎瘦了许多，有些农活利索的人家，点种了包谷，开始了一年一度蒸了新麦面的馍馍走亲访友地"送夏"了，那些女儿、女婿在拜望了泰山泰水之后返回，孩子们无一不带有外婆外爷赠送的花饰"糊联"。这些殷实了的男女老幼见天每日在渡口上喊船，韩文举一边和人家说趣话，斗花嘴，一边心中哀叹自己的悲苦，思想自己无儿无女，守一个小水，偏偏年轻轻的做了寡妇，使自己人到晚年享受不了“送夏”的馍馍，也享受不了对外孙的一份怜爱。田中正家的麦子收得最晚，种包谷时，也是田中正从镇上叫了一帮人去他家耕种的。偶尔在一个云遮月亮的晚上，田中正搭船回仙游川了，韩文举瞧他神色匆匆，脸黑了许多，也瘦了许多，一上船就默默地吸烟，他一颗心就发紧了。待船摇至河心，烟波弥漫，空阔一片，便怯怯地问：“田书记，久不见你回家了，乡政府事情忙呀？”

田中正说：“忙透了！”

韩文举说：“人都眼红你们做领导干部的，却不知你们这些人忙呀！共产党的会多，费脚，费嘴，这倒罢了，那份心苦，谁受得了呀！田书记，近些日子又有什么动向了？”

田中正一根烟抽尽了，又续上一根，说：“当然有动向。”

韩文举再问：“你说说，是好事还是坏事？”

田中正说：“是好事也是坏事，是坏事也是好事。”说完，就不再言语，只笑了一下，船到岸就回村去了。

怕什么就有什么，韩文举咀嚼田中正的话，似乎是模棱两可，但人家是官，咱是草民，官对于草民用不着促膝相谈。瞧他那匆匆神色，那临上岸时奇奇怪怪的笑，韩文举的一颗心又不稳妥了。

世上的人有大聪明和小聪明，大聪明是糊涂的，是愚；小聪明则往往要被小聪明误。田中正的心神烦闷并不是韩文举所揣度的那回事，他长久日子不回家，茶饭减退，夜寐失眠，是被另一件事所困扰。家里那位半老徐娘的嫂子，愈来愈紧地逼他“熟亲”，而县委田有善的叮咛，也使他把一颗浪荡之心收拢，思考着近期“熟亲”事宜。但是，陆翠翠竟怀孕了，这位熟得像紫葡萄似的女人，一沾手就流水，那么容易就怀孕了，真是该生孩子的不生，不该生的却生！翠翠一怀上孕，就提出要与他结婚，将以前的温顺劲儿全然消尽，凶得像一头母狼，他要她堕胎，她就要他写下娶她的手据，否则她就要将孩子生下来，看田中正这位书记的脸面往哪里搁！田中正骑在了虎背上，上下两难。恰这时县上拨来两个招工名额，是州城报社招收去培养做记者角色的。名额在全县只是这两个，县委书记田有善却要将这名额作为一种鼓励和表彰的奖品，念及两岔乡办河运队有功，便全部下达到两岔乡。田中正立即苦海里碰到一舟，先将英英第一个考虑，来安稳住嫂子的惶恐之心，再是将此事告知翠翠，翠翠便一定要求让其弟去占第二个名额。田中正就和陆翠翠谈判：其弟可以保证去，翠翠肚里的孩子就得打下来，结婚一事缓一步往后再说。陆翠翠一同意，田中正就找来田一申，让他以寻找推销货物的名义，领陆翠翠到远远的荆紫关去打胎。

这一天，田一申和陆翠翠搭坐了一只去荆紫关的船，韩文举在渡口看见了，瓷眼眼将陆翠翠从头瞅到脚，心想这女人长得就是妖，三分是人，七分倒是狐狸精，便想起自己年轻时在白石寨、荆紫关的窑姐儿楼上见过不少这类女人，不觉生出几分鄙夷，在河中呸呸吐了数口。这一吐，陆翠翠有些脸红，韩文举立即意识到这是邪不压正，小聪明又上来，想成心戏弄一下这小狐子了，说："这位是翠翠吗？渡口上难得见着你啊，你这是去白石寨买药品吗？"

翠翠眼睛飘忽着，说："是到白石寨的。"

韩文举就说："白石寨是热闹地方，是该风光风光的！翠翠，听说你爹承包了卫生所，生意还好吗？"

翠翠说："还好。"

韩文举说："怪不得翠翠穿得这么艳乍，翠翠，瞧你这体面，将来要攀个官样人家哩！"

正在船上忙活的田一申听见了，就硬着声说："老韩，你这个酒鬼，八成又喝多马尿了，你管得着人家女婿如何，反正找不着你的！"

韩文举说："田队长，我这话说错了？你敢和我打赌，翠翠攀不上个当官的吗？！"

田一申严肃了脸面说："老韩，我告诉你，你那臭嘴真要检点些才是！好多人反映说，你在渡口上散布许多不利形势的话。你说过现在的政策要变了这类谣言吗？"

韩文举立即老实了，说："这话我说过的。"

田一申说："这是什么意思？你对目前政府的政策不满吗？要搅乱人心吗？是你制造出来的，还是贩卖别人的？"

韩文举想说出这话是从和尚那儿听来的，但他不想牵涉了外人。说："坐船的人说的，我真忘了那人是哪里人，姓甚名谁，他是穿了个蓝褂的。"

田一申说："你这个老鬼头！要是在前几年，你就吃不了兜上了！"

韩文举陡然心境阴沉，看着田一申扶着翠翠上了那只船，开拔下行，他锐声地说："田队长呀，你以为我是盼政策变吗？我打听这消息，提说这消息，全是害怕政策有变啊！"

田一申却再不理他，船慢慢在河心漂远，最后变为一点，于天和水的交界处忽地消失了。韩文举霜打了一般地立在渡船上，突然间，却十分兴奋。想：田一申的话不是说明这政策不会变吗？哼，只要这政策不变，你田一申当队长，管得了河运队的船，却管不得我韩文举的渡船！田中正也管不住的！！

韩文举心里高兴起来，就立在渡口狼一样吼着喊福运。但福运不知死到哪里去了，不来陪他说话，也不来喝酒。韩文举自个喝了几盅，总觉得无人交流，喝得也没了滋味，看看天色向晚，渡口上已无搭渡之人，便将船泊在那里，进村去找福运，才知道福运又让田中正的嫂子叫去深翻一块菜地了。老汉惆怅半日，忽想起金狗，直脚往不静岗去。

金狗这半年来，越发对韩文举殷勤，韩文举也越来越服起了金狗。这小子，在岸韩文举说："你老实给我说，你的用心是啥？"

金狗脸色变红了，却平静地说："有什么用心，你让我喝酒也有用心吗？"

韩文举想了想，这话也是，便将心底处泛上来的某一种想法又悄悄压下，不再提说。

两人开始坐喝，喝到酣时，韩文举突然冒一句："现在的事情，老的虽是重要，但老的毕竟老了，说什么也都只是个参考罢了，问题还在年轻人，是你们年轻人的了！"

他说完这话，没有理会他，却暗中看金狗的神色。金狗一字一句听在心里，也装作一派混沌，天地不醒，倒反问道：

"你说这话是什么意思？"使韩文举心凉了许多。

这在韩文举到了不静岗，金狗却也不在家，他是收拾石磨打种带色岔后又上河去白石寨，几日没有回来了。韩老爹在灯下用烟斗和制胶质墨块，热情让韩文举坐了，小水坐在老的旁边嘻嘻笑着问："你让金狗去白石寨捎买了什么东西吗？这孩子座人了小，误人了大，他几天也没回来了！"

上倒还罢了，一到水上撑木排，就是忘乎一切的亡命徒，韩文举觉得自己年轻时闯州河也没这么个帅劲！这期间，每次放排归来，金狗就要到渡船上和他坐坐，差不多要掏出一瓶好酒给他，说："这是小水捎给你的！"韩文举就要夸说小水一通，然后将酒瓶打开，两人共享。有几次喝醉了，流着泪说："我这小水待我这般好，我对不起侄女呀！论人才，论品德，论性情，我的小水是活该有福的人，可她偏偏命苦，无缘无故地做了寡！"遇到这阵，金狗也伤心落泪，百般劝慰，一直待到韩文举醉沉睡定方回家去，往后更是孝敬韩文举如孝敬矮子画匠一样。小水捎来的酒还是不断，韩文举就写了一封信让金狗捎给小水，说他这里一切都好，收缴的船钱够他喝酒的，让她在铁匠铺里攒下钱了，自个好好蓄着，以后有了好的对象，也好经营她的新家。但小水很快寄来一信，说她根本就没捎过酒，酒全是金狗掏自己钱买的。这韩文举就疑惑了，不明白金狗是为什么。他忽而想到金狗是不是有别的原因，打问别的人，别人全只是笑，说："那多好的事呀，谁要给我买一瓶酒，我就去烧高香了！"他在一次金狗又拿了一瓶酒给他时，他说："又是小水捎的？"

金狗说："她说，让你天天喝点，但不要喝醉，人老了拿不住酒劲了！"

韩文举直愣愣盯起金狗，说："金狗，你原来是个说谎的鬼头，你以为我不知道吗，这酒是你自己买的！"

金狗脸色大赤，立即笑着说："是我买的你就不喝了吗？我自小跟你喝酒，我不能还你吗？"

韩文举说："你老实给我说，你的用心是啥？"

金狗脸色更红了，却平静地说："有什么用心，你让我喝酒也有用心吗？"

韩文举想了想，这话也是，便将心底处泛上来的某一种想法又悄悄压下，不再提说。两人开始坐喝，喝到酣时，却狡猾地冒出一句："现在的事情，老年人重要是重要，但老年人毕竟老了，说什么也都只是个参考罢了，问题还在年轻人，是你们年轻人的事！"

他说完这话，漫不经心地，却暗中看金狗的神色。金狗一字一句听在心里，也装作一派混沌，天地不醒，倒反问道："你说这话是什么意思？"使韩文举心凉了许多。

这一夜韩文举到了不静岗，金狗却也不在家，他是收清碾打种毕包谷后又下河去白石寨，几日没有回来了。矮子老爹在灯下用烟煤子和制胶质墨块，热情让韩文举坐了，小而生光的眼睛直瞅着问："你让金狗去白石寨捎买了什么东西吗？这孩子应人事小，误人事大，他几天也没回来了！"

韩文举说："我有什么可捎买的，来看看他，不知外边近日又有什么动静了！"

矮子问："出什么事了？"

韩文举正不知话怎么说，门前的狗就咬，接着有一束手电光从门洞照进来。韩文举还未看清来者是谁，那人就高喉咙嚷开了："哎呀，老韩伯你在这儿！我在渡口喊船，就是无人应，害得我趟水过来，一边趟一边骂：这老不正经的又跑到哪家娘儿们屋里去了！"

韩文举说："蔡队长，你好作孽！两年前州河涨水，冲下一个女人，三十郎当，我救她上来，她跪在我面前磕头，说要报答我，我说：怎个报答？她说给我钱，我不稀罕她的钱。她后来要用身子报答我，我拍了拍那腿上肉，肥嘟嘟的，就让她穿上裤子去了。东西倒是好东西，人不中用了啊！"

三人大笑，矮子骂道："你好过口上的福！文举，你这张嘴遭的罪多，下辈子变驴变马不得转世的！"

蔡大安坐下，将黄狗按在身边，问矮子："金狗还没回来？"

矮子说："文举也来找金狗的，有了什么紧事，深更半夜的让你来？"

蔡大安没有立即说，看了韩文举一眼。

韩文举就说："你们有要事，你们谈，我去卧屋抽烟去。"

蔡大安说："你和金狗家关系近，你坐着，也不是什么绝密，是关于金狗的好事，你听听不要传出去就是了。"

韩文举就坐下，显得漫不经心的。

蔡大安说："明日得让人去白石寨找金狗回来！州城里报社要咱县推荐两名搞新闻的人，田书记向县委那儿讨了这名额，意思想让英英去。还有一个名额，我推荐金狗，金狗在部队就搞过这项，又是复退军人，正好是个安置，可田一申却要推荐另一个人。"

韩文举听说招收干部，他不懂新闻这个词，问明就是做记者，记者这名儿他是知道的，心里直替金狗激动！当听到田一申要推荐另一个人，就问："是哪一个人？"

蔡大安说："是镇东的那个陆小六。"

韩文举说："陆小六？"

蔡大安说："说他姐姐你就知道了，叫翠翠！"

矮子还在迷惑，韩文举就叫起来："是那小狐狸精？她不是和田中正黏糊上了吗？"

蔡大安大惊，问道："这是你说的呀！你怎么知道？"

韩文举直觉失口，后悔不及，赶忙说："这权当我胡说，我也是听外人说的。"

蔡大安则站起来，去门外看了，回来压低声音说："你们既然知道了这事，咱就在这全说出来，出门就算完事。这翠翠就是田一申给书记牵的皮条，他想让书记和这翠翠结婚，这不是成心拉领导下水犯错误吗？翠翠现在怀了孕，逼书记成亲，可书记总不能为一个臭婊子坏了前程呀！那翠翠就要挟不堕胎，书记只好以让其弟去顶这个名额为条件，才同意和田一申到荆紫关打胎去了。这可是个千载难逢的机会！让金狗回来，快些去乡政府报名，估计乡政府要提供四五个人选，州城报社再来人考察。这事误不得，越快越好！乡政府不让把内部情况透出去，但金狗和我是什么关系？就是犯错误，受处分，我也得来透透风呀！”

矮子顿时慌起来，脚手乱动，不知怎么感激好，忙取酒来招呼。韩文举便插嘴道：“金狗我早就看了，相不是凡人相，这小子去了州城报社，他会成个大人物的，仙游川也不是光田家、巩家出人的！可话说回来，田书记既然答应了陆翠翠，他还能改口吗？”

蔡大安说：“事在人为，要么急着找金狗！金狗条件最适合，田一申却死不同意，这人表面上和金狗亲热得不行，背地里却使绊子，我算把他看透了！”

韩文举说：“你们河运队不是盈利好大吗，听说田一申在白石寨货栈，做生意挺有一套的？”

蔡大安说：“那人最鬼，外面倒落个大名声。河运队还不是金狗他们出的力，问问他下了几次河，跑了多少路？他只会卖嘴！光想揽权，好像河运队就是他一人功劳！”

矮子一边添酒，试探地说：“田书记不是挺信任他吗？”

蔡大安说：“我对田书记就是这一条意见！不知他怎么想的，偏要用田一申？！大家都不满田一申，私下议论纷纷要撤换了他，田书记见闹得事大了，同意开河运队大会民主选举，他就给田书记上美人计了。金狗回来，你要让他联合大伙就不要投田一申的票。那算什么东西，河运队现在经济上也一堆问题，再让他管下去，非烂包不可！”

韩文举不大明白河运队里的事，也不敢随便发表意见，却纳闷：一个河运队两个队长，倒矛盾得尿不到一个壶里，这不是和当年老支书与贫协主席一个样吗？怎么搞的，吃国家粮的，吃农业粮的，大小当了官就都不和？！不和就不和吧，与他韩文举屁事，他韩文举倒高兴起来了：河运队既然还争争吵吵当头儿，就把金狗的好事吵出来了！他将酒壶提起来，直嚷道酒干了，作践矮子家里要没酒了，他到船上去拿呀。矮子就又取了一瓶，三个人碰了一盅又一盅。

韩文举首先就喝醉了，说：“蔡队长，听你说，田书记的英英也要去报社？英英不是在两岔镇商店吗，有了国家的饭吃还要占一个名额，那女子能写文章吗？”

蔡大安说：“这名额不是田书记到县上要，能拨到咱乡上吗？不拨到咱乡，金狗能去？什么事不是人干的，业务不熟悉可以学嘛，呆在商店自在倒自在，出息能有多大？”

韩文举就勾起一件往事，说：“十年前，州城报社来了一个记者，说是采访，问我当年仙游川田家巩家闹革命的事，我说了一上午，人家就走了，后来报上登出来好大一张。记者是大本事！没本事的人当个官是行，要到报社去写文章，英英我看福运还呆在一边，惊慌不已。

朴文肇笑得不可收拾，寻着词儿作践福运，后来放倒在一边，说：[redacted]你小子该种，你不知道田中正在外也相好的多吗？那妇人四十出头，正是发狂的时候，三十如狼，四十如虎，她一时守不住，二是也要报复田中正的人家不寻我……我是不行了，你小子五大三粗的，却不会收拾女人！”

说罢，头一歪，一滩污秽吐出来，再不言语了。[redacted]

7

白石寨城南门外，沿州河是一溜子低错的破房子，因为不属城建局的规划，全都简易结构，但巧妙性、艺术性却令人叹为观止。州城下来的画家，留着很长的头发，非男非女的，常常蹲着这里作画。这房子并不作基础，墙沿着岸石往上砌，砌成炮楼状，里边就有一架木梯，或是两根绳子系着木棒的软梯，就可以爬入楼上的一间。岸若不是青石平石，主人家又没有足够的材料，那就垒两个石柱，而后悠上去，再搭一个木阁楼。[redacted]阁楼难哩！”

矮子说：“他韩伯，你怕又是醉了！”

韩文举站起来，说：“是喝多了，人老了，拿不住酒了！四十年前，我喝过二斤白干，到白石寨妓院去，那臭牙婆子以为我醉了，要我三个大洋，我骂了她一顿，和那白脸子睡了，临走倒还偷了她一块胰子。今天是喝多了，蔡队长，我不陪你了，我到船上去，你要回去，河岸上喊我。别人我不摆渡，你是要摆的，摆。”

韩文举从门里往出走，矮子问能不能回去，回答却能的能的，真个摇摇晃晃走了。

回到船上，福运却在舱里等他。

福运浑身湿汗，直打饱嗝儿。韩文举说：“忙了人家半夜，讨了什么吃的？”

福运说：“真有肉的，我吃了十二片。”说罢却脸色赤红，作难了半晌说：“韩伯，你说那妇人好不？”

韩文举醉眼发痴，问：“给你吃了肉，你就说她好？”

福运说：“我是说……”却不说了。

韩文举怔了一下，酒有些醒，问道：“这妇人还给你更好的了？”

福运点头。

韩文举一把扯住：“好呀，福运，你倒还会这个？那妇人可是书记的嫂子，比你大十多岁的！”

福运就慌了，说：“韩伯，这我可没干什么，我挖了地，回去吃饭，那妇人直给我夹肉，肉吃了，她说我乏了，就让在炕上展展身，她就脱了衫子，直嚷嚷热，我不敢，我怕人家没那个意思。后来她坐得近近的，我又怕了，怕人家这是给我上什么计。我说要上个茅房，一出门就到船上来了。”

韩文举一口唾在福运脸上，骂道：“你个没出息的，那女人能给你上什么计？我要在年轻，管得了这些？她就是有计，你也该将计就计！”

福运还呆在一边，惊慌不已。

韩文举笑得不可收拾，寻着词儿作践福运，后来就倒在一边，说：“你小子没种，你不知道田中正在外边相好的多吗？那妇人四十出头，正是发狂的时候，三十如狼，四十如虎，她一时守不住，二是也要报复田中正。人家不寻我……我是不行了，你小子五大三粗的，却不会收拾女人！”

说罢，头一歪，一摊污秽吐出来，再不言语了。

7

白石寨城南门外，沿州河是一溜高低错落的破房子，因为不属城建局所规划，全都简易结构，但巧妙性、艺术性却令人叹为观止。州城下来的画家，留着很长的头发，非男非女的，常对着这里作画。这房子并不作基础，墙沿着岸石往上砌，砌成炮楼状，里边就有一架木梯，或是两根绳子上系着木棒的软梯，就可以钻入楼上的一间。岸若不是青石平面，主人家又没有足够的材料，那就垒两个石柱，高悠悠上去，盘踞一个木阁楼。阁楼的窗子皆日夜洞开，有无数的丑美眉眼在州河上望。河面上虽然有风，但州河的水好，无论丑美，脸子却是十分之白。每于清晨，雾从河面上起身，渐渐爬到这些房子顶上，寨城里就像处在打开的馍笼里，街灯半昏不明，显一团羞涩的橘黄。南街，是条老街，就只响动笃笃的脆音，这是挑水的人趿了僵硬的塑料底鞋在石板街上的声动，或者是放圈的早猪，后边有挑了屎尿担的人，只待猪的尾巴翘起，就急忙跑近去用勺接了，倒在桶里，然后勺在桶沿上磕得十分有节奏，如古时的更梆声。这个时候，城外的破房子已经在雾中清楚，一道十分鲜艳的霞光从州河东面水上铺过来，直腐蚀了凹凸不平的石头墙，又一直铺到河的西面，衬出有三四只梭子船、木排摇曳而来。睡在小木石楼上的妇人，一颗蓬头探出窗来，咿呀地叫一声什么，随之将一盆臭水泼下来，重重地在河水面上溅起。清早的河边是臊臭的。州城来的画家常常被这臭水溅及，骂一声“霉气”！那楼上的妇女听见了，忙将帘子放下，嗤嗤地发一阵谑笑。或者画家们正对着那石柱素描，便看见石柱之上的楼底，有一个洞，正一个白嘟嘟的东西蹲着，是在拉屎，恨不能一个石子击上去，取几声“哎哟”解恨。若是冬天，这石柱中间，就冰冻起一个粪柱，有郊远乡村的农人便用锤子打砸了，如凿下一节溶洞的石雕，拉上柴排运过河面。这情景别有风采，但往往画家不在此季节来白石寨。若是到黄昏，寨城里差不多苍茫昏暗，河岸上还挺光亮，东边河滩上就一溜一队拉纤人，整齐地排列，一声地吼唱，身子斜到与沙滩平行般地前进，船就慢慢靠了岸边。而与此同时，木石楼上的窗口全趴着脑袋，岸头又站满了人，一起对着船上下来的船工喊：“住店吧？五角钱一夜，被褥干净，有吃有喝！”眼睛就盯着上岸者腰间的牛皮大钱夹。船工们享受了人生的荣耀，想象着战场上凯旋的将士威风的味道莫过如此，故全不作答，自己忙自己的，扬长而去。船工是有各自的目的地。只是那些经验未足的，面善心软的，终被开店的包围，如一只羊被众多的狼所撕，结果受力大的携去，于一间木石楼上住了。这木石楼上床十分之小，被褥乌黑，半夜里浑身瘙痒，黑暗中也摸得出四个五个肉乎乎的东西，用指甲挤出一声小小的“叭”！再是，楼板裂缝，楼下有光透上来，看得见店主人的小两口曲尽绸缪，极致了肉体上的杂技，便一时难忍，咬指抚心，倏起倏卧，也在不觉之间将被褥弄得点点脏斑。

金狗是从不住这种店的，每次回来，皆是在河里洗净身子，衣服也于半路洗了晾在排上，至排到岸干了穿着在身，就直直往寨城南街铁匠铺去。骨碌碌的饥肠和眼睛，让小水用饭用酒塞饱了，眼睛也看够了，偶尔于黑暗处交个口，出来对火炉边的老麻子告一声：“伯，我去货栈呀！”回头再一看，门帘处是小水炭红的脸。

这麻子什么都知道，偏唬道：“金狗，你叫我什么？”

小水说：“外爷你老了，我叫人家是叔的！”

麻子说：“我哪里老了？我要他金狗叫我爷爷，他金狗敢不叫吗？”

小水就连脖子都红了，便对远去的金狗喊：“金狗叔，你要再来，别忘了给我外爷提瓶好酒！”

金狗却总未有提过酒，倒是铁匠麻子老以酒款待他。但无论如何，这个夜里金狗是睡在货栈的大铺里，他的话显得特别多，行无老少之序，言没雅俗之分。

一日，金狗和七老汉从两岔镇上十里的山村收购了上千斤油桐子，下行到了荆紫关，价格升了三倍。原本装些大叶烤烟，轻轻地逆河回白石寨，两个人正坐在荆紫关的小酒馆里对喝，馆门外来了一人。此人三十出头，青衣打扮，于街面铺下一张黄油布，放上一堆染红的麦粒和无数小纸包，身后的墙上张挂了三面红绸字旗，弯弯斜斜墨笔书写：“灭鼠能手”、“鼠敌”、“除害专家”。金狗早闻荆紫关三教九流人多，便听那青衣人手持竹板，口若悬河叫卖起来：“列位父老，乡亲姐妹，小伙子不才，却有报效国家之心，目下太平盛世，五谷丰登，但粮多鼠多，鼠害横行，特到贵地推销鼠药。我这鼠药是祖传秘方所制，老鼠见了就吃，吃罢三步倒地。世上卖药的多是行骗，贪图钱财，坏了这行名声，咱小伙子只为民除害！今年人口兴旺，鼠口也兴旺，世上既然生人，就得生鼠，人鼠争粮，不灭鼠，人有七分粮，鼠有粮三分。这鼠药先送后卖，第一包分文不取，如若有假，请列位看这面锦旗！小伙子家住两岔乡，姓吴名风，坐不改名，行不更姓，发现行骗，上告白石寨人民法院，甘受五花大绑，问罪投监，杀头丧命！”金狗听得两岔乡，心头一怔：两岔乡并未听说谁家祖传鼠药秘方，好生奇怪。出门看时，竟是仙游川雷大空。

正待叫时，雷大空已经发现，骨碌碌瞪了一阵白眼，拉金狗道：“你不要叫我的名字，摊子才摆起来，别砸了！”

金狗说：“来吧，喝酒吧，兄弟今日请客！”

大空说：“稍等一时，我捏几个钱了，我来请你！你快帮帮我，假装与我不识，就说前几日买了我的药，果然鼠吃鼠倒，家宅平安，就再说邻里让捎买二十包，你掏了钱，我再还你！”

金狗说：“别来那一套，七叔也在这儿，异地逢乡亲，痛快喝一场！”就卷了大空招牌和药，回酒馆又买了一壶酒，三碟猪蹄，一盘泡菜，半碗花生米，一时高声划拳，三人都头重脚轻起来。

金狗说：“大空，你怎的一走这么久日子也不回去！”

大空说：“咱告田中正的状，没告赢，倒让他站到另一高枝上了，我心一灰，就出来闯荡了，反正无父无母无妻无子，哪里饭吃不得，偏在他田中正手下受委屈！”

金狗说：“他田中正做他的书记，咱做咱的百姓，他总不能把咱杀了剐了。都一走，没有顶撞他的人，他不是越发地头蛇变恶龙了？你出来什么干不了，倒玩这一套，蹲在街头耍嘴皮，能赚了几个钱，又下贱人！”

大空说：“这生意不摊本呀！五角钱买一瓶磷化锌水儿，泡十斤麦粒，二十颗麦粒一包，一包一角，一本万利啊！走到哪，卖到哪，吃到哪，逛到哪，落得神仙自在！”

金狗问：“你那药当真能毒死老鼠？”

大空说：“第一包倒是真的，别的我当场能吃下去！”

七老汉就骂：“你好作孽！”

大空说：“现在是人哄我、我哄人，谁不是如此？咱百姓哄一哄，哄几个小钱，那当官的怎么着，七叔，你可惜不识字，要是看看报纸上揭露的官僚主义那些丑事，你老怕要气得上吊死了！可人家作什么孽，有什么报应，这个单位臭了，调到那个单位，一样做官，一个上去，七舅子八姨子全上了去！田家、巩家不是这样吗？”

金狗知道大空这些年跑得广，见得多，脑袋空灵，就说：“七叔话也是对的，做人还是实在些好。你是能人，安心办一宗正经事，必会出息，也别干这一行了。排今日回白石寨，跟我们回吧！”

雷大空就搭了排。这小子也是水里一条蛟龙，喝了酒在排上，样样能干，生性又大胆异常，沿河见岸崖上有碗大的土蜂巢，便将那自制的绸子锦旗浇了酒点着去烧，竟无一次被蜂蜇伤。七老汉就劝大空也来河运队做活。大空却说：“卖老鼠药，我就为的是不到船上来。田中正让田一申、蔡大安领导河运队，那是田家两只狗，一见他们我不吃都饱了！再说，要干就干一宗大事，也不至于吃水上饭出这么大的力！”

排到白石寨，雷大空上岸自做他的营生去了。七老汉和金狗招呼货栈的人卸排上的大叶烤烟，一边等待河运队别的船只到来。八号船上有一个老汉，是迷信头子，每次行船，舱里总供养着一条小白蛇，谓之河龙，船到荆紫关，就捧了蛇盒，往关里平浪宫大殿去，将小白蛇放在神像台上焚香磕头，祈求行船平安。船到白石寨，寨城中街也有一座平浪宫，再捧小白蛇前去焚香磕头。这种仪式，七老汉是必参加的，金狗却忍不住戏弄几句，从不去那里耽搁时辰，待到船上货卸完了，就急急到南街铁匠铺去。七老汉就说：“金狗，你还是不去吗？小水比神重要吗？！”

金狗说：“我要给铁匠伯送一条鱼去！”

七老汉说：“金狗，你是没吃过水上的亏哩。这平浪宫是你祖先当年的船帮会积钱修的，你祖先是多硬的汉子，他也敬河神哩，你不是船帮会的后代？”

金狗还是走了，心里说：“我祖先修神殿，敬河神，他怎么也被五马分尸了？”一直走过南街，街巷的人都晓得这是铁匠的熟客，就笑笑地打招呼，却说：“麻子到酒店去了，他这几日常去喝酒，喝就喝个醉。”

金狗问：“小水也去了吗？”

旁边有人说：“小水为麻子醉，嚷过几次，先是一醉就去扶，后来麻子还是去喝，小水赌气也不接了。”

金狗心想，只要小水在就好。金狗也说不清在什么时候，他们两个有了感情，似乎谁也没说破过，但慢慢地是离开了心就空落，见了面就话多笑多，小水已经忘却了那一份做寡妇的自卑，金狗也不顾了枉做的“叔叔”辈分，他们相互读懂了各自的眼睛中的话。先是河运队的人全不晓得他们的变化，只惊奇说小水见了金狗，眼睛就光光地放亮！但他们什么都不说，人面前装作一本正经，小水一口一声“金狗叔”。待到有一日金狗在铁匠铺里瞧着无人，冷不防在小水的脸上亲了一口，他紧张，小水也紧张，叫一声：“你？！”金狗吓得夺门跑了。金狗一跑，十天里不敢再到铁匠铺来，小水却去寨城南门外的渡口上叫金狗了。也是这一叫，金狗胆大了，也从此狂起来，眉里眼里言里行里没了遮掩，像狼一样勇敢。于是，船上的人也渐渐知道了他们的情感。这日听说小水一人在铁匠铺，急急赶到，一头进去，小水冷不防，被搂得像青藤缠了树，挣也挣不开。小水拿竹针扎金狗的脸，金狗才坐在了炕沿上喘粗气。

小水说：“今日怎么回来得晚？”

金狗说：“卸货的人手少，排收拾清一口气跑来的！”

小水说：“谁知道呢，又到哪个小店去了吧？你们水上的人馋，又有了钱，死猫烂狗都不嫌，口粗哩！”

金狗说：“白石寨哪个有你好，我要心在小店里，让我排到黑虎滩翻了去！”

小水就拿手来捂金狗嘴，金狗的嘴捂住了，嘴里的舌头却在她手上舔。

小水说：“金狗，金狗，我把你叫叔哩，你这么不正经？”

金狗说：“我是你哪门子叔，你叫我叔，我就‘熟’，熟你个皮子发‘酥’！”一时手脚并用，像个四脚兽，将小水压在炕上。

小水什么都可，就是不让他那个，小水不是怕羞，小水懂得规矩，一个做女儿的纵然可以跨越千条防线、万条防线，但最后一道防线就是处女宝，那是一定要守得牢的，这件宝必须经过父母之命、媒妁之言且有隆重的仪式之后方能赠予某一个男人的。小水好道德，说：“金狗，这不行！馍不吃在笼里放着，你急什么呀！什么都是你的，偷偷摸摸的算什么事，将来也就没味了！”

金狗被这话说动，刚一发怔，小水就翻下炕，站在了门口，格格地笑。金狗没了办法，身子藏在门后，伸了手拉小水，拉不动，说：“小水，我听你的，你也得听我的，不那个就不那个，你让我揣揣。”

小水到底心软，纠缠不过，闪过门后，说：“你吃不上五谷却想六味，反正是你的人，你只准揣一下，眼睛不要看！”金狗侧过头去，手如蛇一样，钻进胸脯去，一下，两下，不出来。

小水脸红得不敢看，身子抖得像风里的竹子，说：“我这是不是流氓了？”

金狗不言语。他这时已经糊涂，已经失去理智，女人的身子他第一次触摸到，他感觉到是夏天的旅途中陡然走进了一片林子，干渴时陡然碰见了一口清泉。这林子不进来乘凉倒还罢了，一进来就永远不想走出去，这清泉不喝也就罢了，喝了一口就显得更渴！金狗一下疯狂起来，野蛮得像一头狮子，就把小水一下子抱过来，要把衣服全剥了去！小水猛然惊叫一下，厉声喊金狗的名字，后来就一口咬在金狗的肩上，把金狗摔倒在地上了，发恨地说："金狗，你要是这样，我就不和你好了，我是女儿家，我韩家门里还没出过这种丑事哩！"

金狗坐在地上，发红的眼睛看着小水，慢慢，眼睛就青了，白了，退了光芒，最后连眼皮也耷拉下来了。他感到了一种不满足，一种遗憾，一种惘然若失。甚至在突然之间，他似乎竟发觉到了他与小水之间有一层看不见的隔膜。

小水看见金狗在地上懊丧失望的样子，她突然哭起来了。她自己也弄不清为什么哭，但却哭得那么样的伤心！

待金狗刚刚从地上爬起来，门"哗"地被推开了。

从门外进来的是麻子，脸色赤酱，老眼迷糊，张口叫："金狗！金狗！"门后走出小水，她擦干了眼泪，偏说："外爷又喝醉了，哪里有金狗？"

麻子说："你哄我哩，我在门口看见门下四个脚，一双赤脚，五指分得开开的，不是金狗是啥狗！"金狗就忽地喊一声跳出来。

麻子就骂道："金狗，你这野东西，你一来，小水也就不来接我了，小水盼着外爷死哩！"

小水说："外爷心里哪里有我，有我也不该去喝得这样！"

麻子就嘿嘿直笑，坐在炕沿上了，却拉住了金狗，直声问："金狗，我没喝醉，我问你，你说小水好不？"

金狗说："小水好，老人更好！"

麻子说："放你娘的屁，我好什么，不是小水，你认得我老汉？小水好，你就得有个好的办法！你不寻个媒人，你光这么来，那算白跑！我们小水，州河岸上哪儿有这好人才，又能干，又心肠好，孙家是没福消受，那怪谁哩？"

小水说："外爷真喝多了！"

金狗说："我们河运队那伙人，老早就给小水她韩伯挑明过话……"

麻子竟生气了，破口骂道："给韩文举说顶屁用！他一辈子没正正经经活个人，连自个都管不了，还管得住我的小水？你要找媒人，就让到我这里来！小水，你说是不？"

小水说："外爷说这话，我伯听着了，要寻你打架的！"

麻子说："我怕了他老排骨？他捎书代信要让小水回去，我要不死，小水就不能离开我！你金狗要是个好的，我把这铁匠手艺传你，你将来就是铁匠铺主人，你要是向着韩文举，你就别进我铺子来，想小水让你白想死去！"

小水见外爷说得离谱了，直发恨声，麻子还是说他的，小水就恼了，一个人坐在门外铁匠炉旁的木墩上出粗气，想起娘，泪水花花的。

麻子问："小水，你怎的不高兴？"

小水说："我娘要是活着就好了。你年纪大了，不让多喝偏多喝，喝了话就多得溢出来！"

提起小水的娘，麻子的酒醒了许多，心里也一阵难受。果然也就不多说了，喊叫头痛，趴上炕睡下去。铁匠铺里安静下来，金狗就去剖鱼，银亮亮的弄了两手鳞片，小水已经生火烧锅了。

门外有人轻轻叫金狗，小水见是雷大空，站起来招呼，大空却并不进来，说："小水，金狗果然在你这儿！你能把他借我一会儿，我要和他说个话。"

小水说："金狗又不是我的头巾手帕，你找他就找他吧。你这浪荡鬼，说话怪难听！"

金狗就笑着出来问："你不是忙你的事去了吗，怎的又来找我？"

雷大空却不言语，小眼睛直眨，示意让他出外说话。金狗就让小水做鱼，跟大空一径到了街上。大空说："你想发财不想发财？"

金狗说："屁话！不想发财我撑船是图玩儿吗？"

大空说："撑船能发了什么大财？现在是出力的不赚钱，赚钱的不出力，我打听到一个门路了，就看你干不干。"

金狗说："钱的秉性是越多越好，我不嫌扎手的，你说说什么门路？"

大空说："我跑了几家个体商店，打问人家是怎么做生意的，嗯，世事好大！你知道不，东街头那家个体户怎样发的财，那货全是从北京、上海贩来的，先是千元本，半年倒腾，现在是七八万元的资产了！咱也开个商店怎样？"

金狗脑子也热了，似乎刚才在小水身上未能发泄的热情在这里以另一种形式爆发，说："这当然是好事！你就来着手筹备吧，搞到地方，搞到一批货，你就坐镇店里，我负责搞采购，又撑船又开店，互相调剂互相配合，别人能发个什么样咱也可以发个什么样的！"

大空说："好，那我就给咱着手筹办着，现在就是没本钱，我准备先下一次广州去！"

金狗问："下广州？"

大空眉飞色舞起来了，说："刚才我见了一个熟人，他是跑货的，要去广州，说一块银元在广州是十八元的价，我现在手里弄到了十块，意思也让你暗地问问船上的人谁家还有，咱不亏他的价的。"

金狗就迟疑了，说："这可是要犯法的事！"

大空说："我就估摸在这事上要与你费舌了！没本钱你做什么生意？我先前去过信

用社贷款，蔡大安他娘的就是不贷，说我还不起！钱是国家钱，又不是他姓蔡的，他是想让我送他黑食哩，我雷大空还没学会给他低这个头！”

金狗还是摇头，大空就扯了他的胳膊往北街走，走到一条巷口，蹲在马路边上，说：“你是当过兵的，你正统，可现在什么事不能干？不说别的，你知道有多少暗娼？”

金狗知道州河岸上那些木石小楼上的事，就说：“船上有些人挣了钱就胡来哩，但话说回来，木石楼上的那些女人也不都是暗娼，人家有个相好，死死活活，感情还真！”

大空说：“你知道什么呀！不瞒你说，我是经过的，我现在搭眼在人窝瞅瞅，就知道哪个是干这行的，一到天黑，你街口去，电杆下站着三个四个女的，头发鬈鬈的，嘴涂得像喝了血，手里拿一张羊毛皮子的，你走过去，她就会说：‘买皮子不？’你若是不晓得的，以为真是卖皮货的，你还和她论价，但价怎么也不合你意，你就走了。你若是知道这行的，你问了价，说：‘哎哟，钱不够，你跟我去取钱吗？’你只需扭头走，那女的就随后来，你就可以领她到河岸上去，到寨城墙洞里去。这是便宜的还罢了，你要寻了高档的，那又有高档的。你瞧瞧，对街那个二层小楼上。”

金狗看去，那是一个商店，门面不大，挂满了各种衣服。楼上有一扇窗，绿漆涂染，窗台上艳艳地开着一盆花。

大空说：“那就是一家，说是个待业知青店，其实不知道是哪来的三个男的，一个女的。你看见柜台上唯独挂一件大红羽绒衣吗？你是知情的，去问红衣服什么价，那男的说了，你嫌贵，你走你的。你觉得价可以，说声要买，男的就领你进去，让你到二楼上，女的就款待你了！事毕了你走，那红衣服又挂在了柜台上。金狗，这什么事没有，我去贩贩银元那又算得什么了？”

金狗第一次听得这事，如在渡口上听韩文举说神说鬼，半信半疑。但雷大空这一半年在外跑逛，什么事也都经过，又不能说他信口雌黄，心里就骂这白石寨不是个好地方，这公安局又是做什么吃的！站起来，唾了几口，指着大空脑门说：“这都是社会下层肮脏的事，你也别苍蝇一样往里边钻，钻进去是没好果子吃的！弄银元的事，我给你弄不来，要吃鱼，跟我就到铁匠铺去。”

雷大空冷不防呆了一阵，说：“金狗，那咱办商店的事？”

金狗说：“当然要办的，没那几个银元就不能办啦？！你先筹划着，我也筹划着。”

雷大空百无聊赖地笑笑，末了说道：“金狗是正人，你不愿意，我还能恨你吗？就算我什么也没说，你给外人不吐我一个字儿就是了。”说罢就走了。

金狗独自从北街走回来，心绪有些不好，到了中街，正低头想事，拦腰被人抱住了。看时却是福运，头上剃得青光，满脸热汗，滚豆子一般。福运粗声叫道：“你让我好找！到货栈没你影，就到铁匠铺，小水说你上街了，几条街跑了几个来回，你才在这儿！”

金狗问："什么事，这么火急？"

福运说："你快跟我回仙游川！是你爹和韩文举托我来的，说是家里有紧事，立马三刻催你回去！我问什么事，他们却不说。"

金狗好生疑惑，不知家里有什么事了，心也紧皱起来，忙要到铁匠铺告小水一声，福运却说他已给小水说好了，就连推带搡到了寨城门外渡口，搭上了一只上行的船。

8

福运一走，小水就在铁匠铺里等，一等不来，二等不来，眼看着天色向晚，成群成群的白脖子乌鸦从州河南岸飞来，落到平浪宫的殿顶上去了，估摸是福运已经找着金狗回村去，心中陡然惶恐不安。麻子外爷酒醒过来，瞧着做好的鱼又放凉了，不能享用，就催小水重热了来吃。小水将热好的鱼盛给外爷，却说她要回仙游川呀！麻子拗不过她，也知道夜间有往仙游川去的船，就将一节桃木棒儿让她揣了，叮咛着明日回来，送着走出了巷口。

河面上果然有一只船。小水喊过来，船上正坐着田一申，还有两岔镇上的陆翠翠。陆翠翠与小水不熟，相互问候一句就寂然分坐，田一申却说："小水，你外爷的铁匠炉上生意还红火吗？"

小水说："也谈不上红火，够外爷的零花钱就是了。"

田一申说："那老麻子脾气好犟！他让你去帮忙，成心要你继承那份家当吗？"

小水说："你真会说笑话，我哪能继承了家当?！"

田一申就说起老麻子恐怕要给小水招一个女婿的，接着就问小水重新找下个男人没有？小水好一通脸红，拿眼看了看陆翠翠，没有做声。

田一申偏就又说道："是难找呀！找童男身子的小伙是不可能了，要找只能是个'二锅头'。小水，'二锅头'有'二锅头'的好处，他会体贴人，你也可以当掌柜的！"

小水气得要骂，又不好发作，只是侧过头来同陆翠翠说话。陆翠翠怀里抱着一床崭新的毛毯。小水问："是新买的吗？这毛色可好！你家日子真是过滋润了，要用这么高级的东西！"

陆翠翠说："我哪里用得着，这是给我弟弟买的，他到了州城，床上还是咱山里的印花粗布单子，会惹人笑话呢！"

小水说："你弟弟要到州城去，做生意吗？"

陆翠翠说："他要工作了，要到报社去，你读过州城报吗，他就要做记者呢！"

田一申就在那边大声地咳嗽了一下，陆翠翠立即不言语了。小水先觉得奇怪，后知道人家有意避她，也不再问下去，装一个糊涂，默默看两岸怪兽一般的山，山尖上的半边月亮小得可怜。

船到了仙游川渡口，已是子夜，渡口上没有人，伯伯的渡船横在那里。田一申和陆翠翠上岸去了两岔镇，船工也缚了船绳回家去，小水上了渡船喊了几声“伯伯”，没有回应，便觉得气氛蛮不对劲，立在那里，呆呆地听了一阵“看山狗”的叫声。今夜的“看山狗”叫得特别凶，空洞的声音就在两岸的山崖上碰撞，然后沉沉地回旋在水皮子上。小水上到石台边上的石级上，一步又一个回响，再看看黑黝黝的“青龙”崖、“白虎”崖，身上陡然发冷，就鬼撵一般地向家里跑去。

韩文举果然在家，还有金狗、金狗爹、福运和蔡大安。五人围着桌子一边坐喝，一边说话，见了小水，都“呀”的一声站起来。福运就说：“小水回来了，正好！小水你来说说，是好事还是坏事？”小水心立即提到喉咙眼上，怯怯地听众人说了一遍事情原委，眼睛立时生起光来，喜欢得叫道：“是好事，大好事！我还以为出了什么坏事，魂儿都要下遗了！金狗叔，你一辈子能碰上几次这样的好事呢？”

金狗说：“好事当然是好事，可我想，田中正要的名额，英英必是少不了的，即就还有一个名额，狼多肉少，能争得我吗？再说，先要去给别人低声下气说话，我说不来！”

蔡大安说：“有我呀！你只去乡政府那儿报个名，我给你争呀！田一申虽然作梗，他算什么东西，我在会上和他争辩，你也可以联合河运队船工，不是要选举了吗，让大家一声吼说他坏处，事情不是就成了？人生的机会就那一两次，机会来了，你不抓住，后悔就是一辈子！”

韩文举便从怀里掏出一个粗布包来，取出六枚“宝通”铜钱和那本古旧书，硬让金狗摇钱卜卜，金狗按他的要求做了，他却一时解释不开，就说：“不用这套卜了，我给你拆个字。你脱口说一个字来！”

金狗便笑着说：“你还有这手本事！说什么字呢？说个‘虎’字，你拆‘虎’字！”

韩文举很正经地用指头蘸了酒，在桌上写出一个“虎”字，开口就笑了：“好字好字，金狗你不失主意去报名，这记者是当定了！你们瞧瞧，‘虎’字的上边是什么字？‘上’字，这就是说州城是‘上’成了！”

小水却将伯伯写的“虎”字一把抹了，对金狗说：“蔡队长的话对着的，你不是条件不够，你是复员的，又在部队干过这事，年纪正好，你怎的不去？你不去，无德无才的人也便去了，你清高白清高！”

一壶酒又喝完了，金狗一直不多说话，听蔡大安咬牙切齿地骂田一申。小水起身去烧茶，给金狗一个眼色，金狗也到了厨房。小水说：“你要快拿主意！”

金狗一听小水这话，心头就涌起一股热来，把白天在铁匠铺没得到那宝的懊丧全丢到九霄云外了，说：“实话说吧，小水，要我去做官，我也是做的。现在的世道是，你要办谋私的事，你就得做官，但你要做一个正派人，要反谋私，你还得去做官才成。到州城报社，我何不想呢，只是蔡大安这么热心，倒让我生疑，他不是真心为我办事，他是趁机拉拢我，要摘掉田一申！”

小水说：“他利用你，你怎不也就利用了他？”

金狗说：“这我心里明白，可你还是不了解田中正的，这人在官场上学问大，蔡大安为我争名额，抵制田一申，不一定田中正会听他的，我得冷静一点，好好摸摸他的底！”

小水问：“河运队里不是普遍对田一申不满吗？”

金狗说：“正是这样，田中正才牢牢控制了河运队。田中正政治手腕学的是一分为二，他明知蔡大安和田一申有矛盾，偏将他们两个踢腿驴拴在一个槽里，互相制约，这个稍出轨了压这个抬那个，那个轻狂了压那个抬这个，这样两颗行星就全绕着他转了。”

小水觉得金狗分析得有道理，就放沉脑袋默了半晌，末了说她和田中正的侄女英英是同学，关系还好，让英英给她叔也说说情。

金狗说：“那咱也就走走后门吧！能去州城，这当然是我求之不得的事，如果不成，我就和大空还要办一个商店哩！你估计英英会帮这个忙吗？”

小水说：“这英英倒开通，我尽我的力量吧！”

小水说着，冲金狗笑了一下，金狗看着她，黑暗里去抓她的手，小水却将手插在口袋里了，平静着脸说：“无论如何，你不要给蔡大安一个冷脸，那是个小人，将他心稳住才是！”说毕，自己端了茶水先回到了外间屋去。金狗刚刚被逗起的热火，又被小水小小的一个动作浇灭了，他木然地在那儿站了一会儿，就也走回外间的酒桌边说：“蔡队长，为了我的事，难得让你跑了许多路，我得好好谢你！可你有把握能在田书记面前为我争下名额吗？”

蔡大安说：“你吐这句话我就高兴了！我想是没问题的，只要咱好好配合。我也有个主意，不知你干不干？”

金狗说：“你一定还会有别的要求吧？！”

蔡大安说：“这可全是为了你，你在部队上搞过通讯报道，趁机会为何不施展一下呢？咱们的河运队是田书记一手组建的，他在全县都是个典型，县委田书记都看重得不得了，听说地区领导都注意到了！你好好写一篇，集中就写田书记为什么要抓这个河运队，是怎么抓的，抓出的成效又是怎样，写好了，我和县广播站人熟，争取喇叭上一播，再在州城报纸上发表，田书记能不高兴？就是田书记一心要提携你，你的稿子能广播能上报，业务水平在这儿放着，也就封了别人的口！”

小水直叫：“好主意！吃罢酒就写，今日夜里金狗你就不要睡了，一个人坐着容易瞌睡，就让福运陪伴。福运你可乐意？”

福运说：“行！”

事情就这么定下来，韩文举送蔡大安回镇上去后，他却又和矮子画匠拿了香到不静岗寺里去烧，寺门关了，两人就摸黑又到了土地神庙，点插了香，唠唠叨叨祈祷了一番。完了，两人分手，韩文举又赶上矮子叮咛道："你回去在纸上画两个'看山狗'，就悄悄一张压在金狗的枕头下，一张叠好放到金狗的上衣口袋里，这会避邪哩！你讲究成年给别人画，就是不晓得给自己儿子也画几张？！"

在福运的家里，金狗、福运和小水趴在桌子上起草通讯稿件。具体写什么？小水的意见是专写田中正，给他戴一通红帽子。金狗不同意，说别的什么都可以做，在稿件上却不能作假，因为稿件一上了广播，或者上了报，那就是给全县、全地区人民说谎了，无意中给田家人升官铺了台阶，那自己到州城去当记者，也是一辈子窝囊！三个人熬到鸡叫三遍，一个字还未写出，小水急得直发恨声，想起州河上遇见田一申和陆翠翠的事，就说："你要不写，去州城的事十有十就吹了，田中正一定是给陆翠翠说了保险话，那陆翠翠才给其弟买了毛毯的。"

金狗问："陆翠翠真的说是她弟弟要去州城报社？"

小水说："这我能哄你吗？她怕是说漏了嘴，田一申忙制止了她呢！你想想，你再不争取，人家是什么关系，让那陆家傻子去，这不是糟蹋了行道吗？！"

金狗仰头突然哈哈大笑了。小水和福运莫名其妙起来，全呆着看金狗。金狗说："这下更用不着写虚假报道了！你们还不懂吗？这真是卤水点豆腐，一物降一物！"小水和福运越发不解，金狗就说出他的一套行动计划来，直乐得福运连声叫好，拿拳头捶着金狗，说金狗到底能行，是怪物，是"看山狗"托生的！

三个人全无睡意，又坐着喝酒。心放松下来，金狗极想活跃活跃气氛，但他看看小水，却怎么也想不出个趣话来。福运是知道他们之间的关系的，以为是自己在这里的缘故，就站起来说："天也快亮了，我得去里间炕上多少打个盹的！"

小水便说："福运你作什么怪？人人都说你老实，你也是鬼头哩！"

金狗听了这话，也便拉住福运不要走。

小水就笑着说："这样吧，你和金狗叔就到炕上展一展身，我去做几碗辣子酸汤拌面来，吃了好提神。福运你别睡得太死，吃罢饭你陪金狗叔一块去，那女人信得过你呢！"说罢起身到厨房去弄得锅盆碗盏一阵响。

天放明，金狗和福运吃了饭，直脚便到了田家大院。英英娘蓬着头正端了尿盆到茅房去，慌乱将臭水泼进粪缸，让客人在中堂的八仙桌旁坐了，自己反身进了卧房去梳洗。半晌出来，平头光脸，判若两人，笑着说："大清早的，什么风把你两个吹了来？福运来过，金狗可是稀罕人啊！有什么事？"

金狗说："没事，来和你们坐坐。书记没在家吗？"

妇人说："他好长日子不回这个家了！"言语里透了愠怒，就将柜子里的香烟取出来，一人递一根，说："他不在，我也不知这烟好不好？金狗，你现在是发了，走白石寨，下荆紫关，几时也让婶婶坐了你船去看看世事去！"

金狗一边点烟，一边环视这新屋，一明两暗，木板合楼，地面抹了水泥，窗户装了玻璃，两合各四格的装板大柜，东西界墙根又分别站立一扇新式立柜，中堂的板柜之上有一面三尺高的插屏镜，镜上是一张《三老赏梅图》，两边对联各是："天地人三位一体"，"福禄寿共享同春"。心中思忖：田中正每月就那么点工资，房子摆设倒这般阔气，那旧房里还不知摆设了什么！就说："婶婶真会说话，两岔乡里谁发了也没你田家富裕！你真要去看世事，随时都可坐我的船，只是怕书记嫌你有失了体面哩！"

妇人说："他管得了我？！人人都说他是好书记，他在外或许书记当得好，在家却不是好过日子的人，我为这个家，多少年里里外外操碎了心，现在英英她小娘一死，他竟不顾这个家了，我见他也比一般百姓见他难！"

金狗说："谁也见他难，怕是身子不舒服，三天两头往镇东头医疗站上跑。"

妇人问："是陆家承包的那个医疗站？"

福运说："就是那个陆翠翠！"

那妇人陡然坐在椅上，脸部黑了颜色，喃喃了一阵，抬头苦笑笑劝金狗福运用茶，倒茶时竟将热水烫了手。金狗知道妇人是了解田中正与陆翠翠的瓜葛的，就故意说："婶婶家的日子这么好，还有甚不顺心的，英英已经工作了，再要到州城报社去，将来接你上州城享更大的福！"

妇人说："英英去州城的事你怎么知道？"

金狗说："外边都风传了，一个是英英，一个就是陆翠翠的兄弟呀！"

妇人问："陆家的儿子？"

福运说："可不就是陆家的儿子！听说陆翠翠缠着要嫁书记……"

福运话未说完，妇人就双手拉住福运，问他这话哪儿来的，旁人又是怎么说的？福运倒一时发怵，不知如何回答。金狗说："婶婶，我们也是不解，才来要问问你呢。书记独身一人，是应该再续弦的，可这陆翠翠怎么行呢？那是个小狐狸精，将来怎么和婶婶过活在一起？"

妇人突然凶恶起来，说："原来有这回事啊！我只说他拾拾便宜罢了，他倒操了这份瞎心！"

金狗见妇人咬牙切齿了，就知趣地站起来要走，说："婶婶，都怨我们不好，惹你生气了。这话本不该说的，可念及书记是领导，他不光是两岔乡的书记，他还是河运队队长，河运队现在声名可大啦，县上重视，地区也重视，他正是趁好风要往上升的时候，他不敢因小失了大，你也知道你们田家和巩家一向不和，可不敢让巩家人捉了口实整他！再说，又念及你的贤惠，考虑到你日后的处境，才来要问问你。你万不能放在心上，也不要向书记说这是我们说的，要不我们也难活人了！"

妇人一直铁青了脸没有言语，眼看着金狗和福运要走出大门，她拿了烟出来又一人递一根，说："婶婶是猪狗，能将你们说出去？多亏你们提醒，我一个屋里人，四门不出，你们要不说，人家真用火烧得吃了我，我也不知道的。外边再有什么风声，你们常来给我透透啊！”

两人出了田家大院，窃笑了一回，福运就往地里挑肥去了。金狗连脚去了两岔镇，在乡政府报了名。蔡大安一见就要通讯稿，金狗说没有写，蔡大安叫苦不迭，金狗让他放心，看看情况再说。就回到村子，似乎什么事也不曾发生，沿州河行排到白石寨去了。

也就在这天晚上，英英娘赶到了乡政府，她要和田中正摊开牌好好谈一次，或许他会回心转意而断掉与陆翠翠的那条线。但是，田中正却不在乡政府，是下午得知省城剧团在白石寨演出而坐了乡农械厂的汽车看戏去了。这妇人就顿生疑心，追问乡政府大院的人：同去看戏的还有谁？那人逼得急了，说出还有陆翠翠。妇人就发了疯地破口大骂，骂出许多不堪入耳的脏话，然后一石头砸破了田中正办公室的窗玻璃，骂声不绝地回去了。一进仙游川的新屋里，她将大门严严关了，扑倒在床上号啕大哭，直哭得两眼如烂桃儿一般。她哭诉自己冤枉，骂田中正欺骗了她，玩够了她，现在她老了，田中正却要娶一个小的嫩的来欺压她，可怜她为田中正的瘫子老婆端吃端喝，为田中正铺床暖被，为这个家安排筹划，末了落得贤惠名分丢了，实利又享用不上！她发恨起来，端起柜盖上的面罐米罐摔在地上，一把撕掉了绣花牡丹的门帘，三脚两脚将一个大立柜踢出了两个窟窿，最后脚也踢痛了跌倒在地上。就在地上喘气的时候，她怨恨起自己的无能了：这家具不能摔，这是我的东西，这是我的家，有我在，她陆翠翠休想伸进一个脚指头！她便坐起来给巩宝山写信了。这妇人是这样作想：既然田中正现在是乡党委书记，又是河运队队长，这河运队县上重视、地区重视，他就可能还要高升，一高升了就更没有要“熟亲”她的可能。那就不如锅灶底抽柴火，坏他的官运！而要达到这目的，只有给巩宝山写信，田家和巩家有矛盾，巩宝山不会不借机整他的！她写这封信的时候，气愤得手发抖，字写得十分难看，且满是错字别字，但她却一件一件揭田中正的老底，尤其把河运队组建的内幕详细写出，又写了田一申怎样暗中贪污、挪用河运队的公款而一半私交给田中正。写完了，封好了信封，她才安然去入睡。但一觉睡起，她却觉得不妥了：如果这信到了巩宝山的手里，田中正必是完蛋不可，但田中正完蛋了，他一怒之下还能娶自己吗？就是娶了，那往后的日子就不会是现在这么富裕，那自己在仙游川还会活得有头有脸吗？这妇人终想出一个万全之计，她又给田有善写了一信，且把给巩宝山的信装在田有善的信封里，央求田有善转给巩宝山。田有善绝对是不会转的，但田有善却一定会给田中正施加压力的。

果然，这两份装在一个信封的信早上送到两岔镇邮电所，于当天下午田有善就收到了。恰好田中正看完戏后，在旅社里与陆翠翠鬼混了一夜，第二天将陆翠翠送到去两岔镇班车上后，他就去了田有善家，田有善关了家门把他数说了一通，甚至拿出英英娘的信也让他看了。

田中正万没料到女人比男人更为凶残，气急败坏地骂：“这个臭婆娘！这臭娘儿们！看我回去怎么收拾了她？！”

田有善说：“哼，这就是你的本事？你能把她杀了剐了？你骂谁，你骂你自己吧！你今天就回去，和她商定结婚日子，不要等她再闹出乱子来！”

田中正害怕就害怕田有善说出这种话来，他是两岔乡的第一人，他难道竟不能在婚姻上自主吗？他说：“这样的女人我还能再和她结婚吗？我不爱她，我真心就不爱她呀！”

田有善说：“你怎么这样糊涂！你如果和英英娘没有那一场事，你娶陆翠翠谁也不会说你个什么的。可现在你再这么干，这像什么话？咱田家人成了什么人了，是一圈牛，乱伦了？！你现在是一般人吗？你是两岔乡的书记，而且你又是河运队的领导！”

田中正痛苦地垂下头去，两只手在膝盖上搓着揉着，然后攥得紧紧的。他懊丧自己婚姻上的不幸，诅咒起自己的无能和软弱，突然说道：“做了那么一个领导就不能娶一个女人吗？真要那样我就不当这个乡书记，也不管这个河运队了！”

田有善骂一句：“放屁！”倒气得从客房走出去，回到他的卧室去了。

田中正看见田有善生了大气，也为自己的失言后悔，走不是，不走也不是，摆在那里一句话也说不出来。

田有善的夫人却从卧室里出来了，这夫人极年轻，似乎成心来做田有善的女儿的，当下笑嘻嘻地说：“中正，你怎么像孩子一样，你知道不知道这个河运队现在起的作用？你知道不知道你在两岔乡当书记的重要？你要毁了你吗？你真傻，你不看看形势，你这么一躺倒，两岔乡丢了，河运队丢了，巩家人又会怎么样？你以为咱们田家到现在事情就算干到头了吗？”

这时田有善从卧室也出来了，他已经消了怒火，以一位长者的口吻说：“就这样吧，英英她娘年纪是大些，人才还算出众嘛，那个陆翠翠我也见过一次，她也没什么多好的，女人嘛，还不都是一样吗？”就叫自己的夫人送田中正。

夫人却从箱子里取出了一个精致的小纸盒，塞给田中正说：“你要结婚了，我做婶娘的就得送个礼呀！这是一个项链，你交给英英娘，是我特意托人从省城买的，好漂亮哩！”

田中正道谢着收过礼物，走过门前花坛，心里却说：你说得倒好，“女人嘛，还不都是一样吗？”那你为什么离了原婚，娶上比你小十五岁的剧团演员呢？这么大年纪了还戴项链，陆翠翠也没戴过哩！

田中正回到乡政府，英英娘自然又去与他大闹了一场，他万般求饶，竭力控制事态发展，最后同意与其订婚，近期成亲，也答应取消陆翠翠兄弟去州城报社的名额而临时补上了金狗。

这夜里英英娘就没有回家去睡，极尽了女人的干渴，累得田中正筋疲力尽。田中正一定要拉灭了灯，妇人就说："是不是搂着我而想着是陆翠翠？"一语中的，田中正便矢口否认，最后颓废地滚在一边如死了一样，妇人就又说："自家的猪饿得哼哼，你还有粜的糠？！"辱没得田中正一脸羞愧。

第二天两人便办了结婚证。消息传开，人人震惊，倒纷纷议论起两人通奸之事，但说完也罢，毕竟人家现在要做夫妻，也不触犯法律，故也不存在了人伦的恶行。田中正听到议论，也暗暗庆幸自己这一棋走个正着，却不免心在陆翠翠身上，只将一枚苦果子吞咽肚里，脸上并不见得有许多笑容。

在回家的渡口上，韩文举偏要说："田书记，恭喜恭喜！什么时候办婚事呀？这可是人生的大事，到时要好好摆几十席酒菜喜庆喜庆啊！"

田中正苦笑着说："半茬子人了，又不是小年轻，还值得那么热闹吗？"

韩文举却更上劲，说："怎么能不热闹？田家大门大户的，是待不起客吗？"

田中正已经上岸走了，他还在锐声说着要大操大办的话。说完心里好是痛快，觉得是他有生以来最得力的一次报复！这老头似乎精神特别大，竟在村子里见人就怂恿到时候都去田家祝贺，甚至自己去了两岔镇，就在陆家承包的医疗站的斜对门货店里买了一串鞭炮，大声叫嚷要到结婚那日在田家大院门口鸣放呀，臊得陆家关闭了卖药的店铺门。

但是，第十天的晌午，田中正办亲事，除了新房门口贴上了一副新对联外，并没有声势浩大地摆酒席待客，只有自家一些重要亲戚和乡政府一些人。村里好多人家拿了礼物前去，皆被田中正劝阻了。韩文举的鞭炮没能在田家大院门口鸣放，却于渡船上爆响了一通。

到了晚上，仍有一些好事人去田家，嚷道要闹新房。田中正还是劝阻，妇人却走出来拉客进去，置了酒菜招待大家，她穿戴得十分华容，为人异常热情大方。酒后有人提议：把新娘新郎拥上炕要呀！田中正便被推上炕去，他满脸通红，拒不就范，有人就说："结婚是喜事，可不管书记不书记的！你们要不让大伙动手，就介绍你们的相爱过程！"田中正明知话中的讽刺，却不好发作，从炕上又跳下来。再次被推上炕，就又有一声喊道："不介绍相爱过程，就合说一副对联吧。女的说'一对新夫妻'，男的说'两副旧家具'。"众人就起哄："好呀好呀！快说，快说！"正闹得不可开交，门口挤进来田一申。田中正见是田一申，忙将话题岔开，嚷道给一申倒酒，那田一申却附在耳边说了些什么，就见田中正脸色不好，对众人说："我去接个电话，马上就来，大家先再吃酒喝茶吧！"就出门走了。

田中正并不是去接什么电话，他四蹄生风般地到陆翠翠家去了。

陆翠翠打胎回来后，身子一直虚弱，又去县城看了一场戏，玩了一夜就累出了毛病，在家睡了几天，整日整夜思谋自己的好事。但田中正却只来看过一次，就再没有闪面。托兄弟到乡政府去叫田中正，几次却没有找到，后来就听到英英娘在乡政府闹事，正式办理了结婚证，经不住五雷轰顶的打击，就晕厥过去。醒来后，自此下身出血不止，口中汤水不进，嚷道要见田中正。陆老头见女儿病情沉重，药治无效，也蹭着老脸去乡政府见田中正。他站在乡政府大院门口透着门缝往里看，院子里没有一个人，偏巧蔡大安从外边进来，故意说："谁呀，鬼头鬼脑地要做贼吗？"

陆老头赶忙回笑，打问田中正在不在。

蔡大安说："你找书记有什么事吗？书记要办婚事了，在家里忙活哩！"

陆老头说："我求求你，能不能去他家叫叫，就说我有急事找他。"

蔡大安说："你有什么急事这么紧火？你去他家找嘛，说不定那新的内当家还会敬你一杯酒的！我可没闲空，州城报社招工名额，一个英英，一个金狗，两个人的材料都让我来搞呀！"

陆老头说："有金狗？不是说也有我家儿子吗？"

蔡大安故作惊讶地说："还有你儿子？是你儿子吗还是你家翠翠，我怎么没听书记提说过？"

陆老头受了辱没，懦懦回去，如实给翠翠说了，翠翠就一声尖叫，吐出一口鲜鲜的血来。

到了田中正成亲这日，陆翠翠已昏死过数次，天黑点灯时辰，精神却好了许多，竟能翻身下了床，要弟弟扶了她去找田中正。陆老头说："翠翠，你去不得的，田中正既然是狼虎之人，今日他结婚，你去他会见你吗？"

翠翠说："我就要去当面臊臊他！他是怎么给我说的？他把我害成这样，他倒去快活结婚了？！我知道我活不长了，可我也不能让他和那个老母狗婚结得自在，我死也死在他家堂上！"

她下了床，行走了三步，一下子栽倒下来，陆老头和儿子忙去搀扶，她瞪着眼只是吐着"田中正"三个字，连吐三声就再无气息而死了。

陆家父子痛哭一场，给翠翠穿好衣服，梳洗了头面，穿好衣服停放在堂前。四邻八舍闻风叫嚷，过来帮着料理后事。有好事者知道翠翠的死因，飞报了田一申，田一申就慌作一团赶到田中正家中。

田中正急急赶过州河，在镇中杂货店买了两刀麻纸，来到陆家。陆家乱糟糟的，屋里屋外拥满了人，有来探听事情真底的，有来叹息的，有来瞧热闹的，几个妇人在替死者缝制葬衣，更多的人则是从楼上抬动一具旧棺材。这棺材是几年前陆老头为自己预备的，没想女儿先要占用，人生无常的悲凉使他站无力气，哭没眼泪，蹲在一旁老泪纵横。当有人叫道"书记来了"，他默然起立，双手接过了田中正手里的麻纸，喊叫儿子取凳子让书记坐。儿子却一见田中正，怒目双睁，恶狠狠问道："你害死了我姐姐，你还来做什么？！"

陆老头忙过去捂了傻儿子的嘴，让人拉到后院去，就对田中正说："书记，你来了，真亏了你能来……这孩子命里活该没福啊……"

田中正并不答言，自个去了灵堂床上，揭去了头布，呆呆地端详了一阵陆翠翠。陆翠翠瘦了许多，一脸凶相，这倒使田中正吓了一跳，一股冷气从后背直蹿至脖项。他在那里呆了很长时间，满屋里的人都静下来看他，他便从怀里取出一个纸包来，打开了，竟是田有善的夫人送他的新婚老婆的那串项链，套在了陆翠翠的脖子上。

田一申过来说："书记，你是该走了。"

田中正没有回答，突然伸手在陆翠翠脸上摸了几摸，甚至是又气又怨地拍了一下，说："翠翠，你怎么就死了？你怎么就死了！"两行眼泪流下来，低头就走出门去了。

田中正的举动，使在场的人皆感动了，陆老头哇的一声嚎哭起来，扑在翠翠的身上。田一申把陆老头扶起，叫到另一间房子里。从身上掏出二百元来说："这是书记掏的安葬费，你收下吧，去请一班'响器'，吹吹打打超度翠翠的亡灵吧。书记说啦，以后你们家有什么难处，可让去找他。"

陆老头当下收了钱，说道："书记能来看她一眼，这也是翠翠的福了。你替我谢谢书记，让他往后也能常来我家啊！"送走了田一申，自己回头看一眼女儿的僵尸，无尽的悲凉使他又五脏扭动，却自言自语道："这也好，这也好，翠翠她去得也不亏了。"

田中正一个人先回到了乡政府的办公室，石雕木刻般地坐着落泪。当回到大院的田一申一声声叫他的时候，他拒不开门。田一申站在门外劝他，要他不要为一个女人伤心，他竟破口大骂，骂田一申不是好东西。田一申静静听着骂，却听出骂着骂着就不是骂他了，骂的还有他田中正自己，还有田有善，连他们田家和那巩家都骂到了。田一申吓得坐在门外不敢回声，也不敢离去。足足一个小时后，田中正恢复了冷静，他意识到陆翠翠是为了他的前途事业而失掉了，而曾经得到的陆翠翠却也正是他这个书记才得到的。翠翠已死，死了的就死去吧，既然为了前途事业失去了许多，他才要更加看重自己的前途事业，而得到他更要得到的东西！

他打开了门，没想田一申还坐在门口，他真有些感动了，甚至有些抱歉，说："你还没走？"

田一申说："你今晚是新婚之夜呀，你一定要回家去！"

田中正是在说给田一申，也是在说给自己，喃喃道："我是要回家去的，我是要回家去的。"

这时候，镇东的十字路口上，一堆送亡魂的阴纸烧起来了。黑黑的夜里，它红得像一摊血，渡口上的韩文举看见了，仙游川的村人也看见了。

9

五天后，河运队果然进行整顿，扩大了三只船和十个人。但对于队长的人事安排问题，并没有召集全队人员选举，而是乡政府全体干部参加，河运队只叫了六个小组长。金狗自然被特邀列席。会议整整召开了一天一夜。早晨，田中正主持会，说明了会议意图，反复强调这是尊重大家意见才召开的，要大家发表主见，看原任的两个队长合适不合适，能不能继续担任，如果不称职，谁又可以胜任。田中正讲了半个早晨，让大家发言时，却谁也不说话，皆埋了头，各自抽烟，地上的烟蒂像满天星一样稠密，其腾腾烟雾使三个女同志接受不了，一齐到门口大声咳嗽。这种沉闷的僵局一直挨到饭辰，大师傅赵望山在厨房门口喊："开饭了！"田中正说："大家不发言，是不是没考虑成熟？那就吃饭吧，一边吃，一边考虑，中午谈吧。"吃饭在乡政府的大院里，大家不去坐着凳子围桌子，全端着饭碗蹲在台阶上、花坛栏上、画有棋盘的石条桌上。为了避免是非，皆闭口不提人选事，各显其能地笑说民间的粗俗故事。金狗第一次参加这类会，直觉得好笑，偏一句也不说，他要观看"河里涨水"。自田中正"熟亲"之后，金狗就估计到形势于自己十分有利，他就去给雷大空说明不再去做生意办商店了；人生极关键的一步，他是一定要走好的！现在，蔡大安为他争取名额而又让他为这次选举取得私利，金狗心里是明白的。他要稳住蔡大安，同时又不能因此而进一步恶下田一申，将蔡大安和田一申两人抓住了，这便是抓住了田中正，他要站在他们三人复杂而微妙的关系的肩膀上，走出农村，走进州城去。于是，金狗装得多么混沌啊，他口里没有了嬉笑怒骂的言语，说正经事木讷不清，聊"金黄色"故事异常活跃，却用眼睛留神着田一申和蔡大安的一切动静。

田一申和蔡大安却也显得若无其事，一边吃饭，一边还各自奚落。蔡大安说田一申和赵望山关系好，碗里打的菜多，田一申则作践蔡大安如何在家怕老婆，编得有情节有细节，惹得大家哈哈大笑。蔡大安说："你那妹子是那种人吗？不是吹的，我回去什么干过？仰面朝上往炕上一倒，她饭也端上来了，菜也端上来了，敢说个不字？婆娘家的，吃咱饭，跟咱转，黑来了摸咱 ×× 蛋！"田一申说："你别说大话不怕闪了腰！二月二我到你家去，你婆娘骑在你身上干啥哩？打哩！我一进门，你倒说：老田，这婆娘家是个累赘，我驮了卖了去！"

金狗真服了他们还能热乎到这步程度，赔着笑了几声，就去和大院门口坐着的几个放了学的孩子戏耍。孩子们都八九岁，天真可爱，互相比试自己的学习成绩。赵望山的小儿说："我算术好，长大了当算术老师！"文书的小女说："我语文好，长大像爹一样当文书！"妇联主任的儿子说："我长大了撑船呀！小龙，你什么都是不及格，看你长大干啥呀？"小龙是田中正的小外甥，田中正带着在镇小学插班。小龙说："我什么也不学，将来像我舅一样，管你们！"金狗正笑笑地听他们说话，脸上顿时僵住了。正要对小龙说什么，蔡大安在那边喊："金狗，身上带纸没有，我上个厕所！"金狗说没有，却将香烟盒的烟掏了，将空盒给他。蔡大安突然低声说："你怎么不说话？！"

金狗说："我不是领导，话不好开头。"

蔡大安说："你怕啥，你代表船工说话嘛！"忽见田一申过来了，便立即大声说："金狗，你是不是攒钱结婚呀，就抽这劣等烟！"

田一申就说："金狗，听说你和小水好？韩文举可不是个省油灯，须搂你一笔财礼不可！结了婚，将来最少得买两个棺材，一个给韩文举，一个给白石寨麻子铁匠！"

金狗两边便打哈哈。

中午会上，又是两个小时无人开口。金狗拿眼看每一个人，每一个人都面无表情，饭间的那一种活跃全然无痕迹，人似乎全改变了。蔡大安拿眼看了金狗几下，金狗装傻，没作理会，专注着脚下的砖缝里，一只蚂蚁从洞里出来，拖拉一粒大蚂蚁三倍的熟米颗，米颗拖到洞口时，另一只蚂蚁来抢，两厢打斗，后分别停止，以触角搏击，半天谁也不肯进，也不肯退。金狗看得入神，田中正说："怎么不说话呀？有什么都可以讲嘛！"金狗一指头将那米颗弹走了，抬起头来，又抽他的烟。

蔡大安咳嗽了一下，说："总得有人开头，大家不说，我说吧。田书记召开这个会，很重要，也很及时，本来应该让河运队全体同志参加，但今天没来，这也好，为了便于意见统一，我们做干部的就有责任把会开好。河运队是田书记一手抓的，建队至今，取得了很大成绩，这众口皆碑！为了把我们的成绩保持下去，创出更优异的局面，根据河运队同志们的意见，我们是应该进一步加强领导力量。当初让我和一申负责，老实说，我们做了一些工作，但严格讲，也有不少缺点。比如采购和推销方面的局限，非生产性的人员过多问题。这一点，我是有责任的。因此，我认为，队长的职位，我多少有不胜任之处，我提议，可以让金狗也进入领导班子！"

金狗万没想到蔡大安会提到他！不觉笑了一下。

田一申接着说："好，大安带了个头，他说得很好，我们这个班子是需要调整一下。我嘛，正如大安的意见一样，我们是不胜任的，我是乡政府生产干事，乡上别的事务也很多，大安也有他的信贷工作，我们是心有余而力不足啊！我提一个人，能不能考虑七老汉来干干？"

这下是田中正发了一声笑，说："大家说嘛！"

大家又是沉默。

咳嗽声又起来，一人开始吐痰，接着三人、四人吐痰，有力大气盛的竟将痰从窗口吐出去。四只、五只鸡趋步而来，在门口为痰争夺。

田中正说："金狗和七老汉就算了吧，一个太年轻，一个太年老。河运队虽不是千军万马，可也不是简单事。我发表个意见，这意见不是党委书记的意见，是我田中正的意见，是个人意见，咱充分民主，可以和我意见不一样，可以争论的。我看原两个队长都不错，还是继续干吧。"

还是没人开口。

地上的烟蒂越来越多，有人开始捡起来，拆开烟丝，用报纸条卷了抽。一个中午又过去了，赵望山又喊开饭。田中正说：“是不是大家还未考虑成熟？那么，就再考虑吧，下午再开会。”

下午，田中正突然决定：他不参加下午的会。他让一名副乡长主持会。说：“是不是我在那儿，大家不好发言？要民主嘛，充分民主！”会上，大家还是没有提出退掉某个队长，只是又提了几个人选。汇报给田中正，田中正一口说死：“不行，再讨论，几时讨论好几时结束这次会议！”于是晚上继续开，田中正还是不参加，会开到前半夜，将所提的人选再汇报田中正，他又否定了，且生了气，到会上说：“上边一再要求我们开短会，可我们的会越开越长！队长的人选我们一定要定下来，今晚定不下，明早继续开，明早定不下，明午还得开，总不能再重新召开另一次会议吧？”

金狗便站起来发言了：“我提个建议。现在提了这么多个人选，总不能都来当队长吧？一个河运队，州上重视，县上重视，又是田书记一手抓的，这河运队就是我们乡的‘灵通宝玉’，是命根子，所以选好领导班子十分重要！但是人选提得太分散，若这样下去就是再开三天三夜会也是没个结果。我的建议是，咱们充分发挥民主，进行无记名投票。可以选两次，现提名为八人，第一次可选出四人，然后在四人里边再选出二人来。这意见不知行不行？”

会上立即有几个人说：“这办法好，就这样办！”

田中正却借故茶喝完了，要去办公室泡茶水，大家就等着他回来定点子。蔡大安说：“金狗的意见是对的，群众心里自有一杆秤，选上谁是谁！”田一申也说：“好，无记名投票好！”金狗瞧着他们，他们也瞧着金狗，偏这时田中正在办公室喊：“金狗，电话！”金狗出去了，纳闷谁给他打电话？一进办公室，田中正却把门关了，说：“金狗，你的意见是对的，你估摸一下，无记名投票的选举结果会怎么样？”金狗说：“我估摸还是田一申和蔡大安，除了他们还能有谁呢？”田中正说：“选举的目的是为了把河运队搞好，我们要把强有力的同志选上啊！”金狗就说：“这个我明白。”

金狗和田中正来到会场，田中正就说道：“金狗提出无记名投票，这办法很好，大家也都同意，我也是同意的。我们河运队是大有成就的，前两个队长总的来说，是干得相当不错的，但相对来说也有他们的弱点，重新选举，若再次选上他们，他们应总结自己的长处，纠正自己的短处，若选上别人，就要比田一申和蔡大安干得更好！初选中，每人在一张纸片上只能写四个人，不会写字的，可以找人代写。”

纸片就由副乡长裁好，发给大家。金狗坐在几个不会写字的人旁边，已经答应为他们写选票。蔡大安就坐在了金狗对面，用脚暗暗踢了一下金狗，金狗没有说什么，却当着蔡大安的面将蔡大安第一个写上了。坐在远处的田一申一直注意着金狗，后来就说：“金狗，我没有带钢笔，你填好后让我填填。”金狗心里明白，把笔丢给了他。然后他又代为那几个不会写字的人填写了。

纸片收起来，副乡长唱票，田中正拿着粉笔在墙上写名字画“正”号，全会场都紧张起来，连咳嗽声都没有了。选举结果是：蔡大安十一票，金狗十一票，田一申十票，七老汉八票。这就是说，第二次选举再无意外的话，蔡大安就是河运队正队长，金狗则是副队长了。

名单一出来，蔡大安和田一申便再也憋不住了屎尿，都急急忙忙去了厕所。蔡大安对田一申悄悄说："我给你投了一票，你怎么比金狗还少？无论如何，咱不能让金狗来当队长！下来你不要投他的票，我也不能投他的票！"田一申则闭口不语，脸色铁青。

初选中，金狗已经取得了胜利，他是要让田中正他们看看他的价值，但他绝无当队长之意，第二次选举时，金狗就首先说道："大家选我，我非常感谢，但我声明，我是坚决不干的，请不要选我！"为了表明心迹，他让田中正来为不会写字的几个人代填选票。而自己填写时，却并没有写上蔡大安，而写上了田一申，在将笔再一次给田一申时，装作无意间连选票也一起给了田一申。田一申极快看了一下金狗的选票，回报以无声的微笑。开始统计，结果大出人之预料，田一申却成了十一票，蔡大安成了十票，金狗则只有了七票。田中正就喜欢地说："经过民主选举，还是原来的结果，这就是说，田一申和蔡大安是得人心的，是深受大家信任的，那么咱们就鼓掌通过吧！"掌声就响了一阵，散了会。

这次一天一夜的会议，与会者没有一个不觉得田中正的厉害的！田一申在家举办了一场酒席，为自己的胜利庆贺了一番，特意也将金狗叫去了。蔡大安则极不满意这次选举，见了金狗说："初选我是第一，再选我竟又成了第二名，这一定是田一申从中做了手脚！我分析了，是他没给我投，也没给你投，而自己却给自己投。这人太卑鄙了！你也太傻，为什么不让大家选你，又为什么不亲自为那几个不会写字的人代填选票呢？"

金狗说："只要你上去就好了！"

蔡大安说："我也太老实了，没防着他要做手脚。咱们算是失败了！"

金狗安慰了他一番，问起州城报社名额的事，蔡大安说："兄弟，天真有不测之风云！会上你不是看得清楚吗，现在田一申还是正队长，田书记让他迷惑了，我是爱莫能助啊！"

金狗知道他会这样，但金狗明白，通过这次选举，他既不大恶了蔡大安，而又取得了田中正和田一申的好感。回来与小水商量，小水为了万无一失，就到了两岔镇供销社与英英作长夜谈，大说金狗的好处。英英说，金狗既然在部队上搞过通讯，那一定是一笔好写，也夸说金狗的一表人才，同意给叔叔说情。两天后，田中正见到金狗，很喜欢地说："金狗，你也报名去报社吗？这想法很好，你觉得你怎么样，去能胜任吗？"

金狗说："能成！"

田中正哈哈大笑："有气派，干什么就得有这种派头！我已经暗中观察你了，你思想很敏锐，发言也有见地，是个人才！你还记得当年州河里的事吗？"

金狗说："什么事？"

田中正说："你那时不救了我，恐怕我坟上的草都几人高了！"

金狗说："你还记着那事？！"

田中正说："这是要记住的！当然你救我，这不仅仅是你我之间的个人事，是体现了群众和干部的关系嘛！如果说我们当领导干部是船的话，群众也就是水嘛，船全靠水来载浮啊！现在有机会到州城去，我就要考虑你，虽然你很能干，这个河运队舍不得你的，可要因材使用呀！这怕就不是我个人要报救命之恩而开后门吧！"

金狗回笑着，说声谢谢。

田中正似乎在认知己了，突然问道："你打枪怎么样？"

金狗说："准着哩！"

田中正就说："你跟我打一次猎去，这几天事情太多太杂，脑子该松弛一下了，你有兴趣吗？"

金狗说："当然有兴趣！"

田中正便拍着金狗的肩说："一申和大安有你这个样子就好了！"

打猎的那天，金狗没有出船，他让福运替他去和七老汉结伴，自个在家等着田中正。不静岗后十里，是大深沟，山上多有野兔、山鸡和黄羊，偶尔也会碰着野猪、狗熊。田中正来了，背着一杆半自动，是乡武装干事的那支枪，同行的竟是蔡大安，也背了一杆枪。蔡大安悄悄对金狗说："看见了吧，田一申又不行了，当着他的面，书记叫我来，就是不叫他！"金狗笑笑，心里说：哼，田中正在玩天平，你被玩了还天地不晓哩！口里却说："那好呀，你可以帮我说说话了！"蔡大安说："你今天能来，还不是我说的吗？"三人顺沟走了十里，十里山路崎岖，岩石突出，势如下山虎之态，且危岩顶上，多有白皮松，七扭八扭，于黑青中显白。到了一个山洼里，岩的石层线突然斜竖，满洼里是屋大的巨石，苔藓如钱，就在乱石之间，有一独户人家。屋主是一短小精悍男人，正懒洋洋仰躺在门前的乱草中，身边是一头奶羊，瘦骨嶙峋，却奶大如袋，那小男人就双手摩揣着奶头，用嘴去吮奶汁。听见脚步声，小男人抬头看了一下，木木的毫无表情，又去吮吸奶汁。

田中正就喊了一声："豹子！"

小男人又抬起头，揉了揉眼睛，突然锐声大叫："是田书记！今早上我两口还说起你是该来了，果真你就来了！东坡塄发现有一只野猪，今日咱把它收拾了去！"

田中正说："豹子，你好受活，睡在那儿吃羊奶，我们肚子里咕咕叫了，先弄一顿吃食吧！"

话未落，后山垭一声沉沉爆炸声。豹子喜得手舞足蹈："田书记，你真是大人大福，那山垭放的药丸，早不响迟不响，你脚跟一到就响了！”便尖嗓子又朝屋里喊：“喂，田书记来了，你还不下机子吗？”自个又笑笑，朝后山垭跑去。

堂屋里的一架织布机上，走下一个女人，衣衫破旧，却面容洁净，大有几分风采。见客进门，哎哟了一声复又回去，梳理了头发，换取了新衫。田中正就对金狗和大安说：“深山出英俊，一点不假吧？一棵嫩白菜硬是让瞎猪拱了！”三人进门，田中正在中堂又大声夸说这女人俏样，女人打扮了出来，倚在内屋门框上说：“瞧书记说的，我们深山人有什么好，丑得出不了门哩！”眉眼就溢光飞荡。然后烧水泡茶，一人一碗端上来了，又诉说田书记怎的多日也不见来，是嫌山里人的碗沿不净，还是嫌山里人的被头没洗？直说得田中正的话和笑混合一团。后来豹子就扛了一只野狗进来，直念叨书记口福好，可以喝酒吃狗肉了！便动手将炸飞了嘴唇的野狗绳拴了，勒死在门槛下，架火煮吃。吃罢，豹子取了枪，装上火药，药里又下了铁条，再将一小块有红的纸撕成四片，揉成小粒给每人的枪管里塞。金狗问这是什么，小男人说是“避邪”，田中正就说：“金狗真傻，这是女人的经血纸，装上它，不会出事故的！”金狗顿觉恶心，拒不接受，田中正就说：“金狗不要我要！豹子你先到后山去，大安往右梁上，金狗去左梁，你们三人发现了往下赶，我伏在沟口。要是今日有东西，那它是逃不走的！”

分配完毕，金狗三人提枪上了山梁，田中正还坐在屋中吃茶，豹子的女人却提了一桶水，烧热了洗脸洗脖擦身子。

约摸两顿饭辰过去，沟垴的梢林子中响了豹子的呐喊声，随着右梁上也有了大安的“嗷——嗷——”叫声，金狗握了枪，知道那边出现了猎物，就静伏在一棵枯树背后，一双眼眨也不敢眨。倏忽，前边的一片蒿草地涌过一道波浪，迅速推来，他立即大声叫喊：“嗷——嗷——”那波浪立时停止，遂向沟下闪去。金狗并未看清那是一头什么野物，嚣喊：“田书记，下来了——”慌忙一边故意打弄得梢林乱响，一边收缩包围圈，向沟下移动。但是，山沟里却好长时间寂静无声，沟口的田中正并没有开什么枪。金狗想：难道野物跑脱了？便跑过山梁，从一条毛砭道上往沟口走，才爬至一个石嘴，突然听得前边有动静，伏地窥视时，两个妇女正蹲在一眼山泉边汲水。一个说：“田书记又来了，没到你家去吗？”一个说：“人家哪会到我家？我有你这副俊脸吗，东西一样，人家要的是白脸脸。”“……到底不一样的。”“是不一样吗，你小狐子好福！”“咱那死鬼，天一黑回来，黑灯搭火地就上炕，你还没往那事上想，他就上来了，只顾着自己扇，你才刚刚有点意思，他就完了，完了就翻过身去睡，死也不理你。田书记不，他坐着说话，说得你心里痒痒的，他才上来，上来还帮你，这儿摸摸，那儿揣揣，你不能不催他……他倒不急，在里边角角落落，沟沟岔岔，圪圪塄塄，全回动得到到的了，你都要消了，化了，死了，他才……唉，到底是干部，干部和农民有差别嘛！”一个说：“……你是越吃越馋了，小心你男人用枪崩了你！”一个说：“他崩我什么，我是和死猫烂狗吗，我是和田书记！”金狗听了，却害怕得不敢起身，不知道说话的是谁？待女人汲水走了，看时，俊俏的那个竟是豹子的女人！

金狗脑子里嗡地响了一下，眼前就模糊起来，盯着那豹子的女人从荒草里走去，风起草动，女人就时隐时现，他眼睛就看花了，一会觉得那女人是英英的娘，一会又觉得是死去的翠翠……金狗一时怒火中烧，他咒骂着这些不知耻的女人，更咒骂着田中正竟走到哪儿横行到哪里？！就提了枪往沟口走，他要过去找着田中正，当面打他一个耳光，要他跪下来交代这一切臭事。但沟堖上的豹子的叫声又喊了：“下来了！是一头野猪！嗷——嗷——”金狗低声骂：“你羞你先人哩，还讲究是打猎的！”却立即思忖道：豹子做丈夫，豹子都是这样，咱何苦发什么火？再说捉奸捉双，这阵你拿什么证据？那男女是通奸不是强奸，法律也管不着的，你有什么办法？一时灰心丧气，痴呆呆站在那里。

远处豹子的喊声更大了，蔡大安也在喊，喊声在山谷里回荡着。金狗木木地跪倒在地上，突然像疯子一样大声嘶叫，将双拳在地上擂打。然后便端了枪对着山梁上那棵白皮松，勾动了扳机，一连放射了十三枪，将所有的子弹全部报销了！

听见枪响，蔡大安和豹子从梢林过来，一边喊田书记，一边喊金狗。金狗还跪在那里，不动也不应，直待到田中正也提了枪过来问：“金狗，你打着了？”金狗软软地倒在地上，脸上灰白得不是个颜色。

豹子说：“金狗是软蛋，野猪没打中，倒让野猪吓成这个样子！”

金狗呸地一口唾在他的脸上，骂道：“你他妈的才是软蛋，我要是你，拔一根球毛吊死啦！”

田中正脸上立即红起来，但很快平静了，说：“金狗，你胡说什么？！没打着野猪算了，到豹子家吃一顿饭再回吧。”

金狗站起来却说：“我饿死也不到他们家去，我嫌恶心！”

金狗独自返回了，走到半路，火气平静下来，便大觉后悔，恨自己一时冲动而要得罪了田中正，会使自己的大事毁了！到了黄昏，垂头丧气进了家门，却见小水和爹又请了和尚在算卦哩。这和尚伸了左手，以食指根为起，从食指头、中指头、无名指头，再返回无名指根、中指根、食指根，来回推算月期，月期上起日，日上起时，问小水：“你说个时辰？”小水脱口说：“金狗是申时生的，就说个申时。”和尚一阵口念手动，道：“是‘大安’！‘大安’者好！”金狗爹说：“怎么个好法？”和尚说：“诗曰：‘大安’事事昌，求财在坤方，失物去不远，宅舍保安康，行人身未动，病者主无妨，将军回田野，仔细与推详。金狗这次去州城报社事，必是成了！”

金狗在门口说：“给我算算，今日吃饭不？”

爹就训道：“你胡说些什么？和尚的卦灵，他说成必是成的。你们打着什么野东西了？”

和尚笑着说：“不是仅从卦上来算，你们瞧瞧金狗，那眉骨突出，毛色发亮，印堂也红光光的，这就是走亨运的兆头！”

金狗说：“这你全说错了，去报社的事已经无望，我得罪了蔡大安，又得罪了田中正，你想想，我能去吗？”

和尚也便不再说起能成不成的话，寒暄了几句闲事，告辞回寺里去了。小水便问金狗：“你说你得罪了田中正，怎么得罪了？”金狗说了打猎中的事，小水说：“事情没揭穿，田中正他不晓得你咒骂他的。我已经给英英说了，她好热情，一定要我领你去她那儿聊聊。我来找你，你打猎去了，你爹却找了和尚来算卦哩。”金狗推说不去，被爹一顿臭骂，金狗倒激动了，说：“去就去，刀山火海我都敢去的，我不敢去？！”和小水匆匆扒了几碗剩饭，就踏黑过了州河到镇供销社去。

在路上，小水批评金狗：“你在家，怎么老和你爹顶嘴，老人也是一片好心，你老顶撞，会伤他心哩！”

金狗说：“小水，说实话，我心里好烦！我虽然不了解国家的大事，但现行的政策我双手欢呼，中国是急需要改革了，否则真是不得了！可怎么改革？两岔乡完全是田中正的势力，一个河运队，倒成全了他的政绩，让他更能继续往上爬了！想到这，我一腔子黑血都在翻，永远不愿去见他，给他说软话。但是，气又有什么办法，他有的是权呀！你要活下去，要么就去做蔡大安、田一申，当走狗，要么就是我爹那样，人家在头上屙了屎，鼻子上还要蹭屁子。我一辈子也不愿这样活着！你要站出来作斗争，可又怎么个斗法？像你韩伯，浪天浪地发牢骚，说怪话，那又顶屁用！形势逼得我去奋斗，去出人头地啊！小水，这出路又在哪里呢？我毕竟年轻，血气正旺，一颗心一会儿这么想，一会儿又那么想，你说能不烦吗？一见我爹整日求和尚算卦，我火儿就只能向他发！”

小水默默地听金狗说着，她完全理解他，同情他，想再为他说些什么，却觉得金狗比她想得更深更开，突然间倒感到金狗是一个极聪明极有心劲的人，他表面上似乎随随便便，漫不经心，其实他把什么都看到了，想到了，是一个真正的男人！想到这里，自己忽然觉得脸腮有些烧，她默默地说：金狗叔，我何尝不也是一肚子烦呢？我一个女儿家，没指望像你那种志向，我只能在生活上照顾你……她这么想着，月光下就看见金狗的衣领窝在里边，手举起来了，但立即又放下，说：“金狗叔，你把衣领翻翻，别到了英英那儿惹人家笑话！”

金狗翻了衣领，他和小水并肩往前走，说：“小水，你是不是觉得我也是一个窝囊废？”

小水说：“金狗叔要算窝囊废，那我们在你眼里都活得不是人了！”

金狗说：“还叫我金狗叔？”手一甩，正好碰在小水的手上。金狗再去甩动，想再碰到的时候，他就要拉住狠狠捏一下的，但再也不见小水的手了，小水将手插在了口袋里，一边走，一边往四周围看着。金狗没有再说什么，他主动和小水拉开了距离，仰头看着天，天上的月亮明明亮亮，但清清冷冷。

两个人默默走了一段路，小水觉得应该说些什么了，张口却不知道说什么，就轻轻笑了笑，转了话题说："到英英那儿，你那脸可要活泛些，我来主说，你看我的眼色行事就是了。"

两人到了供销社，金狗忍不住又迟疑起来，掏出一根烟在那里吸。小水敲开英英的宿舍门，英英正在那里擦身子，穿了一件浅色紧身睡衫，将两颗硕大的乳房突出，小水一见忙说："我把金狗叔领来了，快把衣服穿上吧！"

英英却说："我这不是穿着衣服吗？金狗哥又不是狼，他会吃了我？"说罢就格格直笑，倒伸手将金狗拉进屋来了。

金狗坐定，英英就拿出许多水果糖来，哗啦倒在床上让吃，她也含了一颗在口，看着金狗，眼里直放光芒，说："金狗哥什么都好，就是架子大，几次到我们供销社，看见我像没看见一样！"

金狗冷不防被她这么说着，好没意思，脸红了许多。

小水说："我这金狗叔老实，待人都是那个样子，就拿这次报名去报社的事，他也不肯多找你叔，见了面也不知道怎么说！"

英英现在是坐在金狗的对面了，一会儿把双腿分开，一会儿却架起二郎腿，将那一只漂亮的半高跟皮鞋挑起，那手就拢着头发说："老实，挑粪不偷吃！我见过他在州河上放排，凶得像龙虎一样，倒还怕我叔？金狗哥，我叔对你印象却好哩，说你'文革'中救过他的命，他还没好好谢你的。"

不知怎么，金狗倒对英英有几分好感了，看着英英和小水并肩坐在床沿上，相比是那么泼辣大胆，无所顾忌。他第一次这么近地细致地看着英英，她极像她的娘，胖，胖得是那样适度，周身都散发着青春气息，但她毕竟又不像她娘和她叔的气质，她口大气粗，却显得毫不做作，气盛得可爱。

金狗说："你让你叔千万不要提那场事，我来报名，也绝不是让他还报当年被救之情的。如果田书记那样认为，我宁愿不参加这次报考！"

小水的一只脚就在灯影里踩了一下金狗的脚。英英听了这话却高兴了，说："金狗哥说得好，你真要以救命之恩要挟我叔，我英英就看你是俗人了！我眼里最瞧不起的就是蔡大安那号人！我实话给你说了，乡里报了两个人，就只有咱两个！听说报社还要下来人考核，你水平高，我还要多请教你哩！"

小水显得十分激动，就嚷道："金狗叔，和尚的卦还算灵哩！你这几天就不要再行船了，在家好好看些书，报社的人来了，把你们考核上了，你到白石寨来找我，我给你们摆一席酒贺贺！"

三个人话投机起来，金狗也异常活跃，英英要在煤油炉上搭小锅下挂面让大家吃，小水就去生炉子，英英提了桶要去房后崖泉里打水，也就将金狗叫去帮忙。金狗推辞不吃饭了，英英说：“以后到报社了，你离开你爹，我离开我娘、我叔，州城再没个亲人，你也不吃我的东西吗？”

小水也说：“金狗叔，你好没出息，不如姑娘家大方！”

英英说：“小水怎么叫金狗是叔？”

小水说：“我爹认他爹是干爹哩。”

英英就笑了：“那真是哈巴狗站了粪堆，金狗哥占了个便宜！”

英英提了桶先出去了，小水就对金狗说：“这英英是有些疯，可她比她叔好得多，她待你热情，往后你就多到这里来，把关系搞好。”

金狗说：“那你不再领我了？”

小水说：“来时我还怕你老封个脸，可你现在话倒稠了，应酬得比我还好哩！”

英英已经在屋后喊金狗了，小水便一把将金狗推出门去。她一个人坐在房子里，心情仍很激动，对着英英的镜子看着自己，慌乱地拢了拢零乱的头发，听见金狗他们的脚步响，忙把镜子翻出背面，但背面却是英英的一张大彩色像，是穿着粉红汗衫照的，小水心里说：“这艳乍鬼！”又将镜面翻过来。

翌日，小水坐了七老汉和福运的船到了白石寨，一边打铁，一边想着金狗的好事，得空就跑河岸，盼金狗满面春风来通知她。

10

金狗和英英经受了认真的考核：政治上两人毫无问题，身体也符合要求，但业务考核中，金狗的口试、笔试都获得好评，英英却刷下来了。考核者是一男一女，戴高度近视镜，他们并不知道英英是田书记的女儿，给乡党委汇报时，竟说了英英许多不是，决定只录取金狗一人。田中正不悦意了，说：“这两个青年，是我们从十多人中反复筛选的，党委也作了认真研究。我们的意见是，要录取都录取，要不录取一个也不录取！”考核者一心想要金狗，反复交涉，田中正只是不改口，他们没了办法，说只好回白石寨同县委商量再最后决定吧。英英得知消息后，大哭了一场，待金狗来见她，却绝口不提内幕，只说叔叔正在为他俩的录取做工作，已经到白石寨去进一步核实这事了。但不久，金狗得到风声，问英英：“听人说，报社只录取一人，你叔要挟人家：要录一起录，不录一个也不能录？”英英大惊失色：“你听谁说的？”金狗说：“是不是这样？”英英却笑了：“都是谣言，我叔还没有回来，你想，这能是真的吗？”金狗却从她这话里证实了一切传闻都是真的，说声“那就等田书记回来吧”，回家去了。

田中正回来，如实告诉英英：报社的人很强硬，非要金狗不可，虽然县委支持咱，州城却是巩家的人，偏给报社考核人撑腰，看来只有这样了。这天夜里，英英一个人从家里赶到镇供销社，怎么也睡不着，她感到心里很空、很慌。去州城的失败，第一次挫伤了她的自尊心，往日里得意忘形的她，到如今方明晓了叔叔的权力只在两岔乡内，靠他是靠不住了，而在两岔乡的年轻一辈里，金狗才是唯一厉害的角色！她辗转过来，辗转过去，脑子里一时尽闪动着金狗的影子，一种强烈的占有欲突然充溢于她的心身。“我这是爱上了金狗了吗？”她这么想着，浑身燥热，不能安静，望着窗外的明月，似乎觉得金狗已经属于了她！她有了这份冲动，便也有了这份自信，竟神使鬼差似的从箱子里翻出了一套最新的服装，换上了，就又对镜梳妆。直到将一种香粉厚厚地敷在脸上、脖子上，便开门又走出去了。

英英直脚到了渡口，搭了韩文举的船再返回仙游川，韩文举就奇怪了，问道：“怎么又回来了？”

英英说：“我把一件东西遗在家里了！”

韩文举知道英英为金狗去州城出了好多力，便待她亲善，想问问报社来人考核的事，才要张口，却闻到一种奇香，叫道：“什么味，这么香的！现在不是桂花开的时候呀？”

英英就格格地笑，说：“韩伯的鼻子好灵！”

韩文举恍然大悟，但立即就说：“英英一定是要去找什么人了！”

英英说：“你怎么知道？”

韩文举说：“伯是念过书的人，书上讲‘士为知己者死，女为悦己者容’，英英今夜搽这么香的粉，一定是给哪个男的搽的！”

英英说：“就是的，可这男的我不告诉你！”就格格地又是一阵笑，待船到岸，那笑声还不断。气得韩文举低声骂一句：“这妖精女子！”退坐在船上为自己没有钱给小水买这种香粉而丧气。

英英独自到了金狗家门前，扬声将金狗叫出来，金狗在月光下瞧见英英这一身打扮，差不多就“啊”了一声。英英说：“怎么，嫌我夜里来找你吗？”

金狗说：“我是说你这打扮使我都不敢认了！”

英英说：“打扮得好看吗？”

金狗说：“好看。”

英英说：“我是来找你说一件事的，你要愿意，就跟我走一走；要是不愿意，你还可以回去睡觉。”

金狗笑了一下跟着她走了。

两人顺着不静岗下的小路一直走到仙游川里，又出了石台，沿着石级走到河岸，却又踏着月色往渡口上的那一片沙滩走去。金狗不知道英英要给他说什么，英英却绝口不提正事，尽说趣话，时不时就格格地笑。金狗闻到了一种香粉和少女气息的混合味。到了沙滩上，英英忽然说：“金狗哥，你是不是嫌走了这么多路，没意思吗？”

金狗说：“我是夜猫子，连夜去白石寨我也行！”

英英说:“这就好!瞧这月光多美,咱乡下人天一黑就睡,都辜负这一片月光了!”

两人就举头看天上的月亮,月亮满满圆圆,一派清辉。

英英又说:“金狗哥,你文化高,你说说这月亮像个什么?”

金狗说:“像个玉盘。”英英说:“你再说。”金狗说:“像镜子。”英英说:“你再说。”金狗说:“夜空的眼。”英英还在说:“你再说!”

金狗盯着月亮,脱口叫道:“我如果有月亮那么大一枚印章,在那天幕上一按,这天就该属于我了!”

此话说毕,英英则愣了一下,立即叫道:“你这比喻好。像个男人家说的话!”激动起来,竟一指头点在金狗的额上,说:“这话只有你金狗想得出,你金狗是个野心家!”

金狗冷丁被点了一指头,心里也有些冲动了,当看到英英还在高兴地看着月亮时,他冷静下来,说:“英英,你兴致这么高,莫非录取通知书下来了?”

英英陡然变了脸,目光暗淡,但很快又恢复了常态,说:“金狗哥,我叔回来了,人家报社是缩小了一个名额,这就是说,你我只能去一个人了。”

金狗心里骤然冷了半截,他坐在了沙滩上,没有说话。他知道田中正没有拗过报社的人,他的权力只能是两岔乡内;可是,两岔乡内他有绝对的权力,这一个名额田中正会让他金狗去吗?

金狗说:“我明白了,你是让我今夜陪你高兴来了!”

英英则一下子恼了,说:“我英英是那号人,我让你陪我干啥?为这一个名额,我叔好为难,让谁去呢?他要咱两个商量,说反正都是自己人,什么事都好办的。”

英英说出这种话来,金狗一直盯着她,那一张漂亮的脸蛋上,他却总读不懂内容,但立即揣摸出其中又有门路了:是不是报社选中了他一个人呢?金狗开始试探了。

金狗说:“那只有你去了,我还是回河运队吧。”

英英却说:“我也盼着能去的,可我去了,那你呢?你水平比我高,你是男人,男人才更要在外面闯事。男的事闹大了,女的才有个依靠呀!”

金狗猛然间受到一种刺激,他回过头来看英英,目光正落在她的额上、鼻尖上,那一双眼睛亮得如星星一般。

他说:“……这只有你。”英英却挪身近来,诡诡地说:“我要不呢?”金狗笑了:“这不可能。”

英英则直愣愣睁着眼说:“我让你去,你也不去吗?!”

金狗说:“你叔能同意吗?到州城去可比镇供销社条件好得多!”

英英说:“可只有这一个名额!我原想咱们一块去了,咱们永远就是州城的人,那日子多好!现在只能去一个人,总不能把这个名额也作废了?你还是去吧,我只是担心你们男人心野,人一去什么都要忘了!”

金狗心里怦怦地跳，他细细地咀嚼英英的话，突然预感到这其中潜藏了一种别的东西。但是，金狗毕竟不知全部的内幕，他只知道了眼前的英英向他发出了什么样的暗示，他只是担心在这关键时刻，弄得不好，田中正真的会以自己的权力而作废唯一的名额的！

金狗立即装出糊涂来，说："英英，那我真感谢你了！"

一句感谢，使英英娇声嫩气起来了，说："怎么个感谢法？"

金狗说："我一辈子忘不了你！"

英英说："那我送你一样东西，你肯收吗？"

金狗迟疑了一下。

英英从手腕子上卸下手表，明晃晃地伸在金狗面前。

金狗第一次丧失了做男人的果断，愣在那里好久。

英英一双热灼灼的目光就盯着他，说："你不肯接受吗？"

他似乎被激怒了，接过了手表。

这一夜韩文举在船上听见上游沙滩上有人说话声、笑声，他好生疑惑，月色迷离，他看不清人影，就细细分辨那声音，知道了是英英和金狗。第二天就当重大新闻告诉了矮子画匠，说金狗和英英在沙滩上干什么什么了，而矮子画匠却连连摇头，怨韩文举说梦话：英英是什么家的人，能看上咱家的金狗？但就在这天中午，蔡大安却又一次来到他家，直话挑明是来做媒人的，受英英和田书记之委托而作合一场亲事的，矮子画匠受宠若惊，将蔡大安招呼在炕沿坐了，说不尽的感激言语。金狗却心中暗暗叫苦，脸黑封得如关公。矮子画匠激动得受不了，将茶水给蔡大安泡了，就燃了香插在"天地神君亲"牌位下的香炉里，看着牌位两边的"看山狗"图形不甚鲜艳了，就又端了颜料碗用笔去描。

蔡大安就奚落道："你别忙乎了，又要让画笔把你嘴弄得小挂尻子一样脏吗，把嘴干净着咱喝几盅酒吧！"

坐在桌子旁的金狗一下子眼睛红起来，扑过去夺过爹手中的颜料碗，哗啦将颜料泼在蔡大安的面前，这突然的举动，使蔡大安惊呆了，使矮子画匠也惊呆了，上去打了金狗一个耳光，骂道："金狗，你是疯了？！"

蔡大安却死皮赖脸地笑了，说："金狗你倒不高兴？我知道你待小水好。可小水哪一点比得上英英呢？你要心中有数，和英英成了，双喜临门！与英英不成，就祸不单行，你是比我精明的人，利害你清楚！小水就是美如仙女，那又能怎样？你事干到一定位位上了，还愁没个好女人，玩了还不掏钱哩！"

金狗看着蔡大安，大声喘气，他竭力平静着自己，但口气还很冲，说道："你走吧，走你的吧！"就走到内屋抱头去炕上睡了。他心糟乱如麻，恨田中正，恨英英，更恨自己！一个堂堂的男人家，一个极力想摆脱身处困境的他，为的是不满这种丑恶的由田家、巩家织起的州河上的关系网，没想自己挣扎来挣扎去反倒堕入网中，竟要去做田中正的女婿了！这样一来，他金狗还算金狗吗？对得起他所钟爱的小水吗？

他发疯似的从炕上扑下来，对着蔡大安吼叫："我不去州城报社了！你去告诉田中正，我一辈子当我的船工，就死在州河上！"

蔡大安被惊得手中的茶碗都掉了，矮子画匠气冲上来，从门后抄起一个草蒲垫团向金狗砸去，大骂道："你贼东西真是疯了？咹！"回身却脸上堆了笑，对蔡大安说："别听他胡说八道！我养的狗我知道狗的脾气，他一会儿就过去了。你给田书记回个话，就说这事就这么定下来，过几天我到镇上去，好好给你买一双皮鞋，谢谢你这媒人哩！"

蔡大安就笑了笑说："年轻人这脾气我知道，你让他好好想想，掂个轻重。我只说金狗在外闯了几年，什么事都懂得了，没想他还这么幼稚！我不上怪的，现在他骂我，将来他不知又会怎么个来谢我了！"

又干笑了两声出了门。矮子画匠便将一瓶白酒揣在他的怀里了。

到了天黑，矮子画匠做了饭，让金狗吃，金狗不吃，他才端了一碗坐在灶火口，英英却来了。这矮子忙丢下碗，一边招呼姑娘坐，一边就连喊带拉地催金狗起了床，自己就烧了茶水端给英英，一迭声地说："哎呀，这屋乱透了，让你也没处坐哩！金狗后晌伤了点风，蒙头睡着捂出了一身汗，现在是全好了。你们坐着，伯到前村刘家借个筛面箩去！"说罢走出门，竟将门拉闭，且反手连门柱子也挂上了。

矮子并没有去前村刘家借筛面箩，他拿了烟袋和火绳，孤孤地坐在家斜对面的坡地里。这里能看见自家房里的点灯的窗户，他一边抽着旱烟末子，一边在风寒野地缩紧了身子，心里喜滋滋地说："让两个娃们谈吧，一个是干柴，一个是烈火，或许真就谈成了！"

金狗默默地从炕上下来，坐在炕沿上，他没有看英英，却已经猜出她是来干什么了。他甚至有些吃惊，英英这么大胆，竟能亲自到他家来！现在，他们之间的关系已被蔡大安挑明了，看她怎么个说呢？

英英并没有直接提到婚事，却在问："你是病了，真的好了吗？"

金狗说："我就没病，想睡就睡了。"

英英反倒笑了："金狗哥倒实诚，我就知道你爹哄我哩！"

她笑得那么随便和大方，似乎一切事情好像从未发生过一样，接着又同上次和金狗谈的内容一样，热辣辣地说她对他的印象、感觉、期望和想象，说她推让唯一名额的心情和动机。但她的言语里，虽尽是好言好语，柔情善意，金狗却依然能听得出其中偶尔透出的要挟和冷逼：金狗，这个名额完全是我叔争取来的，又完全是我让给你的！看来，英英是个好强自负的女子，她有她叔一样的胆识才干。金狗被一种裹了棉絮的铁棒击打着，深深地感觉到受了内伤，但同时又激起了他那种不甘心处境的方刚血气，他咬定了牙子，把目光直对起了英英。金狗什么都不怕了，他还怕一个女人吗？

金狗情绪上来，英英越发一脸光彩，她的对面的窗台上放着一面镜子，就一边和金狗说话，一边在镜子里照着自己，两眼飘忽不已。后来，她双手便把头发拢起来，露出那白皙的脖颈，金狗看见了就在她的耳下有一颗墨黑的大痣，灯光照射，妩媚动心。他不觉低下眼去，想起小水也是有一颗痣的，那痣长在眉里，他曾经要求细细看时小水却打开了他的手……

英英已经不安分地坐在那里了，她将椅子斜着摇晃，突然伸过头来，亮着一双大而亮光慑人的眼睛问："金狗哥，你对我的印象是什么？"

金狗慌慌地说："好嘛。"

英英再问："光是好吗？"

金狗再说："是好。"

金狗说这话的时候，他先听到了屋里的某个角落有蛐蛐在叫，后来就什么都听不到了，他看见了英英的胸部在起伏，他心脏也跳得厉害，倏忽间周身产生了一种异样的感觉，像浮坐在潮水头上一样陷入迷糊状态。这种迷糊以前在小水面前产生过，但这潮水却常常被小水用一种说不出来的什么堤坝扼制住了。现在，这种感觉又一次产生，他只觉得口渴，嘴唇干燥，鼻孔里出气也热烘烘的了。这时候，柜台上的煤油灯很亮地闪了几下，爆出油干的火花儿。金狗说："没油了，我去添些油了。"英英却站起来将他拉住，就在灯欲灭未灭之际，他感受到一双胳膊挽在了自己的脖子上，是一条蛇，蛇在咬他的脸，咬他的嘴。灯火轻微地跳动了一下，彻底地熄灭了，夜如墨一样的黑，一切都陷入死寂，他听到一种柔声在说："金狗哥，我叔很高兴咱们的事，他要我领你到我家去，再不要叫他书记，他想听一声'叔'哩！"金狗如喝醉了酒一样昏沉，年轻人的冲动使他极力想与小水合二为一但却不能，如今英英的主动却又使他一时不知所措，手脚拙笨。英英的身子发软，软得像面条一样直往下溜，喃喃地在说："金狗哥，我受不了了，下边已经湿了……"瞬间里，金狗突然像发了狂的野狼，像金钱豹子，把她抱起来，倒在炕上，气喘吁吁地压迫她，揉搓她，没有温柔和爱抚，是一种野蛮的仇恨性的发泄。直到他大汗淋淋地滚在了一边，他感到十分痛快，但脑子里却十分十分地空白了。

灯重新点亮，金狗还静静地躺在炕上，他看着坐在炕沿的英英，两人都没有再说话，他只是看着她。

英英说："你别这么看我。"

金狗还是看着，一种失落感却慢慢回到了心上，他后悔了，第一个念头觉得是不是愧对了小水？

英英说："你这阵想什么？"

金狗说："我真没想到咱们会这样？！"

英英说："你是觉得后悔了？"

金狗说："我是说你毕竟还是姑娘呀。"

英英说："你是把我的处女宝拿走了！可这我愿意，只要我觉得可爱的人，我就会把宝赠给的，这谁也管不着的！"

金狗坐起来，脑袋却沉得抬不起，他说："你不要再说……现在，你我都放心了！"

英英对着镜子收拾好了头发，说夜不早了，她该回去了，金狗便将她送出门去，看着她一步步走进溶溶的月色中去，金狗心身全清醒了，脑子里出现了小水和英英的两个形象，小水是菩萨，英英是小兽呀，人敬菩萨，人爱小兽，正是菩萨的神圣使金狗一次次逼退了邪念，也正是小兽的媚爱将金狗陷进了不该陷的泥淖中了。

金狗悄然返回屋去，流下了两颗热而涩的眼泪。

矮子画匠直等到英英从自家门里出来走掉之后才回来。金狗还在炕上呆坐着，画匠没有问儿子一句话，于自己的炕上睡下了。睡下了，又叮咛一句："早点睡吧，明日一早你该去田家见见英英娘啊！"金狗没有搭理，他吹熄了灯，还在炕上坐着，听着不知什么时候起就响起的"看山狗"的叫声，后来就透过窗上的玻璃，看见了沟口的青龙白虎崖之间的石台上，有两个灯笼游动，前一句"回来——了"？后一句"回来——了"！招魂之声使人肃然。

矮子画匠这一夜睡得好舒坦，天亮时竟第一次睡过了头。睁眼看时，金狗不知什么时候已起身走了。

金狗是坐了船到白石寨去的。

船还没有靠岸，小水就看见了，喜欢地叫："金狗叔，金狗叔！"

金狗一夜瘦了许多，脸寡白白的，表情迟钝。上得岸来，老老实实跟小水走，一直走到铁匠铺。

麻子外爷又喝多了，半立半倚在火炉的风箱上，和街对面杂货摊上的一群女人们说话："我小水哪样不好呢，你们瞧瞧，坐是坐相，走是走相！白石寨我住了四十年，这眼里看过的女人千千万万，模样好的有三个，一个是巩宝山的女人。巩宝山进驻寨城，讨的是个洋学生，比巩宝山小了十五岁，银盆大脸，是贵妃娘娘的模样，后来就和巩宝山到州城享大福去了。一个是娘娘庙里的观音菩萨。一个就是我的小水了！"杂货摊上的女卖主就格格痛笑，说："铁匠你好有福，晚年怕要跟小水也到州城住去！"麻子外爷更得意了，说："那却是真的！金狗你们知道吧？一笔好写！州城报社要他去当记者，小水要去享福，她能撇下爷爷在这儿打铁吗？我早就说了，男人家要真本事，走州过县，口吃四方，女人家无才是德，只要长得好，她娘就是讨饭的，她也会出头露面，坐在高枝儿上！"

小水和金狗正碰着，小水说："爷爷，你又说酒话，真叫我脸红！"

麻子外爷见了小水、金狗，倒指了金狗说："金狗，你小子怎的多日不来？你要当记者了，你知道是托了谁的福，还不是我小水命里提携了你？你怎么不来，有了身价就看不起铁匠铺了？铁匠铺里可有好宝贝哩！"

金狗没有回应，兀自进屋坐了。小水忙着去烧茶水，麻子外爷又嘻嘻哈哈坐在金狗对面笑。茶端上来，金狗说："伯，你喝喝茶醒醒酒！"麻子外爷却说："你还叫我伯？你这嘴硬的金狗，这条街上，谁不知道我是你的爷爷，你倒还叫我伯！"小水说："爷爷，你真烦人，你不会少说些吗？我们还要说正事哩！"麻子外爷嗷嗷地叫着，又出门和杂货摊上的女人戏谑去了。

小水说："报社的事怎么样了？"

金狗说："录取上了。"

小水很是高兴，说："我说和尚的卦是灵，果然应了！昨日夜里做梦你没录取上，醒来长吁短叹，外爷问怎么啦，我说了，他合掌道：梦是反的，金狗必是录取上了！我还真有些担心！今日想吃些什么？要吃什么做什么，给你贺贺！"

金狗无动于衷，看着小水的脸，苦苦笑了一下。

小水问："怎么啦，你不高兴？"

金狗突然扑在炕上，脸埋在被子上哽咽了。

小水莫名其妙。往常的金狗，是在她身上要不够的家伙，她盼他来铁匠铺闹，他来了又害怕铁匠铺里就只有她和他。她的下巴上有他咬伤的红印，胸脯也因他而丰富隆起。今日的金狗却老实了，老实得重做了一个人！小水搬过金狗的头，那一双眼里泪水汪汪。她连声问："什么事吗，什么事吗？"金狗把前前后后的事体说了，他一点不保留，将他与英英发生关系的事也说了。

小水完全被这突如其来的事变击倒，退坐在椅子上，一言不发。金狗停止了哽咽，怯怯地看小水的举动。小水慢慢站起来，从屋门走出，走到后院，抱住了墙角的一棵红椿树，软下去了。

麻子外爷闻见了一股呛人的烟草味，跑进来，看见厨房朝外喷烟，进去，灶口的火蔓出来引着了干柴，他将一桶水哗地泼了，大声叫骂小水。小水还是软在树下起不来。麻子外爷糊涂了，问是怎么回事，小水却哇地哭起来，将一切告知了外爷。麻子外爷抄了一把笤帚，冲进屋来一下子抽打在金狗的头上，骂道："好呀，狼不吃的金狗！你才是这么个没良心的贼，你怎么不爱我小水了？你原来是勾引小水，玩弄小水，骗得小水对你痴痴呆呆，骗得喝了我几坛子好酒！我告你到法院去，你以为田中正有势力吗？我麻子在法院也是有熟人的！告不倒你，我也有我的师兄师弟徒子徒孙，我剥了你的皮，抽了你的筋！"叭叭，笤帚雨点一样抽打在金狗的腰上、腿上。金狗只是不动。

麻子外爷愤怒了，丢了笤帚，动手来拉金狗。金狗身重，拉不动。麻子外爷从厨房案板上取了一把菜刀。小水将外爷挡住了，她说：“爷爷，你不要打了，也不要骂，让他走吧。”

麻子外爷说：“走？就让他走了？！走不成的！共产党的天下没王法了不成？”

小水就对金狗喊：“你怎么还不走，你让爷爷砍你一条腿吗？”

金狗木木地站起来，从门里走出去了。

金狗的眼睛成了瞎子，他看不见了街面上熙熙攘攘的人群，看不见了高高低低的街边的货摊，他只是茫然地走，在一条泛着青光的街道上移动双腿。一位妇女骑了自行车使劲给他打铃，最后终撞在他的身上，尖声骂他：“眼瞎了？珠子叫鸡啖了？”他只是不语，直到那妇女骂够了，又骑车经过他身边时，再是一口唾沫吐在他身上，还骂：“叫鸡啖了？！”

州河岸上，从两岔镇下行的船已经离开了渡口往荆紫关去，从荆紫关上行的船，也开拔到两岔镇去了。黝黑的岸上，是一堆一堆垃圾，一个人也没有了，三只四只游狗互相追逐。金狗坐下来，看黄水汤汤的州河，无限的空落和凄凉。远处跑来了一群孩子，对着他说：“快去看，真好看，连起来了！”他举目远望，河滩上两只游狗屁股接着屁股，被孩子们用木棒撵着打。金狗骤然感觉到一脸羞辱！

天黑了，偏偏夜里有月亮。金狗没脸面去寨城找熟人，也不想到河运队的货栈去投宿，他要在州河岸上坐一夜，要风冻他，要潮气蚀他，来惩罚他对小水的罪过。耳畔里却有了小水的叫声。他没有回头，知道这是幻觉，小水，小水，唉，小水的叫声再也不会有了，他将要带着这幻觉度过他的一生啊！

他在问自己：“我是成功了呢，还是失败了！”

“金狗叔！”

小水的叫声又响了，叫声还是先前的叫声，更多了几分温柔和凄凉。金狗回过头来，站在自己身后的，活活的真是小水。

小水说：“你还没有走？我知道你是不会走的。外爷又喝醉了，他喝了八两，醉得人事不省，我才出来的。”

金狗说：“小水，你还来看我？我这种人，已不配让你来看了。”

小水说：“往河滩那边去吧。”

两人从岸上的石级上下去，走到了空空的沙滩上。远处木石楼上的灯全亮了，红红黄黄的，飘动着的录音机声和低低的二胡声，弥漫河上，红黄灯光在水里拉着长道，蠕动着，如爬行的蛇。小水脱下了一件外衣，铺在沙上，自己坐了，让金狗也坐。

小水说：“外爷骂了你，打了你，外爷的心情你要理解。”

金狗说：“这我知道，我该他骂，该他打，他拿了刀来，我当时想，就是一刀砍了我，我也不动。我死在他刀下，死了我倒安然了。”

小水说：“无论怎样，你是不该那样处理事的。我听了，我受不了！你一走，我哭得好伤心，又不能大声哭，因为街上有人来来往往，问起来我怎么说？再是外爷这么大年纪了，他爱我比爱他自己还厉害，我要哭得凶了，外爷或许就没命了，或许他会做出别的失理智的事来。我是恨你，恨得牙齿都能咬碎，可我还是来找你……我也冷静地想了，那英英是个心底诡的人，她什么都能干得，你也有你的难处……"

金狗说："老实说，我心在你身上，我当时只想恨她，报复她，说老实话，我也多少有些报复你……可我全做错了……"

小水泪水泉涌，先是哽咽，接着就放声哭了。

金狗站起来，站起来却呆住了。又慢慢地坐下来，双手插在沙里，一句话也说不出来。见小水还在痛哭，他死死抓住她那发凉的手，哭说道："小水，你原谅我，你饶了我，我不去报社了，我不去报社了她英英就不会缠我订婚的，你让我和你结婚吧，小水！"

小水渐渐息了哭声，静静地被金狗抓住双手，慢慢地又蹭开了他，说："金狗叔，这不可能！为了去报社，你在争取着，我也为你争取，事情到了这一步，你还是从大处着想。什么也不怪，只怨我的命苦啊！放到一般女子，是不会再来看你的，也不会在你面前哭哭啼啼，我这样，我是知道你心里有我，可我来看你，就是让你断了我这条线，心安理得地去报社……"

金狗则呜呜地哭起来了。

小水劝慰着金狗道："既有今日，我也不悔当初，你如果还爱着我，你就去好好工作，也为咱这一辈人争争光。临分手了，我也送你一样东西吧。"

金狗问："送我东西，什么东西？"

小水用手撕下了衣服上第三枚纽扣，交给了金狗。金狗握着纽扣，知道第三枚纽扣在衣服上的位置，那是表示着一颗心啊！

小水从沙滩上走掉了。

金狗睁大着眼睛，在夜色中分辨小水的身影，然后在沙滩上盲目地跑起来。明明是发亮的地方，踩下去，却踩了两脚水。湿淋淋，又上了河岸。不知什么时候了，金狗却又转到沙滩，他寻不着了返回渡口的路线。后来，他在一堆石块砌起的分水坝壁下，脚手并用，乱蹬乱抓，被一位夜行人用手电照着，问："喂，谁在那里，干啥呀？"他回答说："我到寨城去！"那人叫了一声："天神，那石壁是路吗？你中了邪，遇上迷糊鬼了！"前来将他一脚踢倒，又抽了几个耳光。金狗脑子里顿时清楚，两股眼泪流下来，上到岸上往寨城去了。

11

白石寨城里，麻子铁匠铺是鼎鼎有名的。麻子年轻时，脸面光堂，人才英俊，在邮局里当邮差。那年月，州河一带骑自行车的只有两类人，一类是寨城警备队的，一类就是邮差。麻子骑的是日本造，双根梁，戴一种硬壳的绿帽子，隔日去两岔镇一趟，隔日从两岔镇回来。警备队围山“清剿”田老六部队，他正在仙游川送信，枪一响，村人都往后山跑，顺着山崖上的栈道钻进石洞，他也跟着上去。“清剿”队以为田老六他们也在洞里，枪子打得飞蝗一样，进洞的人来不及在栈道上走一节、抽一节木板，眼瞧着穿黄皮的人也上了栈板，便在洞内一起用力，抽掉木板下的椽档，使“清剿”队人纷纷落山。“清剿”队恼羞成怒，就在山下朝洞口打，他趴在一个洞口往下瞧，叭的一枪打来，子弹并没有打中，却射在头顶端的石上，石子飞溅，落了一脸，血如浆水一般流出。从那以后，脸就再不光堂，也没有再去邮局当差，进了寨城一家铁匠铺做徒。这铁匠天生的麻子，老伴早死，和一个极丑的女儿打铁。他便“倒插门”做了女婿，麻子铁匠铺，货真价实的都是麻子。到了晚年，麻子并不忌讳别人叫他麻子，他所打制的铁器，刀，剪，镢，斧，上边都砸一个“麻”字，由此年轻的人倒已不知他的真名真姓了。寨城的孩子们见了他，都十分熟，就喊：“麻子爷爷！”他乐得笑呵呵的，却要斥责一句：“爷爷就是爷爷，怎么还加个麻子？”就到东门口的酒店里去喝酒。店主是他的老朋友，他在那里却不入桌，立于柜台前，要二两，用嘴吮两口就完。这口如酒列子一样标准，多了，碗里能剩下，少了，口里装不满，店主自然对他是不敢少量的。灌酒下肚，长舌头伸出来咂咂，他会说：“老实说，你这酒掺了多少水，有一盆水吧？”店主忙压低声音说：“你可不要声张，坏了我的店名！你再喝一两吧。”这一两店主是不收钱的，他却临走要把钱丢在柜台内然后再买上一壶，摇摇晃晃回去。

铁匠铺已经多日不开张了，炉子灭了火。街坊四邻在日夜的打铁声中起居，猛地消失了声响，人突然在寂静中不能入眠。对门杂货摊的女卖主吃惯了每早在铁匠炉上煮的两颗荷包鸡蛋，如今只有跑中街口吃豆腐脑了。忽有一日，天还未亮，熟睡的街坊在睡梦里被一阵铁锤的敲打声惊醒，睁眼看时，窗纸上映了红红的光。知道麻子又在开炉了！这敲打声十分熟悉，充满了特有的乐感，但后来就分辨出这声响毕竟不如了先前，很生很硬。

起来看时，执大锤的是福运。福运大家也是熟悉的，是一个蛮如牛的人物。

他们就问：“福运，你怎地不撑船了？”

福运说：“麻子爷爷收我做徒了！”

人们就笑了：“那你保不住哪一日，脸上也要生麻子了！”

福运是辞退了河运队的职，自动来的。当他知道金狗与小水事情坏了的消息之后，他骂田家，发誓再不给田家麦秋二料去出劳力，骂金狗，竟当着矮子画匠骂。他心疼小水，但却不会给小水说宽慰话，就亲自跑到铁匠铺，提出给麻子做帮手。他人瞎，心里明白，做帮人呆在铁匠铺了，他可以保护和协助这老的老、少的少，他福运有气力，能下得苦。可是，麻子先是并不收他，嫌他笨，将来铁匠活计必是学不精到。福运却一心要来，头一次练习抡锤，用力过猛，就扭了腰，几日不能活动，让正骨大夫来治，大夫让他在院子走，趁不注意，猛地上去朝背上蹬了一脚，福运倒在地上，疼得汗如滚豆，却未吱声，爬起来腰却好了。麻子也就看中了福运的不吱声，将他收下了，说："你舍得下苦，耐头大，是能打得铁。可你心实，机灵却比不得金狗！"提起金狗，麻子就脸色大变，骂他一顿娘，将烧红的铁夹出来，锤打得雨点一般，铁屑四溅。

日子就这么又恢复起来，过去的一日过去，要来的一日要来。铁匠铺里生意红火，见天来订货的，买货的，修理家具的，川流不绝。麻子后来渐渐发现，来铺子做生意的人，一边捡货，一边用眼偷偷地看小水，先是以为人家企羡赞美小水的漂亮能干，并不在意，些微觉得几分骄傲，但终发觉那看小水的神气不对，心里顿生蹊跷。一日出得铺门，见两个人正指着去挑水的小水，一个说："就是她，被州河船上的金狗甩了！"一个说："长得真疼，能甩怕是嫌破烂货吧，听说还是个寡妇，寡妇有好的吗？"回头见了麻子，忙噤了口，面朝街墙再不言传，遂一溜烟跑去，笑得哧哧哈哈的。

麻子知道街巷里人全知道小水是金狗不要了，大觉辱没，回来又不能冲小水发火，只痛惜可怜，当天就睡倒了。

外爷一病，小水终日精心伺候，麻子就拉住小水，泪水汪汪，说："我小水命苦！"连声骂金狗，骂得咳出一口血来。福运更是里里外外做小水的帮手了，包每日挑水、买菜，给师傅抓药，买主上门还得和小水出去做铁活。

小水感恩不尽，说："福运，为了我们真苦了你！等爷爷病好了，铁活做得多，我让爷爷一月付你两个月的工钱！"

福运说："我要那么多钱干啥？我不盖房，不置地，不要老婆不要娃，手里钱拿多了还瞎事哩！金狗还不是为了去挣几个自在工作的钱坏了心的？"

小水说："福运，可不敢胡说！"

福运说："怕什么？我在仙游川就写了，'人人不当官，当官都一般'，金狗当船工时，他还算个好人，才要当干部了，就没好人的味了！"

小水知道福运气大，就不再论说下去。福运却担心小水不放心他，就回到仙游川，料理了一下地里庄稼，将家的几床铺盖、几麻袋粮食收拾好，想实实在在到铁匠铺长期待下去。

仙游川里，田中正来到了画匠的家里，告诉说金狗已正式通知录取，趁金狗要走之前，他们田家想把孩子的婚事举行个仪式。田中正说："本来这是你家办的，你就免了吧，在我家举行，我那儿方便的，你看怎么样？"画匠心里说：金狗是我的儿子，儿子订婚当然是在我家，叫到你家去，你是在招女婿吗？但画匠没有说出来，他点头同意了。这天金狗爹催金狗快去，甚至是老子帮着墙高的儿子换了衣服，推他提了礼篮去了田家。

田家的客满座，全都是两岔乡地方有头有脸的人。热热闹闹了一个中午，金狗出了田家大院上厕所去小解，看见了七老汉和福运匆匆地从村巷里往河边走。金狗叫了一声，人家没有作答，撵上去再问："福运，你怎么回来了，听说你去打铁了？"

福运说："你听谁说的，你还打听这事！"

金狗说："这是要往哪里去？"

福运说："白石寨铁匠铺呀！"

金狗说："我也去！"

福运说："这阵你还去呀？田家的人几十年里都不下河的！"

金狗气得吼道："谁是田家人？"

福运也凶了："英英要是没她叔，你要不要？"

金狗一拳打在福运心口上，福运一跤跌坐在地上。福运虽然力大，却毕竟怯金狗，当下要爬起来扑上去拼命，七老汉挡住了。金狗兀自去了河岸，跳坐在停泊的那只柴排上。

不远的渡口上，韩文举在一眼一眼看着金狗，一口一口朝河里吐唾沫。唱起了早已遗忘，忽又记起的年轻时候所唱的船工谣：

没奈何，走州河
手把篙，腿哆嗦
三百水路四百滩
龙王争来那个阎王夺
没奈何，走州河
纤锯身，石割脚
厘局、船霸是催命鬼
凄惶更比那个石头多
没奈何，走州河
眼流泪，口唱歌
水贼绑票抛深潭
要寻尸首那个鱼腹剥

金狗没有言语，大声喘粗气。福运跳上柴排，再也不与金狗招呼，对七老汉说："七伯，开排！"遂解了缆绳，竹篙在岸石上一点，排悠悠一个转，立即顺水而下。金狗无声地脱了上衣，也脱了长裤，在排头上夺过了七老汉的长竿篙。

七老汉说："金狗，你今日不应该到河上来的。"

金狗说："我这是最后一次放排了。"

七老汉说："金狗，你要走了，我们是应和你喝喝酒的，可你那么快做了田家的未婚女婿，你也不觉得事情太快吗？"

金狗说："我知道。"

七老汉说："谈恋爱我不懂，我年轻时在荆紫关认识一个女的，虽是窑子院的，至今梦里还梦到她。你和小水，说断就断了？"

金狗说："嗯。"

七老汉叹了一口气，不言语了，坐到了后排上去，掏了扁酒扁壶喝。福运要喝，老汉不让，骂一句："现在的人心都奸了，我何必要大方呢？想喝酒了你自己买去！"

七老汉骂福运，福运没见怪，金狗脸却烧得发烫。

排悠悠地往下行，谁也不再说话。这是金狗行船撑排以来从未遇过的冷清。他知道七老汉在怨恨他，福运在怨恨他，但他给他们说什么呢？他只能默默地站在排头，睁大眼睛，集中精力，在一种高度紧张之中将脑子里充斥的混乱淡化为一片空白。州河在宽宽的河谷里并不是满满荡荡，水有时合为一道，蛇样地冲到北岸，空出南岸一堆一堆沙石丘梁，有时又冲到南岸，使南岸的路逼上了峭峭的石崖，而北岸的干涸滩上却新垦了一坑一洼的水田。水流在正河道的时候，则是分开了三股四股。这是最难撑渡的地段，哪儿一股水深，哪儿一股水浅，金狗凭借着股水的颜色，泛起的浪花，每一次都顺利通过了。过了分股水，河床必是下落，水就平缓了，午后的太阳斜斜照着，水的表面就像是油画一样。他看着水面上那些波纹，清楚哪儿是个旋涡，哪儿下边是一块礁石，别以为这里是万无一失的地方，稍不留意，那温温柔柔的水面就会将排吸铁石似的吸去，只打一个转儿，排头就沉下去，什么也不得见了。到了七里峡，河道窄起来，八个山嘴恶作剧地从两岸交错突出，州河就扭曲了七个湾来。湾湾是连绵的树林，像墙壁似的，这墙又都向河面上倾斜，光线就兀然幽暗了。那些干死的枯桩发着白色，明显在碧绿中，而葛条、野葡萄藤像挂在树上的绳子，一条条垂下来，在水面上摇曳。多草的冷清的角落，岸崖上泛着油腻的黑石，和一丛一丛狼牙刺，全都发着微光。金狗心提上喉间，将那一竿长篙前后左右拨点，常常一篙当地点在岸崖上，排和人就反弹一下，发出嘎嚓一声裂响。那些被砍伐的树桩，是从水面上砍伐的，水的波曳常常使一人高或半人高的木桩隐蔽，金狗才小心翼翼撑过了，突然一声震响，排剧烈地打了一个回旋，然后就再不动了。

金狗大叫了一声："挂桩了！"

一直在排后冷眼静观的七老汉和福运，似乎是幸灾乐祸，并没有立即站起，慢慢收拾了酒壶。七老汉说："霉了，这木桩从来没有挂过排的！福运，下去看看，是不是这儿有了鬼，把排拉住了？"福运抄了一把弯刀，剥了衣服溜下水去，水面上一阵咕咕嘟嘟的水泡，后来就冒上来说："七伯，真的有了鬼！一根木桩插在排底的椽缝里！"七老汉说："半个月前，这棵树上吊死了一个妇人的，披头散发，舌头有二尺长。石疙痞那劣坯子还用竹篙挑妇人裤子，他小子倒没报应，让咱邪上了！”说罢就“呸呸呸”连向河心吐唾沫。还要叫福运也吐，说是冲邪。三个人就全下了水，一起用力将排往上抬，但白费力气，排依旧静着不走。七老汉就钻下排底，上来说：“刀在水里没用的，取锯子吧，只有用锯子锯木桩了！”福运拿了锯子再要下水，金狗不言一语夺了去，扑通没进水去了。十分钟，二十分钟，金狗冒上来，脸色黑红，大口喘气，福运要下去换他，金狗又钻下水了。又一锅烟时辰，冒出水，说：“快断了，咱们一起往下推排吧！”三个人全下了水，用葛条将排系在大树身上，后憋足力气推排，咔嚓一声，水下的木桩断了，排忽地冲下去，立即葛条一个颤音，拉得直直的。七老汉跳上排，站在了排头，喊：“快上！”福运跳上排了，看见金狗还在那里洗脚，便突然用刀砍断了系排的葛条，排箭一般顺水冲去，霎时拐过一个弯不见了。

七老汉在排上忧心忡忡，说：“福运，你也太过分了，你把他留在那里，前不着村，后不挨店，夜里怎么办？”

福运说：“让他和那女吊死鬼过夜吧！”

七老汉说：“把排靠岸，等等他吧？”

福运说：“让他受受苦，死不了的，咱走咱的！”

金狗呆呆地站在岸边。当福运将他丢弃在这里的那阵，他愤怒得想要杀人，恨不得一个猛子扎下水，跟着那排泅浮，追上去把排捣碎。但后来，他就笑了，如果这种惩罚能减轻七老汉和福运对他的仇恨，他甘心在这里呆上一夜。多少天来，他第一次心里稍稍平衡了一些，脸上泛上一丝无声的笑。幸好，又一只船从上边撑下来，船上的人认识金狗，停船让金狗坐了，已是黄昏，继续向白石寨行去。

金狗坐的船身轻体小，下行得特别快，到了七里峡下五里处，就远远看得见了七老汉和福运的柴排。金狗坐在舱里，不让福运看见他，相距半里之遥，船上的人突然大叫：“不好了，前边的排出事了！”金狗闻声出舱，看见柴排通过河面，横过河面上空的一道电话线因一边电杆弯倒，线低垂河面，柴排发现时已来不及，福运忙中用竹篙挑线，没有挑中，线便拦腰将他拉落水中，柴排压过，拉断了电线，几捆堆在排上的梢子柴也散落河中。七老汉失声痛叫：“福运！福运！”慌乱中将排往岸边靠去。金狗也急了，他知道福运水性并不十分好，落水后排又从身上通过，一定是被水卷入前边的河槽子去了，便不等船冲下去，一个跃子就投入水中，使劲往前划。果然，前面的河槽子里，福运冒了一下，又不见了，金狗泅过去，抓住了福运的头发提起来，赶来的船，伸过了篙，福运抓住被拉上船了。篙来再让金狗抓时，金狗没有抓住，忽觉得有一股力量在拉他、吸他，水旋得像龙卷风，他叫声“不好”！拼足力气挣扎，但还是被卷吸过去，最后全身被夹在一个暗礁石缝。七老汉已经泅下水了，水鬼一样贴在礁石上，发现了他，拉住他的双脚往外拉，终于拉出来；金狗的一条胳膊脱臼了，疼痛得不能动弹。

福运背着金狗上了排，千声万声向金狗赔罪，金狗说："得了，福运，我没有忌恨你。你把我丢在七里峡，我知道你嫌我愧对了小水，你应该是这样的。"福运和七老汉帮着按接金狗的胳膊，却怎么也按接不上，那胳膊越发变紫变黑，肿得很粗了，只有到了白石寨进医院去看医生。

福运说："金狗哥，我总不明白你怎么不要小水了，是小水做了伤你心的事了？"

金狗说："没有。"

福运说："那你怎么能这样？！"

金狗到了此时，只好老老实实把情况说了，七老汉和福运都呆了，默不作声。船泊泊地在水里下行了一二里。金狗说："福运，即就是与英英最后事不成，我和小水的事也怕是不会再成了。我有一句话，你肯不肯听？"

福运问："什么话？"

金狗话未出，眼睛却潮了："小水是好女子，她命太不好了，没爹没娘，韩伯是个粗心人，光棍了一辈子，心也野，不会疼爱人，麻子外爷护小水，可他年纪太大，往后你就要多帮她呀！我知道你是去了铁匠铺，我感激你，一辈子感激你！"

福运是实诚人，倒被金狗几句话说得动情，当下点了头。

船排到了白石寨。天已擦黑，三人去了医院，医生为金狗按接了胳膊，返回排上已是万家灯火了。福运说："金狗哥，我陪你去铁匠铺吧，事到如今，你也不能再不去呀！"

金狗面有难色道："我何尝不想去，可麻子外爷他会不让我进门的，要是一闹，小水更伤心的。"

福运也觉得是。七老汉却叫福运到一边，说："你去把小水叫来，让他们在排上说说话。金狗今日订婚，他能跑来，还不是再想见见小水吗？"

福运就装作去给七老汉打酒，跳上岸小跑往铁匠铺去。

铁匠铺里，麻子外爷病未好，小水也病倒了，头痛，心口疼，饮食不进。麻子外爷吓得发慌，拖着病身子去买了许多止痛片，给小水吃了也无济于事，便去请了寨城西关一位巫师，巫师看了小水，说是撞了鬼了。麻子外爷问：有死鬼缠人，有没有活鬼缠人？巫师说，当然有缠人的活鬼，他虽没死，可魂魄来缠，比死鬼倒凶出几倍。麻子外爷就破口大骂金狗！巫师便在一张黄表上画了符，一张压在炕席下，一张贴在门框上，说一天后家宅安全，人体康复。但小水还是身子沉重，且动不动就哭。福运赶来，铺门掩着，听见小水哭，劝慰了几句，小水方坐起来强装笑脸问村里事，问船上事，却只字不提金狗。

福运说："小水，你再不敢哭了，事情到了这一步，船上、村里的人都疼你。谁是谁非，大家看得清，金狗他是没人缘了。"

小水说："你们不能恨他，他也有他的苦处。"

福运说："这我也知道了，今日排上，我整过他，他后来又救了我，连胳膊都伤了。他说起来也泪水汪汪的，可他毕竟不对，宁愿当一辈子农民，死在山上，死在河里，也不能做这绝情的事！"

小水说："他也来了？他人呢？"

福运说："胳膊已经接好了，人在排上。我叫他来，他不敢，是我偷偷来叫你的，可你又病了。"

小水却已经从炕上下来了，一边梳理了乱发，一边说："走吧，我去看看他！"

福运吃惊地看着小水，不明白她竟能下炕，一点也不像病得沉重的样子。只是问："你行吗，你行吗？"小水则开门自个先走出去了。

来到寨城南门外的渡口上，柴排静静地泊在那里，排上呆坐着七老汉，却不见了金狗。

福运喊："金狗哥，金狗哥！"

七老汉走过来低声说："你不要叫了，金狗他走了。"

福运说："他到哪儿去了？"

七老汉说："你走后，金狗问你到底干啥去了，我实话说了，金狗流了一阵眼泪，说他还是不见小水好。他是专门来见小水，来了却没勇气见到小水。他上了岸，我问他到货栈吗，他说他不去那儿，到哪儿，他也不知道，让我不要管他好了。"

小水呆呆地站在那里，遥看夜幕下自西迤逦而来的州河，曲岸回湍，半隐半现，波光浩渺，不觉喃喃而语："这也好。这也好。"

中 卷

12

第五天的晚上，是一个十分烦闷的夜，仙游川的“看山狗”从做晚饭时候有一声叫起，接着所有的“看山狗”都叫起来，这鸟声混合一片，就变成混沌的嗡嗡空音，使不静岗寺里的晚课钟声也失去了往日的悠扬。在家吃饭的韩文举，觉得奇怪，心里发急，饭也吃得热汗淋淋，那花脚蚊子就成团在身上叮，他扇动巴掌，一会儿在腿上打，一会儿在脸上打，手掌上已经腥血糊糊了，蚊子还在呐呐喊喊如打了锣。他放下碗，也懒得去刷锅了，就到渡口上去，渡口上没有蚊子，但“看山狗”叫得更响。韩文举钻进船舱，又取出了那本没头没尾的古书，将六枚铜钱哐啷啷撒在船板上，然后看月亮。月亮白得凄惨，周围形成着极宽的旋云，似乎夜空就是州河水面，而月亮则是一个窟窿，水以极大的流速旋转下泻。他就说：“天要下雨了吗？下了好，该下一场雨了！”钻进舱里，放沉脑袋睡去。

韩文举的话果然言中，后半夜就下起雨来，这雨下得好大。韩文举被吵醒了，但下雨后气温下降，正宜于睡眠，他又昏昏沉沉睡去，直到天明的时候，河面上的水涨上来，船已经不在原处，而被水冲着顺河靠在岸边。幸好船绳系在一棵弯柳树上，船才没有被冲走。河岸上带着飞虎爪、捞兜来捞浮柴的人，就冲着韩文举说：“韩伯，怎么没把你冲到州河口去，连船一块升了天，也不怕别人得了你那份绝业！”

韩文举说：“放你娘的狗屁！船怕水吗？水涨船高的！”岸上人说：“水能载船，水也翻船，干哪一行，死在哪一行，你等着吧，这次没死成，再涨一场水你是不得好死的！”

韩文举说：“我一不姓田，二不姓巩，做什么亏心事了龙王爷收我去？”上岸到柳树根看系的船绳，心里不觉吃了一惊：那船因不停冲荡，船绳正磨在一块岩石上，几乎要磨断一半了。他再不做声，忙将船绳重新在柳树上系好，又说道：“再涨水让我去死？小子，你不会看天象，这雨很快要停了，要捞柴快去捞，别让水落了你去捞石头！”

捞柴的就分散在河岸上各自忙活，河里并没有什么大的木料、粗的树桩，只是山上冲下来的枯枝败叶，和白沫搅在一起顺着旋涡的走向一溜一带往下浮。但是这雨却还在下，越下越大，且有了风，岸上人浑身精湿，被小利所惑，不肯回家，岸边就出现一小堆一小堆的柴草。半个时辰后，河水迅速上涨，有人叫道："快跑呀，水顺脚涨上来了！"人刚离开原地，那波浪就扑闪而来，竟将捞出的柴草堆一个又一个收回去悠悠下行了。韩文举乐得直笑，但风雨随之灌满了口，他也只好再次将船绳在柳树身上往高系，后来就同村人一起跑回村去了。

雨又下了两天两夜，老天像是憋足了许多年的怒气，要一泻而尽似的，下得不减量也不歇气。整个州河上下两岸都在下，秦岭的每一个汊里都有水，水流进了小沟，小沟满了又流向大川，大小沟川的水都往州河来了。两岔乡不停地接到电话：上游××水库决坝了！××村里淹了！州城已受到威胁！要求下游做好防洪工作。幸好两岔镇地势高，水是不会冲上镇街的。他们因为自身居住的安全，虽然洪水满河满沿为几十年所罕见，但眼瞧着河面上冲下来的粗树巨木、死牛死猪，就都凭着力气和运气去想打捞发横财。小的木料和柴草捞了不少，但眼睁睁看着大树在河心处一闪一晃而下，不免就有人喊：金狗呢？金狗要发暴财了，只有他才敢去河心啊！

但是，河岸上并没有金狗，金狗这时候正来到了州城。

清末年间，白石寨的船是可以直通州城的，后来河道阻塞，水流浅显，再不见往来船只，唯一的一条公路顺山势赋形，起伏上下而连接着几个县的交通。金狗是下雨前一天搭车去州城的，但车停在前边一个县城，那里的公路就被水冲坏了，金狗在那里呆了两天两夜，第三天下午四点多钟车才开到州城。

州城，这是一座古代的边城，当今闻名全省的是它仍保留着四面完整的古城墙。它紧紧贴着州河而筑，城墙不是黏土捶打，也不是青砖砌垒，而外层包裹的全然是黑色石条，这石条不生就苔藓，日里泛着油质，而荒草、荆棘甚至枸子木杂树从石条缝里上长，那便是乌鸦的栖息地，每到黄昏，成群的乌鸦就落在那里大声聒叫，将屎拉在石条上，白得格外刺眼。金狗一出车站，就听见河水沉沉的吼声，疾步赶到北城门楼，这门楼是建在河堤上的，而北城墙也就是河堤，刚刚登上二十级石条压成的台阶到门楼上，便见那里人出人进，一片慌乱，无数的民工扛着装着沙土的麻袋往城墙东北角去。金狗忙问："运这么多沙袋干什么？"旁边人说："护城墙呀，东北角已经垮了十二丈长的一段石条！"金狗急匆匆赶了过去，果然见城墙东北角好长一段没有了石条，暴露出用小米汁灌浇捶打的土层来，沙袋已经并排十二个层层往上垒，并用了铁丝在外层编织成网防护。金狗站在那里，听人们在纷纷议论，说是水涨时城里人还以为好玩，拥挤着到城墙上看热闹，眼瞧着水往上涨，有人还坐在城墙上去洗脚，嚷道在城墙上洗脚不患脚气。他们全不相信水会决了城墙的，因为四十多年前，田老六领着游击队攻打州城的那个秋天，州河里是发过一次大水，那水只仅仅冲垮过西北城角的一道石堤，以后从来没有发过大水，就以为州河永远不会再有洪水了，这个边城的城墙将永世作为文物而完整无缺地保留下去了。直到东北角的石条哗啦啦垮下去了十二丈长，看热闹的人才慌了，慌忙逃回家去保护自己的家产和性命，护城队就开上来，幸亏河水却也不再上涨了。

金狗听着人们的议论，也惊奇州河平日是平静的，但竟能发生这么大的暴水，来势这么凶，这么猛！他盯着河面，看上游空阔一片，水像从天际而来，无数的浪头翻涌着，出现一层一层灰黄色的塄坎，那塄坎迅速推近，就一次一次扑打在城墙堤上，声大如雷霆，激聚起千堆白雪。大浪每一次冲来，城墙头上的人就尖叫一声，双手捂了耳朵，并连连叫喊金狗往后站，不要头晕目眩了跌倒到河里去。金狗没有动，他在想着这么大的水，仙游川会怎么样，两岔镇会怎么样，村人是不是又在大捞河柴了？他金狗要是不走，他也会像水鬼一样游进河去将那大木料拉上岸的！这当儿，天空放晴，太阳重新出来，这金光四射的夕阳，使天上每一块云都镶上了金边，使河面染成一片黄辉，腐蚀在城墙上，城墙也是古铜色了。接着，夕阳就半沉半浮在远处的水中，像一个巨大的红球在那里起伏，又像是河水正生育一个血淋淋的胎儿，河面就十二分地酷似一个妊娠的万般痛苦的母体。金狗突然间感到这场面的壮美！他在州河上行船这么多年，还未能见到过这种场面，刹那间泛上心头的是：经过这一场洪水，州河的淤沙石滩就会荡然无存了吧，自然之力将使州河通畅，那行船撑排又会是何等痛快啊！

金狗一想起行船撑排，就显得激动，但他立即意识到他现在再也不会从事那种劳作了，他将永远告别水上生活，去开辟新的天地了。金狗头垂下来，默默地从城墙堤上走过，再没有回头看一眼州河就走进了城门楼下的洞子。

过了洞门，下二十级石条台阶，就置身于老北街了，房屋低矮却古香古色，摊铺拥挤但肮脏不堪，瓦楞上、墙皮上，久雨而生就的苔藓厚得像贴了栽绒，而在那污水里、烂泥里的小吃挑子的前边，人在嚣叫着，大声争执着。州城分老城新城，这便是老城了。透过这条街过去，楼房矗起，街面宽阔，有花坛有交通警有霓虹灯有五光十色的商店橱窗和打扮入时摩登的红男绿女，那就是新城了。金狗背着行李一直往前走，热闹和美丽就扑面而来，因为州河并不再上涨，东北城墙角虽然垮掉了十二丈石条，但水不会冲进来毁掉这个边城，城中的市民在几天的惶恐之后又心安理得了，从老城到新城，每一家商店的门口都有录音机在鸣放流行歌曲，鸣放着急躁的迪斯科，那坐店的女子要么白脸红嘴冷若冰霜呆坐如木，要么细腰硕臀随音乐而摇摆不已。隔七家八家过去，那墙上就张贴了各色各样的广告，武打片电视录像的内容介绍写得鲜血淋淋，触目惊心。而骑着三轮车、推着自行车兜售的书报摊上，充斥了凶杀侦探和色情。州城人有州城人的审美，金狗身处其中，只感到新鲜惊奇的冲动，当他站在那里询问一群男女：州城报社在什么地方？这些男女一起看着他，突然放声大笑而走散了。他们嘲笑这个乡下来的金狗，轻视他，奚落他。金狗先是面红耳赤，但立即他更大声地发笑，他在强烈的自卑中建立起自己的自尊：州城难道就是你们的州城吗？领导这个州城的也正是一个乡下人巩宝山啊！我金狗现在也来了，瞧着吧！

到了新城最繁华的十字路口，人多得如潮水一样，金狗并没有低着头，也未怯怯地顺着墙根走，他望着每一张陌生的脸，以高傲回视着高傲，使那些擦着挺厚的白粉和涂得血红口唇的姑娘们也惊奇地回头望他几眼。三辆一溜儿马车从旁边的一条小巷驶过来，通过十字口再驶过另一条小巷去，车上装满了沙子，是给城内某一大楼工地运的。赶车的是几个乡下人，拖着鼻音很重的声调吆喝，骑自行车的城里人就大声斥责，咒骂马也咒骂吆马的人。赶车人则连声道歉，脸上浮动着怯笑，结果，这种怯不但未得到谅解，反招致了城里人的更大放肆，竟拦了马头揪下赶车人搡打。金狗突然愤怒起来，上前抱打不平，三下两下将那些城里人拨开了。一个穿西装的人尖声叫道："吓，土包子进城这么凶！是不是这几年粮食多了，吃得有力气了？！"

金狗冷冷地发笑道："好小子，就是粮食多了，吃得有力气了，你这么瘦猴似的，是不是没有提升工资吃不到好菜了？"

穿西装的恼羞成怒，说："你算什么玩意，寻着要修理修理吗？"

金狗"啪"地上去就是一个耳光，吼道："吃不上好菜，我给你个巴掌吃，你气就顺了！"

城里人是要花架子而没有实力的，猛地被金狗扇了一耳光，气急败坏还要嚣张，金狗则将行李卷儿放下，从马车上抄起一把铁锨，说："来吧，小子，乡下人进城真想试试力气哩！"

那小子真被镇住了，不敢近前，却叫道："好呀，土包子，咱《州城日报》的'鼓楼下'见！"

《州城日报》的"鼓楼下"栏是专发批评文章的，金狗听他说出这话，心里越发自豪了，说："你写吧，稿子寄来了，我可以帮你改改错别字！"

那人倒发蒙了，在旁的同伙叫道："这个是报社的！"

金狗嘿嘿笑着，猛地收住架势，一字一句地说道："乡下人不只是光会吆车拉沙子吧？"

闹事的城里人骑车遁去，一场争吵就这么结束了。赶车人千声万声感谢金狗，金狗却黑封了脸面教训道："要进城，就刚帮硬正地来，自己不把自己当人看，别人就把你当狗耍了！"说罢，扬长而去。但是，金狗又走了一节路后，气消下来，不觉自己也笑了：训斥赶车人不要自卑，而自己如此激动，不也正是自卑的另一面表现吗？金狗呀，金狗，在州河水上的时候，州城是一个可望而不可即的地方，如今要做了州城的人，而且是州城报社的人，面临的环境将是什么样呢，能适应能发挥自己需要发挥的能力吗？

金狗首先被分配在一个编辑室上班，他的任务是一边负责编辑室的内务杂事，一边熟悉编辑业务，进修提高新闻写作知识。办公室六个人，主任是一位五十余岁的长脸人，使唤金狗如自己的儿子。金狗是听话的，手脚勤快，每日提前来，提水，拖地，倒垃圾。时间稍长，便知道这个主任唯一能领导的只有自己。那个穿牛仔裤的，是州城组织部长的小舅子，可以为一点小事破口与主任争吵，那个年轻的姑娘又是地区文化局长的女儿，模样俊俏，开口闭口称总编、主任为叔叔，而那个戴眼镜的老龚，本是与主任一起到报社的，资历学问皆是不把主任放在眼里，常要作践主任五十年代怎样进城后爱上一个女学生，而抛弃农村的结发老婆。最后是一位三十九岁的中年寡妇，则有人看见半夜在总编的办公室不出来，出来碰着人了，声言是“汇报工作”的。小小的办公室里，满墙挂着报纸，满柜子满桌子的稿件，电话铃三分钟五分钟催命似的嘶响，各式各样的作者接二连三地来查询稿件，来请教学习，来质问为什么他的稿件不见报。时常就有来带了礼品，一包瓜子儿，一条香烟，一袋拔了涩的甜柿，竟甚至有服装厂的作者，拿来了一捆减价处理的花裤衩，给每人面前丢放了一条。这种无奇不有的热热闹闹的景象之后，办公室门关了，大伙就评论哪个作者傻样，哪个作者发型好、体形好，议一议报社里 ×× 和 ×× 的桃色新闻，当然这绝对是在寡妇编辑不在的时候。直到一切该说的都说了，大家低头处理各自的稿件，男的吸烟，女的品茶。那寡妇编辑终于说：“金狗，你是白石寨县上的人吗？”金狗说：“白石寨仙游川的。”“好名字！到报社前在什么单位！”“农民，撑排的。”“哦，你什么亲戚在州城吗？”“没有。”“没有？你还保密呀！”金狗再没有说什么，只是认认真真看稿件，有疑问的，不懂的，恭敬求教各位。每每抬起头来，他就看见坐在对面的文化局长的女儿那一身漂亮的衣服，她似乎要领导州城服装新潮流，三天两头换出一身新的。现在她又结了一条大红领带，金狗低头看稿子时，总觉得眼前有一道红光，痴眼看她，她也就发觉了，征求对她的衣服的评价。金狗说不出来，只能报以首肯，那文化局长的女儿就要说：“金狗你不懂服装的，你还是给咱说说州河上的怪人怪事吧，稿子看得头疼，调剂调剂神经吧！”金狗的思绪就到了河上，到了船排上，终在众人怂恿下，讲怎样浪里行船，夜半里听见一种奇异的叫声，老船工说那是水鬼的声音。讲夏日的河滩如何恐惧，有人走着走着忽然中邪，会拿头直往沙里钻，结果口鼻塞沙，窒息身亡。讲河岸上的某人家，媳妇如何与一个船工相好，勾搭成奸，被村人发现，赤条条吊在树上抽打，那男女后来就出逃，发现他们的时候，淹死在月日滩上，尸体还紧紧抱着，分也分不开。但金狗讲得更多的却是州河发大水，船工们怎样舍命去救溺水的人；行船翻了，十几条船怎样一起去打捞；船到上游去砍柴，砍荆条，夜里睡在山人的烧得发烫的炕上，女主人睡在炕的东头，男主人睡在炕中，船工睡在炕的西头，整夜油灯不熄，轮番在一口大的便桶里发各自的声音小解。在这个时候，金狗是活跃的，激动不安的，且脚手辅助于表演动作。但往往讲着讲着，就想起了白石寨那个铁匠铺，铁匠铺里一个拉风箱的女孩，金狗就不讲了。

金狗一离开州河，英英就随之在头脑里消失了，他似乎有一种心理，为自己同英英发生的那次关系而窃喜，是小小地惩罚了田家，甚至于对于英英现在的处境而幸灾乐祸了。但是，小水的形象却像影子一样跟随着他！他原先自以为只要离开了州河，离开了仙游川和白石寨，对小水的内疚就可以渐趋平静以至淡化忘却，但他怎么也想不到，离开小水越远这种内疚越是强烈，痛苦得像虫子一样咬噬着他的心！进入州城以后，他每天接触着城市的时髦美，这种时髦美不能不令他钦羡，当在报社大院看到那么多风度翩翩的女子，在大街看到来去往复的花枝招展的姑娘，他才懂得了古书上常写到的四个字：如花如云。一边是小水，他敬菩萨而内疚，一边是时髦美，面对着雌兽而冲动。当金狗接触到这形形色色的州城女子后，他常常作想：小水如果能到这里，也能穿上那样的服装，小水绝不会逊色的。这种想法越来越强烈，以致使金狗产生了小水与城里时髦女子合二为一的幻觉。如此幻觉中的女人折磨着他的情绪，使他在办公室情不自禁谈论过州河上的故事后，就一个人要悄悄溜出办公室，去报社斜对面的小酒馆里一壶酒独坐独饮，然后回来半天一语不发。

办公室的同志开始评价金狗：激动起来特别发狂，沉默起来异常消沉，是一个不可捉摸的角色！

后来，报社里发生了一件事，好多人发现自己的信件老不能按时收到，收到了，总似乎有被拆过的痕迹。金狗是三天也就能收到英英的信的，信总是三至五页，密密麻麻写满了最革命的话，都是中学生的文体，词藻堆砌，格言成段，却少不得开头结尾是最俗的话句，什么“亲爱的哥”呀，“您的妹妹”呀，且描写一段那天晚上在金狗家里的事。金狗一看见她描绘那一夜的事，脸就发烫，虚汗直冒，心里充满一种懊丧和悔恨！信立即就烧了。他害怕这样的信让外人知道，每次上班总是到信栏里事先拿走。当报社发生有人偷拆信件的事后，他也留神到英英的来信封口处怎么也是湿的？他花费了两个晚上，潜伏在信栏不远的暗处，侦查是怎么回事。果然这一夜已经两点，一个人影蹿至信栏下，匆匆将信全拿走了，两个小时后，那人又悄悄赶来，要将信放回原处，他扑上去一把拦腰抱了。盗信人竟是另一编辑组的一位六十岁的老编辑！事情审查清楚了，这位老编辑将别人的信偷偷拿去，用刮脸刀轻轻启开，将信看了，又小心翼翼复装好，再连夜送回信栏。这事使全社职工震怒，一致要求查出他偷信的政治目的和阴暗心理。但是，查明结果，他纯粹只是心理变态。事后，金狗听人讲这位老编辑是某一名牌大学毕业生，一九五七年虽未打成右派，但因言语过激，一直被列为“内控”分子使用，从此再不多言多语，就是在本编辑组小会议上，轮到他发言，也必是一分钟两分钟的话都要拟好一个发言稿，按稿宣念，末了还要有四句“高举红旗向前进”之类的顺口溜诗。且偏娶有一位年轻的媳妇，掌握家中政治、经济、外交大权，长期与一位副总编通奸。他几次进屋撞着了，气得就坐在椅子上，拿一张报纸来看，挡住那一幕丑恶的场面，而说：“卑鄙！卑鄙！”可这位副总编在会上却还总是点名批评他的编辑水平差：将一份来稿退了，作者竟投寄《人民日报》而发表了。

这件事使金狗大受刺激！意识到人的灵魂若永处于极度的汤水煎熬中，人便会失去自立自强，心理变态，堕落为一个“窝囊废”。金狗从那位老编辑身上，觉醒了自己，他就要努力工作，全力拥抱自己的事业，只有这样，他才能拯救自己，才能医治那一颗痛苦不堪的心！

三个月后，金狗被调到了记者部。记者部更是热闹的部门，那些年轻的记者，上衣口袋里总装着记者证，且偏外露出一指红的颜色，在街上惹每一个人注意。金狗跟着老记者，学会了采访，学会了处理各种复杂局面，学会了应酬各类人，也学会了做记者的派头。他努力在克服着农民意识，要把架势奓起来，见到任何人，到任何部门，一想到自己是记者，什么也不胆怯了。他现在真正明白到，记者的权力说没有，什么也没有，说有，什么都有！每天，送给记者部的请柬很多，邀请的电话也不断，某某企业要开张了，某某公司开座谈会，记者是被请坐上席的。吃饭，鱿鱼海参银耳蘑菇七碟子八碗摆满桌子，白酒甜酒啤酒汽水五颜六色整筐端上，题词，留影，末了再送一包礼品，小是电热杯电熨斗电饭锅一应电器家什，大到床单毛毯毛料皮箱高档用品。于是，第二天的报上就登出了某某企业某某公司的消息，产品用不着刊广告了，采购员大放其心地前去订货，既省钱又扬名又推销了货！金狗简直大吃一惊，没想到报纸的作用这么大，而报社内部竟有这么多奇奇怪怪的事！

一次，某个体户饭店经理来报社，要求报纸公开能为他们撑腰，指责现在好多部门借故勒索他们。金狗和一个记者去那里了解情况，得知饭店从申报到开张，共请客了一百多次，花销了两千元。过几天，税收的来了，吃；卫生检查的来了，吃；管水的来了，吃。都得吃！管电的来了四个，一桌饭吃到一半，又来了两个，说：那四个只管室内用电，他们是管室外电的。只好笑脸又迎进来，重开一桌又吃。单是那个地区垃圾清洁工，一个精瘦的糟老头，也立在饭店门口高声叫骂，指责这个店在修理店房时往垃圾台上倒过一次垃圾。“有没有申报在这儿倒垃圾的手续收据？”没有，那就罚款吧，老头掏出一沓发票来：“交三百元，我给你开收据！”店经理只好连声告错，求高抬贵手。老头就张口叫道：“你知道不知道，这一片，我是管垃圾的！”结果又请人吃一顿。吃毕了，老头竟会从怀里掏出一个饭盒，说：“家里还有一个傻儿子，随便给装一点剩饭吧！”又得拿一盒新饭好菜！金狗听了，气得连连骂娘，答应一定要公开揭露这些勒索者。经理说：“好，咱们吃顿便饭吧，已经准备好了！”饭菜异常丰盛。吃罢，那个记者去结账，回来金狗问：“多少钱？”回答是：“不要钱。”金狗急了：“不要钱？咱这不是白吃吗！咱是为调查人家被白吃得太厉害来的，咱也把人家吃了？！”同事说：“这没办法，现在就成了这样，你要不吃，经理倒要怀疑咱给他们撑不撑腰了！”

金狗想：好端端一个社会，风气怎么竟成这样？在州河，觉得两岔镇不好，白石寨不好，州城里却也是如此！金狗实在是愤怒了，热血冲脸，面红耳赤。那同事竟笑了，说：“你这一怒，也就怒出你的幼稚来了！什么叫社会，这就是社会！咱们做记者的，说起来什么官也不是，可一般官却怕记者，若依这点优势也去捞些什么便宜，捞是捞得着，可咱不干，那太辱没了良心，咱只能利用这点尽力去为百姓办一件两件好事就是了。今天咱回去写一个东西在报上登了，毕竟会刹一刹这种勒索风的吧。”

金狗觉得这话有理，似乎又没有多少理，但这篇报道发表以后，果然引起州城领导的注意，进行了打击“水霸”、“电霸”、“税霸”、“路霸”的整顿工作。当那个饭店的领导亲自又赶到报社当面向他们致谢的时候，金狗似乎悟到了冲动和激情，太直太烈，这诚然是英雄的行为，可现在却不是产生这种英雄的时代了，阳刚之气太盛，不但不能干成自己要干的事，反倒坏事，而甚至使阳刚沦变为一种窝囊。金狗跟着这些老记者，终于意识到这些老记者之所以受到重用而颇有声望又切实为百姓办了好事，他们的生活里全是充满了一种“活鬼闹世事”式的幽默。

这月月底，报社里需要一个人去东阳县采写一批山区致富的大型通讯。这是东阳县委书记亲自到报社来要求的，他介绍了他们县上许多情况，总编十分感兴趣，觉得可以树立典型大做文章。但是，任务派给记者部，许多老记者却借故家中有事一时不能走开，推托不去。这些年来，因记者都不愿意到边远山区县去采访，各县就成立了记者站，硬性派记者去那里驻站，一年一轮流，轮流都找理由推托，去了又都不安心，慢慢各县的驻站记者就全换成当地人，将一些通讯员转正为记者了。东阳县属这些边远县中最偏僻也最贫困的一个，记者们不愿去，让当地那些人写吧，东阳县的书记不信任，报社的总编也不信任，于是，金狗便自告奋勇去了。金狗是从州河岸上来的，他知道山民致富的艰难，真希望那里果真有了好的经验，他就可以告知老家的人如何去效法了。

临出发的前一天，英英又来了信。这信写得十分长，已没有了慷慨激昂的语句，声声似乎是在向金狗乞求，乞求中又时时透射出一种针刺。她在追问金狗：为什么不回信呢？即使工作太忙，也不至于连几句话的短信也不写吧？她末了直接把事情说破：知道金狗心中留恋着小水的旧情，但是，已经对不起了一个小水，还要再伤害另一个女人的心吗？金狗面对着这封信，心肠软了，只好第一次给她回了信，但信上只讲了他来到州城报社的情况，讲了他将去东阳县采访。写完给英英的信，他又给白石寨铁匠铺去了一信，这样才觉得心理平衡。他给小水的信中，再也不能使用那些“亲”呀“爱”呀的字眼了，他向小水诉说自己的内疚和痛苦，结果就写成了没有结尾的信，塞进了邮筒。这一夜里，金狗一人来到了州城南门外的树林子里。他需要一块清静之地来平复自己的心绪，可树林子里，一对一对少男少女在其中约会，他们坐在那石椅上、大树下、草窝里，金狗一看见那儿停着两辆反射着月光和远远的路灯光的自行车，他就知道那附近是爱情的禁地，便绕开走过。他安静不下来，耳朵里尽听到悄声悄气的嘀咕，哧哧格格的笑声，也有大声的吵闹，有哭，也有动了手脚的厮打。爱情到底是什么？金狗在那嬉笑声中体会到爱的甜蜜，在哭闹声中更知道了爱的虚伪、欺骗和不堪的庸俗丑恶。一股无名之火就从心底产生，无法排泄，当突然听到一声锐叫“抓流氓”，接着是一片厮打声时，他饿虎扑食一样进去揪住了一个逃跑的年轻人，拳头雨点般地擂下去。原来这小泼皮潜藏在树林子里偷听一对恋人的情话，妒意顿起，竟用石头暗中砸伤那男的肩头。金狗将小泼皮摔在地上，看着他口鼻出血不停求饶，他也如泄了气的皮球一样，软在树下站也站不起来了。

13

州河发过大水之后，小水再也没有见过金狗。多少天来，人们纷纷议论这场洪水，震惊州河还有这么大的能耐，洪水暴起，竟险些将州城、白石寨淹了！金狗发水时还在不在村子？没有人告诉她，她也不能去问，间或河运队的人从寨城南门外的渡口到铁匠铺来，拿了鱼提了鳖，只是强调补养小水身子时，她就知道金狗是到州城去了。

小水自此一直穿那件没有第三颗纽扣的衫子，即使风再大，刀子般地直往怀里钻，她也不愿意换别的衫子或者重新在这件衫子上钉上纽扣。在恍恍惚惚的境界里，她似乎觉得这第三颗纽扣不在了，自己的一颗心也不在了！常常丢三忘四，明明要去某一处取什么东西时，到那一处了却忘记了该取什么，甚至在给外爷和福运说话的时候，说着说着就记不起还要说的一件事。这个时候，她是多么恨金狗呀，但常常恨过之后，她就更觉惶恐：咒人会把人咒死的，她这种怨恨会不会给金狗带来灾难呢？她甚至怀疑过自己以前是不是看错了也爱错了金狗？但这种想法才一泛上心头，她就马上打消。当她一个人呆在某一处情不自禁地说道：“金狗，你学坏了，你这坏金狗！”却立即默声祈祷，永不愿他真是学坏了。小水确实是剪不断理还乱那一脉情思啊，虽然金狗离开她走了，将永远属于另一个女人了，但她怀念着往昔的情谊。这情谊有什么错吗？它是纯洁的，真挚的，常忆常新的，似乎就是她从此以后漫长的人生旅途上的一袋干粮，永远值得咀嚼！让金狗再全心全意地来爱她已不可能，且这种奢望在小水看来已近于荒唐甚至可耻，但是她愈来愈多的体会是，被别人爱是一种幸福，而爱别人则是一种更长久无限的幸福！她偷偷给金狗写过三封信，却一封信也未寄出，只是在过着一种将痛苦炮制成幸福的单相思的日子。

小水明明是绝望的，但使自己也惊奇的是每天早晨一经从炕上翻起就产生一个念头：金狗突然要给她来一封信的！

但金狗没有来信。

这种令人心酸的情景，使麻子外爷和福运凄凉之极，也惶恐之极，他们想方设法劝慰小水，但这个时候小水却矢口否认。后来她就在外爷和福运面前竭力掩饰自己，故意在打铁之余、吃饭之中，说这样那样的趣话麻痹他们，也同时麻痹自己。斜对门的一户人家儿子娶亲的那天，巷道里拥满了许多人，外爷和福运都跑去看热闹了，小水没有去，她拒不住锣鼓鞭炮的诱惑，但隔着窗子玻璃看见那一对新人从大门口进去的时候被台阶上的人将一把一把彩纸屑撒在头上，她又禁不住触景伤感，潸然落泪。福运回来了，她立即背过了窗子，福运说："小水，你没有去看吗？"

她说："看了，好热闹哟！"

福运再说："你眼睛怎么啦？"

她慌口慌心起来，说："是红了吗？刚才迷进一个小飞虫，揉的。那新媳妇可漂亮，晚上咱去看闹房吧。"

福运再笨，他却知道小水又在哄他了，且后悔自己不该说出那种话来。就不再做声，默默去后院叹息。

小水为了不让福运看出破绽，她又偏轻轻地在前屋哼花鼓小调。福运受不了这小调，又过来说："小水，你不要唱了，下午咱们到河边转转。我好久没到州河去了，怪想船上的人哩！"

小水满口答应，她为这憨人的用意差不多又要感动落泪了。

下午到了河边，渡口上并没有停着仙游川的船，两人就到了渡口下边的湾里，福运想给小水说些什么安慰话，但他口笨，不知怎么说，就说："小水，你爱吃螃蟹吗？"小水说："爱吃。"他就去揭水边的石头，果然捉到几只。福运就又去揭掀那一片石头。小水说："咱又不是南方人讲究吃这些，捉几只玩玩就是了。"福运说："你不是爱吃吗？我有力气的，我能捉好多的！"又撅了屁股揭掀石头，弄得一身水一头汗。

这时候，湾子里的村口走出一个人来，穿一件黑色长袍，光着脑袋，飘飘忽忽而来。小水说："福运，那不是不静岗的和尚吗？"福运看时，果真就是，两人就把和尚叫过来了。

小水说："和尚怎地到这儿来了？"

和尚说："阿弥陀佛！我是云游来这儿化缘的，到了那村子，村人求我算卦看相，一住下就耽误了半天。"

福运突然喜欢道："和尚，人都说你算卦看相好，你给小水看看！"

和尚说："小水还需要看吗，她好着的。"

福运说："小水当然好！你给她看看一生能好到什么地方去，我给你钱的，要吃的，这些螃蟹都给你！"

和尚说："罪过，罪过，你怎么杀生这些小东西！"

福运就嘿嘿笑着，为了讨好和尚，也便将螃蟹又丢到河里去。小水也说："和尚你真看看，我信得着你的。"

和尚就瞅着小水问道："你是属啥的，几月的生辰？"

小水说："属羊的，九月初十半夜生的。"

和尚沉吟了半日说："女属羊，命不强，九月羊，草叶黄……"

福运就急了，说："和尚，你看看她的婚姻大事！"

和尚说："小水什么都好，就是鼻梁上有一颗痣，这痣偏上一点就好，偏下一点也好，而在中间，这就是一生力单，运气也算来得比别人多却不能抓得到手啊！"

福运脸就难看起来，说："你怎么说这没劲的话！"

小水说："让和尚说，有啥说啥。"

和尚愣了半日，就微微闭起双目，一边捻着脖颈上的佛珠，一边就念念有词地说出："菩提本无树，明镜亦非台，佛性常清静，何处有尘埃！"说得小水和福运都莫能解，要询问时，和尚却一脸高古之态，起来阿弥陀佛一路远去。

福运很觉懊丧，朝着和尚的背影唾道："这秃驴糊弄咱的，一口胡说！"

小水却沉沉静静地坐在那里，喃喃地连说了三遍："这是命，福运，这是命！"

自小水信起这和尚的话后，小水竟异常地平静了，她既不怨恨了金狗，也不为金狗的离去而悲痛了，她能吃，也能说笑，完全是正常的小水。这变化使福运也莫名其妙，他先是在铁匠铺当着小水的面咒和尚秃驴，后来倒觉得小水一天天胖起来，脸上有了光彩，就又夸说和尚的好处。小水情绪好了，福运也浑身是劲，眼里有活，手脚勤快，铁匠铺里渐渐产生了平和安然的气氛。

一天晚上，抡了一天大锤的福运已经在厨房的床上睡下了，突然听得前门口有人叫小水。门响了，听见小水在惊叫："是英英呀！真是稀客，怎地到我这儿来了！"随之就又听见小水叫外爷："外爷，你醒来，你不认识吧，这就是英英，仙游川的，我的同学！人家是第一次到咱铁匠铺的，你把瓜子儿装在什么地方去了呢？英英，你可是吃过饭了？"英英说："这么晚了，我还能不吃？咱这地方人都穷，迟早见面总是问吃了没有！这是铁匠爷爷吧，早听爷爷的大名了，只是没见过。爷爷已睡下了？"一阵咳嗽，麻子外爷在说："哟，这就是英英，田中正的侄女儿？"英英说："爷爷认得我叔吗？"麻子外爷说："认得，你叔谁不认得！"英英说："我来时，我叔让我问你好呢！"外爷说："好，好。"咳嗽得更厉害。小水说："外爷病了，病得好沉重的。你坐呀，这铺子窄狭，乱糟糟的，你怕都坐不下去。"英英说："还好，你们做有浆水菜吗，寨城人也吃浆水菜了。"小水说："做有，这铺子里浆味是有些大。给你沏一杯茶吧？"就听见小水喊道："福运哥，你醒了吗？英英来了，你起来，咱给英英烧水沏茶吧！"福运在心里疑惑：英英怎么到这里来了，她是不知道小水和金狗的事吗，还是故意以胜利者的身份来嘲弄讽刺小水的？便装着才醒，穿衣过来。

英英说："吓，福运怎么睡在这儿？是从河上来的吗？"

福运说："我早不在河运队了，给麻伯做了徒弟！英英是贵人，这么晚了，有什么事到这里来？"

英英说："我和小水是同学，关系可好，先头她常到我那儿去，我们还在小煤油炉上下过挂面吃！"

是把州城墙也冲了一块吗？”船上人就说：“依你说，今年州河水更大，把州城墙冲垮了十二丈长的石条，那也要出大事了？”韩文举噎住了，却立即辩解道：“怎么没大事？农村这么闹腾不是大事？听说州城里、白石寨里农民进城做生意的人很多，你能说里边没有几个成龙变凤的角色吗？所以，女娲走后，果然州河涨水，那两个泥人就变成了有血有肉的人，那么一配合，就儿儿孙孙全生下来了。后人就在咱不静岗上修了寺，也就定这一天是‘成人节’了。可现在倒成了你们女人的世事，光是你们女的，能叫‘成人节’吗？咱们乡政府整日动员要计划生育的，怎不封我个主任干干，要不我这一天在船上，过一个女人发一个避孕环……”船上的人就一齐拿拳头打韩文举的头，打得韩文举笑不得喘不得。女人们就又骂了：“韩文举你这么胡说八道，老天活该不给你配个媳妇，你长了那个东西不如个鸡，夜里睡觉让猫吃了那四两肉去！”骂得馋火，韩文举抵抗不住，故意将船来回摇晃，说：“我是没用的男人，就让我摇翻了船死了去吧！”女人们就又围着打他，揪了耳朵让他把船摆到对岸。

韩文举在船上和女人们调情嬉闹的时候，小水已经在家换了新衫子，按“成人节”的风俗，以家里人头各烙出两张大面饼，一张要高高撂上房顶，一张要深深丢进水井。面饼烙好，就给外爷的灵牌前点了香，也给爹娘的灵牌前点了香，便拿了面饼出门站在房门口，说一声：“这是伯伯的！”刷地把一张饼撂上去，面饼在空中旋转，圆如碟盘，轻如手帕，落在了瓦槽上。再说一句：“这是小水的！”又一张饼高高抛起，端端落在屋脊上了。正踮了脚尖往上看，身后有人叫：“第三张是我的！”回过头来，说话的竟是英英。

小水气恨着英英将她去解释的事加盐加醋在村里公开扩散，但英英现在来了，又主动和她说话，她就没理由给人家难堪了，说：“英英你也是去寺里吗？”

英英说：“是要去寺里，但先要到你这儿来的！”

小水心里就一惊，思忖道：她来找我还有什么事，难道还怀疑我和金狗好吗？英英说：“我一来是看看你，二来我也是来给说个好事的！”

小水说：“什么好事能轮到我？”

英英说：“韩伯没告诉你吗？他让我给我叔叔说情，叫你到河运队的。我叔叔今早从县上提前回来了，他同意让你去货栈的。”

小水倒恨起伯伯了，说：“英英，这我不去，我伯伯他是说了句闲话的。”

英英便愣了多时，说：“你不去？这也是好事呀！麻子爷爷不在了，你一个人呆在家里，日子劳累不说，闷都闷死人了！货栈人多，热热闹闹的，怎么不去？”

小水只是摇头，牙把嘴唇咬得死死的。

英英又说：“你是不愿在我叔叔手下干事吗？我叔叔我也对他有意见的，可他毕竟也不像别人说的那样不好。我这话你信不信？不信也由你。你到货栈去，他也不直接就管着你呀！你是不是还在忌恨我？我是说过你的不好听的话，那也是我有我的难处呀！”

英英的话，竟使小水有几分感动了。她说：“英英，你不要说这些了，我都不是这些原因，我现在哪儿也不去的，我不怨天不怨地，不恨你也不恨金狗，我只怨恨我自己。我就在家里，安安顺顺过我的日子呀！”

英英看着小水，看了半天，摇着头表示遗憾。

小水觉得让英英尴尬了，就苦笑了笑，说：“英英，你家今儿没烙面饼吗？”

英英说：“我才不信这些哩！早晨起来，我娘烙了好几张，要给我往房顶上撂，还要我给金狗撂一张，我不撂，我娘就骂我，我拗不过她，把饼子装在提包里哄说我撂了，我想拿着到寺里去肚子饥了吃的！”说完就格格地笑，果然从提包里取出两张面饼来。

小水说：“这你就不对了，迷信不可全信，也不能不信啊！这是‘成人饼’，你就是不给你撂，也该为金狗撂一张的，他人在外，更需要神灵保佑哩！”

英英说：“这么说，还得撂了好？那我就给金狗撂一张！”手一扬，面饼就落到小水家的房脊上了。小水看见，金狗的那张饼偏不偏正好撂在自己那张饼的上面，她心里不觉疼了一下。

两人又说了一番话，英英先往寺里看热闹去了。小水目送着她的背影，眼红着人家的命好！就拖着懒懒的身子又将另外两张面饼拿到井里去投。井很深，只看见深深的地方有一小块亮，幽幽的是一个神秘的境界。小水往下一看，那亮块里就出现了一点人影，她将饼投下去，听见了两声沉沉的击打音，就长久地呆看着那亮块的破碎和迷乱，想：成人节成人节，人人都烙饼，可成了人，人却多么不同啊！

小水突然决定不去不静岗的寺里了。

到了黄昏，福运来了，问小水去寺里了没有，小水说没有，福运说：“怎么不去？你没去给神烧烧香吗？人多得里三层外三层的，我进去香火呛得眼泪都出来了。”

小水说：“我恐怕再烧香也就是这个样子了！”

福运说：“你可不要这么想！韩伯常说人生光景几节过的，说不定你以后命会好呢！晚上咱到寺里去吧，去年那个晚上，几十个老婆子在那里守夜唱歌，有趣得很，今年说不定人会更多的。”

小水终被福运说服，晚上两人就去了寺里。寺里虽然没有白天那么人多热闹，但满地的纸灰、炮屑和烧过香的竹把儿。神殿的两边墙上挂满了各种红布黄布的还愿旗，供桌上堆积着各类吃食、用品，菜油竟盛了几十个塑料桶子。就在供桌下的砖地上，盘脚端坐了五六十人，一个人在领唱着，几十人都在一起唱，声在殿里回旋，使供桌边上的两盏油灯越发飘飘忽忽摇曳不定，越发光线灰黄不明。小水近前看了，一律是上了年纪的老婆婆，她们衣衫陈旧，昏发蓬乱，手搭在膝头或握着那小脚，眼睛就微微地闭上，一声接一声地往下唱。唱的什么，福运没听清，小水也听不清，似乎是唱着“女儿经”，又像是唱着什么佛文，含糊不清，吐字不准，但极流畅不打磕巴，有起有伏，有腔有调，那油灯的昏浊的光映在每一张枯皱的又泛着油汗的瘦脸上。小水倚在寺门口看着她们，先是觉得很冷，很恐怖，如进入了冥冥的鬼的世界，浑身都瑟瑟发抖起来。但听着听着，她慢慢地听懂了，这些行将老去的老婆婆们是在唱着女人们的一生，她们从开天辟地女娲捏人开始，唱到人怎么生人，生时怎么血水长流，胞液腥臭，生下怎么从一岁到两岁，从两岁到三岁，怎么和尿泥抓屎蛋，说话，走路，跌跤，哭闹，到长大了怎么去冬种麦夏播秋，怎么狼来要吃肉，生虱来吸血，怎么病痛折磨，怎么烦愁熬煎，再到婚嫁，再到性交，再到怀孕，再到分娩，一直到儿女长大了又怎么耳聋眼花，受晚辈歧视，最后是打打闹闹争争斗斗几十年了蹬腿咽气，死去了还要小鬼拉阎王来审……她们不停地唱下去，似乎在哭诉着人生的一切苦难，唱完一遍，接着又从头来唱，小水不知不觉心神被她们摄去，情绪进入唱声中，福运叫她离开的时候，她竟已经泪流满面了。

两人踏着黑黑的夜色走出了寺院，谁也没有说话。就在走下不静岗前的斜坡时，那里有一个土坎，一人多高的，福运先跳下去了，小水却站在土坎上，恰这时远处有一两声“看山狗”叫，其声尖锐，动人心魄，她轻轻地叫了一下福运。

福运在问：“你害怕‘看山狗’在叫吗？”

小水说：“是害怕。”

福运说：“‘看山狗’是避邪的，它一叫，神鬼都不敢来哩！你往下跳吧！”

小水说：“你来扶着我。”

福运伸出双手，他没有扶小水，却将两个拳头撑在土坎壁上做了蹬台儿，让小水踩着下。小水踩住了，往下跳，但跳下来的时候她是扑在福运的怀里的。福运赶忙要离开去，但是福运被鬼抱住了，这鬼大声喘息，紧紧箍住了福运的身子，这鬼是小水。“小水，小水。”福运不知道小水是怎么啦，慌慌地叫，但他的口被另一个口堵住，他尝到了一种甜的香的东西，在他的怀里是一团软软的棉花，是一个热热的温袋，是一个滚圆的粗细起伏的青春女人的身子，这身子正散发着一股特异的肉的馨香，使他激奋而晕眩。等他清醒过来将手触摸到小水的脸上时，福运摸到的是一脸的泪水。

也就在这“成人节”的漆黑的夜里，就在这四周空旷无人的山坡上，就在这“看山狗”的叫声中和隐隐约约传来不静岗寺里没完没了的人生全程的诵唱声中，小水向福运透露了心迹，她提出她要同福运结婚，做生生死死的百年夫妻！福运是毫无准备的，也是毫无勇气的，他发痴着，疑惑着，拙手笨脚不知道怎么处理这事，不知道如何处理这个突变的女人！小水却是那样主动，无所顾忌，殉葬式的勇敢，拥抱着福运，要求他来用身子压迫她，她也去压迫他，让他亲她揉她咬她，她也亲他揉他咬他以至于用手在他的背上抓出血道用牙在他的脖颈和腮上咬出深印。她终于顿悟到了是她自己失去了金狗，并不是金狗遗弃了她，她就要在现在从另一个男人，她并不看重的憨实的蠢笨的丑陋的福运身上补回自己的过失。这不是向金狗赌气，这是一个弱女子的自强自立，而将她的兽的东西，也是她原本最正常的人的东西全然使出来了。当福运还在说“这，这……”的时候，她骂自己是傻瓜，更骂福运是傻瓜，低声地但深沉坚定地说：“我就要这样活人！我就要这样活人！”

一个月后，小水和福运结婚了。

新房是在福运的三间厦屋，操办的自然是韩文举。这一日，村人前来相贺的十分多，虽没有接收到什么毛毯、线毯、太平洋单子、丝绸被面，却每一家来人都买了一串鞭炮，在新房门口噼噼啪啪鸣放。且三家五家了，合买一副中堂对联，在三间厦房的墙壁上，挂得红红绿绿的。

福运没有想到，来祝贺的竟有英英。他正上下一新到邻家借了桌椅板凳招呼来客安坐，一抬头，看见英英进了门，当下就愣了。英英穿戴十分入时，一条纯黑的筒裤，覆盖着一双只露着脚尖的皮鞋，手里拿着一条绸子被面，朗声笑叫：“福运，还不接客吗？”

福运反应不过来。

英英就说：“喜日子真是喜糊涂了！小水呢，这么大的事，也不事先通知我，我临时才买了这件薄礼的！”

小水闻声出来，拉她入座，说：“本来要给你说的，怕你上班，叫你为难的。”

英英说：“再忙也得来啊，这被面算我和金狗送你的！你真有福，年纪比我小，结婚倒比我早！”

小水听到“金狗”二字，心里隐隐地疼了一下，但她脸上还是笑着，去给英英倒茶的时候，险些把杯子撞翻。

这一切，福运都看见了，心里暗叫：英英是田中正的女儿，她这面子上的事做得多好！她来了，专是给村人看的，似乎她一直待小水是亲姊妹，夺走金狗，并不是她的自私和狠毒。可怜的小水，有口什么也说不出，苦只能往肚里咽了！福运就走过去，对英英说：“英英，要入席吃饭了！”

英英说：“我和新娘子就坐到炕上吃吧，我来陪她。你放心，我会照顾她周周到到的！”

客人便在屋里、院中入席就坐。年长的围坐了桌子，年幼的孩子和妇女就在院里将门扇卸下，将筐篮翻过当了席椅。凉菜端上，水酒倒上，一时叫声吃声划拳声顿起。小水按规矩坐在炕上，两个陪娘，再加上英英，四人对面儿盘脚吃饭。小水羞答答的，两个陪娘因为有英英在座，一时自卑，少了言语，手脚也瓷呆笨拙，就显得英英最为活跃了。她喝过几杯，脸色如故，又给小水倒满了一盅酒，举起来说：“我再敬你一盅！”

小水脸色已红，说：“不敢多喝了，我酒量你不知道吗？”英英说：“没事的，这一盅权当我替金狗敬你的，你也不喝吗？”

小水只得接过喝了。喝得口呛，喝得心慌，问一句：“金狗叔现在可好！”

英英说：“好呀，他已经正式到记者部了，来信说，他要去东阳县采访，写一批大通讯在报纸上发表。你想想，这些文章要是发表了，会对全地区农村形势产生指导作用，他也就是大名人了！”

小水吃惊地看着英英，眼里充满了忘却一切的激情，连问：“这可是真的？”

英英就从口袋掏出信来，是整整三页，哗哗地直抖，说：“这是他来的信，你瞧瞧，你瞧瞧！”

小水将信接过来了，却又还给了英英。

英英说：“信上再没有写什么别的话，哪有什么呀？哼，前一段，外边一片风声，说金狗不三不四的话，事实怎么样呢？你不是体体面面的黄花闺女吗，不是幸幸福福的在结婚吗？那些长舌妇和长舌男现在怕是连一个屁也不敢放了！”

小水不知道该说什么，低了头，大声出气。末了说：“来，咱们喝酒吧，我也衷心盼金狗成功，当了记者好好尽他记者的责，也盼望你们尽早结婚！”

酒盅子端起，每人都喝了。小水又倒了酒，让各位再喝一盅。那英英也又倒了酒，再让对喝。后来，就又各自自倒自喝。两个陪娘一会儿看看小水，一会儿看看英英，觉得事情有些不妙，便说：“哎呀，喝得多了！”小水说：“醉不了的，喝呀！”端起盅子又喝了。

一个陪娘就害怕了，起身出来对福运说：“小水和英英今日怎么啦，酒量那么好，一壶酒两个人快要喝完了！”

福运就骂道：“这英英她娘的黄鼠狼子给鸡拜年，她又是来作践小水的！”当下火气泛上，要进屋去轰英英出门。

韩文举忙将福运抱住，压低声音说：“你疯了，今天是什么日子？人家能来也是给咱赏了脸的，即使她成心来作践的，咱闹起来也大理不通！”

韩文举就进了屋去，英英已经趴在炕席上，眼神发直，小水却在说：“伯伯，小水自小没爹没娘，全是你老人家拉扯大，这场婚事又是你一手操持，我还没有给你敬酒哩！福运，福运，你来和我给伯伯敬酒呀！”

端着酒盅走过来，身子一歪，撞在桌角，盅子就从手里掉下去碎了。

14

班车一进东阳县站，金狗就被县委的小车接走了。小车经过县城街道，街上的人多得如潮水，司机就不停地鸣放喇叭，但依然让不开空地，且一起扭转头来往车里看。金狗几次提出下车步行，迎接的人却将他拉住，解释说：“你别见怪，这里的山民文明度不够！”就摇下车窗玻璃，将半个身子探出去大声斥责和吆喝。车终于钻进县委大院，那位曾在州城报社见过面的书记，笑吟吟地与他握手，说着热情的欢迎词，把他安置在后院的一排平房里。一位瘦小精干的少年立即去打来了水，一壶热，一壶冷，热水倒在盆里了，用手试试，再倒冷水，再用手试试，又倒了些热水，又是探手试试，说：“抹把脸吧？”金狗把脸抹了，去泼脏水，少年先抢过泼了。立即又沏了茶端来，立即又递了烟，将火柴点燃。金狗有些不好意思了，书记说：“让通讯员干吧，他专门干这些的。”就问起一路行车情况，来没来过东阳，东阳的感觉如何？说：“这里山高沟大啊，县上干部有这么一句话：祖国山河可爱，东阴东阳除外。东阴是我们朝南的一个县。有些城市女同志到这里来，一路在车里吓得胆战心惊！”金狗说：“我无所谓，车上倒瞌睡了一路，我也是山地人，白石寨县的。”书记则叫了：“你是白石寨的？白石寨哪儿人？”金狗说：“仙游川的。”书记越发高兴了，说：“怪不得的，出人才的地方！”就谈起他怎么认识州城的巩家人，如何又与白石寨县委田书记熟。如此交谈半个小时后，书记陪同金狗在县委小灶上用膳。饭菜极丰盛，大多又是本地特产。金狗顶感兴趣的是一种娃娃鱼和一种魔芋制作的凉粉，书记就大讲了一通县上养娃娃鱼的专业户，以及广泛开展群众种魔芋，说这本是野生植物，这几年突然身价百倍，含极高营养，防治癌症，外地人都来抢购，广种魔芋便成为他们县委为民致富的一项具体措施。

这顿饭金狗吃得蛮有兴趣，他初步的印象是，作为这么一个偏僻边远的小县，如何致富，充满了极大的学问，仅仅一种魔芋的生产，足可以证明这些山区特产发展前景。饭后，金狗就专门和书记交谈，让他介绍情况，金狗对他的口才十分佩服，一个仅仅初中毕业的领导干部说起话来，振振有词，慷慨激昂，金狗觉察到他是极善于运用排比句的。也就在这天晚上，第二天的早上、中午，他接连召开了几个干部座谈会。每次座谈会，人都来得很整齐，都争着发言，但发言必持了讲稿，座谈会的桌子上摆满糖果和香烟，金狗目之所及，迎着的皆是笑笑的脸。他足足记录了两个笔记本，显得很激动，会后要求能到乡下转着看看，作些亲身感受，书记说：“应该这样，形势的发展非常快啊，下去转转，你就会更爱上我们这个地方的！可是你不要急，再过两天，我也要下去检查工作，咱俩一块走，行吗？”金狗就留下来，在房子里翻阅县委办公室送来的一沓一沓材料，脑子里慢慢形成着这篇通讯报道的角度和形式。

县委这个后院并不大，一排儿平房里，书记是住在第四号房子里，他并没有带家属，老婆和孩子全住在州城里，他是想仅在这里工作两年二年便罢了，还是嫌老婆孩子在身边，分散和拖累自己工作的精力？这一排平房里，除了书记的住房，还有一间电视室，一间常委会议室，一间设有象棋、麻将的游艺休息室，其余的就是接待重要客人的房子。每日早晨，金狗一爬起来，通讯员就打好了洗脸水，洗罢脸，脏水就被端出来泼了，那地板，桌椅茶几，已被擦洗得干干净净。金狗发现，待他是这样，待书记更是这样。他有些不好意思，让这瘦小少年抽烟时，少年只会摆手，脸上是十二分和气的笑。书记的会特别多，要审阅的文件又堆满桌头，金狗不忍心去打搅他，在院子里的高枝阔叶的大芭蕉树下站了一会儿，就兀自往城街上去。城街主要有两条，一条是旧式的，一条是新兴的，沿街的店铺门前，隔一段就拥集一堆人，挤进去，却差不多是些卖老鼠药的，卖肥猪粉的，耍猴的，有一推销羊毛衫的小贩，为了证实他的货真价实，竟当场用火点燃了一件羊毛衫，狂呼乱叫。也有几个小姑娘在这里做气功表演，囚首垢面，衣衫破烂，拿指粗的铁丝在脖子上缠，故意难受得脸面扭曲，然后持了草帽向围观者讨要零钱。金狗是见不得这种刺激的，却疑惑县城里怎么能允许这种现象？心沉沉地踱进一家饭店买了一壶酒坐喝，却见门里进来了一个汉子，面黑如漆，形象丑陋，将一根扁担在饭桌靠了，两条皮绳缠在腰上，买了一瓶白干一斤饼干便大嚼大饮起来。眨眼工夫，白干饮尽，饼干吃完，唱起“丑丑花鼓”拽扁担出走，至店门口就栽倒下去了。店堂服务员叫道：“倒了，又一个倒了！”过去将那醉汉拖到外边台阶上，就回来笑笑地说：“这个还能唱‘丑丑花鼓’，他唱得不错哩！”金狗觉得奇怪，问这是什么人。回答是，山里的。再问怎么这种吃喝法？回答得越发使金狗不解：这些人都是亲无妻小，家无财产，每日在山上砍了柴挑进城卖了，就来这里吃喝一顿，醉个烂泥，天黑返回，第二天又来卖柴醉酒了。金狗再没有问下去，出了店门，瞧见那醉汉还卧在台阶上不醒，屁股上的裤子已经破了，露出肮脏不堪的黑屁眼，而同时擦身进店的又是三个提了扁担的汉子，粗声吼着：“来三碗酒吧，要纯酒！要是掺了水，老子扭你的胳膊见 × 书记去！”

金狗返回县委后院，书记已经开完会在那里休息了，游艺室的棋盘移至芭蕉树下，正和三个干事在下棋哩。书记的棋走得很得意，将吃掉的棋子在手里磕着，不住地嘲笑着对方，结果三个干事一个一个全输掉了，搓着手叫喊书记的棋道高。书记让金狗也来下下，金狗推托一番后就下开来，却发现书记极其一般，当头炮，拦道马，跨将抽车，老帅露面，直逼死宫，极快就让对方推盘认输了。而再与三个干事对弈时，则直杀得难分难解，末了反被人家治死。至此，金狗方明白，这些干事是一直让着书记的，便苦笑了笑，未把底儿道破。

这天晚上，那个棋艺最好的干事又来和金狗对弈，金狗说：“你是不是有棋无对手的苦恼？”

干事说：“书记的棋是不错，就是下着太累。”

金狗说：“我可是州城来的记者呀，你也敢再下赢我吗？”

干事脸色赤红，笑而不答。两人下到一半，干事问：“你这次下来，具体要写些什么？”

金狗说：“你是这里的干事，情况最熟悉，你说写些什么为好？”

干事说：“当然应该写写书记，写书记怎样领导全县人民致富的事呀，报纸上都是这么写的。”

金狗说：“一个地方父母官真有政绩，当然要大写特写的。还有什么需要写的吗？”就说了他白天在饭店碰见的那些醉汉，问这些人是怎么回事。

干事说：“你怎么都知道这些了？……这事情很复杂，我们做过调查，这些是困难户，但他们懒，缺乏文明生活，破罐子破摔。”

金狗说：“这类人在全县有多少？”

干事就嚅嚅了半日，欲言又止了，说：“县上有材料，你愿意看吗？”

金狗就推了棋盘，让他去把材料找来。干事很快拿来一沓打印稿，上面尽是几个干事下乡调查的事例：××乡××一家三口，土地承包后不会安排生产，种麦时因地墒不足，未及时下种，准备清明种豆，但种豆时又将豆种炒吃了，地便全年空闲。×××乡××母子两人，母瘫儿傻，麦未饱仁就割下来炒了磨面吃，到收获时仅收到一斗八升，所以一个月后就出外乞讨。××乡××粮食可以，但没来路钱，家中财产全无，衣被破烂，不能出门，整个冬天在家中烤火……金狗大概翻看下去，但最后材料上总结为：山民缺乏文化，性懒惰，缺乏安排生活经验。金狗眉头就皱起来了，说：“县上怎样解决这些问题的？”

干事说：“这属于历史遗留下来的问题呀！当然好的方面更多，致富的例子很典型的，高尔基不是说过：在阳光最明朗的时候，肮脏的东西是格外显眼的。”

金狗立即看出这个干事的小小的心计了。他再没有说什么，要求把这份材料给他。但干事却硬是收回了，说：“我这可不是有意让你看的，我什么也没给你看过呀！”

金狗仰面就笑了，说：“我也是什么也没看见哩！”就再不谈及这事，两人重新摆棋，直下到夜里两点，金狗的棋艺越下越臭，竟没有一盘取得胜利。

第二天，金狗坐着书记的小车下乡了。书记领他走了三个乡，每到一个乡政府，都有丰盛的酒席，饭饱酒足之后，去参观一些发了财的个体户、专业户。书记就要指点着说：“怎么样，够典型吧！”然后让这些个体户、专业户的主人谈谈情况，几乎语言都一样：这全亏了政策英明，领导有方，社会主义好呀！但是，往往小车一停在某村某镇，立即就有人围上来，要求见书记告状，那乡上的陪同干部就大声斥责，甚至动手去赶，有一个睡在车轮下的老头，硬是乡干部拖开之后小车才走的。书记就面有尴尬地说：“‘四人帮’的祸害深啊，社会上还存在着许多余毒，你是不了解这个县的，民风刁野，多少任书记都在这里站不住脚，群众说：东阳县费书记哩！这些告状的，已经油了，年年告状，就像有些人家里明明有吃有喝的，但习惯乞讨，正如人讲的：要饭三年，给个皇帝都不坐！有了瘾了！”

书记说着说着，由尴尬变为一种旷达，说得是那样无所谓和轻松，最后就嘿嘿直笑。金狗无声地笑了一下，放沉了脑袋，说是头晕，靠在车帮上，一语不发了。

到了一个镇上，金狗决定留下来，不愿意随同书记一块下乡了。书记很奇怪，不知这是为什么，金狗借故说：“我实在坐不了小车，时间一长头就晕得厉害。你忙你的工作吧，我在这儿转转，限天黑坐班车赶回县上去。”

书记说：“坐不了车？”

金狗就笑了说：“要不，我永远当不了官啊！”

书记也哈哈大笑，说：“一般人以为当官的坐车多舒服，其实活受罪啊！可为了工作，你就得坐，一天到黑地坐，三天四天连着坐，咱这儿路面不好，颠来簸去，我疑心我这大肚子硬是颠簸蹾成的！那好吧，你既然坐不了车，你就从这儿搭班车回县吧，让干事陪着你？”

金狗说：“那用不着的，当记者一个人跑惯了，干事还是跟着你吧。”

两人就分手了，金狗被留在了这个小小的镇子上。他先在一家饭馆里吃了饭，准备在附近几个村子里跑跑看看，真真正正了解一下山村群众的生活实际，然后三天四天后再返回县上去。他在饭馆刚刚吃完饭，不想就碰着一个人，叫石虎的，两人手拉手在饭店门口大呼小叫起来了。

石虎是金狗在部队上的战友，当年一块复员，现分配在这个镇的乡政府当文书。数年之后，金狗竟在这里遇见了战友，便自然而然去石虎家做了座上客了。他们互诉着别后的思念，谈论起复员后各自在社会上的苦闷和碰壁。石虎很是羡慕金狗竟成了记者，可以真正用自己的笔阐述对社会的看法了。金狗却连连摇头，告诉战友，以前未到报社，他也是这种看法，现在当了记者，才明白问题并不是那么简单了。他谈起这次到东阳的任务，但他却发觉实际情况与领导谈的大有出入，为了真正了解，他才这么摆脱了书记一个人行动了。石虎便立即自告奋勇，要做金狗的行动向导，他提供了几个村，介绍了山村群众还存在许多困难户的情况，吃罢饭就出发了。

在往一个村子去的路上，金狗在近旁商店买了一盒火柴，又要石虎将身上的衫子脱一件让他罩上。石虎不解，金狗说：“我这夹克衣服，别人一看就知道是城里来的，我又用的是电子打火机，不好接近群众的。”

石虎就笑了，说：“这你才错了，现在的山里人可不比先前，你穿得烂了，和他们一样，他们就认为你不是个大官，解决不了事的，倒不一定看得起你，给你讲真话了！”

进了村子，一所三间屋的高高山墙下，四个人一溜儿坐着。太阳似乎离这儿很近，洼地里一切朗朗光辉，时值正午，鸡儿并没有叫，狗也未咬，寂静里只有远处的山溪里水在石罅里咕咕喘息，只有近旁的牛圈里偶尔一声的牛叫，悠长沉闷。四个人全袖了手，在暖洋洋的太阳下睡着了，其实并未睡着，那眯着的眼睛里，已经看见来了两个人，但毫无反应，表情木木。金狗和石虎走近去，蹲在一边了，向人家讨火抽烟，搭讪寻话：“今日没出去吗？”

回答是："上天去？"

金狗说："没到地里经管去？"

再回答："籽儿撒过了，去看毛老鼠打架？"

金狗又说："没出去做做生意吗？"

回答几乎是生气了："钱不扎手的，你给找门路吗？"

这种冷漠的、正话反说的、以语相讥的口气，使石虎大为恼火，跳起来吼道："是吃了枪药吗？我是乡上的，这位是州城报社来的大记者！"

这些人的眼睛方睁大开来，看着金狗和石虎，接着就互相对视，但谁也没有说话，一个人站起来默默走了，三个也随即站起来走了。山墙下，空留着暖和阳光和一排石头，一只带领六七个小崽的肮脏的母猪在睡眠中翻动着身子，一阵哼哼，也咕咕拥拥地从墙根处的草窝里走掉了。

石虎有些难堪，自我解嘲地说："这里民性生硬，听不来好歹话的。我领你往山洼脑那一家去吧，那一家我认识的。"

到了山洼脑，这是一处风景十分优美的地方，一面对着沟道，三面围了土包，房子就盖在正中。屋前的一弯地里，有两个人在锄豆苗。石虎叫了一声，一个光着赤身的老头看了一眼，又无言劳作，一个穿件长过膝盖衫子的老婆子手遮了额头往这边瞅了半晌，忽然大叫道："是石文书啊！哎呀，你两年没来了啊，你把我们全忘了，现在是爱了富人不爱穷人了！"

那老婆子边说着竟走过来，丑陋得不堪形容，还在唠唠叨叨地埋怨，全不胆怯。石虎就训道："你胡说些什么呀，哪儿是爱了富人不爱穷人？！国家政策是让一部分人先富起来，你们家也该……"

老婆子说："现在不救济了吗？我这衣服，还是前年救济款下来你送来的，可两年了，公家狗大个人也不见来了，一分钱也没有了！你瞧瞧这衣服，烂得能穿到身上吗？没钱买牛，没牛就没粪，种甜甜地，一天三顿人也吃甜甜饭！你瞧我这脸，你以为是胖了吗？肿的！你瞧瞧这腿！"

那老婆子就用指头在腿上按了一下，腿上果真就出现一个小坑儿，久不复原。后就扯住石虎的衣服不放，似乎石虎立即就会拿出一笔钱来救济她的。两个人在那里一问一答，一说一劝，金狗先觉得好笑，后来心就沉沉地难受，一个人先走到那小屋的场院来。院子里狼藉不堪，到处是污水腐草鸡屎猪粪，太阳光下，蒸发的酸臭味窒人气息。他推开一扇屋门，里边黑得什么也看不见，好久，才发现屋内几乎空荡，唯靠墙砌一个偌大的石板仓，堆满了麦子、包谷、洋芋，石仓旁是一台拐磨，拐磨后是锅灶，一口大得出奇的鏊锅，两只海碗没有洗，放在门后的石板炕上，炕头有一床乌黑的破絮被。使金狗最为惊奇的是，那北面的墙上，还张贴着一张毛主席的像，像面极旧，是十多年前的物事，而两边的对联却很新，但并没有写字，是用烟墨涂在碗沿上按下来的每边五个大黑圆圈。

半个小时之后，石虎终于摆脱了老婆子的纠缠，来对金狗说："见过世面的人说话是不怯胆的，没见过世面的人，说话也是不怯胆的，这些山民无知就无畏，他们见了国家干部会死缠胡蛮的！"

金狗说："无论如何，这些人太穷了！"

石虎说："是太穷了。"

说完，两个人再没话可说，他们全不盯视对方，竭力将目光放远，瞧望起远处山包上的一棵枯树，枯树上一尊寂寞的乌鸦。

接连两天，这位乡文书带领了金狗，走访了四个村庄十三户人家，十三户人家状况不同，水平存异，但突出的印象是：在这偏僻贫瘠的山村，仍有一部分农民还没有真正解决温饱问题，他们的生活与州城居民不可相比，与东阳县平川地带的农民也不能比！而金狗，愈是这样深入走访，脑子里愈是混乱，他不知道这次写作任务怎样完成，已经预感到这次采访将会以失败而告终的。

石虎曾经问他："你的文章角度有了吗？"

他回答是："报道致富的典型，东阳县或许是有的，甚至还不少，但这种典型，全国各地都在抓，我想别的省别的县的典型一定会比东阳的更能说明问题。但是，东阳县存在着的一部分农民还在饥贫中的事，怕是最有代表性的了。"

石虎就问道："这些你能写吗？"

金狗不能立即作出答复，他知道一个报纸的功能，更知道当今社会的结构和社会中人的心理结构，这种直接的报道是不宜的甚至根本不允许的。但是，令金狗痛心的是东阳县存在着这么多问题，为什么县委领导不切实解决又不向上反映，而还到处吹嘘自己帮民致富的经验呢？这种一级哄一级的虚假现象竟这么严重，而永远让那些农民泡在饥贫的苦难中吗？

金狗在构思着文章的立意和角度，甚至动笔写了整整三页的提纲。在石虎家又住了三天，三天里，石虎的媳妇竭尽一切力量顿顿为他摊饼烙馍，吃饭时那媳妇却领着孩子早早出门避开了。先前金狗并不晓得这其中原因，在一顿吃饺子时，金狗狼吞虎咽吃下两碗，石虎先端了一碗包谷面漏鱼吃，他说他最爱这漏鱼儿，媳妇再端一碗饺子上来，金狗就倒在石虎的碗里了，可石虎吃了一半却推托肚子疼，让媳妇将剩饭端下去了。金狗忙问石虎肚子疼得厉害不，石虎笑着说："胃上有点小毛病，过会儿就好了。"果然很快就好了。但是，当金狗去厨房取火柴抽烟时，却发现两个孩子正在厨房分着石虎吃剩下的那半碗饺子，你一个，他一个，各自数着自己碗里的又去数对方碗里的。金狗立即明白是怎么回事了，他过来训斥着石虎说："石虎，你这是把我当什么人了？你这么瞒着我给我尽吃好的，你让我得噎食病吗？！"

石虎突然脸色十分难看，嘴哆嗦起来说不出一句话，双手抱着那颗硕大的脑袋唉声叹气了。

金狗决定暂住到乡政府去，无论如何不给石虎家添麻烦了。石虎却一把抱住他，说：“战友没出息，把日子过到这地步，我也不怕你笑话了，咱以后做家常饭吃吧。去乡政府那可使不得的，你那提纲我已经偷看过了，你要写那样的文章，乡政府谁敢留你住？就是留住了，都知道是我接待了你，你是让老战友这稀饭碗也保不住了！”

金狗愣在了那里。

他说：“石虎，你是害怕县委书记事后追究下来吗？”

石虎说：“东阳县山高皇帝远，它比不得你们白石寨县啊，县委书记是一县之主，他就是东阳县的毛泽东哩！那样的文章你最好不要写，我之所以领你去看看实情，是要你们这些上边来的人真正了解下边的情况，可万万不能把它写出去，东阳县毕竟还是社会主义的县，总不能暴露它的阴暗面吧！”

金狗没有回答石虎，也没有给他讲各种道理，当天下午他就搭班车返回东阳县委了。石虎千留万留没有留住金狗，流着眼泪要金狗不要为他说的话生气或见外，也为他没有好好款待金狗而内疚抱歉。金狗说：“我理解你，同情你，更是感谢你，你让我明白了好多东西！但请你相信，无论如何，我是不会牵连你的！”他和石虎紧紧握手的时候，一只手将早准备好的一卷三十元钱塞进了石虎的口袋里。

回到东阳县委，面对着整整三页的提纲，金狗却写不下去了！他虽然可以只字不提这次下乡由石虎陪伴介绍可以叫石虎做证的话，但这样的文章能不能问世？问世后报社的态度如何？东阳县的态度如何？州城的政治、经济、文化界的态度又如何？金狗沉思了，糊涂了，迷惑了，变得心烦气躁，他只好决定赶快逃离东阳县，先回报社口头汇报，取得组织的允许后再动笔吧。

但就在这天下午，一封来信将金狗又封在了东阳，改变了他逃离东阳的念头。信是英英写来的，这个鬼狐子一般的英英，她竟会将信寄到东阳县委来。信中，她又以无比的激情感念了一番金狗的来信，第一次使用了“亲您”、“吻您”的字句，而在信的末尾写道：“现在，我们的关系将会永远亲密无间了，因为谁再也不会从中破坏了。你知道吗？白石寨铁匠铺里的那个老麻子，他再也不能恨您、骂您了，他死了！而小水，她已经与福运结婚了！”信的内容，如烙铁一样烫得金狗心惊肉麻，但他没有叫，也没有跳，默默地将信丢开，就呆呆地坐在那里半天没有动。他脑子里一片空白，似乎再想不起麻子铁匠的形象，想不起小水的形象，面对着四堵雪白的石灰墙，自己也莫名其妙地笑了，说：“这下好了。”

他从容地点火烧了来信，取了脸盆到屋外的水池子里去舀水洗脸，但在走出门后，却一个跟头跌倒了。

此时的后院，正好空寂无人，金狗没有立即爬起来，泪水肆流，呜呜泣哭。哭声中，麻子铁匠的形象，小水的形象，过去的一幕一幕全出现在脑海里，他感到无限的悲伤和内疚。觉得麻子的死，小水的结婚，是对他的一种残酷的报复和惩罚，使他背上了偿还不清的罪恶负重。当他与英英确定了关系之后，他清楚小水是会另嫁别人的，他也盼望小水能很快嫁了别人而减轻和解除痛苦，但一旦事实如此，金狗却无论如何受不了！现在，死的永远死了，走的彻底走了，这一切的遭遇全都是因他而致啊！为了他金狗，为了他金狗的事业，他们付出的代价太大了，实在是太大了，但英英竟是那种幸灾乐祸的口吻，英英的形象在金狗的心目中变得令人厌恶。

这天晚上，金狗在胳膊下夹了厚厚一沓稿纸，又去街道商店买了一串鞭炮，一个人走到了县城后的山坡上。月光迷蒙，树影憧憧，金狗将稿纸放在地上，掏出十元一张人民币，在纸上拍打了，给麻子铁匠焚化，他诚心地祈愿麻子铁匠平安走过阴路，灵魂得以安宁。接着就鸣放了鞭炮，这鞭炮是他为小水放的，他遥祝她往后的心身健康，家庭幸福。鞭炮很脆，一个一个爆着巨响，但他听不见其声，只看见火光中纸屑散了，飞了，直到最后一个在手中爆裂，打飞了手心一块皮肉，才感觉到手和心像剜去了一般灼痛。

夜里回来，他给小水写信了，他以为小水还住在白石寨铁匠铺，信上陈述了他的心情和祝福，希望她永远仇恨他而又能理解他。随后将钉在衣服上的小水送给他的那枚纽扣轻轻从第三个纽眼上撕下了，用红绸布包起来装在口袋里。连夜上街将信塞进邮筒，回来就动笔写关于东阳县的报道。题目是："不要忘记还有一部分山区农民没有解决温饱问题"，副题是："东阳县调查纪实"。金狗深感到一个记者，一个从州河上来的年轻人的责任。麻子铁匠和小水为什么如此结局，他们都是为了他，为了他成为一个有权有势的而为百姓说话的人。金狗现在是记者了，能说话了，他金狗就要说！

金狗一直写到天亮。

翌日中午，县委书记从乡下挂电话给金狗，询问金狗几时回县的，在下边看到了些什么，这批报道准备怎么写？末了很关切地问："生活适应吗？让你多受委屈了！想吃什么，你就告诉办公室主任，我已经给他打过电话了，他会尽力而为的！"

金狗说："书记，这里什么都好，文章也开始写起来了，只是材料还不十分充足。"

书记说："你找那几个干事吧，他们都是写材料的，就说是我讲的，一切满足你！"

金狗就一一找那些干事，索要了一切材料，但他极需要那类有关困难户的属于东阳县绝密的材料，他就向那位赢过他棋的干部交涉，以书记的指示要挟，这干事便交给他了整整十二份打印的困难户调查表。金狗为自己的策略而小小得意了，他学到了用不正当的手段来制服不正之风的这一妙招，于第二天就搭车回州城去了。

15

金狗一回到报社，总编就说他黑了、瘦了，问他任务完成得怎么样？金狗将书写得整整齐齐的长篇调查纪实交付上去，总编乐不可支，直夸奖金狗辛苦了，要他去洗个澡理个发好好休息几天。但是第二天一早，总编却着人将金狗叫到办公室去了。

总编说：“金狗，你觉得你这篇文章写得怎么样？”

金狗说：“我觉得是我写得最有分量的一篇，当然，文字上还有点粗。”

总编说：“报社请你下去的任务是什么？”

金狗说：“反映东阳县农村经济改革情况的。”

总编说：“那你写成什么了？”

金狗说：“这正是改革中出现的问题，应该说这不是某一地区的个别事情，它在山区农村是普遍存在的现象。这一问题不引起足够重视不予以切实解决，那改革又会从何谈起？！”

总编用指头弹着桌面，严肃而庄重地瞅着金狗，久久之后方说：“我们的报纸是干什么的？是党报，是党的喉舌，它区别于香港的私人报馆，愿意写什么就可以写什么了？香港的私人报纸也是为本集团阶级的利益说话啊！金狗同志，这事我们不必再扩散，我们也不给你作任何处分，这怪谁呢？怪你，也怪我们，我们做领导的没有抓紧报社工作人员的政治思想工作，也不应该将这一重要任务交给你去完成，你毕竟是新记者，一切还没完全成熟嘛！”

金狗早就估计到这篇文章总编是不会通过的，但他却仍怀着侥幸心理，所以当总编问他情况的时候，他极力表现出单纯和虔诚，正儿八经地回答着总编。到了此时，他知道争取几乎徒劳，强压了冲动，说：“那你的意思是这篇文章就不宜发表了？”

总编轻轻地将文章推到金狗面前，金狗看见红笔在上边的批示：“对于农村经济改革的形势，我们要端正看法，看到它的本质和主流！前一段到处流传政策要变的风，说明社会上是有人不满改革的，作者是否明白这一点呢？”金狗突然嘴角闪动了一下笑，将稿件卷起来装进口袋里，说声：“谢谢领导的关怀！”就返回宿舍去了。

金狗并没有将稿件烧毁，他连夜将文章投寄了《人民日报》。

文章投寄出去了，《人民日报》能不能用呢？一个月过去了，毫无音讯。总编几次见了他，也要问起那篇文章是烧毁了还是保留着？并说东阳县委来了数次电话，催问那篇文章写得怎么样，几时能见报，报社只好重新请一名老记者再去东阳县采写了。说罢，还拍着金狗的肩头，让他多读读理论教科书，说：“金狗呀，你这种精神很好，可太浮躁了，不能将这种浮躁也带进稿件中去嘛！”金狗对于这篇文章的发表差不多已经彻底失望了，却觉得窝火和痛心，把自己关在宿舍里喝酒，喝得闷闷的，几次就醉叶得一塌糊涂。

这个时候，他急切盼望小水能给他回信。但是，在东阳县发走的那封信，经过好长时间却又退回来了，上面批示为“查无此人”。金狗好生疑惑，以为是小水拒绝收他的信了，偏又书写了三封寄去。但三封信竟是一起退了回来！

金狗一下子就病了，脸色发黄，浑身乏力，早晚不思饮食，腹胀，且动不动就发火。同部的同志说：是不是患了肝炎了？医院一抽血化验，果然转氨酶180，诊断为乙型肝炎。金狗翻了医书，医书上对此病描述得很可怕：乙型肝炎百分之七十会转化为肝硬化，肝硬化百分之七十会转化为肝癌。金狗不是怕死的，但他总怀疑自己是否是肝炎，且自信他不会立即就死掉的，难道他活到人世什么事也还未干就要死掉吗？他开始吃中药，一日三碗苦水，喝得龇牙咧嘴地难受。到了夜里，却常常惊醒，醒来就感到莫名的恐慌，再要闭眼，奇异的现象就出现了，飞禽走兽，人物鬼怪，牛头马面全在眼前飞动。有人说，这是房子的邪气，解放前这里是一块空地，正在这所房子的下面，有一口深井，伪州城警备队当年在不静岗后山上围困巩宝山，巩宝山的手下拼死救护首长，结果巩宝山走脱了，手下四个战士负伤被俘，挖眼掏心丢在这口井里沤了。金狗不在乎这些，鬼有什么可怕的吗，活人都不怕，还怕死人？他发熬煎的是怎样发落英英，这个在他生活中摆脱不掉的鬼！

英英很快收到了金狗的第二封信，信极短，意思是他患了病，病是不治之症，为了不至于拖累英英，他让她可以离弃他。英英收到信后，就哇地哭了。

这天田中正正好到英英的宿舍里来，瞧见英英哭得伤心，问时，英英将金狗来信给他看了，田中正也当下如雷轰顶，闷坐在一边了。

英英和金狗定婚之后，田中正表面上虽没洋洋自得，但心中暗暗高兴。多少年的交道，他看出金狗不是一个平地卧的角色，老实巴交的矮子画匠竟能生养出一个金狗，他愤愤不平又无可奈何。当他与其嫂“熟亲”之后，知道原来是金狗从中挑拨煽动而使自己就范了英英娘，他对金狗恨得咬牙切齿！但是，金狗偏偏借着自己的手又被州城报社招收去，他一是拗不过报社人，以为凡是州上的人都是巩家的势力，他田家的势力只能在白石寨县上。二也是趁机将金狗从两岔乡拔走，也便顺水推舟落了人情。待到英英看中了金狗，执意要嫁金狗之时，他先是极为生气，随后却满口应允，甚至还主动去托蔡大安保媒。他不能不感谢英英，庆幸英英竟完成了自己力所不能及的事情：金狗是除了巩家之外仙游川唯一在州城有地位有声名的人了，化凶为吉，田家竟有一个记者，一个文墨最深的人了！他时时询问英英，金狗来信了没有，信上谈到了报社的什么情况，能不能让他写写两岔乡的河运队。末了更免不了问来信中问候没问候到他？英英是瞒着这位叔叔的，她胡诌着支应他，且编造着金狗问候他的言词。田中正也时不时在乡政府的大院里说起金狗女婿，脸上甚是几分光彩。

如今看金狗的来信说是病了，且要让英英离弃他，他就说：“这金狗，人吃五谷谁不得病，患了肝炎怎么就是不治之症？！”

英英说：“叔叔你不知道，他这是话里有话的！”

田中正看着英英，突然问：“你们是不是在闹矛盾？”

英英没有回答田中正，却哭得更厉害了。

田中正越发狐疑起来，他马上追问英英在谈恋爱时到底是怎么谈的，是她主动，还是金狗主动，金狗进了州城后每一封来信中又都是如何说的，是真心实意地爱她还是变了心肠，这一场新的矛盾又是如何产生的？他担心的是金狗是不是像当年要了自己一样而要了英英，达到去州城报社的目的呢？如果真是那样，就要与金狗及早一刀两断，且出主意说金狗要了我们，我们就也要叫他活得不自在：给州城报社去信，揭露他，控告他，使金狗在报社臭不可闻，再也当不成记者！

但英英却疯了一般地跳起来，对着田中正吼道："你不要说了，你也不要管！没有你我也不会到了这步田地！"说罢，就又大声号哭，哭她的娘，哭她的爹，叫着她爹的名字，哭得没死没活。

田中正听见英英直哭她爹，心里就发虚、发软，一句硬话也不敢说了。他默默地看着英英哭，哭得最后没声了，才说："英英，你不要哭你爹了，你嫌叔叔我不关心你的婚事吗？叔叔哪一件事没依了你？叔叔也真心盼你和金狗成哩！如果金狗真没有那坏心，你也不必这么伤心，年轻人病还不好治吗？报社工作忙，治病效果不好，你可以写信让他回来治疗，叔叔去白石寨请名老中医给他看嘛！"

英英却说："我要到州城亲眼看看他去！"

果然，英英就在第二天搭船到了白石寨，第三天又搭车赶到州城。她穿了一身新衣，提了大包小包的礼品，打问着路程去了报社。但是报社里却没有金狗。

她问门卫："金狗人呢？"

门卫说："××招待所召开通讯员会议，金狗到会上去了。"

她又问："金狗没有病吗？"

门卫说："有病，不要紧的。你找他有什么事？"

她说："我是他的未婚妻！"

门卫就差人去会议上叫金狗了。

金狗一听到消息，不觉吃了一惊，英英竟能亲自到州城来见他，他不得不承认英英的厉害！参加会议的人立即都知道金狗有了未婚妻，而且未婚妻又来了，皆大呼小叫，逼金狗买糖庆贺，那些风度翩翩的女通讯员直戏谑金狗竟一直保密，金狗哭不得笑不得，病恹恹地走了回来。

一进报社，金狗就看见站在院子里的英英了。她穿了一件外套，领口和袖口都扣得严严实实，烫的鬈发似乎使她的脸面有了几分老，同州城姑娘们的随便而风度翩翩的衣着和发型比较，金狗觉得她是那样的粗俗！她明明显显是胖了，侧面酷似她的娘……

金狗说："你怎么来了？"

英英说："我怎么不来呢？"

金狗说："你应该事先给我来个信。"

英英说："来信你能及时回信吗？我几百里赶了来，你就是这个态度？"

金狗说："你嚷嚷什么呀，嫌别人听不见吗？"

英英说："就是让人听着！看你像不像个未婚夫的样子。我实话说吧，我不是傻子呆子，知道你心里没我，你来信说病了，我偏来看看，是真病还是假病？若是假的，我屁股一拍就走了！"

两人回坐到宿舍，只是无话。

报社的同事们听说金狗的未婚妻来了，都来敲金狗的门，金狗无奈，开门问："有事吗？"来人就说要借本书的，有来问壶里有水没，倒一杯，边倒就边觑眼瞧英英。金狗很难堪，英英却将门大开，说："你们报社的人好不大方，要来看就看吧，我又不是一枝花！"同事们就嘻嘻哈哈起来，坐下和英英说话。英英热情异常，将带来的山土特产全掏出来让大伙吃，倒埋怨金狗病了，这些同事们没有好好照顾："我们金狗单身在这儿，不靠你们靠谁呢？我拜托你们了，你们就代我多照管他吧！"同事们就说："瞧金狗这未婚妻，多体贴金狗啊！"

金狗气得越发不言语，脸色铁青，待同事们走了，就说："你多逞能！你怎么不把咱们的那些事也说给别人呢？"

英英说："我想说的时候我就要说，你觉得丢了你的人了吗？"

金狗说："你好，你赢人了，把人赢到州城里来了！你到州城里来，不是来关心我的病来的，你是来捉我的谎来的，现在怎么样呢？"

英英说："你说是什么就是什么吧！我英英是没出息的，几百里路跑了来，饭没吃上，水没喝上，倒叫你来奚落一场了！我知道你现在的金狗不是过去的金狗，是州城的人，是大记者了，心里还装着另一个人嘛！可我来还要给你说一件事，小水已经结婚了，她睡在福运的热炕上，做了福运的老婆了！"

一迭声的"小水"、"小水"，像机关枪一样向金狗压来，指望金狗大发一顿火，而金狗却看着英英怪声怪气地冷笑了，说："这你已经给我说过了！你还要说什么吗？小水结婚，这消息好啊，我没有和小水结成婚，你不是比小水还大两岁吗？咹？！"

英英立即嘴唇发抖起来，用两只手使劲地抓揉膝盖，眼泪就大颗大颗地滚下来了。

金狗却站了起来，冷静地说："你不要哭了，哭有什么用？抽屉里有饭票，六点钟报社食堂开饭，就在这座大楼的后边，吃多少你买多少。这房子里也有开水，渴了你喝，要困了你就在床上睡觉。我该到会上去了。"

金狗顺手带了门向外走，甩开双手，那步子矫健得像个将军，他听见屋子里有拳头击打桌子的声音，一声尖锐的爆裂，是什么摔碎了，英英呜呜地哭起来了，且大声叫骂："金狗无耻！无耻啊！"

去会场的路上，金狗肝区疼得厉害，一到招待所，就钻进会上安排给自己的房间里睡下了。吃晚饭的时候，一位通讯员来叫他，瞧瞧他脸色难看，就问："金狗老师，你是病了？”

金狗说：“老袭，你比我大五六岁，叫什么老师呀！你去吃饭吧，我不想吃，肝不舒服。”

叫老袭的就叫道：“是肝炎？找医生看过吗？”

金狗说：“吃了三十服中药，病情毫无好转。”

老袭就说：“我给你找个大夫治治，专治这号病的！”就开门冲着过道斜对面的房间喊：“石华！”旋即跑来一位少妇，才洗了澡，长发披肩如墨云飘悠，肤色红里施白。金狗见了，觉得她有五分像小水，却比小水大方洒脱。金狗爬起靠坐在床上，为自己躺着而不好意思了。

那女的说：“老头子，什么事，去吃饭吗？”

老袭说：“我介绍一下，这是我爱人，叫石华，我们一个商场的。她父亲是老中医，治肝病有祖传的秘方！”

石华就狠看了金狗一眼，那么微微一笑说：“你要看病吗？”

老袭说：“这就是记者金狗！我不是给你提起过吗？”

石华眼睛漾出流星一般的光彩，同时伸了手和金狗一边握了，一边叫道：“啊，你原来还这么年轻，我以为你是个秃顶老头的！乡下来的吧，名字还叫小名？”

男人就拿眼暗示妻子，那石华偏又要说：“这有什么呀，工人就是工人，哪有你们喝墨水的斯文！”

金狗哧地笑了一声，觉得这少妇好直率！说了许多感谢话，催他们快去吃饭，别误了开饭时间。石华就说：“老头子，我是来沾你的光到招待所洗澡的，我怎么好面皮去那里买饭，你去吧，给我和金狗老师捎一点吧！”

石华的男人买来了饭，三人吃起来。金狗喝了一碗稀饭，看着一对夫妇吃喝，石华一会儿在男人的碗里夹夹，一会儿又将自己碗里的饭拨给男人，一口一个“老头子”！倒觉得十分有意思。石华话很多，似乎和金狗早是熟人了，说起他们家的根根梢梢。原来这男人比石华大出八岁，且生就的老面，先在州城农产公司，去西阳县农产公司检查工作时，发现了当年由省城插队后招工到县上的石华，情书写了四十封，恋成了爱。婚后夫妻却长期两地分居，前年冬天，受尽千难万难，才把石华调到了州城。

石华说：“金狗老师，你这病，我给你包了，我爹现跟着我，方便得很！你晚上有空吗，咱们就找我爹给你看看？”

金狗盛情难却，便同意了。当下石华两口就要领金狗去家，金狗说：“你们先回去吧，告诉我个地址就行。我还得回报社去办一件事。”

男人就笑了：“金狗老师的未婚妻来了，是得回去安排一下的。”

石华就叫道：“噢，那我该叫她是师娘了！我陪你去，让我瞧瞧大记者的未婚妻是个什么仙女儿，那么有福！老头子，你回去先准备些饭去吧。”

金狗左推辞右推辞，石华只是要去报社，说她一定要叫师娘也去她家的。金狗再不好阻拦，两人回到报社宿舍，却没见了英英的影。拉开电灯，桌子上压了一张字条，金狗看了，上边写道：“我本是诚心诚意来看你的，但我实在受不了你的这种侮辱！我知道你心中现在还是有小水，小水已经结婚了你还这样，可见你多么卑鄙！我原想和你大闹一场的，念你有病，我就回去了！（今晚我在州城的什么地方，你不要打听也不要找，你也不会来找的！）你是怎样到这报社的，你心里知道！我英英没你有本事，可也不是被人下眼看的女子！我还要告诉你，我并不后悔这次到州城来，我知道了我今后怎么活人，这是要感谢你的蔑视唤醒了我！”

金狗将条子揉了，坐在椅子上，脸阴得十分黑青。

石华疑惑地问：“她留什么话了？”

金狗没有反应过来，后来看着石华，那么笑了一下说：“我和她相识，是一场错误。咱们走吧。”

两人骑着车子往石华家走去。夜空清朗，晚风柔和。石华和金狗穿过十字街口，霓虹灯下一对一对情人相依相偎地散步，小吃摊上的小贩们，一声高一声地呼唤着。金狗放慢了车速，说：“石华，你吃不吃一碗馄饨？”石华说：“那不卫生。你肚子饥了吗？到家老头子会把饭做好了的！”靠在电杆下的馄饨小贩，看见他们走近，已经揭开了锅盖，叫着：“来一碗吧！”他们驶过去了，还听见小贩在叫：“不吃了？吃了馄饨谈情说爱有劲啊！”石华哧哧笑了两声，金狗听着了，但他没有笑。路过一家影院门口，人流堵塞，他们只好下了车推着走，这家影院停止了放映而举办了舞会，无数的青年人站在马路上扬着钱叫：“谁有票？谁有票？”竟将钱直伸到金狗和石华的脸前问：“同志，有多余票吗？”金狗要解释说不是去舞会的，石华一扯他说：“这些人没眼色，真有舞票，咱是一男一女的，还用得着问吗？”挤过影院门口了，石华突然问：“金狗老师，你喜欢跳舞吗？”金狗说：“我不会跳舞。”石华说：“不会？当了记者怎么能不会呢？我以后教你吧！”金狗笑了笑，却说：“石华，以后不许叫我老师了！”石华说：“好，叫你金狗！金狗，你现在到州城了，又是大记者，跳舞还是要会的，这也是一种社会交际嘛，别有心理障碍，要打消掉农民意识哩！”

到了石华的家，她爹并没有同他们合住，而是在对面的楼上。老中医相貌高古，气宇清朗，当下切了金狗的脉，摸了肝位，看了手掌，观了眼底，却摇头说不像是肝炎，怀疑是患了胆囊炎，要求明日空腹去医院做胆囊检查。石华就乐得叫起来：“这就好了，我爹说是怀疑，那是百分之九十有把握的！”就拉金狗到她家，男人已经做了清淡饭菜，轮番劝金狗多吃一点。金狗听说不是肝炎，心也轻松了许多，比往日多吃了两碗。

经过几个医院复查，果然诊断为胆囊炎，金狗连吃了老中医十二服药，病就好了。

金狗不敢忘恩负义，对石华一家十分感激，也就三天两头去石华家。石华的丈夫常常将写好的通讯文章让金狗审看，关系越发亲近。

但是，老袭的水平实在太差，下九牛二虎之力写了许多文章，皆抓不住要领，落俗就套。这当儿石华就一直在旁边听他们谈话，眼睛火辣辣地盯着金狗问："金狗，你看老头子能写成吗？他要不是个材料，就叫他死了心，好好上班，回家了安心炒菜做衣服。你不知道吧，我这老头子可会裁剪哩，你瞧，我这件上衣，就是我设计他裁缝的。我不喜欢在商店买衣服穿，商店的衣服都是一个式样，一个穿什么，满街都穿的是什么。自己设计制作一件衣服，也像你们写成文章一样高兴哩！我这件上衣漂亮吗？"

金狗看着石华，直夸这件上衣的得体出众。这样的衣服，英英是永远不可能穿上的，即使穿上也绝不会有石华的这种州城人的气质的。

石华说："一样衣服也看是谁穿着！乡下人这几年里富了，也穿着讲究了，可你在州城里一看，一眼还是能看出是乡下人的！金狗，我这可不是诬蔑乡下人啊！比如说乡下男的，这几年都穿了黑呢子中山服，可你瞧那衬衣领子，却是脏乎乎的！女的也穿了这样那样的，好整整齐齐，可那就像土特产包了层洋装潢！"

老袭说："你少说些行不行，我们在谈正经事！"

石华说："得了，老头子！写文章要有天才，金狗这么年轻就成了大记者，你怕胡子白了也学不到他这阵的本事的！金狗，你文章写得那么多，稿费攒了多少，成万元户了吗？"

金狗说："我哪有什么稿费呀！"

石华说："吓，我可不是向你借钱呀！"

老袭就指责石华："写文章比不得做生意，谈什么钱不钱的！"

石华说："钱怎么啦，说钱就丢人吗？现在干什么不需要钱？！"眉眼飞扬，竟将一只脚抬放在男人的怀里。男人忙拨下那只脚，看了金狗一眼，不好意思起来。石华就又说："那怕啥呀，这脚又不是放到金狗身上了！"就笑得一口白牙。

金狗先觉得这少妇太那个了，听了她的话，自己也笑了，说："你们这家庭气氛好哩！"

石华说："我这老头子，人都说不配我，我却看着亲哩！这家里除了烧菜他干，拖地呀，洗衣服呀，全是我包了！老头子，你说是不是？"

和这家人接触，金狗渐渐忘却了别的烦恼，他几乎是逃避性地到这家来消磨自己。时间长了，他倒十分喜欢甚至是爱慕起石华来了。她识字不多，写个便条也歪歪扭扭地不堪入目，但却如数家宝似的一口能说出当今影坛、视坛、歌坛的男明星、女明星，知识异常丰富。能歌舞，善化妆，星期天里眉毛扯得细细的，穿着鲜艳奇服，俨然是一位二十三四的少女，常惹得浮浪小子向她大献殷勤，而她就挽着"老头子"招摇，忌妒得别人恨不能将她丈夫揍个半死！她倒一切不在乎，直率大胆，易于动火骂人，骂某某领导以权谋私，骂市场物价上涨，骂那些没皮没脸的男人，也骂不发表她丈夫文章的编辑。她对金狗十分关心，总是指责他不洗澡，穿衣服不是太短就是过肥，为他的一顶帽子，星期天骑车子跑遍了十八个商店！

金狗的电话多起来，不用猜都是她的："金狗吗，下班到家来吧！"金狗说："今天去不了的，我要写一篇文章。"她就说："挣稿费也得要命呀！你知道今天是什么日子吗？"金狗问："什么日子？"她就说："是你的生日！书呆子，我给你做了长寿面了！"金狗倒纳闷：什么时候将自己生日告诉她的？不知怎的，就又想到了铁匠铺的小水。他赶去了，两口子饭已做好，正在等他，老袭和他碰杯，她也和他碰杯。吃罢饭，老袭去收拾锅碗，她就骂他的头发乱得如鸡窝，按在椅上，为他理发。她理发的技术毫不逊色于大理发店的师傅。

金狗有些不好意思，她说："谁叫我是女人呢？女人就是要管男人的！等你和你的英英结婚了，调到州城来，我就再不管你，让她也给我老头子服务服务！"

报社里人多事杂，写一篇大块文章，常常受干扰，石华夫妻就让他临时到他们家去写。上班了，他们都走了，他写得十分顺手，下班回来，他们就为他做好饭。一日，石华休假，她就悄悄地坐在一边打毛衣，待金狗写到半上午了，说："金狗，歇会儿吧，你不累吗？"金狗说不累，她就过来夺了笔，要金狗陪她说说话，给她念念写出的文章。金狗念着念着，感到耳边有热热的东西，一拧头，石华紧紧倚在自己坐的椅子旁，脸凑过来也看着稿子。两人目光对在一起，他瞧见她溢彩的目光，他觉得那里一片光的网，他全被罩住了，又觉得那眼黑亮如一口池塘，睫毛茸茸，似池塘边的茅草，他已经看见自己走了进去，变得是一个小小的人儿了……不知在什么时候，两个人合成了一个人，一切不该发生的事情发生了。

事后，金狗突然惊慌起来，他不明白她为什么会这样，甚至怀疑到她：是在布置一个圈套吗？是对他有什么别的目的吗？

他慌慌地说："我怎么会这样呢？"

石华开始洗她的脸，开始搽粉、画眉、涂唇膏，说："这有什么？你是心慌吗，倒一杯糖开水喝喝就好了！"

她说得极轻松，金狗就吃惊了，不解地说："可我并不漂亮啊……"

石华却妩媚地笑了："你是长得不漂亮。我也不是想要你的钱，你没给我一分钱，你还不是常在这里吃住吗？我更不是因为你是记者，为了使我老头子的文章能发表，我是总给他泼冷水的！"

当她再一次搂抱住了他时，金狗脸色通红，感到了自己心底中的那一点龌龊！他抚摸着她的手，手绵软修长，手上有一个小小的疤。这是他以前不曾注意过的，问："摔破的吗？"石华说："咬的！"

金狗一惊："谁咬的，这么狠？"

石华哧哧直笑："是公司人事科长咬的！那一年我从县上调到州城，他积极为我帮忙，我好感激他，他却要我和我老头离婚嫁给他，他把我老娘看得太不值钱了！我去他办公室办理手续时，他把门关了，给我按了印章，说他不行了，要和我发生关系，我看得上他吗？他就猛地拉住我的手就吻，他不是吻，恨不得吃了去！我抽手，他就狠劲啃起来，他娘的像是要啃猪蹄子了！"

金狗沉默起来，脑子里忽地却又旋转起另一个疑问，睁着眼问："你还和别人有过关系吗？"

石华说："我猜你会这么问的！我可以说，我还没再碰上让我动心的人哩，和你这是第一次。给我献殷勤的太多了，他们对我好，全是为着尽快扒掉我的裤子，哼，我石华还不是那种贱坯子的人！金狗，我这话你信吗？"

金狗没有言语，却相信这话是真的。

石华又说："你说话呀，咱们这样做，你是不是后悔了，觉得对不住你那个英英？"

提起英英，金狗摇头了。他并不觉得要对英英承担什么责任，而惊奇的是自己竟走到了这一步！这是一种逃避的结果吗？是一种堕落的行为吗？是一种隐藏的对小水的爱的再现吗？

金狗回到了报社，脑子里不停地回忆着新发生的事情，石华的每一句话，每一个眼神。但很快一个沉重的负担压在心头，他出现了那次与英英荒唐事后的更强烈的惶恐和紧张！第二天一早，他就给石华打了电话，急切地询问：是不是她告诉了她的男人？男人是不是发现了蛛丝马迹了？石华告诉他：这是不可能的，即使丈夫知道，那也不会出什么事故的。且还是那么热情地邀他去她家，似乎已经打破了一种同志式的关系，竟亲昵地称他是"小狗"！

他又一次去了，他们的见面使得各自不能控制，他们对于那个"老头子"来说，又干下了一桩"罪恶"。事后，金狗总是后悔，但以后的每次去，又都失去理智。他知道这样下去，会越来越淡漠过去的烦恼，但这样下去，将会重新导致更大的烦恼！他越来越胆小了，石华却越来越胆大了。但她对丈夫依然十分好，当着金狗的面打情骂俏，又拿很刻薄的话挖苦金狗，丈夫就训她，对金狗笑着赔话，金狗难堪不已，淡淡笑着，就去干别的事而支应过去。

金狗真不知道他该怎么活人了！

16

拯救金狗的，使金狗重新振作的是一份中央文件。

金狗没有想到，州城报社的总编、记者，以及所有的编辑更没有想到，那份关于东阳县的调查纪实，被《人民日报》编发在内参上，很快中央领导作了批示，以文件的形式转发给全国，要求各省、市、自治区党政部门切实注意在农村普遍致富的形势下仍存在的严重问题，组织一定力量到偏远山区去了解困难户，防止浮夸风，真真正正地帮那些困难的农民解决温饱大事。在这份文件中，特意点名表扬了金狗！

中央有令，省上就雷厉风行地执行，省委书记和省长分头带了调查组到几个山区去，很快又组织了一大批省级机关干部到这些边远山区去蹲点，帮助贫困农民致富。而州城的领导亲自来到了报社要接见金狗，金狗也便第一次认识了专员巩宝山。这是一个瘦小的老头，模样和善，笑容可亲，他在报社的全体记者、编辑的会议上讲了地委和专署为了贯彻中央的文件所要做的工作：一、减免边远山区的农业税收，使那里的山民真正有一段休养生息的过程。二、组织相当一部分干部去那里蹲点。三、拨爆破、施工器材组织农民修公路，疏通城乡交通线。四、退耕还林，搞多种经营。五、赊销棉布，拨救济款每人三十元。六、帮助发展教育事业。巩宝山的讲话，很是振奋人心，会后的座谈会上，记者们纷纷拥护和赞扬地委和专署的这些措施。金狗也发了言，虽然巩宝山谈的这些方案，他都在那个调查报告中提到，但作为全地区的领导能这么具体化，他也是由衷高兴，便又以自己在农村的经验，向巩宝山建议：扶助贫困山区，一定要防止“撒胡椒面”的方法，就拿东阳为例，该县也曾打报告向上级申请救济，申请书上强调救济海拔一千米以上的高寒山区，但救济的粮棉、化肥、机械却都拨给了平川道乡村，私下认为高寒山区穷坑太深，一时填不满，就重点偏吃偏喝平川道而来树立面子上的致富典型了。以致使处于高寒山区的 ×× 乡耕牛存栏数只有五头，又无钱购买化肥，年亩产仅达到二百斤，全乡唯一一个造火纸的手工作坊，涨了一河水还将全部家当冲了，人均年收入可怜到四元。他说，既然现在注重扶助贫困山区，就要一是集中钱，开办那里的采矿业、林牧业、养殖业、培育业；二是派技术人员；三是派干部，每个干部包管一定数量的贫困户。

金狗的建议，使所有参加座谈会的人都面面相觑，心服口服这小子对农村情况这么熟，见解如此深刻而独到！巩宝山也听得目瞪口呆，待金狗一发言完，他就带头鼓掌。问道：“金狗同志的建议好啊，你对农村工作挺在行的，你是哪里人，原先干过什么？”

金狗说：“巩专员，我是自小就听人提说你，但你却想不到我也是仙游川人哩！”

巩宝山说：“仙游川？你爹是谁？”

金狗说：“我爹是不静岗的画匠。”

巩宝山说：“噢，矮子画匠的儿子成人了？！”

巩专员走后，州城报社在一段时间连篇累牍发表配合解决贫困户的文章，金狗也随之成了新闻人物、英雄、功臣、名记者了。但是“矮子画匠的儿子成人了”这句话一经德高望重的巩宝山说出，便也有人开始了解，连金狗祖宗几代的根根梢梢都摸清了。

金狗也很快发现，声名的鹊起，竟使他陷入了对谁也说不出的难堪境地。报社的同志见了他，缺少了真心交谈，采访到外单位，尤其外县，所到之处，都有人接待，吃、喝、行、住都有人照看陪同。他明白，这种热情是一种需要，是一种手段，他们害怕他发现他们的阴暗面，害怕他会写内参捅了他们的娄子！陪同人员的无微不至的照顾，将他置于一种完全被监视的网下。金狗什么实际情况都掌握不了，被采访的人全说出一种空话官话套话没用的话。他苦恼得返回报社，当地却很快给报社来信，表扬他这次采访中如何作风扎实，实事求是……

这期间，英英的信又开始投寄了，这一封言辞激烈，那一封又甜言蜜语。

金狗受不了这种双重的苦闷，就愈是到石华家去，免不了再做那种荒唐事体……他开始习惯和接受起石华的生活方式，留起了长发，穿花色衬衫，学会了跳舞。当他与石华在一起的时候，忘乎所以，但一个人静静地躺在宿舍里了，就极为沮丧，隐隐地感到在新的生活中，他的头脑里滋生了另外一种可怕的东西，他是否是丢掉了山民可贵的质朴呢？

他将这想法告诉给石华，石华拿指头戳着他的额头说："你真是矮子画匠的儿子！"

金狗问道："你怎么知道我爹是画匠？"

石华说："这是你报社里传出来的呀！你爹那画匠，是画什么画呀？"

金狗说："那是乡下民间的手艺，修复庙宇祠堂呀，雕饰墓碑呀的，是上不了大雅之堂的。"

石华说："就是骑在木梁上一边画一边在嘴里备笔，把嘴涂得像小孩屁眼一样吗？"

金狗突然双目睁圆，牙关紧咬，一拳砸在桌子上骂道："混账！你再诬蔑一句？！"

金狗突然发火，使石华惊呆了，自从与金狗认识以来她从未知道金狗的脾气竟这么大！她看见桌子上的玻璃板被砸碎了，玻璃的碎渣割破了金狗的手，她赶忙用手帕去替他包扎，金狗却一把推开了她，顺门走出去了。

事后，金狗也后悔在石华面前发这么大的火，但他却从这次发火中清醒了自己。他是一个乡里画匠的儿子，父亲在乡下过的什么日子，仙游川、两岔乡的村民在那里过的什么日子，他到州城又是来干什么的，他怎么就忘却了这一切呢？他决定不再去石华家，他有他的事业要干，好男儿岂能这么倒在石榴裙下而不能自拔呢？

石华得罪了金狗之后，亲自到报社找金狗道歉，且让老袭三天两头来报社邀请金狗去他们家。金狗面对着石华的热情，老袭的厚道，他只得又去了。去了，盼家里只有石华一人，见了石华，却又盼望她的丈夫也在。若是丈夫在，他就显得十分轻松，真心实意给他讲授新闻的写法，或者和他认真谈论时情世态，说到家庭，这丈夫就很关心英英的事，金狗也就把英英新近的来信交给他看。信上，英英为金狗成名反复祝贺，但却也转达了田中正的态度，说：但这样的事件，也不可做得过分，据说那一篇文章使东阳县委进行了改组，县委书记被撤销了党内职务，质问金狗："想没想那一家人从此就毁了呢？"金狗骂道："县委书记一家人毁了，可她想没想在东阳县里有多少农民怎么过活？！"老袭见金狗火又上来，劝慰了一番，也说了英英许多不是，他以过来人的经验，谈论选爱人的标准一定要善良，"就说石华吧，我是很满意的，她文化不高，从小也娇惯了，可她不俗气，在家里一是作风问题，二是钱财问题，我是绝对放心的！妻子就是妻子，她不应该是个庸俗鬼，也不应该是个政治家！"金狗立即脸色臊红，心虚得不敢看对方的眼，推说头痛，躺到床上睡去。

当石华和丈夫再一次来到报社叫他去他们家过星期天的时候，他们才知道金狗已经不在报社了。金狗要求离开州城，自愿到白石寨记者站去任驻站记者了。

石华久久愣在那里，目光黯然失色。金狗走了，他全是为着她而走掉的！她失去了金狗，也失去了一个真正的男子汉的爱。

两颗三颗大的泪珠子掉下来，她喃喃地说："他走了。"

老袭说："走了。他怎么不给咱说一声就走了？"

金狗离开了州城，白石寨的空气和记者站的工作，是最宜于他的，他又走动于熟悉得如掌上纹路一样的寨城的大街小巷。到了白石寨的第一个下午，他就去了南街小巷的铁匠铺。铺门关闭着，左邻右舍的人都以奇怪的目光盯着他，使他浑身如落了一层麦芒一样难受。硬着脸皮打问小水，回答的竟是麻子铁匠一死，小水就回仙游川再没来住了。金狗这才知道自己以前的信，小水压根儿就见也没见！他喟叹了一声，默默地回去了。可是，就在多少个夜晚，他不自觉地常常就走到这里来，伫立在铁匠铺的门前，呆看着当年生火打铁的炉子的土坯台和那一根孤零零的安铁砧的木桩。经过接触了英英，接触了石华，他原本是要忘却小水的，但菩萨般的小水却愈来愈在他心上变得神圣和崇高。他主动离开了州城，到白石寨来，是自己的事业，是这里的耿耿于怀的现实生活，把他从香水的诱惑中拉了回来，他也有自信在这里可以同田家人较量一番了。但是，他需要有支撑精神的东西，不能不想起小水啊！金狗默默地站在铁匠铺前，站得双腿都困酸了，就转身到寨城南门外的州河岸上去。船全泊在渡口，撑船的人都睡了，月光下一江灰白，万籁俱静，伤感虽是伤感，但他闻到了州河水面的腥味和水草的腐败味。这条河上，运行的是他熟悉的船只和熟悉的人，或许在哪一日，梭子船上将会坐着福运和他的老婆吧？

金狗并没有把他到记者站的消息告诉爹和英英，他依旧用着报社的信封，给英英去了一信，十分明确地告诉她：他们的婚事不可能继续下去，否则，勉强将来结婚，家庭也是不会幸福的。

不久，报社却转来了一封信，是英英写给报社领导的，内容是控告金狗昧了良心，进州城后见异思迁，抛弃在乡下的未婚妻，要求组织上给以批评教育，或许让金狗退回农村。报社领导附有一信，狠狠指责了金狗的不是，令他端正思想，不要背上名记者的包袱就不那么严肃对待自己的爱情生活。同时，又反复说明作为领导，他是很珍惜金狗的人才的，所以已经给英英回了一信，答应调解，明确回复退金狗回农村是不可能的。金狗看罢信，便去买了一瓶酒独自喝醉，哈哈大笑道："行呀，英英，这才是你真正的英英！"

金狗于第二天就赶回到了不静岗。

儿子的回乡，画匠老爹喜不自禁，当时正为一家新墓楼面上画流云纹，得到消息，跑回家来，直骂道："你当了大记者了，吃国家饭了，你还认得你爹吗？你回来干啥，你爹死了你也不要回来嘛！"

金狗笑着从提兜里掏出给爹买的新衣新鞋，爹说："就这些？"

金狗说："爹还嫌少吗？"

爹说："怎不见给英英买的？给英英叔怎不买些好烟叶呢？"

金狗说："她是她，我是我，给她买什么！"

爹骂道："放你娘屁！英英来给我诉苦了，你怎么待人家那样？英英是什么家世，又是什么人才，自你走后，人家十天八天就来家一趟，帮我做这样干那样……我告诉你，乡里找一个媳妇要给人家多少钱，要给人家家里干多少活，就这也得顺人家毛儿扑朔，你别以为你工作了，不愁找不下媳妇，为难英英！你要做了陈世美，千人骂万人唾的！你听我说，快去商店买些东西，到田家去，今早我瞧见英英也从镇上回家了呢！"

金狗硬是不去。

金狗回村，有人就去两岔镇乡政府说知给了田中正。田中正正在办公室里为县委起草一份关于河运队的经验材料，忙问：是从州城乘小车回来的吗？来人说是从白石寨搭了顺船回来的，他问候金狗了，金狗说他已从州城报社到白石寨记者站工作了。田中正听罢，沉吟了半晌，就放下经验材料去找侄女英英。

英英也已经听到消息，开始在宿舍里对镜化妆了。在州城里，她虽然受了金狗一场气，但她毕竟从州城里学会了许多东西，州城的姑娘们眉毛很细很长，衬得眼睛就特别有神，而且人家的烫发全不像白石寨的烫发，她就买了电热梳子，每日起床后精心修整发型，又用镊子将自己的浓眉往细里扯。现在她又扯了一会儿眉毛，将电热梳子插上电在充热，想要再好好收拾一番了。听了田中正说金狗回来了的话后，便故意说："州城里那么个花花世界，他怎么就能舍得回来？"

田中正看见她拿着电热梳对镜修整起刘海，知道英英是已经得到金狗回来的消息，心里倒不觉恐慌起来，说："你知道金狗是从哪里回来的吗？他是从白石寨回来的，他是到白石寨记者站工作了！"

英英拿着的电热梳在刘海上不动了，热得烫手的梳子开始烤焦了头发，发出刺鼻的臭味。她回过头失神地看着叔叔，问："他降到白石寨了？真的下来改造了？！"

田中正不知何以对答，叔侄俩面面相觑。

原来英英去州城回来后，把一切告知了田中正，田中正很是受到打击，恰这时金狗的调查报告以文件形式批转了全国各地，金狗也随之声名大振，田中正就又来说服英英，要英英不要感情用事，尽力和金狗把关系搞好，这也就是英英愤怒留条离开州城之后又连珠炮似的给金狗写信的原因。但金狗并没有因此而回心转意，竟只字不给英英来信，致使英英在家又哭又闹，摔碟子砸碗。田中正就又分析到金狗这是死了心了，在州城里有地位有名声，再也不会将他放在了眼里，更不会把英英放在眼里，就又帮英英出主意，要英英给报社领导去信，以"当代陈世美"的罪名将金狗搞臭，使金狗不能呆在州城报社。英英这次是服服帖帖听从了叔叔的主意，也便一气之下将那封控告信寄给了州城报社的领导。没想一切竟成了现实，金狗果然到白石寨记者站了！

英英一把丢开了电热梳，坐在那里嘤嘤地啼哭起来了。

田中正说："英英，你哭什么呀？你收拾收拾了，就去金狗家看看他，瞧瞧他现在是什么态度？"

英英说："这都是你出的好主意！我现在去看人家什么去，他知道了是我写的信，不知要怎样恨死我哩！"

田中正说："这可不一定，或许他一离开州城报社，没地位了，会回了心再来和你好的！依我分析，领导一定是给了他压力和处分，虽说降到了记者站，但毕竟还做他的记者，这就是成心要他维持这门婚事的。"

英英没有言语，嘤嘤声却慢慢止住了。

田中正就走了出去，已经走了好远了，又折回来说："英英，你听叔叔的话，叔叔的估计是不会错！你马上就去见金狗，将他叫到咱家去一趟，我出面再给他谈谈。我这就买些肉菜回家去等你们啊！"

田中正走后，英英恰好收到了州城报社领导的答复信，她不得不佩服叔叔对局势的估计，重新修整了发型后就回仙游川去找金狗。

金狗与爹顶碰之后，一个人百无聊赖地向仙游川村子来。他远远看了看青堂瓦舍的田家大院，冷笑了一声，却向福运的那三间厦房走去。近旁的一家妇人正在门前的篱笆上用小铲铲上边的木耳，瞧见金狗惊叫道："这不是金狗吗？天神，金狗几时回来的？"

金狗笑着说："你好啊，大婶，我今早回来的。你家木耳长得这么好，是来客了吗？"

妇人说："你大婶能好到什么地方去？你瞧你，人到底要到外边去干世事，你是成龙变凤了呢！难怪刚才英英她娘来我这儿说要买些木耳，她原来是要招待你这个女婿客啊！你这要找福运吗？他和小水一早就到镇上去了，要不要着人找他们回来？”

金狗忙推托他不是专找福运和小水的，而是来问问麻子铁匠的坟埋在哪里，他想去看看。

那妇人指点了方向，突然撩起衣襟擦起了眼泪，说：“金狗你行，你还记着那麻子啊，你是得去看看他，听说麻子死的时候眼睛还是睁着的……”

金狗心酸起来，两腿只觉得沉重，一步步上到山上，瞧着那已经杂草丛生的麻子坟墓，就跪下去，脑袋顶着黄土，泪水潸潸而下。

对于金狗，他只有将眼泪在这里滔滔而洒了。重新返回本土，天还是这样的天，地还是这样的地，但老去的将永远地老去，离走的将彻底地离走了，只有对着这萧瑟孤寂的坟丘，金狗方能追悔遥远的过去，而在眼下烦乱的纠缠中有一些清静，有一些安妥啊！

天色向晚了，山顶上的树林子里，开始了一声紧一声的“看山狗”叫。金狗从山上下来，他不想很快回家去听爹唠唠叨叨的诉说，也不知福运和小水从镇上回来了没有，他极想见到小水，却也不愿意在爹催促他到田家的时候去见小水。不知不觉间，他竟独自到了渡口，他要去见见摆渡的韩文举。

听见叫喊，韩文举出得舱来，他简直如在梦里，不敢相信，金狗再叫他一句，他突然栽倒似的坐在船上，说：“你回来了？”

金狗跳上船来，说：“韩伯不欢迎我，恨我，我偏来看看韩伯的！”

韩文举方从一场惊疑中清醒过来，将金狗拉坐在自己身边，详详细细看过了，说：“行呀金狗，你来看我，我还能再恨你吗？天下婚姻是造定的，你和小水成不成，我不能强迫，我可不比麻子铁匠看不清世事！几时回来的？”

金狗说：“今日才回来。韩伯，你这儿有酒吗？”

韩文举说：“哈，你当大记者了还没忘记我的酒啊！酒当然是有的！你现在是大记者了，我在船上还常思忖：仙游川的杂姓是好不容易出了个金狗，可偏偏金狗和小水有过那场事，金狗怕是再也不认识我们了！金狗呀，外面世界怎么样，是不是都像咱这两岔乡？你一走，这河运队没个领头对抗的，全是田……”

韩文举冷丁不说了，眏眏眼睛，突然对金狗说：“你是办报纸的人，你也把报纸给我寄几张念念啊！你韩伯不是不认得字，也可以帮你们宣传宣传呀！”

金狗觉得韩文举已经不是往昔的韩文举，将他认作忘年知己而无所顾忌地海说浪骂了，但他偏直道掏话，问道：“韩伯还是这么关心国家大事，那咱两岔乡这一半年情况怎样，河运队办得好吗？”

韩文举说：“你问乡里事，你岳父他还是一把手啊，把那个‘代’字也去了，正正经经的一把手！河运队嘛，好着的！你喝呀，韩伯有的是酒，福运他每月给我买酒的！”

金狗就问："小水和福运都好？"

韩文举忽然大声说："好啊，确确实实的好！相亲相爱，和睦幸福，没听过他们吵一句嘴，没见过他们打一次架！他们当然比不得你金狗有本事，但活人嘛，这也就够了，只要心里安妥，人口和顺，喝一口凉水那也是甜的嘛！"

韩文举的小眼睛在金狗的脸上瞄来瞄去，那是十分的显夸和得意！金狗在心里说：这才是你韩文举！却同时替小水高兴，又替自己悲伤了。

正在这时，岸头上有人叫："他韩伯，金狗在你这儿吗？"

韩文举出舱来见是矮子画匠，说："金狗在我这儿喝酒哩，你也来喝几盅吧！"

画匠就喊："金狗，你怎么死在这里就不回去了？"

韩文举黑下脸说："矮子，你怎么这样骂金狗，金狗是大记者了，有皮有脸的人了，别人会笑话你的！"

画匠就不骂了，说："人家英英半下午就到家里来找他，说是她叔在家等着金狗的，英英还在我家里等着，我满世界就寻不着他嘛！"

韩文举就回头问金狗："你回来了没去田家？"

金狗说："不去！"

韩文举便说："金狗，这就不对了，你是人家的女婿，一进村就该去拜泰山泰水的。快去吧，我不敢留你了！"

金狗没想到韩文举竟能这样待田家待他，也就上岸和爹回家去。到了家门口，画匠却没进去，一个人到斜对面山坡上去，腾出地方让金狗和英英说话。

英英在家等得久了，靠在炕头上打盹，见金狗进门，就站起来说："好大的神仙，总算把你请回来了！"

金狗说："是不是？"

英英说："你回来了为什么不到我家去？你以为你是记者，田家的门楼太小吗？"

金狗说："田家的高门楼谁敢小瞧，田书记的小拇指头伸出来也比任何人的腰粗哩！可我是我爹的儿子，我当然得回来先看我爹了！"

英英说："可你现在还是田家的未婚女婿！我叔和我娘都在问你，或许他们也都贱了？！"

金狗没有言语，冷笑了一下，说："我写的信你家里都看了？"

英英说："看了。"

金狗说："看了后的意思？"

英英说："都不同意！"

金狗说："英英也算是两岔乡的时兴人，也该懂得没有感情的婚姻将来是什么滋味吧？"

英英说："这我比你懂得还早！可我问你，当初你当船工时怎么不说没感情？"

金狗又笑了几声，问道："那你为什么心那么狠？"

英英说："你说什么？"

金狗说："我说有人写过一封控告信，要置我死地！"

英英蔫下来了，噎得半晌不说话，后来说："你现在是到白石寨了吗？"

金狗说："你知道了就好。"

英英突然降下了调子，软声地说："金狗，这或许是我错了，那信是我一气之下写的……既然是这样，你怎么凶我也行……或许这也是好事，只要你回心转意，这信我可以追回的。"

金狗立即猜出英英以为他到白石寨是因为她的那封信的作用了，就说："这用不着了，英英，信在这儿！"把信掏出来，丢在了炕上。

英英呜地哭了，哭过一阵，说："金狗，我现在只问你一句话，你主意是拿定了？"

金狗说："这你明白。"

英英突然疯了一般扑过来，大声地说："你是糟蹋过我的呀，金狗！"

金狗说："这你可以再告嘛！"

英英浑身发抖起来，握着拳头向金狗打来，金狗没有动，英英就软了，双手抓住了自己的头发就倒在地上号啕大哭了。

远远坐在对面山坡上的画匠，听到了家里尖锐的哭声，知道事情不妙，怒气冲冲地要扑回来打骂金狗。但他停止了，他知道金狗是拗性子，不会听他话的，再说，金狗现在是大记者了，又怎么当着英英的面打骂呢？万难之中，他想到了田中正。田中正的话金狗或许会听从的，去请他来，也免得以后他怨咱没把他看起啊！

田中正夫妇半下午就做好了饭菜在家等着金狗，但金狗没来，英英也没回来，田中正就犯了躁，知道事情有了麻烦，嚷道着："不来了罢了，咱自己吃！"但是当英英娘将饭菜端上来，他却不吃了，说再等一等。英英娘说："咱也太丢人了，田家还没有这么请过客的！"田中正就沮丧着说："忍吧，忍吧，这金狗不是当年的金狗，他是记者啊！"妇人说："他是记者，你也是书记！"田中正竟向妇人发了火："你知道个屁！你以为我这个书记就好过吗？一个乡的书记甭说全国、全省，就在州里能算个屁官？！你到他家去叫叫他吧。"妇人却死不去。两人正争吵着，画匠进门来了，他低声下气地给田中正说好话，骂金狗年轻无知，头脑简单，求能去他家给两个孩子调和调和。

田中正就坐在那里铁青了脸听画匠说，说完了，他又取了水烟袋来吸，吸得呼呼噜噜的，老半晌方说："孩子的事我主张是不管的，大人只有建议权啊！可金狗和英英本来好好的，怎么就闹到这一步？金狗思想是变了，眼眶子高了吧？可他再有本事，做了记者或者就是当了省长，他在你我跟前总是晚辈吧，他总得要知道自己的根根底底吧？"

画匠说："这话是对的，当初金狗到州城报社去，也全是靠了你啊！"

田中正说："这些咱都不说。现在这么一闹，对英英不好，对金狗也不好，我们做大人的，就要出来说说话的。"

画匠说："我正是这个心思才来请你到我家去一趟的，你是有身份的人，说一句话比我顶事，你去把金狗压一压，他金狗还能怎么样？他要再不听话，我就把他打死了！"

田中正来了，他是第一次到画匠的家来，一出门，让画匠先走，看看左右没外人，自己便跟在后边。两个家庭的两代老少坐在了屋里，田中正嘱咐关了院门和堂屋门，就让金狗坐下，让英英也坐下。英英还要哭，他便说道："你哭什么，有什么哭的，丢人丢到什么地方了？！"英英止了哭。

金狗说："田书记能来，这就好了！"

田中正顿时脸色难看起来，说："金狗，我不是以乡政府书记的身份来解决民事纠纷的！"

金狗说："不管怎么说，这事总得你来解决啊！乡政府事情忙，我也真不忍心给你忙中加忙，可这事情还是让你忙着了！"

田中正说："那好吧，现在双方大人孩子都在这儿，咱们是要好好开个会的。两岔乡这么多人口的大乡，我没有一件事解决不了的，难道为咱们家庭里的小事就被绊倒了，惹人耻笑？金狗虽然成了名记者，可你也不至于把你爹和我不放在眼里吧？"

金狗就嘿嘿地笑了。

画匠赶忙制止说："金狗！"

田中正被金狗的笑声打断了话，也一时续不下去，就开始在身上摸，摸出一盒普通烟卷，金狗便从身上掏出一包过滤嘴烟来说："吸这个吧！"同时把打火机也打着了。田中正不好推辞，吸着了烟，吸得极狠。屋子里就静下来。

田中正说："金狗提出退婚，这事原则上我是不干涉的，能谈成就谈，谈不成也可以退，金狗能在州城找个更好的女子，英英我想也不会嫁不出去的。"

画匠就说："他金狗是不敢的！金狗你听着，你叔是乡党委书记，你要听得来你叔的话！你要记着，往后和英英和好，冬天里咱就办了亲事，多好的光景！"

田中正说："你话也不要这么说，孩子们的事最终还要他们拿主意。两人既已闹到这步田地，让他们各自讲讲，到底有什么矛盾嘛！"

金狗就说："那好吧，让英英先说吧。"

英英就讲了金狗进州城后如何冷淡，她写了多少信，金狗回了多少信，她怎么上州城去看望他的病，金狗又怎样冷脸待她，最后又怎样来信挑明要退婚。金狗看着英英，他突然对她产生了同情，但他对她的那一身装扮就受不了：本来就"土"，还要追洋，土不如小水，洋又不如石华，不伦不类！更使他不堪忍受的是她的言语中充满了一股仗田家势的傲气！等她讲完后，他仅仅说了两人性格上感情上的不和，别的一概不谈，连那封控告信也未提及。

田中正脸色阴沉，末了问："那你今后怎么打算？"

画匠说："怎么打算？今日各自把矛盾说了，说了就完了，往后什么也不要说，抓紧筹备婚事吧。感情是什么，一结婚做了夫妻，生儿育女过光景，这就有感情了！"

田中正却并没有接画匠的话，他看着金狗，突然冷冷地说："金狗，你现在从报社到白石寨了？"

金狗说："是在白石寨！"

田中正就笑了笑说："报社在州城，在那里干得好好的怎么到白石寨来了？！"

英英就叫道："叔叔，你不要问了！"

田中正并不知道英英话中的意思，还在说："我怎么不问呢？这是大事嘛！"

金狗就说："你一定是想知道那封信的事吧？事情是这样的，我要留在州城报社机关内，我可以一直留在那里，可我想回到白石寨来，白石寨是家乡，这里的情况我全清楚，这更便于发挥我一个记者的作用了！在我回到白石寨后，报社领导转给了我一封信，让我自己处理，我刚才已交给英英了，物归原主，我让她保存了！"

田中正一下子从炕沿上站起来，但很快又坐下去，那么笑了一下，低缓而又凶狠地说："金狗，我没到过报社去，可也有记者曾来过乡政府，我也是见过的！一个记者证它并不是尚方宝剑！"

金狗说："这是当然，记者遇着秉公办事的干部他还只是一个劲地写文章表扬哩！"

画匠见气氛不对，就说："金狗，你不要东沟拉到西汉，你当着我和你田叔说，婚事你到底咋办？"

金狗说："不成了还能怎么办？"

画匠立即将炕上的一个枕头丢过去，砸在金狗的头上。回头看田中正，田中正脸如土布袋摔打过一样，画匠忙去倒茶水。田中正说句：你不要忙活了！就言称上个厕所，出了堂屋。屋子里立时静下来，等待田中正，可一等不来，二等不来，画匠出来找田中正，院门开着，田中正不见了。英英一见叔不在，哇地就夺门而跑，大哭不止。慌得画匠迭声叫苦，再要打金狗，却软得没了一丝力气，说道："好了，好了，人家走了，这不是给咱伤脸吗！你怎么能在人家面前说出那样的话？人家受过谁这样的气？！你快跟我到田家去，什么硬话也不要说，给人家求饶、赔错，说你再不敢那样了！"

金狗还要违抗，爹扑通一声倒给儿子跪下了！金狗可怜起爹来，为了爹，他只好去了仙游川田家。田家的大门紧关了，如何敲，如何叫，只是不开。父子俩痴呆呆站了一小时，那大门里分明有咳嗽声，还是不回应。

金狗说："爹，咱何必这么低声下气？你是我爹，你论辈和他姓田的平等，论年纪你比他大，咱叫他这么长时间，他门不开，一声不吭，咱还要怎的？"

扶爹踉踉跄跄回走，画匠只是口口声声骂金狗。金狗说："英英那号人，不是咱要的，她要嫁我，并不是真心爱我。”

画匠说：“你胡说，人家不真心，当初能把名额让给你？”

金狗说：“那全是骗局，报社的人把内幕全说给我了，人家压根就没录上她！”

画匠闷了半晌，又说：“就说那是骗局吧，可你们订婚了这么长时间，说要吹一句话就吹了？”

金狗说：“爹哪里知道，我们很少通过信，一闹矛盾，她竟给报社领导去信，要求将我退回农村！”

画匠问：“你说的是真的？”

金狗说：“我能哄爹？报社领导却不听她那套，信又转给了我。”

画匠一听这话，心放在了儿子的身上，也便骂起英英的心狠：“心那么毒？你好不容易当了记者，和她事不成，就能做出这样的事？！”

父子俩就再不说话了，回到家里，亦是无言，相对默默坐到鸡叫。画匠说：“你去睡一会儿吧，金狗，无论怎么说，这事先还是怪你！田家是高门楼，多少人高攀都高攀不上，你竟要和人家女子退婚，这田中正是不会罢休的。你等着吧，他会给咱亏吃的。你爹一生没本事，只会抹颜色，让人瞧不起，田中正要整我，我倒不在乎，你路还长，你可要小心啊！”

金狗扶爹睡下，听爹一夜里长声叹息，不住地唠叨：“你孩子入世浅啊，你不懂得人情世故啊！”自己就在黑暗里泪流下来，打湿了枕头。

这时候，正是子夜，山峁树林子里的“看山狗”叫得好凶。

17

三月，州河岸又下了几天生泼大雨，桃花水便涨起来，接着是不好意思再发泄了，余怒似的扯得细如丝一样地下，河面上就像网了一张纱，妖妖地透出河崖上一株一株野桃的红。韩文举的渡船只好系在石嘴上，顿顿到福运的屋里去吃饭，吃饭了串门入户去摸“花花牌”。一次二两酒钱，他赢得少，输得多，直骂今年霉气，“莫非是摸了姑子的 × 了！”到不静岗寺里让和尚看五官。

和尚作课，雷打不动。韩文举就立在厢房台阶上和矮子画匠扯谈。

韩文举说：“矮子，你真个穷命，雨季里也不抱了头睡上三天三夜，还来给人做活？你不丢人，也不怕损了金狗大记者的皮脸！”

画匠只是笑笑。金狗和小水的事不明不白了结后，他时时避着韩文举，害怕那一张刀子嘴使他难堪。果然韩文举就又刺他的痛处：“矮子，金狗是又不要田家英英了？金狗是大记者，要给你领一个鬖鬖毛回来！”

画匠把五颜六色的唾沫咽了一口，说：“他伯，现在的年轻人，我能管得了吗？这几日不开船，几时到家去喝酒吧！”说罢收拾了笔墨就走。

韩文举说：“矮子，你慌什么，你家里是有老婆吗？我还有话要问，金狗透露没透露，上边又有什么新变化吗，你家是离政策近的人啊！”

画匠只是急急而去。

韩文举还在大声说：“你走什么呀，你心里是有亏心事吗，我韩文举又不是乡书记，又不是老虎大虫！”

听到金狗和英英退了婚，韩文举像嘎喇喇一声炸雷响过头顶，曾惊得目瞪口呆的。他不理解金狗竟能不要了田家的英英，田中正也竟能亲自到金狗家出面调解这场婚事？！但从心底说，他事后对这件事很觉惬意：一个是乡里书记，一个是州里记者，两方合二为一起来，外人就一辈子别活得有心劲了，他韩文举也别嘴上没龙头地说话了！现在看来，金狗真的是不怕田家了，田家、巩家、韩家三家对峙，这不是“三国”时的形势吗，这州河上或许更要乱起来的，也或许反倒要安静下来！所以他韩文举对田家就又那么小小地不恭起来，而见了矮子画匠却偏忍不住奚落一番呢。

和尚课完毕，出来说：“文举，你好罪过！你是还让金狗爹活人不活！青青翠竹尽是法身，郁郁黄花无非般若啊！”

韩文举说：“和尚你念的什么鬼经，谁能听懂？”

和尚说：“尘世真如沙场啊！金狗的婚事得罪了你们韩家和田家，几日前田书记的女人堵住画匠还骂，他心里正难受哩！”

韩文举倒哈哈大笑，说道：“这是他家自作自受，田家可不比我们韩家！可我也不是糟践矮子，真心问问上边的政策。”

和尚说：“世事看得太认真，你几时才能立地成佛啊！大凡尘世，一言以蔽之，则一切皆空四字足矣，何必自找那么多烦恼？”

韩文举说：“你们和尚只是讲空，却空了什么？”

和尚说：“空者，所谓内空，外空，内外空，有为空，无为空，无始空，性空，无所有空，第一义空，空空，大空。文举，你要常到寺里来，我会给你讲经的！”

韩文举说：“可我不是你们和尚，我是有小水和福运的！这么空下去，那人活着还有什么用处？”

和尚说：“这你就差了，世俗之事才是空的，至于佛、法、僧、佛性则是‘常、乐、我、净’，是不名为空的。”

韩文举说：“和尚你不要给我讲这些了，你说的你们和尚千好万好，可我现在还没想当和尚的意思！报纸上登着中央那些人的照片，我看了，都是有天下的气概，到我死也不会有兵荒马乱的吧！小水和福运待我也好，只是都没本事，撑撑柴排，这日子也终究好过不到什么地方去。我是担心当今政策好是好，但人心却坏得厉害了，上边总不能没个政策再来管管？”

和尚说："不说佛事说你们尘世吧，文举，你把你是干啥的全忘了，你是撑船的！"

韩文举噎了半晌，低头喝和尚泡来的清茶，说："那你看看，这一半年里，人都是乌眼鸡了，富的富得流油，不富的还是不富，田中正说要帮穷致富，河运队的倒是富了，我们福运一张排，货采不到，货运来了又销不出，蔡大安只是坑我们，那税项又多，谁都来要钱，钱一收，打个收据就走了！只说田家势力要尽了，可人家有了权，又发财，河运队里你知道他分了多少红吗？房又重'瓦'了，堂皇得像你这爷庙！据说提拔田家那些在外的差不多都在白石寨做了官儿，英英也在渡口上对人讲，她叔是年纪大了些，要不就会升到县政府去！旧社会我是经过的，蒋介石的像我见过，厉害不厉害？厉害！可后来失了天下！我看过一张报纸，上面说：蒋家王朝垮就垮在两点，一是裙带关系坏了大小官员，二是通货膨胀。和尚你学问高，你说是不是这个理？"

和尚一直听韩文举讲，韩文举识得字，在船上经见多，又是能言善语之人，与他一直是谈得拢的。这时也就离了佛界，说："文举，你是命不好。你早年是不是演过戏？"

韩文举说："是演过，我演的是五品州官，帽子是方翎的！"

和尚合掌叫道："这就是了，你本有当官的本事，却让你在戏里冲了命！"

韩文举也真的沮丧，不无伤感地说："我这命是不好，到小水这辈子命也不强，仙游川的风水是巩家、田家还有韩家占了的！和尚，你再观观五官，这霉气能不能出头，摸'花花牌'也净是输！"

和尚也遵嘱观了，嚷道是一生不会发大财，但好在上嘴角有一颗痣，是"吃痣"。

韩文举说："这倒准确，这酒我是天天都喝的，就是输了，输了的酒也是我喝得多。我对福运和小水说：你们往后就是穷到拉棍棍要饭，也不能亏了我喝酒！"

韩文举还要说下去，隐隐约约听见有人嚷叫，以为是别人的事，只是冲茶再喝。旋即却见庙门口有个放牛的探了脑袋往里喊："韩伯，你喝茶喝聋了吗？渡口上有人呐喊，破嗓子已经吼了半天啦！"

韩文举骂道："呐喊我作甚？没长眼睛看河水涨到哪里了，喊我去上他娘的炕吗？"

骂是骂，还是走出寺去。在下不静岗前的草坡时，看见一只野兔在雨地里耸着耳朵抖水，箭一样蹿去，就思想要是能捉住，该是多美的下酒菜。

到了渡口，原来对岸来了三四个人，是来田中正家吃田中正生日酒席的。田中正的妇人闻声也赶在渡口上，正拉长嗓子和那边客人对答招呼。韩文举倒气冲上来：我这么大了，还没有过个寿日，田中正五十多点，倒年年过生日，来七桌八桌的客，真是人当官了，命也金贵！更为韩文举可气的是，田中正年年生日摆酒席，偏偏不请他去喝酒！"我是贱喝那几杯酒吗？我有的是酒！"于是年年这日夜里他要请村人去喝，他是花钱赌气的，要比比谁这一夜醉倒的人多！所以，这阵老远见到田中正的妇人就说："水太大，船是不敢开的，我这命不值钱，你家客人可担不了那份险！"

妇人说："船不用开了，大空下水背人呢！"

韩文举才看见河心有两个人头，一个在前在上，是个女的，一个在后在下，光头，是雷大空。韩文举说句："那就好！"心里骂雷大空骚情不要命，给田家拍马溜须。

雷大空是前十多天回来的，他去了广州贩银元，贩天麻、党参，原本要赚了许多钱，却在火车上被缉查犯案，缠在腰里的银元袋子被没收了，含在嘴里的一枚金戒指也被一巴掌打得连牙一块吐出来。生意大赔本，人又拘留了半月，放出来，身上分文没有，扒车讨饭回来，潦倒得人不人鬼不鬼。在村里遭人耻笑，却还不安生，整日想谋事，又谋不成，狼狈过日。韩文举瞧见他背了那女人上了岸，大吃一惊的竟是他赤条条不穿片布裤衩，那女的还年轻，一出水浑身冷得发抖，双手却捂了脸，让田家妇人用毡子裹了就急急进村去。雷大空只是拿了酒喝，又撩一掬擦在肚子上、交裆处，再下水去背对岸的人。

韩文举就骂了："大空，你个罪孽的东西，你不穿了裤衩，你怎的背人？"

大空在河里冲着韩文举笑，说道："韩伯，你是眼红吗？她要嫌我，她就不过河了嘛！人家要给田中正贺生日，还顾羞不羞的？我要怎么着就怎么着，她还得给我掏大价钱！"

接着背过两个男客，最后方去背剩下的女的。那女的是黄花闺女，样子娇嫩，背至河心，女的突然锐声尖叫。岸上人看时，两个人头便没下了水，后又冒出，女的就再不叫喊，默然无息。出了水，女的又突然指骂大空"流氓"！大空则气势汹汹对吵，骂出一大堆更粗俗的话来。田家妇人忙来挡架，将五元钱丢在沙滩上拉客人走了。韩文举让大空穿好了衣服，问起那女子为什么骂他流氓？大空笑而不答，末了说："她为什么要去给田中正拜寿？田中正要把她 × 了，你问她是不是也骂人家'流氓'？！"

夜里，韩文举果然也请人喝酒，酒客中就有雷大空。他穿了一条裤子，是从寺里偷来的一面还愿锦旗，用颜料染了改制的，但旗上的字没染过，清晰可辨，前腿上是"有求"二字，屁股上二字是"必应"。小水笑得前俯后仰，说："大空哥，你都算是能人呢，日子就过成了这样？"

大空并不脸红，说："我在广州城里，你知道我穿的什么，西服也穿了一件！人倒了运，沿途变卖光了。你等着看吧，我要攒了本钱，再去闯荡，大空就不是现在这个样了，过生日也要摆八桌十桌，做他个田中正第二！"

小水问："那你怎么个攒钱？把方子也给你福运哥教教。"

大空说："眼下我也不知道。"

大伙就笑了一回。韩文举说："大空，我有一句话你记在心上，世上的事是河里的大鱼不如碗里的小鱼，要实实在在，从小事做起。"

大空说："算了吧，韩伯，这道理我不比你知道少！可我现在去做什么呢？我来跟你摆渡，你收留不！"

韩文举嚅嚅说不出话来。

酒菜完了，小水捞了一笊篱酸菜，待要用腥油热煎一下，到门前地里去拔蒜苗。

这时夜已深了，月光极好，田中正送客人回来路过地头，抬头看见撅了屁股拔蒜苗的一个女人，丰腴美妙，不禁神迷目眩，恍惚中觉得酷似陆翠翠，就惊骇站住。不知怎么，金狗和英英退婚之后，他就时时想起陆翠翠，追悔他是受了金狗的圈套而抛弃了陆翠翠，以致使她魂灭香消！今日的生日酒席上，他就乘酒大骂起金狗，末了又骂蔡大安，妇人出面劝慰，他又无名火蹿上，竟当着众人面扇了她一个耳光！田中正现在痴痴呆呆站在地边看了一会儿，正要叫出陆翠翠的名字，门洞里却跳出一只狗来汪汪地叫。听着狗咬，小水直腰见是田中正，就说："是田书记，夜深了，这是往哪里去？"

田中正方一时清醒，知道自己看花了眼，长长叹了一口气，却又瓷在那里作想：这小水怎么长得有几分像翠翠？小水见田中正发呆，又问了一句，田中正才说："我送英英的大舅回去，他是喝多了，脚下不稳哩！我还以为是谁，原是小水呀，一半年不留意，小水倒成……人了！"本来要说"成熟"了，他是指小水的肩头、胸脯和臀部的，就一步步走近来。

小水家的狗却咬得他不得近前，田中正不停地蹲下去装作摸石头要打，一蹲下狗退了，一站起狗又前来。就说道："小水，这狗是你家的？好凶！你怎地养这个恶东西？！"

狗并不认官，已经将他的右脚跟吞了一下，肉没伤着，鞋却咬掉了。小水格格格地直笑，将嫩得流水的蒜苗拔了，叫住狗："狗子，狗子，你怎么咬起田书记！田书记，夜里客多吗，你又是喝多了！"

田中正穿好了鞋，眼睛直直看着小水，口里说："不多，不多，小水你怎地不也去我家喝几口呢？"脚步又趔趄前来，狗就又扑过去汪汪恫吓。小水说："你家来的尽是什么人，我去败兴吗？我伯他们也在喝酒，你再来喝一杯吧！"

田中正听罢，就止了步，说："不啦，你伯有客，我就不去了。这小水，你出息多了，女子还是要结婚，一结婚就……"脚高步低而去。

小水回来，想田中正刚才的眼睛，好是恶心，便从案上拿了一片猪耳朵肉丢给了狗子，奖赏了忠实走狗，说："狗眼都能认出歹人好人哩！"

堂屋里的人正数落雷大空，大空只是道苦，韩文举听见小水说话，便问："小水你在骂着什么？"

小水说："伯伯耳朵好灵！刚才在门外，碰着田中正，咱的狗直向他咬哩！"

韩文举说："怎不叫他进来，看看咱家的酒呢？都好好喝，放开喝醉，咱要醉倒的比他田家多！大空，能发财不能发财，这阵不去想了，喝！"

旁边人说："韩伯今日倒气盛，不怕田中正了？！"

韩文举说："怕时归怕，不怕时归不怕，我怕谁的？我心里有谱罢了！"

那人说："你是瞧金狗又和田家对头上了吧？"

韩文举说："去你娘的！他金狗再能行，你说说，他金狗骂过几句田家、巩家？我韩文举这张嘴一天三顿除了吃饭喝酒，在渡口上哪日不骂了！"

小水把热煎好的酸菜端进去，说："伯伯，话全叫你一个人说了！你不会说些正经事吗？"

韩文举说："说什么正经事？我一肚子牢骚，你不让我说，憋死我吗？"

小水再不理了伯伯，便对大空说道："你真要安心干事，我倒有个主意，你和福运合伙怎么样？你心活眼活，福运能下苦耐劳，你们联着撑排，赚下钱了，二一分作五，你肯是不肯？"

大空说："这敢情好！福运哥，你能要我吗？"

福运说："我正缺人手，这话我和小水也提说了几次，只是没给你说，怕你不悦意哩！"

韩文举便说："大空，我这女婿是老实人，你可别哄得吃了他！"

大空说："我大空也知道我不是好人，可我也绝不是吃窝边草的兔子！赚了钱，我也不二一分作五，应有小水一份，三一三余一，那余一的孝顺韩伯做酒钱！"当下捧了酒给韩文举敬了。

自此，一只鸟儿生了双头，一条排上坐着福运和大空。福运为大，心地良善，处处吃苦背亏，大空也是知趣之人，感念这两口济他于危难之际，便一个心眼扑在排上做买卖，凭三寸不烂之舌，去便宜采购，又高价出售，各人收入倒比先前一人干时多了许多。韩文举有了酒喝，也不操心福运在外遭人欺辱，自是高兴，也常于和尚过往之时，拦在渡口，论一番天地沧桑，人事佛界。

一日，酒又喝得过量，一个人伏在船上打盹，猛一抬头，蒙眬里看见远远的沙滩上有两只狗在站着，一只漆黑，一只雪白，头与头相近，似做语状。韩文举甚是好奇，想，狗也同人一样，有什么事在商量？仔细听时，似乎在说人话，话却嗡嗡不知所云，就叫道："哟哟——"那狗闻声，一起跳入水中，顺河下游。再看时，什么也不复见，州河面上却拉上来了一只梭子船。船头上立的是七老汉。

韩文举呐喊道："老七，怎不将那狗拦住？"

七老汉说："什么狗？狗长了胡子在船舱里喝酒哩！"

韩文举倒认真了，等梭子船停好，说："你真的没见？两只狗的，一白一黑，站在岸上好像说话，我一喊，都入水浮走了。"

七老汉捧了那装小白蛇的匣子，听罢韩文举的话，当下脸就黄了，问道："你可看得清楚？这事可不好！你都是识得字的人，你没看过《说岳全传》吗？二十年前我在白石寨听瞎子说书，说是岳飞临难之前梦见两个狗说话，去求阴阳，先生说：两狗对话，就是狱字，将有牢狱之灾。果然他后来入了牢。岳元帅那还是做梦，你却是眼见的，你怎么就眼见了这种事？！”

说得韩文举也害怕了，立即想到福运和大空的排。他在渡口上，有人了开船，无人了停船，收得每人五分钱，说说笑笑的与人不争不吵，狱里是不想去的，狱里也不可能去。福运的排上，却有大空，谁知道到什么地方去，与什么人打交道，保不定出什么事！一时六神无主，看着七老汉带着的匣子，那小白蛇爬动出来，无声地要往船边去。他就去抓了蛇，重新放入匣里，说：“老七，你没见着福运吗？他们是装了一排桐子去荆紫关的，今日也该回来了！”

七老汉说：“这我没碰见。文举，我早给你说了，要想办法让福运和大空加入到河运队来，河运队虽没多大利益可占，但船在河上都有个照应，单枪匹马的，要是有个……福运人笨，大空又不实在，要是金狗就放心了。”

韩文举说：“你不要提金狗！”

七老汉说：“不提也罢。可你看见狗说话的事千万不要再对外人说起，你与和尚好，要去那儿上香，让和尚替你禳治禳治才行。”

韩文举没了往日神气，说：“我这就去，你能不能把这河神让我们供供，福运和大空都年轻，万不敢有个什么事情……”

七老汉作难了半晌，末了说：“也好，这河神可得好好供着，他们回来，让带在排上，到白石寨了去‘平浪宫’磕头，到荆紫关了，也要去‘平浪宫’磕头，五日后我来接神好了！”

韩文举很是感激，当下跪了双手接过蛇匣子，后就到不静岗寺里，让和尚念了口诀，喷了净水，画了三个符，叮咛一张贴在福运的家门框上，一张装在福运的衣袋里，一张装在雷大空的衣袋里。末了和尚就又说：“你瞧瞧，你们尘世的灾灾难难多不多？！”韩文举说：“佛界把鬼都撵到世上来了！活人也够他娘的累，可活到这一步了，总不能一头撞在墙上死去！亏你在不静岗，日后就多点化着！”

韩文举回到家里，从河上也返回了福运和大空。他便说了原委，福运也紧张起来，说：“才和大空合伙得了甜头，可不敢有个什么绊磕。大空，咱这没伤天害理吗？”

大空说：“咱凭能力吃饭，伤什么天害什么理了？”

福运说：“那怎么韩伯就看见这号怪事了？”

大空说：“我才不信那邪哩！韩伯是喝了酒看花了眼。”

福运说：“那怎么和尚也给画符？”

大空说：“那秃驴整日鬼一样念经，倒又算卦画符！我在荆紫关见过那一类算卦的，看过他们用的书，书上是把人分为九个等别的，年月日相加除以九，余几算几等，这是把人分类了。俗话说：物以类分，人以群聚，这种把人也分成类或许还有几分道理，可这几分道理我也能知道！依我来算卦，我就看谁长得什么样，像牛你就以牛的习性谈，像鼠你就以鼠的习性谈，那也没错的，牛马猪狗老鼠长虫是动物，人也是动物嘛，一个样的！这你信不信？韩伯看见狗说话，狗当然要说话，只是狗说话人听不懂罢了，既然是狗说人话，那人也常说狗话呢，汪汪汪，这不是狗话？怎么就能诌起那是个‘狱’字？汉字里‘好’字是‘女’字和‘子’字，难道女子都是好人吗？英英和她娘好不好？‘男’字是‘田’字和‘力’字，男人就是在田地里出力的吗？田中正和巩宝山从不在田里劳动，人家不是男人？胡扯淡的！”

韩文举就骂道：“大空，你他娘的在外浪荡了几年，嘴巴比我还利了！你不信，你不信了去！福运，你是我的女婿，我要你怎么办你就怎么办，不听老人言，吃亏在眼前！”

福运不敢违抗，将那符装在了贴身口袋里。

如此一连十天，风平浪静，人排无恙。韩文举心上也渐渐松了。

到后，福运和大空从州河上游采买了两排野麻，运回来沤在渡口下的浅水坑里，直沤得发腐发臭，野麻秆子都将朽化了，小水就整日拿了棒槌于水边大石上一撮一撮捶打揉洗，捶洗得干净成纯麻丝，摊晒在岸。

一日，小水捶得热了，脱了外衣，将头发一拢儿束在后背，赤脚弯腰站在水里。后听见人喊伯伯，仰脸往渡口看，阳光五颜六色的，刺得眼睛看不清，就说：“要过河吗？我伯伯回家取个东西去了，稍等一会儿吧。”那人说：“是小水呀！”就走过来，却是田中正。田中正自发觉小水有些像陆翠翠后，每每一见到小水就勾动了一番心事，就仇恨起金狗，又反过来将仇恨转变为一种说不来的情绪来向小水说话。当下便问水里冷不冷，再问这野麻运到荆紫关是什么价？

小水说：“听福运讲，一斤三角六分的。赚钱倒是赚钱，就是要人捶洗，可费事的。”

田中正说：“这福运好会倒腾，他赚了钱到白石寨吃喝享受，让你脚腿泡在水里挨苦！”

小水说：“福运老成，他不会做那些事。”

田中正说：“福运不会，雷大空会，跟啥人学啥人，又不像河运队的互相有个监督，你小心别让他哄了你！”

小水以为都在说趣话，也不在意，一边应酬着说话，一边低头捶洗野麻团，却见水面落了一张糖纸。看田中正时，田中正口里正含一块糖，对她说：“小水，给你一块吧，这是从州城捎的，酒心糖，你尝尝，有一股酒味！”

糖丢过来，小水让不及，用手接了，却瞧见田中正一对眼儿直溜溜瞅定自己一双白腿，忙往深水处站定，说：“我牙不好，吃不得糖的！”将糖又丢回去。

田中正很遗憾地坐下来，一边看着渡口，一边说：“小水，你们家有困难吗？有困难就来给我说，我毕竟是书记，办事比福运强，你来寻我吧！”

小水迭口回应："没困难的。"头再不起抬。韩文举到渡口了，喊着开船，田中正站起才走，唱了一声花鼓，软溜溜的难听。摆渡后，韩文举来帮小水将晒着的净麻收拾到渡口的一间破席棚里，问道："田中正刚才给你说什么了？"小水说："没什么。伯伯，这批野麻卖了，我给你缝一身新衣服。"韩文举看着小水，很是感激，说："你要不说这话，我还向你要的，你要说了，我倒不要了。我穿那么好干啥，你给你买好的穿，你年轻轻的，别泼息拉海的让人笑话！"一老一少很少说过这种热肠话，当下说起家中油盐柴米，说起父女之情，眼里差不多都发潮起来。末了，小水倚在老人身边，静静在船舷上坐下，看一轮太阳在上游处坠落，铺满一河彩霞，直到夜幕降临，雾从山根处漫过来。

韩文举说："小水，伯伯是没本事的人，看见田家老少吃的穿的，伯伯就觉得对不起你。"

小水说："伯伯不必这么说，咱现在日子也好得多，只要福运这排平安无事，往后倒不比田家差的。"

不知怎么，韩文举突然想起看见两狗对话之事，心中充满无限伤感。

小水已经上了岸，说是现在没有人搭渡了，回家去歇着吧。韩文举还只是坐着想心事，小水说道："伯伯，你怎么了？"韩文举才说："没事的。"又笑笑，陪小水回去。

18

野麻在荆紫关卖了好价钱，一家人甚是高兴，此日福运从白石寨回来，已是天黑，脱衣睡在炕上了，悄悄地说："小水，你睡过来，我告诉你个好事哩！"小水说："你太乏了，睡吧！"偏不过去。福运就抱了枕头睡到这头儿，说："我给你说金狗的事哩！"小水支了耳朵，偏故意背着身子没反应。福运又说："今日在白石寨，我和大空碰着金狗啦，金狗还是那样，招呼我们到饭店里吃了一顿饭的。"小水转过身来，说："你和他吃什么饭？你掏不起钱吗？你好没出息！"福运倒生气了，说："小水你是怎么啦，还生金狗的气吗？无论怎么说，金狗是个好人哩！"小水见福运这样，去了好多顾虑之心，不觉又想起那个当年的"冤家对头"，眼里就悄然无声地流下几颗滚烫的泪水，紧紧地抱住了福运，说："你只要能理解他，我心里也高兴，他是好人，是好人，可我不愿意你再说起他。"福运说："你是怕我嫌弃你们当年的事吗？金狗和我从小长大的，他什么我不了解？上次他回村来，能到伯伯的船上去，却没到咱家来，我真生了他的气哩！"小水闷了半晌，说："他没来家好。那天夜里咱从镇上回来，王二婶就告诉我说金狗回来了，我本想去看看他的，后来也就没去，我真害怕见了面，该说些什么呀？福运，过去的事咱不提说了。"

福运说："不提说了。可他现在也真出息了，是大记者了！你知道吗，现在省城给山区贫困地方派了下乡干部，那就是金狗的一篇文章起的作用。仙游川出了这样一个人，咱脸上也光大得多！巫岭那边的山圪崂里也驻了干部，金狗招呼我和大空吃饭，就是让我们和那干部拉钩的。”

小水说：“巫岭驻了干部，这事我听说了，前几日在渡口，有一溜几十人扛着把杖到两岔镇去卖，一打问就是巫岭的人哩！”

福运说：“正是这事！巫岭人从来不会做生意，听说一直种啥吃啥，外人到那里去看见那些山货特产，要吃给吃，要拿给拿，掏钱买却不卖，说做买卖不是正经人干的，只好穷得连盐都吃不上。驻乡干部去了，先动员山里人到两岔镇集上看看，到白石寨去看看，让开开眼换换脑子，然后就组织人砍把杖到两岔镇卖的。但两岔镇能销售多少？我们到白石寨碰上金狗，说了我们没货源，金狗就让我们和巫岭驻乡干部挂钩。一谈就谈成了，让巫岭人把把杖运到渡口，运多少咱收多少，然后咱用排运到白石寨，运到荆紫关，他们赚了钱，咱也赚了钱。”

小水喜欢得坐了起来，说：“这都是真的？”

福运说：“我要说谎，让我在州河淹死了！”

小水就捂了他的嘴，骂他说二干话。然后眼睛在黑暗中闪光，自言自语道：“金狗也不亏去了报社！可他在州城干得好好的，怎么又到白石寨了？”

福运说：“我也是这么问他，他只是笑笑，说白石寨记者站是报社派下来的分社，便于了解更多情况。记者站就在西大街第二个巷子里，那地方你是熟悉的。当记者可真了不得，就是他那篇文章，把东阳县委的书记参倒，白石寨的人都议论，说记者的笔就是刀子，能杀恶人哩！”

小水说：“参倒了东阳县的那个书记，他怎地不参参白石寨的田家人？”

福运说：“我在排上也对大空这么说过，大空说，金狗为什么偏要到白石寨记者站，就是想参田家的。或许大空说的是对的！”

小水重新睡下了，闭着眼睛想了好多事，突然说：“你们和金狗吃了一顿饭，还说了什么话？”

福运说：“金狗问村里的情况，问咱家的日子。说到你，就直道对不起你，说他曾给铁匠铺去了三四封信，信都退回去了，他真想给咱们结婚时买些礼物，但他怕你伤心。”

小水说：“我伤什么心，他会能记着我？”哭腔就下来。

福运不言语了，伸出粗糙的手，把小水脸上的泪擦了。

小水说：“还说什么吗？你说呀！”

福运说：“他要我一心爱着你。这用得着他说吗？他还说，几时咱们一块去白石寨，一定到他那儿去去。你明日也搭排去一趟吧。”

小水说：“还是不去的好……他没说现在找下媳妇了没？”

福运说："他没。再问时，他就把话岔开了。"

小水说："他不小了，他要拖到什么时候呢？"就将头贴在福运的胸膛上，长久地睁大着眼睛。

夫妇话说到半夜，方沉沉睡去。第二天一早，就起身去了渡口，等待巫岭送把杖的人来。到了饭辰，一溜二十人的巫岭山民将把杖运来，这些人衣衫破旧，一脸憨相，每人扛了桶粗的一捆把杖，那身上的衣服就全被汗浸湿了。一根把杖两角五分钱，现交现开款，山民们眉开眼笑，立在那里用指头蘸着唾沫点数，随后就将脚上磨得没底的草鞋扔掉，搭韩文举的船去镇上买新鞋新衣，称盐打油。直到逛完镇子返回，许多人脚上穿了胶质雨鞋，韩文举就说："你们山里人真是有趣，怎么买这种鞋穿，那脚不烧吗？"

雨鞋确实又沤又烧，就有人在鞋壳灌了水，抬脚动步，咕咕直响，说："这鞋好啊！天晴能穿，下雨也能穿，只要你们肯收把杖，等过半年了，我们也要买了牛皮鞋来穿的！"洋洋得意地走了。

雷大空看着这些远去的巫岭人，说："韩伯，这些山里人穿胶质雨鞋，也真是看着漂，穿着烧，走一走了用水浇！他们没见过大世面哩！"

韩文举说："瞧这些人也够心酸，咱说咱穷，比比这些人咱还要知福哩！山里人到底差池，这么穷也不学着做做生意，现在才睡醒了！"

大空说："这全是驻乡干部去了才组织的。这样一来，他们富了，咱把这把杖运到白石寨、荆紫关一卖，咱也要赚它一把钱！"

韩文举说："大空，这笔生意做得好哩，这是怎么联系的？"

大空说："金狗联系的，他眼宽，信息灵通，帮了大忙哩！"

韩文举不听则已，听了就又骂起金狗，还骂到画匠矮子，说再穷，也不该求到他门下。大空说："韩伯现在还恨金狗吗？他又不是田中正的女婿，你恨他个没道理！"

韩文举说："他坑害过我的小水。"

大空就说："韩伯是小心眼！你是不满意福运吗，福运把酒没给你供上吗？话说回来，金狗就是你的仇人，但他能帮着咱赚钱，咱就认他哩，你嫌钱多了扎手吗？"

韩文举也便笑了，说道："大空，人说我这张嘴是铁嘴，你怕还是钢嘴哩！你见了金狗，你就翻弄是非去，说我骂他了，我不怕他！"

大空就说："你能说大话，怎么又怕了？原来韩伯是嘴硬尻子松！"

这批把杖贩卖之后，落了一笔钱，接着又贩运了几趟，小水就筹划着用钱项目，乡税务所就来人收去了一笔税费，接着，村长又来收了民办教师开支费，村干部补贴费，群众赞助办学费。福运生气了，说："天爷，一个萝卜两头切，我这能挣得几个钱，三打五除二这不是全完了？！"乡上人说："你怎地说这话？赞助办学，这是社会福利事业！"福运说："民办教师养活了，办学也要钱，我连个孩子也没有，哪谈得上上学？

既是赞助，哪能挨家挨户收的？”乡上人也生了气：“外边有的万元户，一家就给学校几万元的，人家也知道用钱买后路，你连个退步都不留？！”福运说：“我哪儿是个万元户，你封我的万元户吗？”话说得都走了火，小水就把福运拉开，笑脸给乡上人赔话，末了还留着做饭待人家吃。

开支越来越多，福运和大空就日夜忙累，但是，巫岭的把杖队却再不将把杖运到渡口来，而河运队则接连几天在贩运把杖。大空一打问，原来河运队的蔡大安和田一申见福运他们有了便宜货源，故意加卡，暗中与巫岭山民定了合同，在不静岗后的一个村子里设了收购站，这批山民一是信得过集体组织，二是少跑了路程，就再不卖给福运、大空了。福运和大空气得嗷嗷直叫，将原价两角五分一根的把杖提高到一根两角七分，巫岭人的把杖就又卖给福运、大空了。

把杖排下河去荆紫关的时候，大空瞧见岸头上站着田一申，故意大呼小叫，在排头喊：“开排了——”福运在排后没接应，大空说：“你怎么不应？”福运说：“大空，田一申正气着哩，咱太张狂，他就会出坏点子治咱的。”大空说：“他怎么治？他敢再提到三角钱一根吗，河运队的船工对他抢咱的饭碗早有意见，他要提价，那船工就会造他的反哩！咱专门气他，气他得个鼓症！”于是，大空又在排头喊一声：“开排了——”福运也就在排后应一声：“开排了——”接着两人合声呼开排号子，呼得有高低缓急，有板有眼。

田一申和蔡大安将这事汇报给了田中正，田中正听说这生意根源又是金狗联系的，气得七窍生烟，骂道：“全怪我大意失了荆州，使金狗鲤鱼跳龙门，现在是成心回来和我作对了嘛！”

田一申说：“他们揽了货源就让他们揽了去吧，咱重找门路！”

田中正说：“你还能找到什么门路？”

田一申说：“实在不行，河运队散了他娘的伙了去！咱办了一场，咱也够啦！”

田中正说：“你说的屁话！你把钱挣够了，你现在叫散伙，船工一怒起来，吃不了会让你兜着！县上一直靠咱这个河运队赢人哩，散伙了怎么给县委交代？我把河运队的经验材料呈报给县委，县委准备还要在这乡开现场会的，你敢解散？！”

田一申说：“要开现场会，可咱河运队寻不到好的货源，收入不大，现场会怎么向代表们谈？”

田中正说：“现在无论如何要把收入搞上去，你两个好好想些办法！”

田中正训斥之后，田一申和蔡大安愁了一晚上，喝了一瓶酒，也没想出个绝法来，倒让酒喝得都醉了。第二天一早，田中正差人来叫他们去乡政府，两个人还在田一申家醉得没睡醒，喊起来，便忙用指头抠喉咙吐了一堆污秽后，紧紧张张去了乡政府。田中正一见面问有什么新法子，两人张口结舌，田中正却笑着说：“我知道你两个不顶事！夜里我倒想了个主意，不愁咱不赚钱，也不愁把福运、大空的货源卡断！”便如此这般说了一通，田蔡二人便眉飞色舞分头去执行了。

三天后，两岔镇逢集，巫岭人来镇上却再没有扛着把杖，而是成伙结队扛了木头来卖。田一申和蔡大安就声明乡政府要盖几排房子而将木头全部收购。自那以后，巫岭人三天五天都扛了木头交给了乡政府，乡政府的大院里就堆积了好大一堆木头。福运和大空觉得蹊跷，不明白乡政府要盖什么房子需这么多的木头？拦住巫岭人要求再运把杖时，巫岭人说："扛一根木头要顶扛三四次把杖的啊！"福运和大空也无可奈何！这一日韩文举来说河运队将几船木头顺河运下去了。大空叫道："这狗日的田中正又在卡咱了，他是在搞木材贩卖啊！他们能贩卖木材，咱也贩卖，犯法咱和他姓田的一块犯！"韩文举说："这可使不得！我打问过七老汉了，贩卖木材白石寨渡口是设检查的，可成批买的单位，没有证明却是不敢干的。河运队带的是乡政府的证明，你能搞到吗？"

福运和大空束手无策，连声叫苦，老少三人又只是不歇气地骂田中正。小水说："骂顶什么用？他们这是违犯国家政策的事，咱不发那邪财，也不能让他们就这样胡来，你们去找找金狗，他是记者，听听他的主意！"

福运和大空连夜搭排就去了白石寨。

金狗已经知道白石寨县委准备在两岔乡开现场会的事。又气又急又不好出面干涉，听了河运队贩卖木材的消息后，倒轻轻松松地笑了几声。大空说："怎么样？你以你记者的名义告他姓田的一状！"金狗却说："事情我知道了，你们回去吧，该干啥就干啥！"大空说："还有什么可运的？回去只有扎柴排了！"金狗说："那我写个条，你们到寨西门口的第二旅社去找一位姓张的，他是州河口市的采购员，前日来找我打问经济信息，说他采购了一批瓷货，愁着运不回去。你们能不能运？那可是易碎物品！"大空说："瓷货有啥了不起？金子银子都敢运的！"金狗就笑着说："我知道你会说这话，可千万要小心，这一来一去就得六天，回来了一定再到我这里来，我招待你俩看一场花鼓戏！"大空说："那田中正贩木材的事就放下了？你要把他这次治住了，我雷大空招待你看戏！"金狗也就笑着说："那好，福运你便是证人了！"

福运和大空走后，金狗就往白石寨工商管理局去了。接待他的正好是一位年轻局长，看过金狗的记者证后，十分热情，询问金狗到局里来不知有什么事情。金狗就说他已经了解到新局长上任后工作起色很大，有心来采访写个报道。这位局长谦虚之后，就召集了几个基层干部一起向金狗谈了工商管理局的工作，金狗详细做了笔记，末了问道："你们的工作确实不错，这里边有许多经验是值得推广的。现在市场繁荣、商品经济流通，一河水都开了是大好事，但相应地来说你们的工作量就成倍地加大了，对于一些民办企业你们是怎样管理的呢？"局长说："这一点我们是抓得很紧的，譬如说，以前是国家统一收购山货，那太死，现在政策放活，支持农民做生意，有些农民活动范围很小，我们主动为他们提供信息。但对于其中偷税漏税违反政策的不法行为却要严加管制，不能心慈手软。”金狗说：“太好了，这就得加强市场管理了！”局长说：“仅仅在市场管理那还不行的，就说木材吧，政策允许农民在一定范围的市场上买卖，但绝不允许木材自由出境，县上设了几个卡子，来往车辆都要检查，但有些人三更半夜偷着往出运，我们就和木材公司搞配合，各个卡子昼夜值班。”金狗就问：“县上的卡子都设在哪儿？”局长列举了几个地名，金狗疑问道：“这些卡子都在公路上，水路上没有吗？”局长问手下那几个人，都说水路上没有，金狗说：“据我所知，州河这几年水运恢复了，你们是否建议县上能成立个水运公司，在一些主要渡口上也应有个检查站什么的。前几日有群众到记者站来，检举这几日有船在贩卖木材，也不知他们有没有出境手续？”那位局长立即和他的部下面面相觑起来，接着就骂起那些人太诡，又直怨他们竟把这些疏忽了。局长说：“记者真是了解情况多！给我们这么一提醒，我们真是脸红！我们得马上派人到寨城南门外渡口去，如果真有人敢运木材就全部扣下来，对于水路的管理，我们还得研究出一套具体方案的。记者同志，这事如何解决，我们会给你个满意答复的，也希望你能常来我们这里多指导啊！”金狗就笑着说，他是还要来的，因为他要正面写一个报道，还得局领导审查盖章嘛！

离开工商管理局后，金狗就直接到车站购买去巫岭乡的班车票。从白石寨到巫岭乡路程并不遥远，但交通极不方便，一条简易公路常常塌方，且一星期只有星期六这天通班车。金狗在车站发觉当日没有班车，就又赶到运输公司，找着经理，说明了身份，要求能不能有便车将他捎到巫岭乡去。恰好有一辆卡车去巫岭运一批化肥，金狗就搭坐上颠颠簸簸了三个小时。限天黑前赶到了巫岭乡政府。驻乡干部都在乡政府住着，金狗见了那位认识的干部，就询问起巫岭乡现在的变化。这干部十分激动，讲了好多事例，当金狗再问起还有什么困难的时候，这位干部就将金狗叫到自己的宿舍里说：“深山圪崂里的人以前不知道出外做买卖，如今尝到甜头了，却也有人就胡来开了。现在我们驻乡干部和乡政府领导在一些看法上持不同意见，今天就整整开了一天会的。”

金狗说：“原先你们组织农民向山外贩卖把杖，怎么后来就不卖把杖了，都去卖木头？！”

干部说：“正是为这件事我们才开会的！外边也有反映了？”

金狗说：“可不，连我都知道了！”

干部说：“卖起把杖以后，山里人的热情很高，但后来听说两岔乡来了人要收木头，木头价当然比把杖高得多，一人去卖了，十人二十人就跟着看样！结果各家都在砍伐自己的山林，自己的山林当然自己可以砍伐，但都像剃头发一样往过砍，这还了得？乡政府领导极力想把巫岭贫穷帽子甩掉，也不制止，只规定不准砍伐集体山林。可山民砍红了眼，砍了自己的山林就偷集体的，现在集体山林被偷砍了许多。这样下去，可就是得了眼前利，误了长远大事啊！我们驻乡干部已经商定好，坚决得制止住，乡政府领导若还无动于衷，我们就要向上级报告啦！”

金狗说：“我协助你们一块来制止！你是否给我写个材料，将砍伐的树木数字统计一下？”

第二天，这位干部就和金狗到每一个村庄去检查，结果农民自家的山林砍伐了八百棵，集体山林偷砍了三百棵，砍伐的树木相当一部分已扛到两岔镇卖了，还有一部分农民正在剥皮、截节，竟有两户人家的三个人在半夜偷砍集体山林时从悬崖上跌下来，一个摔断了腿，两个头破血流，躺在炕上不能起来了。金狗拿到了数字后，当天就又搭便车返回到白石寨，连夜加班写好一份正面报道工商管理局的新闻稿。天露明就红着眼睛到了该局去找局长。

局长一见金狗，就嚷道是不是病了，怎么眼睛红成这样？金狗将新闻稿让他看了，说是连夜写的，局长很是感激，就说了金狗所提供的线索十分准确，他们两天两夜来果然在渡口上查出了七船木材，都是两岔乡河运队干的，现已全部扣压，研究处理办法。金狗兴奋得差不多要叫起来，请他把这些情况写下来，然后就要求局长在那份新闻稿上盖章，说是要尽快发往《州城日报》的。

这局长却不好意思了，说：“我们工作还是有失误啊，你这么写，会不会……”

金狗说：“有一点失误谁也难免啊！咱现在不提这件事，只是正面报道，也是促进工作嘛，再说你们不是已经加强了河运方面的管理了吗？”

局长便盖了章，一直把金狗送到大街上。

金狗拿到了两份材料，就写了一个内参，题目是：《白石寨巫岭乡树木砍伐严重，两岔乡河运队贩卖木材》，然后就附了具体材料，去找县委书记田有善了。

一进书记办公室，县服装厂的一位师傅正用皮尺丈量田有善的腰围。田有善见是金狗，就叫道：“金狗来了，快坐快坐！”

金狗说：“田书记要做新衣服了吗？”

田有善说：“瞧我这肚子，商店从没有卖我穿的衣服，我只好这么定购了！”

那师傅说：“书记这肚子大，穿西服才有风度的，做好了你一定会满意的！”

金狗就笑着说：“田书记也开始穿西装了？”

田有善说：“老了老了赶个时兴吧，现在中央领导都穿了西服，中山服咋着他不顺眼了！金狗，你也做一身，师傅在这儿，给你量量吧！”

金狗说：“没你那大肚子，穿着没风度的，即使要穿商店里也能买到的。”

田有善就说：“我原本是不想做这一身的，可老婆不行嘛！她唠叨说出外开会，嫌我太寒酸。这也是！师傅，这衣服十天内一定得做好啊，要赶上在两岔镇开现场会时穿的！”

金狗说：“要在两岔镇开现场会，是给河运队开的吗？那田书记穿这身回去，也真算得上是‘衣锦还乡’了！”

田有善就嘎嘎嘎笑起来，说："金狗真是记者，出口成章！"

尺码丈量完毕，服装厂的师傅就走了。田有善沏了茶给金狗说："多少日子不见你面了，你怎不到家里来呢？你没成家，想吃什么东西了，就来我家去让你婶婶给你做嘛！"

金狗就笑着说他一定去的，且说了几句谢呈话。

田有善就说："开现场会的事你知道了吧？你最近回仙游川去了没有，那河运队成立一两年来，搞得相当不错嘛！现在看来，改革是一种大势，党心所向，民心所向。中国的老百姓好啊，他们需要改革，群众一起来，改革能不能完成，这关键就看我们的干部了！两岔乡的田中正，有没有毛病？有。他工作方法不好，对他有意见的人也不少，可他可贵的一点是能打开局面，思想又敏锐，现在正需要这种开拓型的人才嘛！河运队他一手抓起来，抓起来又坚持办下去，现在收益很大。这是一个组织农民致富的好典型，县委一直想开个现场会，我都压住了，说：让它再发展发展，拿出来就要拿出个拳头来！现在它真的成熟了！你是咱两岔乡人，现在是记者，就要好好给咱宣传哩！"

金狗一直静静地听他讲，讲完了，就笑着说："河运队组建的时候，情况我是知道的，后来去了州城，就不大了解了。如果真是书记说的那样，我是义不容辞要宣传的。"

田有善就拍着金狗的肩头说："金狗行，金狗行，两岔乡出了你这个秀才，光荣啊！你今日来，还有什么事吗？"

金狗说："我写了个内参，想请你审一审？"

田有善说："什么内参？"

金狗就将内参和附着的材料交给了田有善，田有善看了题目，脸上就没了笑容，忙从口袋取了眼镜戴上看了一遍，阴着脸说："金狗，你写的这都是真的？"

金狗说："后边有两份材料，你看看。这是他们把材料寄给我的，我看了也吃了一惊，也去那里核实了一下，事实确实如此！他们要求我写批评文章在报纸上发表，说我要不写，他们就将材料寄给报社去！我只好写个内参，写内参可以消除社会影响。可写了，毕竟上级领导要看的，我又怕有个意外，就让你先审审。"

田有善阴沉的脸慢慢有些活泛，说："金狗呀，你这想法是对的。这巫岭怎么能这样乱砍滥伐，河运队也是昏了，他们不知道贩卖木材是不符合政策的吗？"

金狗就说道："书记你点个头，这内参能不能发？"

田有善就抬起头来看着金狗，他突然说："你说呢？你要发就发，要不发也可以不发的。"

金狗说："我想县上能妥善处理的话，最好不要发。你的意见是……"

田有善说："那就这样吧，你先回去，我了解一下情况，真是这样，县上一定严肃处理。明天我给你见话吧！”

当天下午，田有善给田中正打了电话，询问这事的真假，田中正因木材被扣，正好拉着哭腔让田有善出面干预一下工商管理局。田有善不听则已，一听勃然大怒，将田中正臭骂了一通，便把电话摔下了。

第二天他把金狗叫来，说：“你写的确实都是事实，这太不像话了，县委正研究处理方案。河运队出这样的事，是一些船工私自搞的，他们瞒哄了田中正，田中正在电话中气得拳头都在桌上咚咚地擂。”

金狗说：“噢，这些船工真是一只老鼠害了一锅汤，现在木材船在渡口上一扣，全寨城人都知道了，这不是影响得连现场会也开不成了吗？”

田有善生气道：“事情坏就坏在这里，现场会一时开不了，你再把内参写上去，还不知该怎么向上级交代呀！金狗，县上工作难搞呀，当个七品芝麻官，你就有操不尽的心，受不完的累！”

金狗到了此时，终于说：“田书记，那这个内参我就不发了。咱也不留什么底儿，当场烧了去，你知道我知道就是！”

田有善立即就把那份内参稿拿出来，金狗用打火机点着烧了。

出了县委大院，金狗一下子心松起来，觉得身子飘忽忽的，走在街上，又似乎觉得迎面过来的行人都看着他笑，就极想喝酒，顺脚踅进一家酒馆去，将一张十元钱的票子在柜台上一摞，说：“来上半斤酒，切一盘猪肝子吧！”

但没喝到二两，他就醉趴在桌子上了。

到了第六天，福运和大空果然从州河口市返回来，雷大空就掏钱招待了三人看了一场花鼓戏，戏名是《刘海戏金蟾》，雷大空一边看一边低声说：“金狗，我这下真把你服了，要是在梁山泊，你就是宋江，我只是李逵，要是在戏里，你就是元帅，我只是先锋！这下看他田中正还有什么猴耍？”

金狗说：“田中正是条毒虫，他知道内情后是不肯甘休的。他要以河运队作为往上爬的梯子，咱们不妨给他个釜底抽薪，你们回去全力把排撑好，河运队那边这次一罚款，人心一乱，说不定好多人又要来和你们合伙了！”

果然正是如此，河运队的木材船被扣以后，最后县委没给以什么处分，但被工商管理局重重罚了款，船工们就人心浮动，有几户退了出来加入了福运的排上。田中正一气之下，甩手再不管河运队的事，一连半月内只是去打猎。打猎可以疯狂人心，田中正在深山梢林里大喊大叫，野得眼睛都红了，竟端枪把一只放牧的羊当做野羊连打了七枪！

打猎回来，他一下子却极度颓废下来，也不开会，连报纸也懒得去看，整日在镇上、村上转悠，竟偷偷到陆翠翠的坟上去了几次。

此日，小水独自在家坐着，门口的狗一个劲地叫。出来看时，狗咬得田中正挪不开步。小水喝退了狗。田中正紧张得出了一头汗，尴尬地说："这瞎狗真是不识好人！小水，福运在家吗？"

小水说："田书记家里坐吧，福运下河去了，你找他有事吗？"

田中正说："福运这憨人憨福啊，撑了船运气倒好，近一个时期把钱挣了吧？"

小水说："他就是舍得出气力！"

福运走后，小水就安装了织布机，坐上去，踏动云板，来回梭子，将布机摆弄得哐哐作响，头一天就织出一丈五尺。第二天又织出一丈八尺。第三天中午，伯伯吃了饭又去了渡口，小水将锅碗泡着未洗，就又上了布机。西斜的阳光正睡在门道，刺得眼睛看不清布面，小水就把布机移了方向，一面让微风悠悠吹进来，一面想着州河里行船的福运，一面想着白石寨的金狗，不知道福运去了金狗那里没有，手脚就慢下来，梭子掉到地上了。

小水弯了腰去捡梭子，有人却从后边抱住了她，气力很大，是把她端起来的。小水就说："你疯了，大天白日的！"抱她的却并不说话，径往炕边去。小水便骂道："撑了一天排，还不累吗？不是说四天才回来？放下，急死了你！"回转头来，小水一下子惊呆了，抱她的是田中正！就变脸骂道："你，你这是干啥，你枉当了个书记！"

田中正说："福运那呆子不在，我还不该来吗？你骂得好，书记也是人呀！"就将小水拥倒在炕，那一张嘴在小水的脸上咬。

小水一把把他的脸抓破了。田中正松了手，在屋角找了些鸡绒毛粘在破伤上，却还不走，说："小水，你别正经，我已经听英英说过了，你没和福运结婚前，就和金狗有过这事。你什么世事没见过？能和一个人，就不能和第二个第三个？你跟了他福运，使他已经知福了，你还怕他吗？"

小水气得浑身打抖，站在板柜前，手里抓了一个瓦罐，说："你别胡说八道，我小水和你侄女英英是同学，年纪差不多，你这样做心里不亏吗？你给我出去，永不要进我家门，我小水念你是有皮有脸的人，这口气也就忍了，你要敢近来，我这罐子就甩过去，你要不怕丢你的书记，我也就不要我这小命了！"双眉竖起，威武不可侵犯。

田中正当下噎住了，笑道："小水，你别这样唬我，你这样的女人我也见得多了！好吧，我田中正也不是小年轻强着来，那也没意思。你好好想想，我晚上再来吧，说句口大的话，今日不行，有明日，明日不行有后日，只要是我田中正管辖的地方，没有我看上的女人不让她服服帖帖的。"掏出十元钱，放在布机上走了。

田中正一走，小水周身发软，坐在了柜前的地上，后怕得头皮发酥发麻，无声的眼泪就一颗一颗掉下来。后来，狗从村外游转回来，一进门偎在她身边讨好，她突然举拳就打，骂道："你死到哪儿去了？该你在家时你不在家！我养你光能吃饭吗？！"狗挨了打，莫名其妙，躲在屋角嗷嗷地叫。

天黄昏，伯伯回来吃饭了，瞧见小水惶恐的神色，问是怎么啦？小水面对着老人，欲言又止，想：这事怎么给他说呢？再说，他田中正是人，我也是人，只要我拒不同意，他总不能拿刀杀了剐了我，就是他动武，一个人对付一个人，我小水也不是软作人！就对伯伯说："没事，你夜里还去渡口吗？"韩文举说："去渡口。"小水就说："福运走时是说四天后回来吗？"韩文举说："说的是四天。布织得多少了？"小水说："织了五丈多。伯伯，福运不在，你夜里不离渡口，你就自己经管自己，没人摆渡了，你少喝两盅酒就歇下，莫要醉倒了没人知晓，或者醉沉了，岸上有人要搭船叫不应，让人家骂你。"意思是要韩文举夜里注意点，她这边一旦有了什么，呐喊也可听见。吃毕饭送伯伯下河去了。

韩文举一走，小水见天并不漆黑，进门就将狗用绳子拴在门外台阶上，让它好好厮守，再关了门，下了横杠，横杠下又顶了烧炕棍，方上炕去睡。却怎么也睡不着，心里忐忑不宁，支了耳朵听外边动静。后来听得不静岗方向有了沉沉的钟声，和尚是该做晚课了，几声挺长的牛的叫声，谁家的女人在呐喊玩要的儿子，骂着："天黑了，还死在外边不睡觉吗？"接着一切就静下来，有老鼠在梁上跑动，咬得吱吱地响。突然就有了脚步声，一直到了门口，狗叫了一声，却再无声息，门环就摇动了。"小水，开门，这么早就睡下了？"

小水听得出来，敲门的是福运。福运回来啦！她忽地跳下炕，声颤着问："福运，是福运吗？"

福运在门外说："是我，我的声也听不出来吗？"

小水一开门，一下子扑在福运怀里，激动得又搂又抱。极端的热情，使福运很是高兴，也用嘴上硬胡子扎她的脸，却有些纳闷，说："你今日怎么啦，三天不见就想得这样？快松开手，大空一会儿就来了！"

小水脸色涨得通红，问："你不是说四天吗，怎么就回来了，有什么预兆吗？你回来得真好，你怎么就回来了？！"

福运说："你怎么啦，小水，有什么事了？"

小水忽儿眼泪汪汪，又扑在福运怀里连打带搡，只是爱怜不够，说她今日才觉得男人的重要，再笨再呆的男人，只要在家，女人就有了依靠，有了主心骨。竟要福运答应她，以后不要去撑排了，在家守着她。

福运就笑了："不撑排干什么呀？老夫老妻的了……"

小水就将白天发生的事说给福运，福运不听还罢了，听了粗声吼道："田中正，我 × 你娘的，兔子都不吃窝边草，你敢在村里要骚！"

恰这时雷大空进门，听说了，也骂了个田中正人经八辈。小水说："好了，你们都回来了，我就什么也不怕了，让他田中正来吧，看他还敢对我说什么？"

福运说："来了都不理，茶水也不给他倒，让他自己脸上发烧去！"

大空说：“这倒便宜他了！这号人吃硬不吃软，咱不治治他，他不在咱家干坏事，也会害别人的！”

小水问：“你有啥办法？”

大空如此这般说了一通。

约摸过了半晌，门外的狗又咬起来，福运和大空交换了眼色，闪到板柜后去，就听见田中正在门外说：“咬什么，给你个包子吃吃。”后就来敲门。小水问：“谁呀？”田中正说：“是我，你开开门。”小水去将门开了，田中正笑吟吟说：“我还以为你不开门的。你这门一开，我就知道你是有五成同意了，怎么样？那十元钱收了吗？”小水说：“钱在桌子上。”桌子上是一把剪刀立扎着那一张钱票。田中正过去将剪刀拔了，直直地盯着小水说下流话，小水痛骂，他只是说：“你骂吧，骂过一回，过后你还要想我的！”就扑过来，和小水纠缠一团。突然一声响动，板柜后跳出福运和大空，冷冷地在说：“田书记，你这怕不像个书记吧！”田中正当即呆在那里，石刻木雕一般。福运一巴掌将他扇翻，血从口鼻里流出来，再要扇第二下时，气愤使他没了力气。雷大空说：“福运哥，你坐下，让我教训这流氓！”就一把将田中正抓起来，喝问：“你这个不要脸的骚叫驴，你以为你是书记，谁的老婆你都敢欺负吗？今日不收拾你，就把你这毛病更惯坏了！”田中正面无血色，开始求饶。大空说：“那你说怎么办？”田中正说：“你们要啥，我给啥，提什么要求，我都答应。”大空说：“我要你个鼻子！”拿了一把剃头刀子就来要削。田中正说：“大空，这让我怎么见人啊，这不是要我的命吗？”大空说：“那就剁你一个指头，把手伸出来，你看剁哪个！”又将切菜刀啪地按在桌上。田中正又是磕头又是作揖，说他毕竟是乡书记，他要在会上讲话，怎么能手伸出来是四个指头呢？大空就说：“给你当官的留一点面子吧，叫你指手却不能让你画脚，那就剁一个脚指头！必剁不可，剁了你的脚指头，你就会记住还敢不敢再往别人的女人那儿跑！”拉过脚来，一刀就剁下一节小拇指头。

放田中正走后，福运和小水却紧张了，说：“大空，这一下，咱是没犯法吧？”

大空说：“这犯啥法？他田中正跑到你家来的，又不是咱上了他的家，咱是自卫反击！没事的，你们睡吧，我该回去了，明早我来叫你，咱再到襄樊走一趟，搂他几百元去！”就将地上那节血淋淋的断趾捡了，用树叶包好，装在口袋走了。

大空从村里出来，并没有回去睡觉，他显得十分兴奋， 俨然干了一件极开心的正义事，就径直到了渡口，一上船喊韩伯拿酒来喝。韩文举一边骂道：“我这酒有一半叫你喝了，你是我的干儿子？！”一边还是取了酒。大空说：“我替你家除了害，这酒不是我讨喝，是你要敬喝！”韩文举在马灯光下，见大空一脸激动，块块肉都胀凸起来，也问：“你替我家除害？我家里有的是猫，用不着你那些假鼠药！”雷大空就说：“韩伯，我把田中正脚上的小拇指头剁了！”韩文举哈哈大笑道：“那你英雄，剁了他的头才是！你割了那两个耳朵，我可以给咱做下酒菜！”雷大空就从口袋掏出那断趾放在桌三天过去了，五天过去了，仙游川里一切如故。小水和福运对韩文举说："怪了的，他们见不得人似的，他能声张吗？"韩文举还是忧心忡忡。

第八天，福运和大空撑排到了白石寨，寨城南门外的渡口上黑压压泊了许多船只。这些船全从荆子关运了火纸到货栈的，船工们差不多去了寨城游玩，七老汉则一边提了水用刷子洗船板，一边和靠边一条船上的人说笑："你就不要羞那个样！你又不是没见过女人，结婚（东胜呀，你不是干那号的人），了七年，两个娃娃都有了，明日就回家去，你还挨不到时候吗？你女人要你出一次船，回去给娃娃扯几身布料。你哄你，十块钱没了，连个毛儿还没见！"

叫东胜的是两岔镇上的，五黄肌瘦，只是嘿嘿一嘴白沫，说："我几时了非揍那房主不可！她指望为了多挣钱，就这样欺负！"

七老汉说："要是雷大空，房主他敢这样？你又瘦又小，人家一看就不是个老手，欺负了你，你又打得过人家？"

大空问："谁欺负东胜了？"

上，血淋淋的一节骨肉，说："你倒不信，你瞧瞧这是什么？"韩文举叭的一声，酒壶从手里滑落，急叫："你真的剁了他的脚指头！"雷大空更得意了，叙说前因后果，韩文举脸色寡着白纸，叫苦道："不得了了！你们闯下祸了！"丢下大空，自己跌跌撞撞就上岸进村，径直到田家大院去。

田家大院有狗在咬，门却坚闭不开，韩文举敲了一会儿门，里边毫无答应，隔门缝往里瞧，有人影从堂屋出进，果真是出事的迹象，双腿发软瘫在那里半晌，再也不得出声一句。夜半回来，船上已走了雷大空。他无论如何不能入睡，黎明时分，隐隐约约听见水响，朦胧里看见渡口下的河里有人弄船，接着几个人影抬了什么在船上。他问一句："这是谁呀，这么早开船呀？"并无接应，那船就泊泊泊开走了，只看见岸上站有一人，极胖的样子，像是田中正的妇人。心里就说：田中正是到白石寨看脚伤去了，人家不理睬他，是不愿意再见他，也不让走漏风声的。

19

三天过去了，五天过去了，仙游川里一切如故。小水和福运对韩文举说："没事的，他做了见不得人的事，他敢声张吗？"韩文举还是忧心忡忡。

第八天，福运和大空撑排到了白石寨，寨城南门外的渡口上黑压压泊了许多船只。这些船是从荆紫关运了火纸到货栈的，船工们差不多去了寨城游逛，七老汉则一边提了水用刷子洗船板，一边和旁边一条船上的人说笑："东胜呀，你不是干那事的人，你就不要逞那个能！你又不是没见过女人，结婚了七年，两个娃娃都有了，明日就回家去，你还扛不到时候吗？你女人要你出一次船，回去给娃娃扯几身布料，你瞧你，十块钱没了，连个毛儿还没见！"

叫东胜的是两岔镇上的，面黄肌瘦，只气得一嘴白沫，说："我几时了非揍那房主不可！他娘的为了多挣钱，就这样欺负人！"

七老汉说："要是雷大空，房主他敢这样？你又瘦又小，人家一看就不是个老手，欺负了你，你又打得过人家？"

大空问："谁欺负东胜了？"

七老汉就笑作一团，说是东胜看见别人领了女人到寨城西门口外一家去玩，他也勾搭了一个，掏了五元。到了那家，房主要房价又是五元，东胜才和那女人进去五分钟，裤子刚刚脱下，房主在门外喊：快跑！公安局的来啦！吓得东胜和那女人从后窗跳出逃了。过后一打听，压根没公安局人来，是那房主使鬼，故意捉弄，这样可以加快挣钱次数。东胜气得去找房主，房主说：那你领那女人，重来嘛！女人早跑了，东胜到哪儿去找？回来在船上心疼他的十元钱哩！大空听了，心里又好笑又可气，骂一阵东胜不会花钱不会摆治女人，"活什么人呢？！"就让领他去向房主讨钱。

七老汉拦住了，说："事情没成，也没可气的，那过路女人有什么味道。你看人家石疙瘩，交就交个相好的，来了就到家里去，铺毡的盖棉的，不花钱还管吃管喝，那小子才是有本事！"

东胜说："他还不是用钱养了那寡妇！"

七老汉说："可寡妇待人家真哩！我几次船到这里，寡妇还在问：'疙瘩怎地没来，疙瘩找了老婆了吗？'"

福运问："哪个疙瘩，是镇上的吗？"

七老汉说："茶铺湾的，他只撑柴排，就是右脸上有一块青记的。"

便直起腰，冲着岸上那一个石柱上的小屋子里喊："石疙瘩！乌面兽！你还没个够数吗？现在河运可有了管委会，来收税了，还不快点下来！"

果真小屋子的窗口里探出一个人头来，眉目粗糙，右脸上好大一块青皮。回应道："七叔，我就下来的，一杯好茶才泡上，我喝了就来！"一会儿下来，眼皮胀胀的。

七老汉说："乌面兽，你真会享福，怕睡过晌了，还让我喊叫你！你别以为那上面软绵绵的，那可是比撑船过滩劳人哩，只是你不觉得。"

乌面兽说："去了就走不了，她哭哭啼啼的，你让我怎么办？"

另外船上的东胜不能不十分忌妒了，说："石疙瘩你那么个嘴脸，倒能有个寡妇为你哭啼，你好艳福！"

石疙瘩也得意了，说："她真的待我好，一心让我娶了她，我正作难！你们喝过茶吗，那儿有云南沱茶，熬了好提神，我让她扔一块下来！"便荡了排到那小屋近处，一声呼哨，窗口真的趴一个女人，三十出头，脸面十分洁净。大空也惊叹这么个俊俏寡妇倒能一心在乌面兽身上。那寡妇和石疙瘩说话，扔下一块纸裹的沱茶，末了说："疙瘩，把衣服穿好，别着了凉，你不知道风要渗进你骨头里吗？"

沱茶在一只壶里熬着，好多船上的人都集了来。这些人全是从寨城采买毕的，一趟船挣了钱，差不多又都花销了。他们议论得最多的，是寨城里货物的价格。"×他娘的，什么都涨了价，就是老子的个子不长！地位不长！咱们河运队要说赚钱也真赚钱，拿到咱手的又是几成呢？田一申经管货栈，怎么又多了几个采购员，还那么几个女的？蔡大安做信贷，又做队长，一个国家干部得双料钱，亏他一天趾高气扬的，又喂了一条狼狗！我几时吆那条狗来勒死了，咱们吃狗肉！"

七老汉说："有个河运队还是比没个河运队好，咱撑船的就只管撑船。要我着气的是咱出了力，好名儿全让田中正他们领导占去！听寨城人讲，论县上强硬的乡政府，还数田中正，说他是组织农民致富的典型，怕要往上提一提了！×他娘的，提谁降谁与咱无事，只是巩家往后越发势败了。"

一个说："田家的官都是七品以下的，巩家的势力在州城里，听说白石寨的工作在州里却排不到前边去。"

东胜说："你管球人家哩！福运，你近日见着金狗了吗，他能让上边领导注意到扶助贫困户的事，可他知道不知道倒让田中正成了扶贫致富的英雄？"

福运说："你知道不知道，县上为什么没有开成现场会？你瞧着吧，恶有恶报，善有善报，他田中正也不会太张狂了！"他想起整治田中正的事，突然充满了一种豪气，忍不住要说出那一晚的经过。

大空用脚把福运的腿踢了一下，福运也就改了口说："金狗本来是可以当河运队队长的，可你们都不争着要求，他现在走了，做了记者，是不能具体管到河运队的。田中正让我和大空也到河运队，若是现在这个样子，我们不去，要去，依我说得让大空当个队长！大空，你将来成事了，就提拔咱这杂姓吧！"

大空笑而不答。

七老汉说："大空你这样子，好像真的将来要做官？你也球不顶的，你没根没基，说话只是直来，比金狗还欠几成火色，你不是做官的材料！"

大空说："我要是真做官了呢？"

七老汉说："像你这人，唱个花脸还可以，做主角嘛，这些跟你一块撑船的，不但沾不了福，反要招祸的，你信不信？官位怪得很，什么好人上去做了就变！"

大空哈哈大乐，道："好呀七伯，那我真的做了，第一个就杀你！"就突然连打了几个喷嚏，想，咱在这里混说什么，人家逛了寨城，该采买的东西都采买了。便对福运说："咱赔不起七伯闲工夫了，咱进寨城去吧！"

两人从船上跳上岸，雷大空在商店买了一斤盐、一斤醋、五斤挂面，准备了排上的吃喝，路过南正街戏院，正出售秦腔《赵氏孤儿》票，福运要看，大空说："你要看你去看，我不稀罕戏文哩！我在排上等你，戏一完就回来，咱明日天不亮就开排呀！"自个提了吃喝摇头晃脑而去了。

福运看完秦腔，回到排上，却不见了雷大空。问旁边船上的人，七老汉一伙早已去了货栈歇身，留下守船货的人说，刚才来了几个公安局的人，突然包围了渡口。大空正喝酒，当时看见带领公安局人的有田一申和蔡大安，还举了酒杯喊道："又抓什么坏人了？来喝一盅吧！"田一申和蔡大安就上了船，一盅喝罢，忽地按住了他，公安局的人就拿铐子铐了他的手。大空使劲挣扎，质问："你们为什么铐我？"那公安局的就说："你破坏改革，殴打伤害坚持改革的领导干部！"大空又喊叫："我那是自卫，他田中正到……"话未说完，田一申就一拳将他打晕，拖上岸拉走了。

福运一言未发，倒坐在船头上。

这天夜里，福运在公安局的门口跑来跑去，但大门紧关，在对面街檐下蹲着，一眼一眼看那扇铁大门，铁门在门楼高处的两颗灯泡下闪动黑光。他满面泪水，无力进去营救大空，白石寨城无一个他认识的有办法的人，只是千声万声恨骂田中正，恨骂田一申和蔡大安。末了，突然记起一个人来，急忙忙向北街一座小楼处跑，那是一个小院，大门叫不开，立在街道朝楼上三层的一个窗子喊。窗子开了，金狗头探出来，福运叫道：

“金狗，金狗……”哇地痛哭，泣不成声。

这一夜，金狗正在赶写一篇文章，到了夜里两点才丢开笔纸睡下。倏忽间，他发觉有人到他房间来，定睛看时，是小水、福运和大空，小水一身孝白，福运和大空则皂衣。他觉得他们都年轻又漂亮，相见都来拉着他的手，要他一同去州河里放排。他高兴地去了，一直步行到寨城南门外渡口上，河面上果然停泊着福运的木排。四人上去，排就悠悠地动，小水用大而热烈的眼睛看他，他也看她，但很快避开了目光，心里乱糟糟地不知说什么、干什么，望着排下的水说：“州河好深啊！”小水说：“你别坐得那么靠边，这水浮躁得很！”一句未了，河面起了大风，水波兴动，排颠簸不已。他说：“大空，让我撑！”大空笑道：“你不相信我吗？你是州河上一条龙，我也是一条蛟哩！我自信我的水性！”他说：“你别逞能，你在洪水期将三张排连着撑过吗？”大空说：“你瞧吧！”没想排突然倾斜起来，一下子将大空和福运掀下河去，河水灰浊，立即没了其顶。他大叫了一声，扑了起来，竟发现自己坐在床上，被子全被蹬下床去，自己是一头一身汗，方明白刚才是做了一场噩梦。看房子动静时，四壁墙上有什么晃动，忽大忽小，变幻无常，金狗毛骨顿时悚然，极度恐怖，定睛再看时，原是远远的街灯亮着，将室外的清桐树枝映影在墙上。金狗到底是胆大的，他重新睡下，却怎么也睡不着，回想起刚才的梦，觉得几分蹊跷：与小水分手之后，他几乎常常晚上睡觉前企望能做梦见到她，但却一直未梦到，这些日子里，毫无这种欲望了，倒这般清清楚楚地梦见了小水。奇怪的更是小水怎么穿了孝衣，福运和大空穿了皂衣，“男要俏，一身皂，女要俏，一身孝”，是自己久而久之祝福他们幸福的原因吗？但对于木排倾覆，福运和大空落水没顶则感到几分不安，金狗在家时，听和尚说过人落灰浊水中为凶，这是不是什么征兆呢？金狗立即就否定了：民间不是常说，梦是反过儿的，做梦谁死了，谁才是活得旺的！这么思想一番，渐渐心里平静，迷迷糊糊又复睡去。

福运在屋外的呐喊，第一声他就听见了，还以为又在梦中，待到二声三声呐喊之后，他听出这确确实实是福运的声音，声音是那么痛苦和惊慌，金狗心就惊了！等将福运叫回房里来，他第一句就问：“出什么事了？！”

福运则刷刷地两行泪流，只字也诉不清白。金狗浑身都凉了，摇着福运道：“小水怎么啦？你说呀，说话呀！”福运还是一句话说不出来，金狗知道他是急惊发蒙了，当即打了福运一个耳光，福运哇的一声号啕大哭，道出了事情的前因后果。

金狗反倒冷静了，他取出了香烟，给福运一支，一支自己抽起来，直抽到烟火烧着了指头，狠狠地揉掉了，说：“好啊，田中正，你竟这么无法无天了！公安机关是国家的专政工具，又不是田家的看家狗，仙游川已不是你胡作非为的地方了！”就推开桌上未完成的通讯文章，拿纸取笔要以福运、小水当事人的名义给公安局书写起申诉书来。福运大字不识，一直趴在桌边静守，金狗问一句，答一句，泪水汪汪的，将一滴泪跌落在稿纸上。

金狗说："福运哥，你不要太难受，这事大空是做得有些过火，但话退回来说，也应该，甭说剁断一个脚指头，就是打折他的脊梁骨也不解恨。你们错就错在当时没将他扭起来，让仙游川的人都知道了，那他就不敢这么以权抓人！"

福运说："想他是个书记，面子上给他顾顾，只说让他吃个哑巴亏……"

金狗说："顾了他的脸，他就要你的命哩！小水怎么样，还好吗？"

福运说："还好，她在家给你织床单，下次我来，就能给你捎上的。"

金狗眼里潮起来，笔在纸上挪动不开，戳了一个窟窿，一连三个字又成了墨疙瘩。待书写完毕，天已白亮，打发福运到公安局去。

金狗说："你先去公安局，直接寻局长，问明他们为什么抓大空，大空的罪状到底是什么，然后将详细情况说清，把这申诉书交给他。我等着你的消息。"

福运走了，望着那臃臃肿肿的身影消失在巷尽头，金狗突然热泪泉涌而下。如果现在小水的丈夫不是福运，是他金狗，他金狗又会以怎样的方式来保护妻子呢？田中正，你好一个狗东西！欺负了良家妇女，又要以权迫害人，就是福运、大空不能奈何你，可我金狗已不是当年你手下的金狗了！金狗是记者，两岔乡管不着，白石寨县也管不着的！金狗在房子里等待福运，一颗心悬悬地不能放下，等得实在忍耐不住，就直接到公安局大门口去，坐在斜对街的一家小酒馆里，一面苦苦喝酒，一面看着那扇黑铁大门里福运出来。

大门开了，福运走出来，头上却没有了那顶破草帽，样子颓废，步脚踉跄，金狗叫他一声，进酒馆门时竟一步闪失打了个趔趄跌坐在凳子上。

金狗问："情况怎么样？"

福运说："事情坏了，全闹大了！他们说大空犯的是破坏改革罪，殴打伤害领导干部罪，说大空是在两岔镇东头一块菜地里殴打了田中正，用石头去砸，砸断了田中正的脚指头。还拿出旁证材料，一份是镇东头那块菜地的主人叫吴明仁老汉的，一份是陆翠翠那个傻兄弟的，都证明他们在现场眼见的。"

金狗勃然大怒："卑鄙！他一个公安局长怎么就轻信这些？！"

福运说："局长没有找着，接待我的是一个办案的。"

金狗说："你怎么给人家谈的？"

福运说："我也不知道那阵怎么说的，人家好凶，戴个大盖帽，一脸粉刺疙瘩，我一开口，他就拍桌子，枪也掏出来往桌子上拍……草帽子我还丢在那里了。"

金狗知道福运是被那阵势吓昏了，他想象得出来公安人员职业性的脾气，更想象得出来老诚的福运在那里一受惊而前言不搭后语的可怜相。他发了一声恨，将酒全倒在嘴里喝了，问："你把申诉书交给他们了？"

福运说："他接了。我给他说，这申诉一定要交给局长。他问我这申诉是谁写的，我说在街上掏钱请一个不认识的老汉写的，我没有说你。"

金狗说："就说我也好。"

三天里，福运住在金狗那儿，天天去一次公安局，打问申诉递上后的意见。但每次皆只是在公安局大门口的接待室有一个人告诉他：领导要研究研究。福运提出要亲自见一下局长，接待人员就嘲笑他，说局长不是闲得没事，什么人都可见的。福运胆也大了，竟说出：古戏上都有堂鼓，啥人有冤只要击鼓，老爷也要升堂召见的，现在社会，局长的面就这么难见？局长有什么忙的，人受冤枉抓进号子去了，这还是闲事？！接待人员就骂他是"乡痞"，是"无赖"，是"刁民"，赶着他走，他抱住门框不走，最后便被四五个人抬着拖出大门外，大门就关了。

金狗见福运告状不成，便让福运先回仙游川，稳定家人的惶恐，捉贼捉赃，要治倒田中正就得证据完整，又得弄清那些旁证材料的内幕。

福运回去后，就和小水、韩文举商量，将那被撕破的衣服包了那把菜刀，到渡口船上寻那节断趾，韩文举说他喂狗吃了。眼下没有了足够的证据，三人很是心焦。这天夜里，韩文举睡在船上，只恨自己没把那断趾保存好，后悔不已。一夜坐着喝闷酒，天亮又到镇上去买酒，才走过河滩，听见有人轻轻地叫他。回头看时，一个老汉颤颤巍巍地从河堤的树后过来，正是镇东头的吴明仁老汉。韩文举不见则罢，一见眼就红了，骂道："吴明仁，你个老东西！你这么一大把年纪，帮着田中正冤枉好人，做亏心事就不怕鬼来抓你吗？"吴明仁老汉并不回嘴，扑通跪在韩文举的面前说："他韩伯，你骂吧，你打吧，我亏了人，我白活了这六十六岁！我就是来找你的，听说雷大空被抓了，我三个晚上都没睡着，我昨日夜里就来找你，又没脸见你，我是一直躲在那树背后的。我给你说，那旁证材料是假的，是田一申让我写的啊，他韩伯！"韩文举看着痛不欲生的吴明仁，把他扶起来，领到船上，说："你能来给我说，我韩文举也不怪你了！你说，田一申怎么给你说的，你怎么就给他写了？"吴明仁便道出他家住房紧张，已经备好材料几年了，可呈报到乡政府的地基申请书一直不批。那天他又去乡政府找田一申，田一申就答应立即批，但要他写一个旁证，田一申就写好了，念给他听了，让他按了手印。他虽觉得这事亏心，可一想地基总算批了，说雷大空打架，那又算什么，没想竟惹下一场大祸！如今镇上人都议论这事，儿女们就在家数说指责他，使他活得没了脸面。"他韩伯，这旁证我不作了，地基不批就不批吧，我总不能让人唾沫淹死，死了没人来埋啊！"韩文举当下取纸写了吴明仁的话，又念着让他听了，便又将烧火的炭末调和了让他按手印。这吴明仁竟将十个指头全蘸着按了。

韩文举送走了吴明仁，也没有了去买酒喝的兴趣，一路小跑回到家里将新的证词给了福运，但他没有说是吴明仁亲自来找他的，而夸了口，说他失了断趾的证据，便一心想挽回损失，到吴明仁家里去说服了那老不死的家伙！

福运和小水当然高兴不已，当提出怎样能让陆翠翠的兄弟也写出新的旁证，大空的冤案就非翻过来不可时，韩文举就没主意了。小水说：“伯伯，那你就在渡口，把那张木排收拾收拾，无论如何，今夜里我们就要赶到白石寨去！”

韩文举说：“你们能弄到陆家小子的旁证？”

小水说：“我去弄弄。福运，你把笔和纸就带上！”

韩文举半信半疑，福运更疑惑不解，两人出了门，便一直往不静岗上去。陆家小子当了乡政府林业管理员的合同工，这是个吃粮不打枪的差事，他每日到不静岗后边的几座山上转一转，晚上就歇在寺里后院的一间厢房中。这小子因为傻，没有多少心计，和尚做完课后，就指使他和几个小和尚给寺里挑水、种菜，一同去山上梢树林子里捡些干枯树枝回来劈烧，时常听和尚讲些神鬼之事，到夜里吓得不能安宁。小水和福运到了寺里，陆家儿子正好去山上去查看了，小水便把前前后后的事对和尚讲了，和尚虽是清净之人，也咬牙切齿。说他已听说雷大空被抓之事，但全然不知这其中的冤情，更令他气愤的是陆家儿子竟能伪造旁证，偏此人日日都在寺里食宿，真是污浊了佛门的干净！

和尚说：“思量善法，化为天堂，思量恶法，化为地狱，慈悲化为菩萨，毒害化为畜生。这事包在我的身上，陆家小子一回寺，我让他重写证词好了！”

小水说：“你要明着让他更改证词，陆家儿子再傻，他也知道怕田中正而不怕你的。况且这事情太紧，必须今后晌就要拿到新的旁证。”

和尚说：“你让我想想。”双目紧闭，静坐如木。

小水见和尚坐功入静起来，已不大耐烦，说句“那你想想，我们先去把他人找回来”，就扯了福运到了后山。梢树林子里的一块草坪上，陆家小子帽子扣在脸上正睡了个大字形，福运走向前去，一把抓起来，照面几个耳光。陆家小子突如其来遭到扇打，又气又恼，定睛见是福运，又反抗不得，就叫道：“你为什么打我？”福运说：“你干的好事，我不打你？我还要放了你的黑血呢！”陆家小子越发恐慌，跑过来跪在小水面前，乞求解救。小水突然灵机一动，说：“我问你，你给公安局写没写个旁证材料？”小子说：“没有，我没写过！”福运上去又是一个巴掌，口鼻就流出血来。小水说：“你不要打了！既然帮助田中正陷害雷大空，现在雷大空案翻了，上边追究到田中正，田中正把罪责全推给了他，他不说，让他到公安局去说吧！”陆家小子一听脸就黄了，忙叫道：“那不怪我，是田书记让我写的，他怎么全推给我？”小水接茬就问：“你说的是真的？”陆家小子说：“我一句是假，让鬼把我掐死去！”小水便说：“那好，现在雷大空已经放出来了，他四处寻着要找你去公安局，你快把情况说清楚才没事哩！”陆家小子说：“我找大空说去。”小水说：“大空见了你非揍你不可，你不如写出来我们给大空，再给你说说情。”陆家小子说：“那我怎么写，没笔没纸的？”小水就把笔纸给他，这小子就趴在一块石头上全写了。写完，为了证明自己说的都是真事，竟将鼻孔里流出的血在指头上蘸了按下指印。小水和福运装了新的旁证，一出树林子就忍不住痛笑一回。福运说：“小水，你还真行，给他上了个计！”小水说：“还多亏你那几个耳光哩！”两人到了寺里，和尚开口就说：“福运，我想好办法了，把他叫来，我给他算卦，一步步套他，他会说出来内情的。”小水说：“现在不用了，他把材料都写出来了！”和尚听了经过，兴奋之余，也惊叹小水计高，自愧不如。

这日后半夜，一张排载着两个旁证人到了白石寨，小水同时捎来了那件新织的床单，一见金狗，又羞又气又伤心，眼泪就婆娑而下。金狗一一看了证据，看了两份新的旁证材料，大为激动，天不明就让福运交给公安局去。可是，如此等过三天，还是没有动静，三个人就都急了。金狗提出他要出面，和福运一块去见公安局长，小水就说：“让我替福运去，别看他是男人家，出瞎力行，人面前说话却不如我。我不怕，到这一步了我怕他怎的！”金狗就把见了局长应怎么对策一一说知小水，两人就去了。

公安局接待室里。金狗掏出了记者证，说是要找局长，接待员也就不敢怠慢，如实告诉说是局长上午到县委田书记家去了。金狗思酌：正好，一并也去给书记告状。两人就又到了田书记的家里。

自上次金狗以写内参制止了两岔乡的现场会，田有善就看出金狗回白石寨已不是一般记者的势头了，他对他的部下说：金狗是我的老家人，这小子是条咬人的狗，却是不出声的，他可以把你吹上去，也可以把你治死，东阳县书记倒就倒在没防着他！他对白石寨情况熟悉，县委内部的事就不能给他透露，要防着，但也要讨好！金狗也摸得清田有善的鬼胎，自那次写过内参之后，偏就又写了许多报道，都是正面表彰一些专业户的，差不多便拿来让田有善过目。田有善自然和颜悦色，每有上边来了领导摆设宴会，也就把金狗请来。但几次询问金狗的党组织关系能否转到县委来，金狗却坚持组织关系仍在报社，并一再给报社讲明：组织关系不要转到县上，那样，一切就得受县委控制，新闻报道就有可能失去它的真实性、全面性。

金狗和小水一推开田有善的家门，堂厅里正安着一桌酒席，几个人吃得满脸油汗，小水一看，几乎要锐叫一声，吃客一位是公安局长，一位竟是田中正！三个人刚刚举杯相碰，酒杯就都在半空静止了，随之，田有善大声寒暄道：“哈，来得早不如来得巧，金狗好口福！来，我给介绍一下，这就是咱白石寨的大秀才金狗记者，一笔好写啊！这位是……”

小水虽是仙游川人，她认不得田有善，田有善也认不出她，当下便说：“我叫小水，韩文举你记得吗，那是我伯伯。”

田有善就叫道：“知道，知道！你伯伯还在撑船吗？这文举黑瘦得一脸松皮，倒有个这么白净的侄女？！十年前我回去过一次，在渡口上见过你的，记得你还是个黄毛小丫头，辫子像独苗蒜一样！唉，我是老了，不老不行啊，手里的娃娃们都长成大人了，我还能不老吗？小水，快坐下喝一杯吧！”

金狗便坐下，抄了筷子就吃起来，小水不动，只站在门口拿一对眼睛盯着对面的田中正。田中正知道小水在看他，不敢正眼，却故意旁若无人地去夹菜，菜是牛肉番茄鹌鹑蛋，第一筷子没有夹起来，第二筷子还是没有夹起，待第三筷子夹起来了，手指抖动，鹌鹑蛋就又掉下去，溅得一桌布番茄汤。

田有善说："中正，你怎么啦，连鹌鹑蛋都吃不到嘴里去了？！"

小水就在那里咬着牙嘿嘿地笑了一声。

田有善说："小水，你怎么不吃呀？"

小水说："我不吃，我要看着乡党委书记往下吃！"

一句话说得田有善脸上下不来，金狗就说："田书记，小水来见你，是向你告状的！"

田有善说："告状，告什么状？天大的事先吃了饭再说吧。我好赖是个书记，谁敢欺负了我的乡亲？！"

金狗说："小水，田书记已经把话说到这一步了，你也来吃吧！田书记一直嫉恶如仇，他会给你申明冤情的。你就是不吃，也得来给书记敬一杯酒呀！"

小水便走近来，端起了酒杯。田有善说："好好，都把杯子端起来！"小水和田有善酒杯碰了一下，又和公安局长的酒杯碰了一下，轮到田中正了，她却空过去，仰脖将酒倒在自己口里。

田中正脸色灰白，把酒杯子狠狠地往桌上一放，酒杯就倒了。

田有善说："小水，你不认识田中正？"

小水说："把他烧成灰我也认识的！田书记，你能说出这话，我小水就全信得过你，你们吃吧，我等着你们吃完饭了再说吧！"说罢，就又离开桌子站在一边。

田有善说："嘀，小水看样子真是来告状的，你说吧，告的是哪一个？咱们仙游川的事可真多，才发生了殴打人的案件，怎么又有事件发生？"

小水说："书记说的是殴打乡党委书记的案件吧？殴打人就是我！"

一句话说得田有善措手不及，啊啊了半天，无词以对。公安局长就站了起来，凶狠地问："你是殴打人？雷大空是你的什么人？！"

小水说："雷大空是我丈夫的朋友。"

公安局长说："雷大空被抓起来了，你知道不知道，你是来给雷大空替罪的吗？你们光天化日之下殴打领导干部，我还没有找着你，你倒上这儿来闹事了？！刚才瞧你对田中正的神色我就看出你来者不善了！"

田中正便说："田书记，她一进门，我就知道是冲着县委和公安局来闹事的，我改革中触犯了她夫妻和雷大空的利益，他们就合伙殴打我，念她是个妇女，我没有起诉她，她倒杀上县委书记的门来了！"

小水说："公安局长，田中正说我们三个人合伙殴打他，你可以把我也抓了去。但我还可以说，我们不仅仅是殴打，我们还剁了田中正的脚指头！脚指头叫狗吃了，无法拿来，剁脚指头的刀拿来了！”

说着从怀里取出一把菜刀，啪地就放在桌子上。

公安局长说：“好啊，凶器交出来了，是投案自首了？！”

小水说：“可我要让这位乡党委书记当着各位领导说说，我们为什么剁他的脚指头？”

田中正气急败坏地说：“韩小水，这是什么地方，你敢装疯撒泼？”

小水说：“这是什么地方，共产党的县委书记家里！你夜里到我家企图强奸，多亏我丈夫和雷大空回来，我们剁了你的脚指头，完全是正当防卫！你说有没有这回事？你当时跪在地上是怎么说的？没想竟诬陷我们反对你改革，殴打报复你？雷大空被抓进了监狱，我丈夫几次到公安局申诉，这位局长却死不露面，不知道申诉书看了没有？那些新的旁证看了没有？坏人干了坏事，反受到法律保护，这是不是共产党的法律？我们走投无路，才去报社告状，我希望县委书记能主持正义，为民申冤！”

田中正突然把酒杯摔在地上，大叫：“你满口胡说，欺骗领导和公安机关！”

金狗说：“这酒杯可是田书记家的。小水说你夜入民宅企图强奸，你说小水他们合伙殴打你，这问题好解决啊，你把脚伸出来，让各位领导看看是不是五个指头齐全？”

田中正脚上还缠着纱布，他要拿桌边的一根拐杖撑站起来，但没有撑稳，又倒在椅子上，说：“我是没了一个指头，就是他们在地里用木棒打掉的，这有证人证词！”

金狗说：“噢，那也好办，刀剁的伤口和木棒打的伤口是不一样的嘛！要说证人证词，你是指吴明仁老汉和陆家儿子吧，这里有他们二人重新做证的材料，你看看，这是复印的一份。”

田有善万没想到事情会闹到这样，他便阴沉了脸，威严地说道：“都不要说啦，这里又不是法庭！你们吵吵嚷嚷谁说得清？是罪犯，谁也逃不脱，冤枉了人，我们也不允许，白石寨还能乱了不成？！都安安静静坐下，金狗，是你把小水特意叫到这里来的吗？”

金狗说：“事情是这样的，小水到州城去了一趟，要求报纸上披露这事，报社领导来信让我了解情况，为了不引起社会舆论的哗然，吸取上次河运队贩卖木材的教训，我想将事情大化小，小化了，才领小水到你这儿来的！”

田有善就笑了笑，说：“金狗这脑子够数啊！”

公安局长就拍桌子说：“登报就登报吧，秀才吃饱了饭没事干，一张报纸有什么了不起！”

田有善忙呵斥道：“住口！让金狗把话说完嘛！”

金狗坐下来，喝了一杯酒，说：“报纸是党的喉舌，它的作用也不像局长看得那么无所谓。小水告状后，我是这么认为的，白石寨县毕竟是各项工作都不错的县，我也是写过许多报道的。如果这事在报上披露，那实在对这个县，这个乡，在座的各位领导都不利。小水他们剁了田中正书记的脚指头，无论怎么正当防卫，但也做得过分，说得难听些，也是强奸未遂嘛！田中正书记呢，少了一个指头，也终是脚指头，既不伤大体面，也不会多妨碍走路，且现在外边人都不知道，何必将来闹得一片风声，那田中正书记怎么工作啊？”

田有善说：“小水是农村妇女，她也能知道去报社告状啊？！”

田中正就叫道：“田书记，他们这是串通一气的，挽了套子让我们钻呀！大事化小，小事化了，说得好听，难道我这脚指头就白白断了不成？你们是村民敢伤害乡党委书记，要是县上干部就敢伤害县委书记，要是中央干部，那也就敢伤害国家主席了嘛！”

田有善说：“中正，你太激动了，你到后房去安静一会儿吧！去吧！”

田中正拄着拐杖从客厅走掉了。

小水说：“田书记，我是中学毕业生，我能不知道报纸的作用吗？我先是到公安局去申诉，可我见不上局长，走投无路我才去州城报社的！”

田有善就又笑了笑，说：“是这样吧，这事情算是知道了，知道了我就要管的。金狗，你领小水先回去，我要亲自主持常委会议，研究复核这事，争取很快给以答复。金狗的做法不错，应该表扬你，以后下边有什么冤案的，你都可以领着来找我。改革时期嘛，少不得出现这样怪事那样怪事，我这个书记在台上一天，我就得管一天的事，有个电影叫《七品芝麻官》，封建时代的县官都讲究‘当官不为民做主，不如回家种红薯’，更何况共产党的县委书记？！”

金狗便道谢几句，和小水出门走了。

两人刚走过门前的花坛，田有善家的门里就哗地泼出一盆脏水来，小水一回头，田中正的脑袋在窗口一透，忙又缩了回去。小水气着说：“咱前腿一走，他就泼脏水，恨死咱啦！”

金狗并不回头，只是说：“他们要不恨才是没有世事的。小水，你今天厉害得很嘛！”

小水说：“你要不在场，我哪儿有胆？我说得有差错吗？一上了胆儿，我觉得我嘴巴还利哩！那公安局长还给我发歪，他能当场吃了我？田有善这人还行。”

金狗笑了笑。

果然，两天后，县委书记田有善在电话上告诉金狗：经过研究，雷大空不予正式逮捕，但要拘留十五天。金狗申辩：既然雷大空属于正当防卫，为什么还要拘留十五天？是不是田中正是领导干部而要考虑他的利益，也是不是以此显得公安局抓雷大空不是错而是有理的？金狗据理力争，田有善则施加压力，竟说出他已经知道金狗和小水的关系，也已经知道了金狗和田中正的关系，要金狗“不要被别人说是有挟私仇的闲话呀”！金狗当下气得脸色发青，要反驳时，田有善的电话却放下了。

既然如此，金狗就以州城报社记者的身份回到了两岔镇，在民间调查田中正的恶迹。而同时福运、小水四处造舆论，扬言要到州城上告田中正强奸民女未遂而伪造证据的诬陷罪。蔡大安和田一申害怕了，因为这些伪造的证据都是他们具体干的，便连夜进白石寨见到田中正，田中正又连夜去见县委书记，遭到一顿大骂：“事情到了这步田地，你才害怕了?！你回去吧，我给公安局长讲，还是把雷大空放了算了。我告诉你，金狗不是当年的金狗了，冤家宜解不宜结，你要去给金狗说软话！”田中正便回到两岔乡，让蔡大安给画匠送去了两瓶虎骨酒，软硬兼施说了半宿话。第二天，雷大空就被无罪释放了。

20

雷大空回到仙游川，直脚就到福运家来。金狗正好在那里谈论蔡大安送酒一事，分析形势，估计事情有了变化，没想大空一脚进门，大获所望，个个畅美无比。矮子画匠一把推了桌上韩文举正摇出的六枚铜钱，说：“金狗，大空无罪回来，咱也就不惹田中正那贼了，咱也不回家做饭，在这儿一起吃顿团圆饭，你陪着他们，我回家取那两瓶虎骨酒吧！”旋即去家取了酒来，后又同小水、福运一起下厨房，做了沙锅豆腐、四喜丸子、苜蓿炒肉、心肺清汤。六个人好痛快地吃喝了一场。

酒饭间，问及牢里情况，雷大空脱了上衣，露出背上道道伤痕，直骂那些打他的人。小水手抚了伤口，心里无限痛楚，不知如何安慰才好。大空说：“你们都不要伤心，坐坐牢也算我经了一场世事哩！先到牢里，我好不急呀，整日拿拳头砸墙，拿头碰铁门，差不多要疯了去！但后来就不喊了，喊顶什么用，喊得厉害了你肚子饥！”

小水就眼泪哗哗起来，说：“都是我害了你，瞧你原先多壮的身子，现在……”

大空说：“先进去，一顿饭一个馍一碗汤，我吃一半就让给人了，过了十天，他娘的老只害肚子饥，头一靠在墙上就想，可不敢死去，要死也得让我美美吃一顿小水擀的长条面再死！”

大家就笑起来，小水却笑不起来，就一边不停地给大空夹菜，大空也就不停地往嘴里塞，狼吞虎咽的样子，似乎要把这些日子未吃饱的饭全要补回来。韩文举就说：“大空，你不要急，回来了有你吃的，别没饿死在牢里，倒撑死在家里了！”

大家又笑了一回，开始猜拳痛饮。先是大空打“贯通”，两只手同时伸出来变化指数，喊得又急又快，只有韩文举与他能交手，但韩文举拳术上老谋深算，大空就只有杯杯喝酒了。大空说：“喝就喝，在牢子酒把我都想死了，现在输了还能喝，岂不是好事！”

韩文举说："大空这话说得好哩，我为了喝酒才学的这一手拳，可拳学好了却总是赢，想喝也喝不上了！"

雷大空喝得眼睛发红，听了韩文举的得意话，倒极不服起来，挽了袖子，说："再来十二拳，怎么样，十二拳我要输了，我和你来广东拳！"

韩文举说："广东拳？广东拳是什么样？"

雷大空说："你连广东拳也不会呀？！那咱来日本拳，你会日语吗？"

韩文举说："你他娘的坐了一回牢倒学得一身本事，日本语你当我不会吗？'你的，死了死了的有！八格牙鲁！'"

满座全都笑喷了，金狗说："算了算了，你们这些酒鬼啥事都要谦虚，一喝酒就谁也不让谁，胡吹冒撂开了！咱全体划一种拳，免得你俩划着让我们尽看了你们！爹，你也坐近来吧！"

矮子画匠一直站在一旁看热闹，端菜倒酒，金狗叫他，他说："我喝不了酒，又什么拳也划不了，你们耍吧！"

众人就行"老虎、杠子、鸡、虫"拳令，先是大空的虎吃了福运的鸡，而韩文举的杠子又打了大空的虎，但金狗的虫吃了韩文举的杠子，小水的鸡则又吃了金狗的虫。势均力敌，不分上下，你中有我，我中有你，盘翻杯倒，满座笑语，直闹得不亦乐乎。金狗兴奋起来，连连叫好，说："今日要是有录音机，录了这酒会，真是一篇妙文章哩，你们听听，这酒令也不知是谁发明的，完全说的是社会规律嘛！"

韩文举说："怎么个社会规律？"

金狗说："老虎吃鸡，鸡吃虫子，虫子吃杠子，杠子打老虎……这是一物降一物，互相制约嘛！"

福运说："你是说田中正欺负咱，县委又能管住田中正，州里又能治县委？"

小水当下叫道："人都说福运笨，福运今日这话说得还入了门儿！可咱做百姓的到底不行，这场官司若不是金狗叔，大空少不得坐三年五年牢哩！"

韩文举说："这话着！为什么多亏了金狗，就是金狗手里有个记者证！他们当官的手里有权，金狗手里有记者证，也就是权嘛！"

大空笑说："韩伯骂了一辈子当官的，韩伯说到底还是讨巴望成官的！"

韩文举说："谁不是这样？田中正没当官的时候，他也骂当官的，他当了乡书记，他也没忘骂县上一些官没他的本事大哩！你们说要往州里告，田有善他也就软了，我想他田有善怕不怕巩宝山，怕。恨不恨？恨得牙根都要出血哩！你别以为我在渡口上什么都不知道，可我看得出金狗就是一面恨这些当官的，一边又讨好着这些当官的，才把你雷大空救了！金狗，你说我看得准不准？"

金狗突然睁大了眼睛看着韩文举，腮帮子鼓起来，脖子也胀粗了，小水以为金狗要对伯伯发一通不满的怒火了，但金狗却始终没有说话，抓过酒壶又给自己杯子里倒满了。

小水说:“伯伯，大家是来喝酒的，又不是听你来上课的，你招呼大家喝啊！”

金狗就首先端了杯子喝下去，还是一语未发。酒桌上的气氛就冷下来，韩文举再以喝鼓动，兴头总不比刚才了。金狗瞧大家喝得没了劲，就站起来说:“怎么不好好喝了？大空，你就打一个‘通贯’啊，我头有些晕，我到炕上去躺一会儿，过会儿我还要再打一遍‘通贯’的！”

说罢就离桌进卧屋去了。

韩文举说:“金狗怎么啦，我没有说他什么呀，我全是说他好话的，他上了我的怪了？”

雷大空说:“不是我说不好听的话，金狗比你韩伯强出一百倍，这次金狗要是你，我雷大空确实也就完了！让他歇会去吧，他或许这些日子为我太累了，趁不了酒劲的。来，咱划拳喝吧！”

金狗在卧屋里，四肢伸长地睡在炕上了，他不是身体不好，也不是酒喝得多，但他确实感到头痛。韩文举的那一席话，说者无意，听者有心，正捅在他多少天来最委屈的也最感到伤心的痛处！他制止田有善准备召开河运队现场会，他营救雷大空，在这两件事上，他金狗是成功了，但对于这种成功，他并不像小水、福运和韩文举那样高兴，总觉得这其中包含着巨大的“耻辱”。他违心地去为工商管理局写正面报道，违心地去说些田有善爱听的话，违心地以记者的身份去恫吓、威胁公安局长，又违心地以企图上告到州里去来压制田有善……这种机智的周旋，他忍受不了！他希望悲悲壮壮地大干一番，而他却不得不忍受自己的油滑，油滑又是一个农民的儿子、一个正派人所不能干的啊!

小水进卧屋来了，她发觉金狗是有了心思，但她不了解金狗的心思又犯在哪里，她只能以女人的温柔和体贴给金狗端来了浆水，她让金狗喝喝，问他哪儿不舒服？

她说:“你别把我伯伯的话放在心上，你不知道他一沾酒说话就没个准头吗？”

金狗说:“韩伯说得是对的。”

小水说:“可你做得也全是对的呀，无论如何，咱总算是胜利了！”

金狗却摇头了，他向小水倾诉了自己的屈辱，他甚至无比困惑，以怀疑的口气询问小水:凭自己一个人或者几个人能否完成对田中正这些人的制服？能完成对官僚主义的斗争吗？面对着金狗，小水能说些什么呢，她只是劝告金狗世事就是如此，不这样干又能怎样呢？喝吧，喝了这浆水醒醒酒，闷气也就消了。

金狗将浆水喝下了，浆水很凉，很酸，酒的冲劲压下去，吐出了一口浓痰，脑子渐渐平静了，他瓷着眼看着小水，像是问小水又像是问自己，他说:“这么说，这样干是必然的？”

小水却无法再回答。

两个人就默默地对看着，听外间里雷大空和韩文举大呼小叫地划拳，是雷大空又输了，韩文举在得意地训斥大空须喝下一杯不可。

雷大空就喊了：“金狗哥，你好些了吗？你来打‘通贯’吧，咱年轻人倒来不过韩伯了，我才不信呢！”

金狗和小水才要走出去，门外狗就咬，随之进来了蔡大安和田一申，拱手嚷道是来看望大空的。

金狗刚刚压下的气，忽地就泛上来，对着蔡大安和田一申说：“哈，两个队长也来了，抓大空时是你们两个，来看望的还是你们两个！”

雷大空却跳起来，举了酒杯说：“来了好，来了好！二位队长也是执行命令的嘛，我不会怪罪的，来，我再敬二位一杯！”

蔡大安、田一申入桌就座，接酒仰脖喝了说：“大空，我们那时真是万不得已啊！如今一切好了，我们也是来向你道个歉的。田中正书记让我们来，问你们再撑排有什么困难？有什么困难只管说！河运队目下货源又好了，有一批龙须草的运输任务，就让给你们吧！”

大空哈哈大笑，说：“实在对不起，我是不想吃水上饭了！我可以实话说给你们，我想在后做一宗生意去，我是无职无权的人，要不被人欺负，就得去赚一笔大钱，这恐怕田书记也不会再说我什么吧？”

蔡大安、田一申一脸尴尬，迭声说：“那当然，那当然的，改革年代嘛，只要你真能发了大财，做了万元户，田书记还要呈报你到白石寨去披红戴花呢！”

又喝过几巡酒，蔡大安、田一申坐着自觉难受，也很快退席而去。韩文举就说：“大空，你说你活人要活大不活小，做赚大钱的生意呀，你到底去干什么生意？”

大空说：“我准备办商店呀！金狗哥当年没去州城，我就想和他办商店，金狗哥一走，这事也就放下了。说实话，我总觉得这几年我没找着适合我干的事，要干就干大点！我虽不可能像金狗那样手里有笔，可我想，把钱挣到手，经济上先压倒他田家再说！”

矮子画匠说：“大空，钱是能救人，可也能害人啊！”

大空说：“大伯这话或许对，但也不对，咱现在是需要‘救’啊！你不这样，立即去当官，谁叫你去当官？拉几条枪上山做大王？这又是社会主义国家嘛！金狗哥，你支持我这观点不？”金狗一直听大空说着，不觉眉飞色舞拍桌叫道：“我支持，大空，是要大干一番，他们要权，咱们就要钱！你怎么个干法？”

大空说：“第一步先是弄本钱，办营业执照。”

金狗说：“咱这儿家都没多少钱，到外边去借，恐怕一下子也借不到多少，以我的主意，要干你就干大些，不妨去信用社贷款，蔡大安这阵他不能不贷你。你也可以给他些好处嘛，那是个馋嘴猫儿！”

大空说：“这我知道。筹本钱的事你们都不用管。你能给我弄个营业执照吗？”

金狗说：“这包给我了！现在就盼你办出个名堂来，就真可以把田中正那个河运队先压下去！”

大空说：“河运队，哼！”就伸出个小拇指头，呸地唾了一口，“你瞧着吧！”

大空是条光棍，除过三间老屋外，家具用什，几乎全无，平日挣多少，吃多少，落得能出得大苦又能享得大乐。如今执意要干大事，便将释放时发给他的七元赔补钱送给了村信用所干部，贷了七十元，又将七十元送给了蔡大安，贷出了七百元，再将七百元送给区信用社，贷出了七千元，再到白石寨，送七千元贷出七万元。回到仙游川，将这笔钱堆在桌上，大发感慨，说：“小水、福运，你们瞧瞧，现在的信贷员是共产党的还是国民党的？先前我去贷款，一分钱也贷不出，现在一两天就拿到七万元了！”

小水和福运莫不骇绝，问道：“你哪儿知道这种行情？”

大空说：“咱以前都是太老实了。这就亏我坐了一回牢，牢里一个人给我说的经验。他也才出了牢，做生意是鬼精灵，我们在牢里就说好了，拿了这笔钱便去办商店。现在讲究牌子大，我们也要叫一个什么公司，小水，你帮我起个名字！”

小水说：“大空，这可不是玩的事，那人靠得住吗？”

大空说：“吃死胆大的，饿死胆小的！光从这次贷款来看，现在的人哪个是不爱钱的？只要有钱，什么事也能办成的，再靠我这脑瓜，我估计折不了本的。执照由金狗负责办，现在着急的是没有房子，我也是来同你们商量的，那铁匠铺能不能租给我们，月价九十元，怎么样？”

小水说：“那房子空着，只要不嫌破旧，你要去用就用，我也不要你的房钱，权当你们替我看管房子的。可我总担心你这生意干不成，七万元就够你一辈子还清了！”

大空说：“啥情况我都掂量过了，你放心好了，我会让整治过我的人瞧瞧雷大空的！那房子的事，这么就定了，你不要房钱也好，我们就全面整修一次，等转开钱了，租钱一定按月付的！”

小水总是疑疑惑惑，放心不下，说：“大空，你一下子变成这样，我真都不敢相信，你这样干到底行不行，我也糊涂了。你到了白石寨找金狗谈谈，他是记者，知道的事情比你我多哩。”

大空口中说是，到白石寨之后，拿到了金狗给办的营业执照，却以后并未去找金狗。急急翻新了铁匠铺，十五天之内，就挂出了一面门牌：白石寨城乡贸易联合公司。

城乡贸易联合公司的经理是雷大空，副经理就是同大空一块同过牢的刘壮壮。他们经营的项目繁多，小小的两间门面房办了商店，实际上并不以卖商品赚钱，而以此作为活动场所，四处做大宗贩卖生意：将本地土特产收买过来批发外地，从外地联系高档商品如电视机、自行车、缝纫机，销给白石寨和四村八乡。后来就贩钢材、汽车，一宗就是几万元几十万元，钱果然流水一般地到了手里。声势越来越大，不到几个月，就又买了铁匠铺左边的三间门面房，收拾一新，气派倒比国营商店大出许多。谁也不知道这生意是怎么做，但见隔三差五，雷大空就穿着整齐，在白石寨北街口最大的饭店里摆酒席招待商客，洽谈生意，满城人都在议论能人雷大空了。

一日，金狗送一份紧急稿件到报社，任务完毕后，一个人上州城一家商场买烟卷，大街上碰见了一个人，不在意的，侧头就走过了。那人突然停住叫："金狗哥！"金狗细细打量那人，猛地锐声叫道："是大空！哎呀，你这打扮，叫我认都不敢认了！"

大空穿了一身西装，戴了一副墨镜，风度潇洒，气宇轩昂，说："金狗哥，这一身还合适吗？不穿不行呀，人是衣服马是鞍，要做生意，穿得太寒酸了，人家不相信咱哩！"

金狗说："现在讲究装潢嘛，你这'土特产'装潢起来还真行！几时到这里来的，又做什么买卖了？"

大空说："我到兰州去了一下，听说××单位急需一批钢材，我去联系的，今日才赶到州城。"

金狗说："白石寨到处传说你暴发了，你真行呀大空！现在你就要趁风推碌碡，名声闹得越大越好，钱挣得越多越好，让他们觉得吃惊，这就是你的初步胜利啊！以前怎么也没看出你的这身本事？"

大空说："和你一样，谁能想到你还能成了大记者？！现在是各人在认识各人的价值，各人在发挥各人的聪明才干嘛，这可是你们报纸上说的！"

金狗说："嗬，大空也开始看报纸了，一口新名词！"

大空说："那当然。信息就是金钱呀！你们的报纸我们公司就订了两份哩！"

金狗问："你去联系卖钢材，你有钢材吗？"

大空说："这内情是不该对你说的……我哪儿有钢材，还不是倒腾嘛！可话说回来，我这也是沟通城乡贸易嘛！金狗哥，我一直想去找你，你在报社，耳长腿长的，信息来得快，有什么动静你还得时时给我透透风。我们什么都经营，你在外若能联系到什么单位需要一批什么高档商品的，我们会给你提成付款的。"

金狗笑着说："我可没那个本事。我那个房子老钻进老鼠，你有老鼠药了我去买！"

雷大空嘎嘎大笑，说当年他真傻，竟卖鼠药赚钱，那能赚几个屁钱？却又说："也真亏了那阵卖鼠药，把嘴皮子练利了，做眼下生意，没一张会说的嘴不行！"

两人又说了几句笑话，便分手了。没想三天后，金狗回到白石寨，去州河南岸采访回来，才步行到南门口，一辆小车在前边停下来，大空打开车门招呼他坐。金狗坐进去，问今日又做什么买卖了？大空说："还是那宗兰州生意，我去接人家看看钢材的。"

金狗问："到哪儿去看？"

大空说："到城东何家湾那个城建局仓库去看。"

金狗不解：城建局仓库的钢材是城建局的，怎么又成了大空的？大空笑而不答，只是说："你今日要是没事，你也跟了我去，可你什么话也不要说，你只称我经理就是了！"

小车到了一所旅舍，接了兰州客人，便径直到了何家湾仓库。仓库门卫是个秃头，老态龙钟的，开了门，笑脸相迎，一口一个经理叫大空，大空只是点头，俨然是领导干部的架势，将"三五"牌香烟扬手撒去一根，就领兰州客人步入仓库后院，指着如小山一样的钢材说道："就是这货，怎么样，心里踏实了吧？"客人眉飞色舞，连声叫好，说："信得过你，信得过你，明日咱们正式签合同吧！"飞车返回，将客人送到旅社后，金狗恍然大悟，说："大空，你这是以别人的货冒充来搪塞兰州的人呀？"

大空说："不这样，人家不放心，合同迟迟不签呀！"

金狗说："城建局仓库怎么会允许你这样？"

大空说："昨天我来给仓库门卫谈了，借他的货看一下，给他八十元，那秃头也是见钱眼开！"

金狗大惊，叫道："你这不是贿赂吗？"

大空说："办商店的时候，你不是也主张让我给蔡大安一些好处吗？这些人呀，你给什么，他就吃什么！"

金狗急了，说："可你要适可而止呀！"

大空就从怀里掏出一个本儿来，说："你真是文人！咱没有别的权，不靠这一手你能行吗？你瞧瞧这个吧。"

金狗打开本儿，上面密密麻麻写道：

×年×月×日，送税务所李××一台录音机。
×年×月×日，送城关派出所××四百元。
×年×月×日，送州城计委张×一台十八英寸日立彩电。
×年×月×日，卖汽车送××县采购员×××七百八十元。
×年×月×日，送白石寨计委××一台风扇，五十瓶一箱"西凤酒"。
×年×月×日，运货送蔡大安五百元。
×年×月×日，送木材检查组××一台十四英寸黑白电视机。
×年×月×日，县委田书记三儿结婚，送去录音机一部，价一千三百元。

金狗不看则已，一看惊得半天吐不出一个字来。常听人说"请客送礼"，没想到现在竟登峰造极到如此地步！雷大空先前并不是这样的人，竟这么快变成这样，难道这就是坐牢的结果吗？金狗还要继续看下去，大空将本儿收了，说道："这都是向社会学习得来的啊！金狗哥，这些东西有些是我主动送的，办一件事关口多，层层关口都坐的是爷，人家是拿权兑钱啊！有的是人家直接索贿，你不给又能行吗，现在的政策是红薯，人熟了红薯就软，人生了红薯就是硬的，咱怎么人熟，还不是得靠钱吗？”

金狗听着大空的理由，刹那间似乎觉得大空倒比自己魄力大得多，惭愧自己过去的忍辱负重是多么软弱，他甚至想和大空一样去跃跃欲试一番！但他很快就警觉到这是一条很冒险的路，雷大空是一个什么性格的人，他是知道的，他多少有点后悔当初鼓动大空的举动。当他再一次认真注视起身边这位洋洋自得的雷大空时，他意识到在目前的形势下也只有雷大空这样的人这样来干了！

他说：“大空，这些日子里我老想这样一件事，就是咱们不管用什么手段办事，一定要心中明白这是没办法的办法，是策略，不是目的！你办公司，你要把握一个原则，就是不要富而不仁。我再提醒一句，任何朝代、任何社会都是严厉打击经济犯罪的，何况咱们是社会主义社会！”

大空说：“鸡不尿尿，它自有出路呀，官场上你倾轧我、我倾轧你才能当官，你起早贪黑看书写文章来做记者，我有什么，我不这样，怎么出人头地？我也思想了，干这事终有露馅的时候，所以我留有这个清单，到时候了，要倒一起倒，这就是怀里抱个炸药包，我把我腿拴在他们腿上，炸药包子响了就同归于尽！”

金狗一句话也没有说，只是狠狠地抽烟。

大空说：“金狗哥，你一定认为我是坏人了吧？我承认我这些做法不对，可比起那些当官的拿权的，我倒觉得还清白哩。你别看我赚了钱，你是不了解我日夜担多大的心，四处奔波又受多大的累！你我是兄弟，虽不是一个奶头掉下来的，可我把你当亲哥哥待。上一次坐牢全是你救了我，这恩德我是要报的，挣了钱咱哥儿们都享受，出了事我绝不牵连你！”

金狗不知道该怎样对他说才好。

翌日，大空和兰州的商客在一家饭店签订合同，大空给金狗电话，说是他包了一大桌饭菜，请金狗去吃，金狗推辞了。

半月后，小水和福运坐排到了白石寨。小水已怀孕数月，肚子微微凸起，脸色却并不好，一坐下来就要吐酸水。他们是接到雷大空的信，说公司需要一些人，念他们夫妇恩情，特意让福运来公司帮忙，月薪可拿到一百元。夫妇俩好生喜欢，想着大空终于成了人物，一夜也未合眼，带了许多山货吃喝就坐排赶到白石寨。排停在渡口，福运竟要将排弃在河里顺流而去，小水不忍，建议还是卖了为好，福运就拿砍刀断了绳索，拆开木头减价处理。那些高低差错中的阁楼人家都来抢购，福运就认出了同乌面兽相好的那个寡妇，悄声对小水说：“瞧见了吗，那就是同乌面兽好的那娘儿！”

小水说：“好个人才！”

福运就过去说："你也来买吗？乌面兽在州河里也是条混江龙，你也看得上这几根木头？"

那白脸女人说："这么便宜，我怎么不买，我们准备翻修我家的房子啊！"

小水说："是要结婚了吗？"

女人说："日子还没定下来。这位妹子你怎么也知道，你怕要笑话我了吧？"

小水说："你要结婚，就宜早不宜迟哩！成全你的好事，这些木头不收你钱了，送给你！"

女人喜之不禁，却有些不好意思了，说："这排好好的怎么就不要了，不吃水上饭了吗？"

福运说："我有个兄弟开办了公司，让我们到他那里吃轻松饭去，你知道不知道，他叫雷大空！"

女人尖声叫道："雷大空，白石寨谁不知道啊？！你们活该去享享福了！"

小水便附近身来说："这位大姐一脸善相，待自己婚姻又有主张，我一见就信得过你了，你如若愿意，我想托你办一件事哩！"

女人说："什么事，你只管说，白石寨别的不敢说，人却熟哩！"

小水就说："我有两个哥哥，一个是雷大空，一个叫金狗，人都是有本事的，又长得体面，只是没有婚娶，你要是肯帮忙，你先帮着打问一下有没有稳实可靠人又好看的姑娘，改日里我领了他们来相看相看。"

女人连声应允"没问题的，没问题的"，且指点了她的家门号，说她叫白香香。

福运和小水进得寨城，一路又论说了一通白香香，都兴奋异常。福运说："小水，你初次见那女人，就那么信得过她，你主张卖木头，却又一文不收送给她了？"

小水说："我喜欢这白香香的。"

福运说："她和乌面兽相好，名声有些不好哩。"

小水说："她才做得对哩！"

一句话倒使福运莫名其妙。

两人先来到记者站，把进寨城的目的给金狗谈了，金狗并没有多少激动，放沉了脑袋半天没有表态。对于城乡贸易公司，金狗能表什么态呢？他只是说大空能干是能干，可实在太担风险，福运人老实，去了一是不适应，二是小水正有身孕，身边不能没人照看。小水当下面有羞色，说她倒不让福运照看，听金狗这么一说，倒不放心起大空了，让金狗劝劝大空一定要把脚跟走正，别真的将来捅了娄子。三人商量之后，福运便去公司把大空叫到记者站来了。

大空见了众人，好不快活！人还在楼下就喊道："小水，小水，你看我给你买了什么了？"进门就将一提兜果脯塞给小水。小水看时，尽是杏干，知道大空用意，脸却红得如红布一般。相互倾诉了思念之情，大空就嚷道到饭馆去，他要请大伙吃喝一顿。

四人到了北大街饭店，这饭店专售宫廷饺子，在全地区也享有盛名。饺子共有四十二种，按价钱包桌，大空要了全部品种，一笼一笼端上来，是乌龙卧雪、四喜发财……小水在铁匠铺的时候，就听说过这家饺子店，麻子外爷常说领她去吃，但至死也未如愿以偿。见这么多饺子一下子摆满桌子，就叫道："就咱四人，吃得完吗？大空，快让他们撤去几笼，别浪费了！"

大空说："嫂子放开吃，咱享一下福怎的！这种叫'贵妃饺'，是相传杨玉环娘娘当年专吃的，她姓杨的能吃，你韩小水也该吃！你知道这类饺子为什么叫'贵妃饺'？里边包的是鸡翅肉和鸡腿肉，翅膀能'飞'，腿儿能'跪'，这也就是'跪飞饺'了！"

小水吃下一个，却并未吃出更好的味道来，说："我这口笨，尝不出好在哪里？"

大空说："你不要觉得好吃不好吃，现在讲究营养！"

福运是吃得极有兴趣的，他几乎并不咬烂就咽下去了，一边问："这一桌值几十元？"

大空说："你好大的几十元哟，咱要的是最高标准，二百元的！"

福运已将一颗饺子塞进嘴里，又囫囵囵吐出来，说："天神，这是在吃命嘛！"

大空说："这饭店什么都贵，就说咱吃的这凉盘和啤酒吧，外边一盘八角，在这里二元二，外边一瓶一元零八分，在这里三元。为啥这么贵，来人还这么多，现在人都有钱了，就要买身价钱！"

小水说："拿钱买阔气哩？"

大空说："咱一生能阔几回？兄弟今日是有了钱了，咱不吃谁吃？让田中正来吃？哼，他田中正怕未必在这儿吃得起？！不妨露个底儿，这一次平白赚了四万八！"

福运直吐舌头，问做了什么生意平白赚这么多钱，莫非挖了金窖？

大空说："真要是金窖，它就宽丈二长二丈，能深就恨不得只管深哩！这笔生意金狗哥知道，就是卖给兰州的那批钢材。合同订的是七天内他们必须邮来二十八万元买货钱，若款按期不到，就罚款百分之二十，若货按期不到，罚款百分之二十五。合同签好后，第二天就到州城，直接乘飞机到兰州，在那边银行、邮局物色好人，让他们将兰州的汇款压住，故意不让在七天内到白石寨，我们就私下送人家每人一千元。结果款汇来过了日期，我们就一下子罚了他四万八，钢材也借故不卖给他们了！这不算平白赚的吗？"

小水和福运都吓得吃不下去了，拿眼睛看起金狗。金狗一直在听大空说着，只是闷着头喝酒，这阵正色训道："大空，这话我已经给你说过几次了，放着别人，我也懒得去说了，你们公司完全是买空卖空嘛！再要这样发展下去，这可是不得了的事！"

大空说："金狗哥做了公家事了，金狗哥应该说这话。可我对你们说，没事的，绝对没事的，我留有后路哩！来，咱们不说这些话了，咱喝，今日韩伯没有来，他来就热闹了！喝呀，金狗哥，你关心我，我大空今生忘不了你，下一辈也忘不了你，兄弟给你敬一杯，喝啊！”

自己倒斟了多半杯白酒，仰脖先灌下去了。喝完，竟发起呆来，红着眼一动不动。

金狗说：“大空，我说的话，你听就听，不听也就不听。但我认为，虽然你一片好意把福运叫来到公司去干事，这做法未必妥当。福运不宜到你们那干事，再说小水身怀有孕，他也不能不在身边……”

大空说：“我并不是要福运哥来当采购的，我只是借个名义好让他也赚赚钱的。金狗哥这么说了，也有道理，看福运和小水的意思？”

小水说：“那就暂先不去了吧。”

大空说：“好好，这也好。”就抓起酒瓶子又喝了半杯。喝完，人就有些不行了。

金狗说：“大空，你不要再喝了！这样做不是别的原因，这样是为了你好，更为了福运他们。咱先回吧，到我那儿再说。”

福运扶着大空，四人出了饭店门，大空说：“金狗哥，你说得对着哩，福运有小水，小水要给咱生个侄儿了，我不能拖累了他们。我知道我这是在刀刃上走路，一步迈不稳就会失踏。失踏就失踏了去，我没老婆没娃，死了无后顾之忧。金狗哥，我求你办个事，你是记者，你给我在州城报上发个声明，就说我雷大空与你们毫无干系，这是要给别人看的，咱挣了钱，咱们都享受，出了事就让我一人去受刀剐去！”

金狗气得说：“你尽说屁话，大街上你再胡言胡语，我要拧你嘴的！”

小水说：“大空，你是醉了？叫你少喝少喝，你看你醉成什么样子？”

大空却扑通一声跪在金狗面前，还在说：“金狗哥，我求你发声明，真心求你！”

金狗扇了他一个耳光。

大空则没有动，说：“打得好，你再打！我是该打的，我大空不还手的！”

福运一见此状，忙将大空架起来背着往记者站去了。大空在福运的背上突然哈哈大笑，笑得没死没活。四人到了金狗的房子，大空笑着笑着就又哭起来，痛骂自己是人是鬼是半人半鬼，让他们不要恨他，他既然到了这一步，他就要一头往南墙撞，把南墙撞倒！哭着哭着，就吐起来，将刚才吃下的东西肮肮脏脏全吐了一地，然后死猪一般地睡着了。福运和小水忙出去铲土垫地，金狗将大空往床上抱的时候，大空的口袋里掉下五个装在小纸袋里的避孕套。金狗也就明白大空已经在干着那些事了！当听见小水和福运铲了土回来，赶忙握在手里，借故出去丢进了垃圾箱。

21

小水和福运从白石寨回到仙游川后，心绪显得十分低落。原本是兴兴冲冲而去，现在是灰心丧气归来，且连那张赖以生存的木排也没有了，只是在家愁得转出转进。

眼看着州河上船排往复，福运除料理了地里的庄稼外，就思想再扎张排吃水上饭；小水不同意，韩文举也不同意。

小水说："大空一走，那些和咱搭伙的船工就又去了河运队，你要一个人撑排，我真不放心的！你是那手脚利索的人吗，货源哪儿寻，怎么去推销，你受苦受累，家里人跟着担惊受怕这都不说，那田家却不知又怎么要欺负你了！"

福运无计可施，每顿饭也吃得少了几碗，间或一见黄狗扑到身上和他亲昵，就一脚将狗踢翻。

韩文举这个时候，就免不得一场抱怨了："福运，你打狗是给谁看的？是不是嫌弃我老家伙了？挣不来钱我又喝了酒，你心里怄气吗？"

福运说："伯伯你别上心思，我是恨我哩！"

韩文举说："你应该恨你！大空现在成了事，给你月薪一百元你嫌钱扎手嘛，你现在喊没钱？！"

小水最烦伯伯说这话，就顶道："不到大空的公司去，是我和金狗商量的，这你怪不得福运！"

韩文举说："为啥不去？大空是旁人外人？他坐牢的时候，咱把他想方设法保出来，去沾他一点光哪儿不应该，况且又不是白拿他的！"

小水说："你呆在渡口知道什么呀，那里去不得的，这不是已经给你说过几回了吗，你还这么嘟嘟囔囔，你是图这个家吵吵嚷嚷热闹吗？"

韩文举偏要再说一句："听金狗出主意，那日子过到这步田地，金狗他怎么就不管了？"

小水气得抬起身走了，福运见小水走了也便走了。韩文举牢骚之后，也觉得有些不是，一脸尴尬到船上又去喝起闷酒。

这日月挨过几天，七老汉行船从白石寨回来找福运，动员福运再到河运队去。福运面有难色，韩文举却主张去，口口声声金狗和大空是出人头地了，能抗得过田家了，可县官不如现管，两岔乡毕竟田中正管，该低头时低个头，还是去河运队好。七老汉就说这是金狗的主意，特意让他转告的，并嘱咐他多承携福运。小水反复思忖：金狗和田家势不两立，能这样出主意，这也是一时没办法的主意。去就暂时去吧，却又担心田中正会不会报私仇拒绝呢？果然七老汉给田一申谈过之后，田一申坚决不同意，七老汉就联合上十个船工进行要挟：不吸收福运，他们就退出河运队。结果福运就到了河运队，在七老汉的船上帮忙。

临下船那天，小水送福运到岸边，替他拉展了衣襟，系好了腰带，说："到河运队这不是长久事，我想金狗叔也在想着办法，一等大空那边叫人放心了，你就去他那里。眼下到船上，你也不要太窝囊，咱不欺人，可谁要欺你就给谁个颜色！"

福运点点头，篙一点岸石，船便远行而去了。

小水自此在家里替福运操心，更替大空操心。她让福运去白石寨给金狗捎话：大空自幼没爹没娘野惯了，肚里又没多少文化，容易自己把握不住自己，还要金狗多多劝说。就是劝说不下，打也罢骂也罢，反正得照看着。

到了七月初，小水在家突然想起七月十一是雷大空的生日，掐指算算，正好是三十五岁。就自言自语道：明年三十六，是他的门槛年啊，门槛年是个灾年，一般人这一年都不好度过，他如今干的是叫人放心不下的事，这明年该不会有灾灾难难吧？越思越想也便越紧张起来，待到福运再行船去白石寨，就说："你去见了金狗，就说咱今年要给大空过门槛年，到了十一那天咱俩给他送红裤衩红腰带的！"

福运说："他明年三十六，今年过什么门槛年？"

小水说："门槛年都是提前一年过的，你见过谁当年过的？"

福运到了白石寨，将这话说给金狗，金狗很是感叹了一番小水的善良，便去到城乡贸易公司找大空。但是大空却没有在。公司的门面翻修得十分阔气，金狗一走进去，公司的办公室就设在原铁匠铺后院的厨房里，但全然不是往日的模样了，房子扩大了三分之一，墙也贴了塑料纸面，彩色天花板，上有吊灯，下铺地毯，靠墙一圈沙发。金狗第一个感觉是这里比白石寨县委的会议室阔了五六倍！里边坐着副经理刘壮壮和一个人正谈着话。金狗是认识刘壮壮的，但是这一个很陌生，穿着一件花衬衫，却结着领带，跷起的右脚上的棕红色尖头皮鞋，亮得特别刺眼。金狗才要退出来，刘壮壮皮球一样弹起来，叫道："记者来了！真是稀客，县上所有领导都来过，就一直盼不来你这位大神啊！来了使我们陋室生辉啊！"

金狗最讨厌这假惺假气的寒暄，当下问："大空在吗？"

刘壮壮说："先坐下吧！小王，给记者倒一杯饮料来！"

旋即一位很风流的女子端了一杯柠檬汽水进来，给金狗放在面前的茶几上时，那么妩媚一笑，说："记者是来采访我们公司的吗？"

金狗说："我找个人。"不知怎么心里突然想起那次大空喝醉时口袋里的避孕套，就再也不看那女子了。

刘壮壮一边递过香烟来，一边大声地说："大空不在，可你来得也太巧了，我介绍一下吧，这位是白石寨记者站的大记者金狗，这位是州城的'州深有限公司'的杨经理！"

金狗说："'州深有限公司'？"

刘壮壮说："记者能不知道这个公司吗？就是商州和深圳联营公司啊！这名字有气派吧，杨经理就是巩专员的姑爷啊！"

金狗在心里一惊：巩宝山的女婿，这些人是什么便宜也要占啊！不由得心中生出一团无名之火。这火是向谁的？向大空，向杨姑爷，或是巩宝山？他自己也说不清。当那杨姑爷伸出手来与他相握时，他"噢噢"着将手伸过去，刘壮壮便笑着说："今日是两个伟大人物会见啊！”

金狗说：“刘经理的嘴真是做生意的嘴！杨经理你们公司生意兴隆吧？”

姓杨的说：“还好。”

金狗便探问：“几时到白石寨的？这里有什么生意吗？”

刘壮壮就说：“咱白石寨有什么东西？杨经理干的是大买卖！金狗记者是大空的好朋友，不妨给你说，杨经理这次来，是商谈我们两个公司的事。”

金狗笑了：“搞经济联合还要保密吗？”

姓杨的说：“我一直有个想法，全地区的商业改革形成一个统一的阵线。如果可能的话，白石寨城乡贸易公司就应该属于‘州深有限公司’的分公司。现在是信息时代，那样就更利于搞活经济了！我下来就是商谈这事的。”

金狗说：“这气派好大，真要形成，力量就不得了！”

刘壮壮说：“你找大空，我们也在盼他快回来的，他是到省城去了，发来电报明日就返回，公司里的大事还得他定，假如是变成分公司，这里边涉及的问题就多了。”

金狗又打哈哈寒暄了一阵，问了巩宝山女婿的一些情况，就退出来回记者站了。

第二天一整天里，金狗始终惶惶不安，脑子里不时闪出杨姑爷那飞扬跋扈不可一世的样子，就是那满脸堆出的笑容，都几乎酷像骤雨袭来前的乌云，似狼，似虎，似魔，似妖。金狗觉得有一种危机在威迫着大空，也在威迫着自己。同时对大空的行为感到了一种屈辱和愤慨。他从清早就给贸易公司打电话，询问大空回来了没有？直到中午，雷大空回来了，他让立即到记者站来，大空推辞说公司有要事走不开，他便在电话上发了火：正是因为公司的要事才让你来的！大空来了，一进门，金狗却冷若冰霜地坐着不动，未沏茶，也未让烟，拿眼睛直愣愣看得他不知所措。

大空说：“金狗哥，你别那样看我，我最害怕的是你那样看人。”

金狗突然问道：“大空，你现在和巩宝山的女婿挂上钩了？你们公司要变为‘州深有限公司’的分公司？光赚钱还不够，还想攀上官家呀？！”

大空当场脸色大变，说：“你这是从哪儿知道的？”

金狗说：“你说有没有这事？巩宝山的女婿走了没有？”

大空便说：“金狗哥你把我当什么人了，我能给他巩家当一条狗？我大空知道我是什么人，我好不容易混到这一步，我能让巩家再把我吞了吃了？事情是这样的，我们公司开办以后，为了能站住脚，我是给白石寨田家人都送了东西，所以公司才闹到这一步！上次你和小水、福运劝我适可而止，留条后路，你们的话是对的，田家人吃了咱的他或许一时嘴软，但说不定什么时候翻脸就不认人，要长远着想，就得靠政治势力，我去找了巩宝山的女婿，企图找个靠山。巩家人他们办公司，闹腾得不知有我们几倍，他们也正想把势力往白石寨渗透，这些我心里当然明白，咱也是将计就计嘛！”

金狗说：“你还能知道这些啊？你想直接借用巩家的势力来和田家斗，你想得倒好，但事实上你又怎样呢？你们公司是怎样做生意你心里明白，以此论推你也该知道那个‘州深有限公司’是怎样做生意的，恐怕人家会比你们更厉害哩！现在人家想把各县的公司统一起来，形成一个经济大网，他们抓了权还要发钱财，你往里边钻什么，这就是你要将计就计吗？这你是不知不觉中要做帮凶嘛！”

大空摇着头说：“金狗哥你说得玄乎了！”

金狗说：“这不是玄乎不玄乎的事，我替你担心就担心这点，我当然给你也说不出更多的道理，可我总觉得你有些事悟不开，你会慢慢走到泥坑里去的。我现在不妨把话说难听些，你要再这样下去，我认不得你，你也就不要认得我！”

大空坐在那里，脸色白一阵红一阵，一额头的汗水，说：“金狗哥，这样办吧……无论如何，我还是要听你的，我现在就回去，撤销隶属分公司的决定。”

金狗说：“怎样办你自己处理吧，我再要告诉你，小水和福运让我转告说，七月十一是你的三十五岁生日，明年就到了门槛年，他们要来给你过过生日，想冲冲明年的灾难哩！”

大空说：“七月十一我生日？我都忘了，小水还记着？！”

金狗说：“仙游川的人都盼你出人头地，但都不忍你又变成一个他们嫉恨的人！”

大空鼻子突然酸起来，他说：“小水他们几时来？”

金狗说：“怕是在初十左右吧。”

大空说：“金狗哥，我现在最愧的是对不起小水和福运。上次我让福运到公司来，你不让他们来，可你知道不知道他们那次把排也给了人，日子过得紧张，在村里没了你，也没了我，他们好孤单的，我去信说要给他们一些钱，他们却不收……”

金狗说：“我现在让福运到河运队去了。”

大空说：“到河运队？你这也是糊涂了，你让他一个人到河运队，把羊往田中正的虎口里喂呢！”

金狗说：“这也是没办法的事，我想他田中正现在也不敢对福运怎样……你的公司如果真办得让人放心了，福运何苦要到河运队去？”

大空大声喘着气，说不出话来。

金狗送大空走了，一直送他到大街上，最后说：“你这几天能到我这里来一下，我想了解了解那个‘州深有限公司’的事。”

大空说：“了解那干啥，要揭内幕？”

金狗说：“有这个想法。”

大空迟疑了好久，方说出“好吧”，扭头就走了。

但是金狗等了两天，又等了三天，大空没有到记者站来。

来的却是小水和福运。小水穿了一件浅花衫子，因为是西式领，脖子白生生的露在外边，又穿了一条筒裤，腿也显得长了许多，鞋还是布鞋，但不是自家做的，黑条绒鞋面衬得白丝光袜子十分好看。福运是一身麻灰色涤良衣，头上戴着一顶新草帽。金狗一见就乐了："福运今日收拾得光眉豁眼了！"

小水也笑道："人家死活不穿啊！我就骂道：你要不穿，你就别跟我到寨城去，不要说丢我的人，你给金狗和大空丢脸吗？"

福运说："穿这一身，人走路都不会走了！"

他们拿了几个大包小包，一进屋就掏出来，一个二升面蒸就的大鱼，一件红布兜肚，一条红裤带，两件红裤衩，再就是木耳、黄花、核桃、栗子。金狗一件一件翻看了，说这里把大空当做过岁的娃娃了嘛，怎么还蒸有面鱼？小水说：过门槛年就等于新生哩！金狗就笑那兜肚，说是这么红的，大空会穿吗？小水就说了：不穿也得穿，这是贴身的又不是让他穿在外边？又拿出一条红裤衩说："这一条是给你的！"金狗抖起一看，又红又宽又大。福运说："我也穿了一条，这避邪呢，小鬼就不敢近身的！"金狗就笑道："小水把咱三人打扮得不男不女没大没小了！"

小水问："大空呢，你没让大空今日到你这里来吗？"

金狗说："前几天就说好的。他怕是生了我的气，几天都不来了！"

小水忙问："你和他吵架了？他最近怎么样？"

不提说则已，一提说金狗就上了气，将大空与巩宝山女婿往来的事说了一遍，小水和福运也只是叫苦，埋怨大空是糊涂了！正说着，大空进了门，一见三人正论说自己不是，就说："金狗哥又歪派我了！"

小水说："你胡说什么！金狗叔给我们说也是歪派了，你不说我还要问你的！金狗叔让你这几天到他这儿来，你怎么不来？"

大空说："我本来是要来的，但我不知道来了怎么对他说。金狗哥要揭巩家那个公司的内幕，我想来想去觉得这事难哩，就等着你们来了以后我再说的。"

金狗就说："大空，我看出来了，你是在我们面前就是人了，到了公司就又是鬼了！"

大空说："'州深有限公司'干的那些事是不敢见人的，可我们一些事也搅了进去，你要一揭人家，也就把我们搭贴上了。"

金狗说："你看，我说你滑到里边去了，你还不承认！但不管怎样，我非得揭一揭他们不可！"

大空耸耸肩直看着小水，小水就说："既然是这样，金狗叔你还是先不揭为好。大空，那你就得赶快同他们分开手！"

大空说："我要不听你们的，让我门槛年过不过去！"

小水厉声喝道："说放屁话！我们来是给你做啥来了？！好了，都不要说啦，咱好好给你过场生日吧，金狗叔，咱俩上街去买些吃食来，你哥儿们就放开醉上一场！”

大空说：“我已经给饭店说好了，咱去包他一桌！”

小水说：“今日不到饭店去，那里说不成话，又不能让你一吃就半天不起席啊！”

大空就只好作罢，却掏出一百元让买东西，小水又说：“知道你是有钱，可今日不花你的，我们是给你过生日，又不是你给我们过生日！你好好在家，把那红兜肚和红裤衩穿上，裤带也系上，你就是想穿金穿银，过了明年再换，你可要记住！”

这顿饭直吃到天黑方罢，果然金狗大空福运全都醉了。三个男人鼾声如雷，呕吐遍地，小水就伺候这个，照顾那个，一次一次给他们端水漱口擦脸，一遍又一遍垫土打扫。这一夜里，她一眼未眨，是菩萨，是保护神，是一只母鸡。当晚风凉凉地从窗口里吹进来的时候，她看见了漆黑的夜空上的七斗星中的前三颗星星，同时感觉到了一个幼小的生命正在腹中蠕动着。

金狗并没有让小水和福运立即回到仙游川去，他安排了几场戏叫他们去看，自己却又着手了解起巩宝山女婿办公司的情况。恰这时州城报社的一位记者到邻县去采访路过这里，金狗便谈起这件事，那记者的一席劝告却使他陷入了极度的苦闷之中。金狗只知道巩宝山女婿的这个公司是州城与深圳某单位联合开办的，但他万没想到巩宝山的女婿原是在省城工作，先停薪留职参加了省上一个公司，那公司的经理是省委的某领导的子女，后又到了州城开办公司，便与深圳一家公司挂钩，那家公司竟又与中央一首长的亲戚有关系，发展发展就形成了现在的“州深有限公司”。

金狗困惑了，他不知这种揭露应从哪里下手。

作为一个州城报社的记者，金狗是可以搬动一个东阳县委的书记，但要捣毁一个如此错综复杂的关系网，就难了，太难了！而且正如大空所说，要揭开“州深有限公司”的内幕，必然就得把大空他们贴赔进去了，金狗从心底来讲，无论怎样也不愿伤了大空啊！

当小水和福运从剧院回来，金狗是在床上睡着，脸色黑昏，十分难看。小水吃了一惊，以为是病了，用手去摸金狗的额头，金狗就爬起来，说是没病。在吃饭的时候，小水又一直注意着金狗，瞧见他吃过一碗就放下筷子了，问他有什么事了，金狗只是不说，小水就生了气：“要是没病没事，怎么就是这样？！”金狗该怎么对小水和福运说呢？他明白这事给他们说了不但解决不了烦闷反而会增加他们的负担，就强起精神笑了几笑，又端起碗狠劲吃下一碗。

小水和福运又去找了大空问金狗这是怎么啦？大空也说不清。夜里金狗寻地方去睡，让小水和福运睡在他的宿舍里，两口子又说起金狗。福运说：“金狗问这样不是，问那样不是，是不是……”小水说：“是啥？”福运却不说了，隔了许久喃喃道：“咱在这儿睡呢，金狗一个人孤单的。”小水也说了一句“孤单”，立即就不言语了。福运说：“你说呢？”小水说：“我说什么？”福运说：“我想我明日得回去了，几天没在河运队，田一申会怪罪的。”小水说：“那都回吧。”福运说：“……你再呆几天吧。”小水已经明白福运的意思了，她恨恨地捶了福运一拳，打过了却紧紧地抱住他，为她的善良的丈夫而哭泣，也为着她和睡在另一处的金狗哭泣。

翌日，小水和福运走了一趟寨城南门外的阁楼房，遗憾的是白香香告诉他们：她物色了几个姑娘，但不是人家已经有了对象便是人才品德都有些毛病的，答应以后再找。两人到记者站，金狗去上街了，福运说：“白香香没有物色下，就是瞄上一个了，金狗也不一定去相看的！”

小水说：“只要合适，他能不愿意？他那么大年纪了，若是别人，孩子也几个了。”福运想说：金狗为啥不找女人，他心里只有你小水啊！但他这话说不出来，只拿拳头把自己揍了一下。

小水说：“你疯了？！”

福运说：“我心里也烦闷得很，你让我到街上去逛一逛。”

福运走了，但他并没有在街上逛，他痛苦地来到了寨城南门外的渡口，想哭没有眼泪，想喊也喊不出来。恰当时有几只船上行去两岔镇，他搭上就走了。

金狗从外边回来，看见小水一个人痴痴地坐在房中想心思，问，福运呢？小水说到街上逛去了。两人一等不见回来，二等不见回来，顿觉疑惑，小水猛地说：“他八成是回仙游川了！”金狗莫名其妙，追问怎么不吭一声就走了？小水突然泪流下来，说：“你不要问！你不要问！”接着就嚷道她也要回去。金狗无奈，就说他陪她回去，两人到渡口上，却再无一船一排，遂去车站搭了去州城的班车往两岔镇去了。车在两岔镇停下，金狗却决定他不回村了。

小水问：“到家门口了你不回去？”

金狗说：“我到州城去吧！”

小水又问：“你没打算到州城的，怎么就要去，有啥事吗？”

金狗说：“……没事。我想去一下好。”

车重新开走了。小水默默地望着远去的班车，她感到疑惑不解。坐在车里的金狗现在也把脑袋垂下来，他同样为自己产生去州城的念头而疑惑不解。

金狗在州城下车的时候，已是万家灯火，习习的凉风夹杂着州河的腥味，使他有些清醒，但进入了大街，忽明忽灭的霓虹灯光，尖声怪气的舞会厅中传出的音乐声，以及混合杂乱的人车嗡嗡声又使他头晕目眩。他站在十字街口的中心，望着东西南北四条大街，他不知道该回报社去，还是先到某一家酒店去，他觉得太累，心里又憋得慌！当他走进一家舞厅，看见了风度翩翩的一对对男女时，他突然决定去找石华！

这一晚，因为丈夫带着孩子去外地亲戚家了，石华收拾了房间后便去洗了一个澡。她刚刚回来，对着镜在头发上施发油，屋门被人敲响。她大声喊着：“请进，门掩着！”那人就进来了。石华猛地在镜里发现走来的是金狗，她惊叫了一声，两人同时在镜子里发呆了。

这是一个宁静的夜晚，而又是一个疯狂的夜晚，石华把以爱凝固的仇恨又融作爱去迷醉自己消亡自己，金狗则像吸食大烟土一样，明明知道大烟土要毁掉自己的生命，却要在吸食中得到烟瘾而使生命极尽畅美。极度的发泄，使他们像狗一样地发毛蓬乱，又像药渣一样失去劲气，他们听着桌上的三五座钟的尖而脆的“嗒嗒”声，石华说:“一直在想我吗？”

金狗说:“是想吧。”

石华说:“那你为什么要一声不吭就离开州城呢？”

金狗说:“我想离开。”

石华说:“那现在为什么又回来？”

金狗说:“我想回来。”

石华恨死了这种男人们的强硬的语言，但她也正因为金狗这种强硬而没死没活地爱着这个男人！她说:“回来了，我就再不让你走了！”

金狗说:“不走啦，我想在州城里成家。”

石华说:“你还没有和那个英英结婚？”

金狗说:“早吹了！”

石华说:“那好，一个姑娘正托我找个对象。她最烦小白脸男人，一心要找一个高仓健式的！”

金狗便在石华家住了三天，三天里，金狗是相见了那位姑娘，但姑娘竟也是“州深有限公司”里的人。而且经过了解，石华也是从商场停薪留职，同人开办一家广告装潢公司，也同省城的一个高干子女的什么公司有密切联系。这位姑娘是看中了金狗，当然她不满足的是金狗太土，且家在乡下又有一个老爹，这些她认为都可以改变，却要求金狗要么和她去省城工作，要么就去深圳。

金狗气得在石华家破口大骂:“让我也去‘州深有限公司’吗？去他娘的吧！怎么都是这样？走到哪儿都是这样？！这就是生活吗？生活就是这么大的网？！石华，石华！”他恨声地叫着石华，连着说了五个“难呀，真难呀”！

到了此时，金狗觉得石华也是一样的丑恶，他后悔起自己这次到州城见到她，更为着自己的丑恶而震惊！

金狗甩开了石华，搭上了回白石寨的班车，满心里只留下了一个小水的形象，天下只有小水是干净的神啊！

22

金狗回了一次老家。

爹显得很老了，又添了咳嗽病，啰啰嗦嗦诉说金狗的婚事，说：“金狗，你难道要打一辈子光棍吗？我身子一日不济一日，甭说无人照顾我，可我怎么能闭了眼睛去见你娘呢？不静岗，仙游川，就是两岔乡四村八庄的，哪里还有你这么大的人没有个媳妇?！你不要人家英英了，人家英英跟了一个军官，娃娃都怀上几个月了，前天我在渡口上见了，人家扭着身子偏高声夸她的男人，是故意说给我听的呀，金狗！”金狗闷不作声，末了还是一句话：“这事爹不要管！”爹就少不得又骂一顿，流几滴涩酸的眼泪。金狗给爹说不清，天黄昏时就到渡口上去。

韩文举正在船头剖一条鱼，四只五只鹭鸶就在头顶上盘旋，大胆地从他的手里抓去鱼肠。舱门口倚着不静岗寺里的和尚，头更光了，亮亮的如镀一层蜡。韩文举声明今日不讲佛禅，说和尚论理不过就满口“般若”、“菩提”，谁晓得口里念什么鬼经。和尚只是呵呵直笑，果然心身到了凡尘，竟说出更粗更野的话，使韩文举也望尘莫及！后来两人就斗起花嘴，互相以抽烟和不抽烟为理由赌咒对方。韩文举说：“不吃烟不喝酒，活着不如一只狗！什么不抽烟？兔不抽烟，兔嘴是三角豁豁嘛，叼不住烟袋嘛！鳖不抽烟，鳖盖大，抽了烟呛眼睛嘛！驴不抽烟，驴蹄子是囫囵的，拿不成烟袋嘛！”骂了不抽烟的和尚，和尚就说：“是兔才抽烟哩，你没见兔拉屎都是烟泡吗？是鳖才抽烟哩，你没见鳖盖黄黄的，全是烟熏的吗？是驴才抽烟哩，你没见驴后腿中间别了那么个大烟袋吗？”和尚到底比韩文举知识高，骂出话来，连韩文举也笑得嘎嘎直喘。两人见金狗来，停止嘴皮之战，韩文举就问白石寨的新闻动态，说：“金狗，上边又有什么新的政策了吗？”

金狗说：“和尚的耳朵长哩，他什么不知道?！”

和尚说：“我知道什么呢？我又不是决定政策的人！我也糊涂了，现在政府什么都让活起来，钱挣得多了，可物价却在涨！”

韩文举说：“金狗，我要问你，雷大空真的大发了吗？那小子好久不见回来了，听说阔得金水银水往外流哩！老先人讲过：不穷十户，不富一户，钱让一家挣得那么多，共产党允许吗？共产党怕也要调整调整政策吧？”

金狗就笑道：“韩伯你能治国哩！新政策一颁发，你害怕变了，到了现在，你倒希望再变一变！”

和尚就作践道：“你韩伯是宰相之才，可惜窝在州河渡口上！文举你也不要伤心，当年姜太公就在渭河岸上钓鱼，被周文王用马车接了朝里去的，你等着吧！”

韩文举也得意了，却骂道：“我要是姓田，或者姓巩，也真说不定的！和尚，到了那时，我会请你去当计划生育委员会主任哩！”

和尚并没有过来报复，韩文举则以为他会抓自己的嘴，慌忙站起，不想头顶上的鹭鸶一齐扑下来，衔了那切开的鱼块从水皮子上飞走了，气得他捶胸跺脚。

夜里，金狗害怕爹再嘟囔，就托韩文举去他家睡，与爹劝慰，他反替韩文举照管着渡船。天擦黑的时候，金狗靠坐在船舱口，似睡非睡，看水面上的雾浓得扯不开，且越来越大，很快失了水波的闪光，一切都进入夜的死寂了。金狗欲思想些什么，但什么也懒得去思想，这天籁沉沉的静夜，最宜于他的心绪了，他觉得很累，难得这么一个无思无虑的时候，就勾下脑袋渐渐息眠了。不知过了多少时候，他突然又醒来，听见了不静岗寺里的钟声，声声悠扬，感觉到这钟声是那么幽邃和庄重，有一种说不出的意味，沉沉地从水面上漾过去了。水里明显着无数的星星，像宝石一样固定在一个方位。金狗觉得这景象极美，陡然涌动了兴趣去数那是多少颗星星。第一遍数了一百五十颗，第二遍数了一百八十颗，他奇怪的是怎么一遍与一遍的数目不同？恰这时就听见一种沙沙的细响，以为是风，风是无形的，它只有在吹动了河滩上的落叶才有了形。他又静观起水面，水下的星星还是那么沉稳，水波并未兴起。这时候，那沙沙的声音似乎更大了，是从对面的河滩一直响过来的。接着就有人叫喊："有船吗？有船吗？——喂！"

金狗知道是有人要摆渡了，并不回应，只悄悄划动了船过去。对岸河边上站着一个人，身边还停放着一辆自行车。

那人说："多谢您了！我是要到对岸寺里去的。耽搁您的休息，我付您加倍的船钱。"

金狗说："不客气，上来吧！"

那人扛着车子上来了。这是一位中年人，穿着陈旧而得体，戴一副眼镜，文质彬彬；而自行车的后座上却放着一个极大的皮革箱子。

金狗说："你不是本地人吧，打哪儿来的？"

那人说："不是本地人。我也具体说不清我是打哪儿来的。"

金狗说："到寺里去求神？"

那人说："不是。我是听见钟声去那儿的。"

金狗说："那你要去那里住些日子？"

那人说："这我不知道，或许住下，或许不住下。"

金狗就有些奇怪了，说："既然你去寺里不是求神，也没别的事，一定是去那里投宿了吧？夜这么深了，到寺里去还要走一段路，不嫌弃的话就睡在船上吧。"

那人说："你猜得很对，我是下午到的白石寨。在那儿吃了一顿饭，赶到那边镇上，镇上人家都关门睡了，听见钟声，知道这边有寺院，就过来了。能在你的船上睡一夜，这敢情好呀，只是打搅你了！"

金狗说："你不是庄户人，只要能在这船上睡得着，你就安生睡吧。"

金狗收拾了舱里的床铺，那人就连声说了"谢谢"，一头倒下去，很快就鼾声如雷了。金狗又静坐了一会儿，听听四周一切安然，估摸再也不会有人摆渡，就被这鼾声所传染，眼皮也困起来，脱鞋解衣便睡在床铺的那头了。

第二天早晨，金狗醒来，韩文举已坐在床前，说："金狗，昨夜里来了什么人了？"

金狗说："一个过路的，半夜要到寺里去，我留下睡了。"翻身叫那人醒来时，床铺的那头却并无人，也吃了一惊，说："人呢，他走了？"

韩文举说："他留了个条子，说是夜里再来，让把他的自行车和箱子保管好。"

金狗出舱看时，那车子和箱子果然放在船头。

韩文举说："这是什么人，叫什么，干什么的，哪儿来的？"

金狗说："我也不知道。这人好怪，这么早就出去走了，却把车子和箱子留在这里？"

韩文举说："金狗你好马虎，这人是什么模样？是不是逃犯，还是来私收金银文物的？"

在韩文举的摆渡的历史中，他是遇到各色人等的，就曾有过两次，是逃犯，他刚刚摆渡过了河，公安局的人就赶来了。也曾见过外地来人做走私的，在这一带民间收集元宝金戒指、银项链，甚至看见他那六枚摇卦的古铜钱也想收买。听韩文举这么一说，金狗也疑心了，两人便将那皮箱打开，竟发现里边满满装着一些书和各类大小不一的笔记本。翻开笔记本，上面尽记载了所到之地的见闻：有历史的，经济的，政治的，风情的，轶事的。金狗恍然大悟，叫道："韩伯，这是一个文化人，作考察的。这种考察这几年很时兴，有徒步的，有骑自行车的，还有驾着船行完黄河的，他们不是学者就是作家。"

韩文举似乎不大理解。天底下竟还有这样的人？他们都是些有吃有穿的人，偏这么苦行僧一般四处奔走？！便说："这么说，和你是一路人了。他考察这些做什么用，八成怕是有神经病哩！"

一天各忙其事，无话可说，到了晚上，金狗因想与那考察人好好聊聊，故又让韩文举睡回家去，自己就拿了好多饭菜和酒，等着考察人到来。果然夜幕降临，那人匆匆而至。金狗自报了自家姓名、工作单位，直截了当询问起那人情况，那人很是高兴，才说出他出外考察已有一年三个月了，走遍了陕甘宁三省。这次到了州河岸上，他十分感兴趣，又决定沿州河考察，始于州河的源头，行经了二十天才到了这里。本来昨天是到了白石寨，却听说白石寨县最好的地方是两岔镇，才又连夜到了镇上，不觉在船上宿了一夜。金狗见此人谈吐不凡，又都属于文化系统人，就拿饭菜给他吃了，且喝酒助兴，侃侃而谈起来。

金狗说："你这工作辛苦是辛苦，却大有意思！我是自小生在州河上的，倒还没走遍过州河哩，你跑动了这么些日子，对我们州河有何感想？"

那人说："州河在你们省上是属第二条大河，但却是最有特点和个性的河，它流经三个省，四十六个县，全长二千八百里，深深浅浅，弯弯直直，变化无穷，也可以说它是这块边地境内最深最长也最浮躁的河！州河两岸，山光秀丽，风景迷人，物产虽然不丰但品类繁多，人民虽然贫困但风俗古朴……”

金狗击掌叫道：“说得好，说得好，你几句话就把我们州河概括了！能来到我们这里，你就不妨多住几日，好好再了解些情况。目前农村变化很大，不夸口地说，现在所有的农民都有粮吃了，但同时存在的问题很多哩。你今日一早又是到哪里去考察了，有收获吗？”

那人说：“我每日起得早，这成习惯了，所以也未叫醒你。我先去了镇上，在一家酒店里坐了半日，和那店主聊了聊你们这儿的历史传说、奇闻趣事，又详细问了他家的经济收入。后来我就信步去了东王沟和贾家村，走访了四家农民。”

金狗听他详细讲了这四户农民的情况后，他虔诚地请教道：“你走的地方多，见识广，你觉得中国目前的改革怎么样？下一步估计有什么发展变化吗？拿我们州河与全国别的地方相比，又会怎么样呢？”

那人说：“你也真不愧是记者！这些问题我也正需要请教你呢。我在你们这一带，有一个最深的印象，就是这里的人，不论是干部、工人还是农民，一聊起话来，竟都关心的是天下大事！”

金狗就笑了起来，说：“这地方穷呀，越是穷的地方，天下的变化最能关联到他们的切身利益。我近来常想这么一个问题：现在的国家政策是好的，土地承包解决了农民吃饭问题，而允许和提倡搞商品经济，这也是对的，但现在有些人一搞起生意来，竟一下子身裹万贯，而这些钱差不多是靠一些不正当的手段得到的。如果这样下去，个人或许是富了，但国家的经济却受到损失，以至出现市场物价上涨，贿赂严重，社会风气不好。这些现象是主流还是支流，是好事还是坏事，我也拿不准，一时感到振奋，一时感到忧虑，写报道也不知如何写。当然，这也是我学历浅、知识窄、水平低所造成的原因，你能说说你的高见吗？”

那人说：“你这些问题想得太好了，我也是带着这些问题才出来考察的。以我个人之见，党的现行政策的基本方向毫无疑问正确，中国发生的变化，尤其农村的变化，足以证明这点。但是，我们毕竟是在毫无可以借鉴经验的情况下这样干的，好比人在一条曲曲折折的隧洞走，看到了前头的亮光只说明方向对，可随着生活的进一步变化，这里边同时暴露了许多问题，如解决不好，也有可能导致别的危险。总之，改革是艰难的。”

金狗说：“这是什么道理？”

那人说：“中国历史上长期是封闭式的封建主义国家，解放以来虽然是社会主义性质，但封建主义沉淀的东西太深太厚，现在一经脱离这种封闭状态，经受商品经济的刺激而获得活力，这就像浪潮一样，一下子冲开传统生活的堤岸，向新的天地奔腾而去。在变革中，人的主体意识大大觉醒了。一些人认识到了自己的存在和价值，而同时他自身的素质太差，这就容易使他把方向搞错，把路子走歪，这也就是之所以有人为了自己挣钱而不惜任何手段去坑集体、坑国家。金狗同志，你觉得这话有没有道理？”

金狗说：“……是这样的。能不能这么说，在改革中我要注意到人的改革？”

那人说：“你这话说得通俗又明白！金狗同志，你是本地人，又是记者，这里的情况一定十分熟悉，你若有时间，明日能陪我再出去考察些情况吗？”

这要求金狗满口应允了。金狗的文化水平并不高，与这考察人一夜长谈，对他来说，简直像读了十年书！他深深感觉到自己观察的问题太窄小，思索又太浅薄，是真该抓住这机会好好向人家学习了。

接连三日，金狗陪同了这位远路客人，走访了七里沟、夏家营村、茶坊镇等五个村镇的四十二户人家。在走访的过程中，他认真听取考察人所提的问题，以及提问题的角度，他更加佩服起这考察人的本事了。白天，他负责到农民家里安排饭食，到了晚上，就和考察人回到船上，不停地请教问题。后来，韩文举也知道了这个考察人是一肚子学问，就来凑热闹，发表自己对天下的见解，对两岔镇的看法，对仙游川的是是非非的分析。

也就在这么一个晚上，山高月小，水波不兴，韩文举到船上来，黄狗也跟了来，就把狗带进舱里，三人摇船到河心聊天。后来，岸上就有狗咬，三声两声地叫得十分烦心。韩文举说：“谁又要过河了！”就把船又靠了岸。但岸上空寂无人，只有三只狗在那里吠。韩文举就骂道：“把他妈的，没有人狗咬什么！”就抄起船上一根大棒掷去，正砸在一只狗的背上，三只狗就嚎了一声散去。但韩文举才一进舱，那三只狗又跑至岸边一哇声地叫，他就说：“金狗，你跑得快，上岸把那癞东西撵走，它吵得我们怎么说话？这些狗与我都熟了，带到渡口来，太熟了就没皮没脸地和你闹着玩！”金狗上到岸上，狗也撵不走，且发觉岸上的狗一叫，船上那只黄狗也就叫一声，金狗就大喊道：“韩伯，你别胡吹，什么这一带人与你熟，狗也和你熟？这狗不是叫你呢，它们约船上的黄狗哩！”考察人哈哈大笑，韩文举就觉得难堪，拍拍身边的黄狗说：“叫我家的黄狗？莫非谈恋爱不成？”这黄狗经他一拍，汪地蹿出来，于船头一个跃起，身子如弓一般跳上岸头去了。

金狗也打趣道：“韩伯，你整日在船上和妇道人家说说笑笑的，养的黄狗也学起你的样儿来了！”

韩文举骂道：“好小子，你在生人面前糟践我？你金狗也不如个狗哩，狗都知道谈恋爱，你三十三四了，没见女人的腥，你白活人了！”

骂罢，并不解气，觉得这狗使他在考察人面前丢了脸皮，且这骂声并不恰当，骂金狗白活人了，他自己不也是老光棍，不如 只狗吗？！就又笑着对考察人说：“你喜欢不喜欢吃狗肉？”

那人说：“狗肉当然香哩！”

韩文举就抓了一盘系船绳跳到岸上去了。金狗问："韩伯你做啥？"韩文举说："咱捉一条野狗来，杀了招待客人！"金狗说："你知道这是谁家的狗，你捉得住吗？"韩文举说："我当然知道，这是野狗，色胆儿和田中正一样的，你跟我来吧！"

两人追狗到了岸边沙滩，三只野狗正围着黄狗叫，后来三只就互相厮咬，也便顾不及有人到来。韩文举手一扬，"日"的一声甩过套绳去，便将一只白狗套住。那狗一惊叫，竟带套绳而跑，韩文举就被拖在沙滩上，手脸都磨破了。金狗忙帮韩文举将狗拉到船上来，两人就在船头将狗勒死。剥狗皮，砍狗头，剖腹开膛。韩文举用刀割下那狗的鸡巴，说："你再不能来勾引哩！这玩意儿真把你害了！"

这时候，河面上有哗哗的水声，像是一只船从下游上来。韩文举说："有人来了！"随之就将狗皮狗头狗下水，以及那个狗鸡巴全丢进河里，大声地问："谁？谁在行船？！"

下游处果然有回应："是伯伯吗，我回来了！"水光迷蒙处一只船出现，船头上站着福运和七老汉。

韩文举说："老七，你老家伙吓我一跳，要不你会多吃个狗鸡巴呢！"

七老汉和福运将货船靠了岸，就上到渡船上，七老汉见是杀了狗，眉开眼笑，要寻一句脏话回敬韩文举，发现船上有一干部模样的生人，就不言语了。金狗互相介绍之后，考察人的兴趣便大增，一眼一眼盯着七老汉和福运的装束，问："老伯伯和大哥是从哪儿撑船回来的？"七老汉说："荆紫关，给镇子商店运了些香烟，今日船轻的！"考察人说："荆紫关是什么地方，离这儿远吗？"七老汉说："是州河下游处的一个码头，远倒不远，顺水一天就到，逆水一天零两晌就可以了。"韩文举就说："今日怎么到这个时候才回来？"七老汉说："这你问问福运！"

福运已经按韩文举的命令把炉子生着炖狗肉了，火光喷出炉膛，映得他一脖脸一胸膛赤红，几天的水上行船，日头和风沙已经使那张老面的脸越发粗糙了。听七老汉说他，他就嘿嘿直笑，说："七伯还在埋怨我？我不在荆紫关耽搁半晌，一路上你让我给你讲故事解闷，我拿什么给你讲的？"

金狗说："荆紫关出了什么趣事，你讲讲，这位同志是作州河考察的，他也是专喜欢听这些的！"

福运说："荆紫关北十五里那边山里，出了一个山里娃子，这娃子前年考上了大学，好有名哩，是那一带考上的第一个大学生。他上大学前在村里定了一个女子，到大学后，他学习特别好，开始写起文章，是写的什么小说的，就写得也出了名，竟能在省城的几家报刊上得奖！这山里娃子命壮哩，他班里有一个教授的女儿，那女子就也爱上了他。对，我说漏了，他到大学后，穿的当然还是咱山区人穿的衣裳，同学们倒瞧不起他，那个教授的女儿叫过他'稼娃'，当众戏弄过他的。后来他文章写得好，教授的女儿就和他最能谈得拢，送他钱，帮他买好东西吃，买新衣服穿，他病了住医院，她哭哭啼啼到医院日夜伺候他。后来，他们也就睡觉了。后来，他竟把那教授的女儿杀了，是他们在睡觉时他掐死她的。女子死了，他还搂着她直睡到半中午。后来就去自首投案了。”

韩文举说：“福运你讲完了吗？你那嘴真是木头做的，讲得没盐没醋的！”

福运说：“这还不生动吗？我在荆紫关街上看的布告，那山里娃子是被枪决了，布告上说的才要简单。我看了，真觉得怪，这娃子怕是疯了？！”

韩文举说：“这有什么怪的？他一定是还在爱着村里那个女子，和教授女儿睡了觉就良心受谴责了。男人家干那事，事后都要后悔的。他怕良心受到谴责，又摆脱不了那教授女儿，就把她杀了。巩宝山的事和这是一样的，只是结果不一样，巩宝山进城后爱上个女学生，但他不先提出和原老婆离婚，要叫老婆提出，就整日折磨她，将那女学生领到家来气她，晚上回来迟了，老婆问他是开会去的吗？他就说：不是开会，是那个女学生陪我去玩了！老婆就哭，他却又哄劝，拿了手帕让擦泪，却说：这手帕就是那个女学生送我的！这老婆是张家岭张善子的女儿，人心小，就上吊死了。她要不上吊，再发展下去，说不定巩宝山也要杀了她！”

韩文举讲到这儿，才发现他举例的巩宝山要杀的是自己老婆而不是野老婆，和山里娃子所杀的不一样。但别人没有提出异议，他也就不解释了。

福运又说：“荆紫关的人议论纷纷，说这小子不会享福，你进了城不想要山里女子可以离婚，山里女子当然不如城里女子，可偏偏把人家杀了，杀了人也就把自己断送了！有的人说，这娃子从小就性硬，要打人就要打赢人，打不赢他就不动手，活该是挨枪子的坯子！有的人说，那一带地方有一条河，天下的河水往东流，那里河水却流西，风水不好就出怪人怪事。他的上辈人就野蛮得很，他老爷当过山大王，他爹一九六○年聚了好多人闹事，说是暴动进过牢，后来又说不是暴动，人是放了，但都是性硬人。龙生龙凤生凤，老鼠儿子能打洞，这小子就杀了人！”

考察人一直听他们说，这时开口道：“这案件我不大了解，听这么说了，倒觉得这事极有意思。往荆紫关怎么个走法？”

金狗说：“你感兴趣了？想去考察吗？”

考察人说：“这件事很值得去考察考察，一个山里娃子上了大学，成了名。又被一位教授的女儿爱上了，应该说是够幸运的吧，可他偏偏在与人家发生关系后杀了人家？！这似乎是精神失常了，是疯了！可我想，这其中怕不这么简单，因为对于一个心理褊狭的人来说，他大都是患得又患失的，成功了，虚荣心更强，只要有一点点挫折，一天到晚就要疑神疑鬼，认为别人设了圈套让自己钻。而失败了，那更无法容忍，时时刻刻都只想着复仇……”

金狗问：“这种人你说是心理褊狭？那怎么就能有这种心理呢？”

考察人说：“我国长期以来经济不发达，地区之间贫富差别很大，商品流通又不开展，在许多山区，又加上闭塞、保守，这种褊狭心理就容易形成了。更何况这后面还有一层社会心理，就是说一场大的动乱过后，社会心理容易产生变态情绪，狂躁不安，丧失公德，不要法纪，把流血也不当回事。日本战后的情况就是这样，而中国的一场‘文化大革命’之后，也正是这样，这次我沿途考察，碰到这样的人和事就很多的。在我接触的一些人身上，总是怎么也不如意，怎么也不合适，甚至总有一种复仇欲，但到底向谁复仇，他自己心里也不清楚，实际上就是毫无对象，也要恨，要憎，要报复。只有让这种浮躁不安的情绪狠狠发泄上一次，他的心灵似乎才能得到片刻的安宁。这种人是时时都需要一种‘强刺激’！”

考察人的口若悬河，使七老汉和福运目瞪口呆，连韩文举也自愧不如了。他们虽然听不懂这陌生人的文绉绉的言辞，但他能这般滔滔不绝就够他们心服口服，何况新名词一个接着一个！

韩文举说：“这同志你文墨深，是啥学毕业的？”

考察人说：“大学。”

韩文举叫道：“难怪你一套一套的，原来是科班！”

考察人笑着说：“我一口学生腔，惹你们听烦了！我跑了些地方，碰到过这种类似的事情，爱琢磨，一激动就胡说了。”

金狗一直没有插话，使他吃惊的是，这位考察人说的一席话竟似乎全是对着他来说的，是对着这个仙游川的人来说的！当福运揭了狗肉锅，用筷子插肉烂了没有，所有人都叫“好香”！他闻不来，还在问考察人：“你分析得很有道理，你怎么就能分析到这一步呢？”

考察人说：“如果不从法律观点看，仅从社会学角度看，法院判他是‘极端个人主义’而发展的结果，这是不准确的，判他是流氓杀人也不准确，因为这后面包含赤裸裸的实实在在的一种时代‘心态’，即特定历史环境中的普遍意识。”

金狗忙问：“心态？你怎样看待这种‘心态’？”

考察人说：“在我们今天的时代里，是浮动着这种特有的时代心态的。我们可以说得更远些，五十年代，我们国家处于苦战胜利后的高度兴奋之中，那时的心态是积极的，完全可以成为我们前进的动力。但是我们这个民族有它自身的先天不足，正常的兴奋转化成病态的亢奋，自信便化为无知的狂热。一九五七年的失误，一九五八年的挫折，一九五九年的持续亢奋，一直到了十年‘文化大革命’。现在一旦睁开眼，看看世界，人家早已把我们甩下了整整一个世纪，心灵的觉醒就转化成心理的失重，虚妄的自尊逆转为沉重的自卑，因此狂躁不安，烦乱不已，莫衷一是，一切像是堕入五里雾中，一切都不信任，一切都怀疑，人人都要顽强地表现自己的主体意识，强调自我的存在，觉得怎么也不合适，怎么也不舒服，虚妄的理想主义摇身一变成最近视的实用主义。”

金狗说："但我觉得，烦乱中有它的好的一面，就是要求振兴的内心骚动。就是发牢骚，也未必不包含某种合理要求。"

考察人说："你说得很对。民族价值的贬值，导致了对个人'自我价值'的呐喊、追求，但对个性的追求是有个临界点的，如果超过了这个临界点，以强烈自卑为基础的对自我价值的强调和追求，推到极致便是自我价值的完全丧失。荆紫关那边的山里娃子恐怕也属于这样的心态吧。"

金狗沉默起来了，他喃喃地说："那我们现在应该怎样办呢？"

考察人说："你们？"

金狗知道失言了，就笑了笑，掩饰过去了，又说："照你这么说，对这种社会心态，主要靠疏导，该怎么疏导呢？"

考察人说："我现在也正想以此写写文章，我个人觉得，应该要发扬我们这个民族最可贵的一种品质，就是韧性的精神！"

由荆紫关山里娃子案件的谈话最后完全变成了金狗和考察人的对社会问题的探讨，福运和七老汉便失去了兴趣，一心去照料狗肉锅了。韩文举到了此时，也感到自己不如考察人，也不如了金狗。他们的谈话他插不进去，便又和七老汉去说粗话，斗花嘴，又骂着福运把煮熟的狗肉盛在碗里，将酒倒在杯中。就喊金狗："金狗，你们是秀才见秀才，说不完的话啊！那嘴也该困了！让客人吃狗肉喝烧酒吧！"

金狗便停止了提问，热情招呼考察人入座。这考察人竟十分善喝，几巡过后，福运和金狗都有些招架不住了，但考察人仍面不改色，神清目明。韩文举拉金狗到船舱外，说："这客人好酒量，你去我家，让小水再拿出三瓶酒来！"

金狗说："喝得不少了，再喝就全要撂翻了！"

韩文举说："撂翻了好！人家既然喜爱咱这个地方，咱怎么能会不得酒？把客人喝醉，也是咱这儿风俗，他不会上怪，反而要高兴哩！去吧，又不叫你破费！"

金狗只好又拿了三瓶酒来。韩文举斟满一杯，对考察人说："我老汉敬你一杯！我们山地人没什么好招待的，只有这水酒，你要看得起我，就不要推辞，杯子见底吧！"

考察人站起来，连声道谢，双手接过喝了。

韩文举就给福运、金狗、七老汉使眼色，三个人又都一一站起敬酒，一敬三杯，杯杯见底，那考察人竟全喝了！

三瓶酒喝下了两瓶，韩文举还要起来敬酒时，头一歪，身子一斜，便呼呼噜噜醉倒了。接着，金狗头晕得直想吐，福运闭着眼睛靠在一边不动，只有七老汉还清醒，说："真没出息，客人没醉，主人全醉了！夜不早了，都歇下吧。"便将韩文举扶上床铺，让客人睡在另一头，金狗和福运则安排在床铺下的一堆干草里，他便一晃三摇回家去了。

一觉睡去，昏昏沉沉，不知生死，到了天亮，金狗醒来，河面已霞光锦铺，十分耀眼，看舱里人时，韩文举和福运还在昏睡，考察人则不见了。出了舱，方见船是停在了河的对岸，客人的自行车和皮革箱子也不见了，而在舱门上挂一纸条，上写道："多谢关照，终生难忘，因酒未醒，不忍打扰，留条而去，万望谅解。"

金狗"哦"了一声，伫立船头，望河面晨雾初散，宽阔一片，心里不觉有了几分空落。

一整天，金狗一直在想着与考察人的奇遇，又激动又惭愧。激动的是自己开了眼界，活腾了思想；惭愧的则是自己作为一个记者，要学的东西实在太多了。考察人的见解，使他不由得想到大空的城乡贸易公司的情况。金狗在回到白石寨记者站后，他就给州城报社内的，以及各县一些驻站的年轻朋友去了信，谈了他所见到的考察人，谈了考察人的观点，他呼吁：咱们这些人，大都不是科班出身，理论知识太差，虽从基层上来或常年在基层工作，但观察问题又往往流于就事论事，为了加强自身修养，年轻人应组织起来，经常学习，交流一些思考。熬过三个晚上，他又终于写出了关于雷大空公司的一篇文章。这文章没有直接寄与报社编辑部，而是又复写几份，分头寄给他那些年轻记者朋友，让他们看看，交换一下意见，其主要内容是："皮包公司的买空卖空，哄抬起了市场物价；党政机构的裙带关系，使官僚主义日益严重，这两点直接危害着社会，危害着改革，危害着国家的安定。人的主体意识的高扬和低文明层次的不和谐形成了目前的普遍的浮躁情绪，应该引起我们足够的对于人的改革的重视。"在这篇文章的附信中，金狗不无嘲讽地说："其实，有些字眼我也不能做到准确地解释，比如'文明层次'，我只是能意会罢了，这也正是我的'低文明层次'吧！我希望我们能以此多思考些问题，引起争论，目的在于提高我们，使我们早日成熟，成为一名真正的记者！"

23

福运和七老汉合撑一只船，这船便是河运队最幸运的船。七老汉是个水上怪物，年轻时能一顿吃掉二斤小米干饭，身骨一直抗硬，全河运队里就数他的岁数最老。如今虽然乏了力气，但船上手段老辣，一辈子也没出过事故。搭伴初时，小水就说："七叔是福人，福运跟着百无禁忌，能逢凶化吉哩！"果然数月之内，交易顺当，水路畅通，无是无非，和气平安。只是七老汉特别看重白蛇，每日一早一晚，要福运顶礼膜拜，而到了白石寨的平浪宫和荆紫关的平浪宫，首先去上供烧香，雷打而不动。一切完毕，七老汉就不免摆出些长者的派头，四肢摊开，仰面睡在船上，着福运上岸去买饭。饭从来买两份，七老汉是猪头肉夹烧饼，福运就是馒头；七老汉是炸酱荤面，福运就是青菜素面。福运伺候七老汉似亲爹亲娘一般，七老汉没有了弹嫌可说。喝起酒来，情形就不一样了，酒面前没有辈分，人人平等，且一定要唱酒歌。福运先是不会这种酒歌，七老汉就教他，每于风平浪静，任船漂游之时，那船上就听到：

嘞得嘞得打呀，
打得是嘞得，
咱们二人打得是嘞得呀！
五魁！七巧！
高升！八马！
兄喝的酒呀，
弟看的杯呀，
喝完了水酒咱们打嘞得呀！

唱这歌时，福运是输了。福运端起酒杯却说：“七叔，你是喝多了，你不要称我是兄，我叫你是叔哩！”

七老汉说：“酒场上不兴那个！”

州河上来往的船只，都听见了，人人皆取笑这一对搭伴，人人又皆热羡这一老一少。小水每每来到渡口上接船归来，总要将前次福运挣得的那一份钱买缝了衣服鞋袜，福运一件，七老汉也一件。七老汉亦颇大方，将这次出河钱就多半交给了小水，若小水推辞时，竟发火了，说：“我够饭钱酒钱就是了，留那么多买棺材吗？你要攒些钱哩，小水，有你用钱的时候哩！”

小水腆着很笨的身子，并没醒开七老汉的话，还在推辞。七老汉就说：“小水，你走几步让我看看！”

小水疑惑，走了几步。七老汉就叫道：“你走路左边高右边低，是个男娃哩！”

小水方白脸羞红，说：“七叔，真要像你说的，将来他长大了，你还要教他撑船哩！”

七老汉说：“到他们这一代，还要像我一样撑船吗？”七老汉说得有几分沮丧，小水也神色黯然了。再要说什么，却看见田中正向渡口走来，就转身往船舱里不出来。田中正的脚伤早已痊愈，走路并不颠跛，只是天再热，穿了凉鞋也要套上袜子的。福运也装作没有瞧见他，低头在船上忙活，田中正却大声说：“福运，才回来，是从荆紫关吗？”

福运说：“是白石寨。”

田中正再说：“一路没出事吧？”

福运说：“没有。”

田中止就又说：“没出事就好！听说月日滩那儿崖坍了，河道堵塞得厉害，要多小心啊！”一边说，一边到韩文举的船上摆渡去镇上了。

福运走近船舱，对小水说："这田中正倒客气了！"

小水说："他越待你客气，他越不是好人，特意让外人看的嘛！不要再理他，惹不起了咱躲着。"

这条船上，一老一少配合得好，有技术，有人缘，又都与田中正有间隙，河运队的大部分船工都趋他们，大有金狗当年的势力。于是，蔡大安、田一申有警觉了，田中正也警觉了。在一个傍晚，将福运叫到乡政府，蔡大安说："福运，大空走后，你干得真不错哩！这次河运队评先进，我们领导研究了，准备提你。为了充分发挥骨干模范作用，重用人才，决定把你从船上调出来，给我做个帮手搞采购，你高兴吧？"

福运当时真也挺高兴的，说："搞采购我可不行，我口笨，说不来话，况且账项弄不清呀！"

蔡大安说："这又不是让你当外交部长，有我呀！你口笨，账项不清，你总有腿，能跑路吧？"

福运便应允了。回家来对小水说了，小水说："这是要把你和七叔拆开的！"福运也恍然大悟，骂了一声娘，要赶到乡政府辞退新的安排。小水拦住了，说："你这么再去辞退，人家就有口实说你成心聚众要闹事了。既然如此，你就跟蔡大安采购去，先干着看吧。"

福运做了采购，船工们倒还真有些眼热，私下议论田中正一伙是吃硬不吃软的家伙：福运他们先前闹了一场事，倒被提升干自在活计了。从此，福运衣着也整齐起来，临出门，小水总是要提提他的衣领，扯扯他的衣襟，叮咛说："搞采购是多见人的，比不得在船上，你干干净净的了，外人也不笑话我的！"

七八月里，州河上游的山里，成熟了大量的山货特产，两岔镇七天一集，镇西十里的七里湾村三天一集，集集是一街两行堆满了猕猴桃、野葡萄、山桃、山梨、山楂。河运队就集集赶着收购，然后雇拖拉机运到渡口，再一船一船载往白石寨酒厂和襄樊酒厂。福运先是在两岔镇集上收购，忙得两头不见天，但到后来，镇子上的山果突然没有了，他又赶到七里湾村，七里湾村的集上也没有了。他好生奇怪，打问时，原是七里湾有一个三家联合开办的收购站，全部于山道口收去了山里。他将这情况报告了蔡大安，蔡大安则说："这事我正要对你说呀，人家七里湾三户人家办了收购站，这也是人家占了地理优越的光，他们答应把收购来的山果再卖给咱们的，我已与人家谈妥了，不能卖给别的运输单位，这一来，咱也少了零收的麻烦。"福运说："零收是累些，可便宜呀，他们这么一倒卖给咱们，咱不是少赚许多钱吗？"蔡大安说："这也没办法，咱也不能不让人家收购呀！你当年和大空行独户船时不是也和河运队抢过生意吗？"福运只好去七里湾收购站再收购，心绪不好，自然严格控制山果等级、质量。

一日，福运再去七里湾，按事先说好的合同，那里将装好三万斤一等猕猴桃，但过秤时，则发现这些猕猴桃全不符合标准，充其量只能符合二等。福运当下就与那些人争吵起来，那些人也火了，说：“你不收就不收，让蔡大安来！”福运说：“我就是代表蔡大安来的，按二等，要不卖，我们河运队就不收了！”甩袖而走，回来也懒得对蔡大安讲。结果，那批猕猴桃堆放了多日，有些变坏，将三分之一出售给了乌面兽一伙私人船排。蔡大安得知消息后，连夜赶去，又按一等价将三分之二的存果全部收购了回来。福运当时极气愤，不明白蔡大安为什么干这种吃亏的事？说给小水，小水也顿生疑心，让福运去七里湾私下问问其中的蹊跷。果然，福运在七里湾村里听到议论，说这三户人家办收购站，也全是蔡大安的主意，蔡大安给他们贷的款，私下讲明他入一股，得利四分一。福运一时气极，找到那个收购站的人直接询问此事，但人家矢口否认。当他返回质问蔡大安的时候，蔡大安竟已向田中正汇报了他失职情况，已决定以“能力有限，不能胜任采购工作”而将他辞退了。

福运明知吃了暗苦，却说不出来，再要找田中正要求不当采购员了，但要到船排上去，小水劝住了，说你去告蔡大安吗，你没确实证据，他们这么辞退你，全是一场阴谋，早就安下报复心的。事到今日，也不看他们的眉高眼下，咱重谋生路吧。夫妻俩苦思冥想，不知干些什么是好：去撑船吧，一个人怎么撑得？到南山巫岭后的密林里去割漆？小水不放心。想来想去，没有妙招，夫妻俩就在家里买了六个猪娃来养。他们打听了行情，从去年以来，肉价上升，州河岸上许多人养猪发了大财。夫妻俩去养猪专业户参观了一趟，回来精心饲养，但由猪娃长成大猪，日月过得快，猪娃长得慢，韩文举就又唠唠嘟嘟，认为养猪娃不是办法，不如卖了小的养大的，反正家里存有粗粮，若用精料喂半拉子架子猪，出手快得益大。小水和福运便又处理了小猪，在镇子集市上买了五条皆八十多斤的半拉子猪，一日三次烧食焖糠，那猪也就先褪了红绒，白亮了脊梁，下坠了肚子，两个月里风吹似的长大。待到有两条长到一百五十多斤，夫妻俩高高兴兴运到两岔镇收购站去交售，谁知今年省城和州城的猪肉又都饱和，不再让白石寨提供生猪，白石寨也便立即取消各乡的收购站。两人叫苦不迭，将猪又运到白石寨，白石寨只有城关收购站收，交猪者则长龙阵一样的排队。来白石寨时，小水是做了一大锅包谷糁糊汤的，人吃猪也吃，可现在日过下午，夫妻俩一人拉一条猪，人肚子饥得前腔贴后腔，猪也尿了三次，屙了两次，眼看着将六七斤分量折去了，恨不能用石头塞了猪的屁眼！好容易轮到了他们，可收购员却突然挂出牌子：今日任务已完，明日再收。福运就近去向人家说好话，几乎要下跪请求，但收购员说白石寨收购站猪都存不下了，每日杀多少方能收多少，而唯一的一座冷库也装得满满的了！福运见软的不行，就发火来硬的，责问国家鼓励农民养猪，为什么不收购，能把猪永远养在家里吗？收购员则骂起来，说，不养都不养，要养就全养，州河岸上的农民是山里的猴，一个摇球都摇球！要是白石寨都收购，让猪肉在这里发臭变粪不成？福运就说：这不是国家日弄农民吗？收购员说：你敢骂国家？！小水只得又去劝解，夫妻俩只好将猪赶到阴凉处歇息，两人轮换去街上吃饭。待到小水吃罢饭回来，福运收拢不住两头猪，便将猪赶进近旁一个公共厕所里，自个在厕所门口看守，猪也饿得发疯，在厕所里拱着屎吃，福运则挡住要解手的人不得入内，就有解手的人和他吵得不可开交。第二天好容易将两头猪交售了，小水和福运回到仙游川后，一气之下将剩余的四头猪全部宰掉，每斤价格比往年低了三角钱卖掉了。一场养猪业不但没有得利发家，反倒亏了大本。一家人又陷入愁闷深渊。韩文举不免又骂了几天娘后，忽然急中生智说："你们不是都跟麻子外爷打过铁吗？虽然没有麻子外爷的手段，可两岔镇还没一个铁匠炉子，开办起来，我想不会冷落的！"这主意倒好，一家三口就积极筹备起来。

春上的时候，雷大空回了一趟仙游川，和小水夫妇作了商量：白石寨的两小间铁匠铺，既然小水不可能再去居住，不如就和仙游川大空家的三间开面和入深皆大的房子对换，互相有利，两落其好。也就在房子对换之后，福运拆了大空的旧房，将木料和砖瓦用来重新补添整修了自家的老屋，而剩余的材料搭就了一间厨房，一间柴草棚。如今重新开炉打铁，挂起"麻子铁匠铺"的招牌，这铺址只能是在两岔镇而不是白石寨。小水到两岔镇街上打听空闲房子，临街门面十分紧张，前多年每间月价三元钱，如今广做生意，寸土如金，每间房价就上涨到二十元。终于打听到镇供销社斜对门的一间空屋，一家三口作了精细计算，估摸每月如生意还好，可净落得百十余元。便与房主写了合同，开始动手收拾起来了。

投入了家中所有存款，勉强翻修了旧房，重开了门面，置起了一套炉上用具。小水气盛，说要起火开炉，一定要气派阔大，让田中正、蔡大安他们瞧瞧威风，也好闯闯声势，吸引顾客，便主张去买大量的钢材角料，买大批的煤炭，买上漆刷涂门窗，买木料做柜台货架。这样二三得六,三三得九，共需一千多元，一家人又都熬煎得日夜不宁。

撑船的七老汉知道这些内情，于一日船到白石寨，去见了金狗谈及一番，金狗很是激动，认为小水虽是女人家，自尊自强令人敬佩，但也为她经济紧张颇觉焦心，当下掏出身上的六十元，让七老汉捎回去，并言称他在白石寨再想些办法，一定近日筹一笔款大力协助。

金狗先是跑动了几位朋友，但都一时拿不出更多的钱，有人便说："雷大空不是个摇钱树吗，怎不向他去借，你们是同乡好友，不是还救过他出牢吗？"金狗不肯去，那人就又说："你是借他的账呀，又不是白要他的。"金狗无奈只好找到了大空。

大空说："金狗哥，你瞧瞧，你不同意我的做法，可他们是本本分分靠实干吃饭，却是这么艰难！眼下日子过到这一步，也真可怜，我给他们两千元吧，总不能眼看着他们受罪呀！"

金狗说："你们公司的钱也不要随便要大方，你就是给小水，小水也不会要的。这样吧，以我的名义，借你们公司两千元，我再给她，将来我攒了钱再还你。"

大空说:“这也好。但这两千元我怎么能再让你还?”

金狗说:“有借有还这是应该的,公司又不仅仅是你一人,将来有了事就说不清;我给你打个借条,你也好入账的。”

当下金狗打了借条塞给大空,下午就去公司出纳那儿拿了两千元。这两千元,金狗用了一千买了煤炭和钢材角料,雇了船运回两岔镇,又亲自将那一千元交给了小水。

小水感激涕零,硬是不收这一千元。金狗就叫出福运,说:“这一千元你收下,新开张花销大呀!再说,你不留些钱吗,她快要坐月子,总不能让她母子在月子里受亏,何况月子里你也得雇个帮手吧!拿上,炉子开张,钱就会回来,还不能还我账吗?”福运便把钱收下了。

铁匠铺开张那日,十分热闹,铺子两边贴了红对联,屋檐下吊了红灯笼,韩文举从渡船上赶来,起草了麻子铁匠铺的光荣历史,一直从小水外爷的上两辈写起,将这铺子的铁活吹嘘得天上独一、地上无二。小水说:“伯伯,你老王卖瓜,自吹自夸,不要太过分了!”韩文举说:“你不看报,报上的广告都这么吹得玄乎!”起草完毕,就让矮子画匠在店铺外的墙上涂了白灰板,书写上去。七老汉也领了一帮船工跑来祝贺,爆响了十串“南阳造”鞭炮,且为了凑红店铺生意,特意订货船上用钉七百颗,包角铆三百张,还有四个铁锚。自然是韩文举摆了酒席,吆三喝五闹到半夜,你扶我我扶你从镇上分散回家去了。

麻子铁匠铺既然是老招牌,新匠人又是白石寨麻子的亲外孙女和女婿,人们自然相信有真传之艺,且看了夫妻二人打制的铁活,火候适时,锋刃利霍,收拾过的镢、锨、锨、锄,式样合体,使用得手,声名便很快远播,终日前来买货、订货者不绝。

两岔镇街道正好是由省城到白石寨的公路,每日有客车和货车从铺门前经过,总要在这里停下来:去饭店里吃吃饭,去厕所里解解手,人生的一进一出的工作完毕,就欲望精神享乐,必然便来看小水福运打铁了。福运赤着上身,光脖子上吊一件油布围裙,脸黑红,胳膊黑红,炉火中夹出一节铁来,满胳膊满腔子上肉疙瘩滚动,一锤下去,飞花四溅。此时的小水肚子大了,衫子穿得老长,有时抡不动大锤,就夫妻交换,她掌小锤,倒成了一把手了。此情形省城的人没见过,都要围近来,一睹风采。这时候,小水就招呼大家坐下,大家问她打铁的事,她问大家城里的景。于是乎,久而久之,这里成了过往车辆停歇站,而那些河里插鳖者、山中猎兔者、卖鸡售蛋者,全冲着省城人而集中在铺子门口招揽生意。小水也就常常做了许多卖主的代理人,车一到,她呐声一喊,或振臂一挥,车就停下,买卖公平,交易成行,远近有山珍野味的人没有不投奔小水的,大小车辆的老少司机也没有不殷勤小水的。这样,两岔镇的街面上,包括公家设办的各个单位的职工,甚至乡政府大院的干部,若嫌走水路去白石寨太慢,就来找小水拦路挡车,那车没有不挡得住的。

英英是极少到铁匠铺来的,她不是不好意思,存心有一点小小的忌妒。每当营业时，没有顾客，就双手支着脑袋往斜对面看，就思想许多东西。是她从小水的手里夺走了金狗，金狗也是为了小水而走脱了她，世上的事实在奇怪，一个金狗把两个女人害了，这金狗该千刀万剐的！她于是也放下了架子，踅到铁匠铺来，就靠在门口，一边用手托着自己的肚子，一边看着小水的肚子，说：“老同学，你真厉害，你不怕害着他吗？”福运黑封着脸不理睬。小水说：“害不了的，他的命没有那么娇的！”英英知道这话呛她，脸红了，又不好立即走开，又问道：“老同学，你是要坐几月的？”小水说：“你呢？”英英说：“还有三四个月，你瞧就这么笨了！”小水说：“笨了好，笨了能生龙养凤哩！”虽是讽刺，英英听着却有吉祥之意，也就笑了，说：“他金狗不要这个，不要那个，咱们到底没剩下呀！”福运不悦说这话了，抓了大锤“咣”地就打在铁砧上，震得英英退了几步。小水说：“英英，你快回商店去，顾客在那里叫骂了！”

英英走了，夫妻俩气嘟嘟地打了一阵铁，福运又说：“什么东西，她倒怨怪金狗了！”

小水说：“她是在耻笑金狗哩！金狗也不争气，怎么老不操心自己的婚事？”

福运说：“好女子眼睛都瞎了！”

也就从这时起，小水意识到了自己的一种责任：要加紧替金狗操心婚事了！夫妻俩，乃至矮子画匠和韩文举，就八只眼睛盯着两岔镇所有的姑娘，看有没有合适的，但不是年龄差别太大，就是性格不相厮配。忽有一日，州城的班车下来，小水发现了车上那个售票员，银盆似的大脸，一说话就笑，一笑眼里就溢放光彩，小水把她瞄上了。每次车来，就热情招呼，让座沏茶，那姑娘见小水打铁，也要亲手试一试，小水手把手教她，末了就捧着她的脸端详，说眼是双眼皮，好，鼻是高鼻梁，好，嘴是大了些，大得也好，尤其是眉间有一颗大痣，这是贵痣，将来能嫁个人有人才文有文采的男人！那姑娘也乐了，说：“瞧你说的！我向你要，你有吗？”小水说：“有的，有的，你包给我好了！”

班车开走，福运问：“人家女子向你要男人，你有吗？”

小水说：“你看这女子怎么样，合宜吗？”

福运才叫道：“你是说配给金狗？！”

小水说：“下一次班车来了，我给她明谈呀！千里姻缘一线牵，或许这女子就是老天特意让咱认识的！下一次来了，我向她要张照片，你就搭他们车也去白石寨，让金狗看看。”

福运说：“金狗一定会同意的！”

小水说：“这女子也一定会同意！”

两个人，一边打着铁，一边说着，甚至说到金狗和这女子将来谈成了，他们夫妻就来做主：哪一日正式与矮子画匠相见，哪一月筹备婚事，在白石寨记者站举行了婚礼，一定还要在仙游川再办酒席，按风俗举行，拜天拜地，拜列宗列祖，夫妻对拜，要闹洞房，要合吃枣儿，要给媒人福运点烟……说到高兴处，铁也不打了，小水咯咯咯地笑了起来，说："咱这是干什么呀，好像事情真的已经成了啊！"

福运还在认真说："到那一日，偏给英英下个帖子，让她也来看看！她哪一点比得上那女子，那女子是一朵花，她就是豆腐渣！"

说着，向斜对面的商店处唾了一口。

24

州城的班车再次经过两岔镇，小水开门见山地对那女售票员索要照片，售票员很逗，摊着手说她身上从来不带照片。小水便偷偷叮咛福运搭这趟班车也到白石寨去，找着金狗，让到车站先暗中相见这售票员。福运到了白石寨，一路小跑去记者站，金狗却不在。

金狗是两天前就去了州城，因为他的那些给朋友的信，引起了州城报社机关和各县记者站的那些年轻记者的兴趣，大家都有同感，就联络着要成立一个"州城青年记者学会"，约定好时间去州城讨论这事去了。

年轻的记者聚在一起，头脑清楚，思维敏捷，一个上午的热烈讨论，学会的事就正式定了下来。报社的领导也是很支持的，但牵涉到学会经费时，领导却大为挠头，声称没有这份开支。学会就提出请求社会赞助，和企业家做朋友，筹活动资金，并要求每一个会员想办法。决定因会员分散，不可能经常活动，就平日互通情报，每月十五日集中报社一次，研究社会形势，交流学习体会，讨论各自所写的文章和所思考的问题。这天下午，就转入学会成立后的第一次研究会，具体研讨了金狗的那篇以雷大空城乡贸易公司为线索的关于人的改革的文章。

整整一天的活动，使金狗十分振奋，第二天他就搭了班车回来。车经过两岔镇停歇时，他到了铁匠铺，小水劈头就埋怨道："你早不去州城，迟不去州城，好事来了你却走了！"

金狗也丈二和尚摸不着头脑，问："有什么好事？"

小水眼睛就在班车上瞅，班车上的售票员不是那个银盆大脸的女子，而是一个上唇黄茸胡子的小年轻，就说："今日售票员怎么换了？"

金狗说："人家人多，互相换班的。"

小水说："有一个女子，脸大大的，白白的，眉间有一颗痣，你可见过？"

金狗说："怎能不见过？她姓马，是不是？"

小水就乐了，拉金狗到一旁，低声说："你瞧瞧那女子怎么样？我让福运到白石寨去找你，也就为了这事。你觉得可以的话，你不要出面，我来牵线，这女子和我熟哩！"

金狗刷地脸红了，接着就笑，说："小水，这话你再不要说了，免得人家笑话。她已经有了对象了，找的就是我们报社一个编辑的儿子，我在报社还见过她几次哩！"

小水当下蔫了，觉得好没意思。闷了好久，方说："唉唉，你瞧瞧，你再耽误下去，好女子全都有了主儿了！这个谈不成了也罢，我再帮你找，可你也得为自己着急呀，你跑的地方多，结识的人广，你难道一个合适的也没碰着？"

金狗忙用别的话题来岔开，问铁匠铺的生意，问支出收入情况。就从口袋里掏出一包点心和一身婴儿睡衣，说："因为时间紧，我就不回家去了，这一包点心你捎给我爹，这一身衣服就算是……"

小水说："你这阵心眼倒细了！有这份心眼，媳妇早娶到家了！"

金狗说："不急不急，媳妇反正已经在她娘家长好了！"

回到县上，金狗就走动了一些企业，企望人家能给学会赞助，雷大空得到消息后，找上门来，说："金狗，你们学会要赞助，怎么不来找我？你这是看不起我嘛！给那些当官的送钱，是出于没办法，给你们赞助我可是诚心诚意。要多少，五万可以吗？"

金狗说："你真是有钱，开口就五万！我们不要你这么多，有一万就蛮不错了。"

大空说："才要这一点！一会儿你跟我到公司去，现款就交给你。但我有个希望。"

金狗说："希望什么？"

大空说："你们学会能不能写写我们公司？"

金狗说："州城报上不是作过报道吗？"

大空说："那份报我看了，豆腐块那么大。听说有什么调查报告，有什么报告文学？我到州城一家牛仔裤公司去，就是你们报纸上写了一个报告文学，一个月内，公司竟订货了十二万条牛仔裤！原先我也以为报纸上宣传一下仅仅是政治上的表彰，现在看来那也是钱哩，一报道，顾客就相信了，便都会找上咱的门，那钱就潮水一样往回流哩！"

金狗心里嘀咕：这大空做了生意，竟连写作方面的事情也知道了一二？！便说："这怕不行。如果你要这样，这笔钱也是不敢接收了。"

大空忙换了口气说："要么我怎么说是希望而不说要求呢？写不成报告文学或者调查报告，你们在公布学会成立消息时，却一定得写上我们公司给以赞助的话吧。"

金狗说："这是自然的。"

将赞助款邮寄给学会以后，金狗不久就听到风声，说雷大空又赞助给了白石寨城关中学七万元，建议为师生修盖一所阅览室。金狗暗暗惊叹大空真是钱挣得多，实心要为社会办些好事吗？他见到大空，核实这事，大空则伸过头来，神秘地说："我这是在买政治资本啊！"

金狗说："这样也好，一是为学校办了好事，也为你们公司留个后路。"

大空说："这岂是留个后路？你知道不知道，外地对人才十分重视，破格录用和提拔得好厉害，我准备将来在白石寨竞争商业局长的！”

金狗万没想到大空说出这种话来，叫道：“要进入政界？”

大空说：“‘州深有限公司’的经理现在换了人了，巩宝山的女婿他现在已招聘到州城，任命为州城工商局长了。”

金狗立即警觉道：“那么，你赞助这七万元一定是巩宝山的女婿出的主意？”

大空说：“这怎么对你说呢？我觉得这样做是对的……”

金狗没有再问下去，他知道大空现在对他的话不是那么能听得入耳了。白石寨城乡贸易公司虽没有沦变成“州深有限公司”的附庸，虽然受贿在田家，但控制权却在巩家了。金狗惋惜大空这个人才过去被压得不成人，今天又是冒得邪乎！

金狗极想了解和掌握巩家势力一步步渗透到白石寨的时候，白石寨的田家动态又是如何？他于是就去了一趟县委书记办公室。

田有善正在办公室欣赏着一箩筐新鲜的河鳖。河鳖是办公室主任差人从州河捕来的，大者有菜盆小，小者有菜碗大，在箩筐里翻爬活动，后来竟弄倒了箩筐，纷纷在办公室里到处跑动。田有善一个一个去捉，放在一个澡盆里，盖上盆盖，且上边还加了一块偌大石头。金狗推门进去，也忙动手去捉，先是一脚将鳖踢翻，两个指头卡住鳖的两个后爪窝儿，就将头部在地板上砸一下，丢进盆去。田有善说：“哈，金狗，你是捉鳖能手哩！这东西凶得很，上次我在家用锅煮，锅盖没有压石头，它竟从开水锅里跑出来，抓它时，咬住了我的指头，怎么打也不松口，还是我爱人用刀剁了它的头才死了的！”

金狗说：“鳖怕响雷，咬住人了，一响雷它才会松口。你弄这么多是送人的吗？”

田有善说：“我吃的。医生说我肾虚，建议多吃这东西，我吃了半年，三天一个，你瞧瞧我这头发，原先花白现在竟又全黑了！你也拿几只去吧，味道鲜得很哩！”

金狗说：“我倒用不着这个。”

田有善累得满头大汗，终于擦了脸，坐在沙发上了，说：“你是年轻人，是用不着吃这个的，我在年轻时候，也从不知道什么是累呀！这些年，毛病就来了，这儿不舒服，那儿要麻达，医生说，你感觉到你身上的某一部位存在的时候，你的某一部位就是生病了。这话说得多好！身体是这样，县上的工作也是这样呀！你最近干什么，又写了什么新的报道吗？你来得正好，我还想这几天里派人去找你呀！”

金狗问：“找我有什么事吗？”

田有善说：“你知道咱们县上出了个大新闻人物吗？”

金狗问：“什么新闻人物？”

田有善说：“就是你当年说情的那个雷大空呀！这人教育了一下，哈，真是浪子回了头，如今成立了白石寨城乡贸易公司，干得好呀！最近人家拿出了七万元巨款赞助了城关中学的建设。这不是个万元户，而是几十万元户，这在全地区也是不多的。白石寨一个河运队，一个城乡贸易公司，你好好写写，这可是咱们县上打出的两个拳头啊！”

金狗知道田有善并没有觉察到巩家势力的渗透，但他已经要抓住河运队和雷大空来为他服务了。

金狗说：“河运队是田书记早就抓的一个典型，现在出现个贸易公司，这确实在全地区是不多的，我是应该要写写。但我在下边也听到了一些风声，群众对贸易公司有看法，认为他们一无企业，二无技术，怎么一下子竟赚那么多钱？”

田有善就笑了：“金狗真不愧是个记者，情况了解得多。但这些话是一部分人议论的，其中有许多活思想，主要的一点是嫉妒。一个农民，突然赚得这么多钱，使人不可思议，就说旧社会的地主吧，发家也要靠几代人积攒，雷大空数月之内就暴发了！可我们现在的政策是让一部分人先富起来，要保护这些先富起来的人的利益，否则，我们就会犯错误的。白石寨是个穷县，我们好不容易培养出一个集体致富的河运队，一个个人致富的雷大空，我们就要拿出来让全地区看看。”

金狗还能说什么呢，他表面应付了田有善，回去后并没有写任何报道。田有善亲自又来两次电话，询问写成了没有？金狗搪塞，田有善则生了气，责问他：是不是和雷大空有了什么成见？作为一个记者，最起码的道德是不应有个人恩怨的。并且声称，他田有善和雷大空不沾亲不带故，雷大空还告过他，但为了革命事业，他是决不计较这些的！

金狗还在应付着，但他觉得他是该好好利用田巩双方的矛盾来整垮其中的一方，再整垮另一方。

田有善见金狗一直拖延，震怒之下便下令县宣传部通讯干事写，从县委书记怎样支持，河运队和贸易公司如何经营，长长地写了七千余字，投寄到州城报社。《州城日报》竟以极快的速度在头版头条发表了。

宣传的力量是巨大的，这一大块文章轰动了全地区，各县皆议论白石寨县委田书记是领导改革的带头人。皆议论雷大空是个开拓型的农民改革家。而州城报社的领导则来信批评金狗：为什么这么好的新闻不去采写？难道目光只盯着社会上的阴暗面吗？

金狗十分被动，陷入深深的苦闷中。青年记者学会的全体同志出面为他辩护，将他那篇精心修改后的文章呈报领导，领导看后竟以不符合当前宣传口径而压下来，索要也不给。

田有善以此便洋洋得意起来，白石寨的工作一直是处于全地区倒数第二名，如今地区召开会议，他就坐在前面，大发宏论，俨然是先进县的代表。后又因这篇文章省委书记看到后，给以较高评价，指示省报作了转载，又专门配发了一则小评论，田有善就在地区领导面前口大气粗了，强争着要把雷大空提名为地区劳模。巩宝山也只好做表面文章，竟坐车来了一趟白石寨，视察了雷大空的公司，但关于劳模的事，则要“再研究研究”，不了了之。

不久，白石寨传出一股风，说县委田书记要提拔了，将去州城工作，任副专员了。此事是真是假，谁也说不清，但风声传得极快，不几天两岔镇也人人知晓了。

两岔镇的河运队取消了福运，引起了所有船工的不满，就都集在七老汉名下，议论纷纷，竟有人开始了替福运鸣不平的工作，去七里湾收购站深入了解蔡大安的贷款入股之事。蔡大安知道事情到底要露馅，就痛哭流涕地向田中正说明了真情，田中正当下扇了蔡大安一个耳光，却出面亲自去了七里湾，让收购站包揽一切，自己承认他们为了报答蔡大安贷款之情想给蔡大安按一股分红。这样，就召开了全体河运队船工会议，让七里湾收购站的人当众解释，又让蔡大安作了关于将二等猕猴桃按一等价收购的失误性错误的检查。这事船工当然不能满意，扬言要上告县委去，这时田有善要提拔的风声传来，田中正和蔡大安就大造舆论，船工中就分裂了，结果七老汉又气又伤心，以年迈力竭自动退出了河运队，回家到山上寻着活计谋生去了。

雷大空全然不知道这些事情，当《州城日报》的文章发表后，他用照片放大了全部文章，以高级镜框悬挂在公司大门口，又复印了上百份，每每出外联系生意，就自我吹嘘一番，将复印件出示给对方，所有的洽谈生意人都深信不疑，合同书订了一份又一份，极短时间内又获取一大批盈利。当他再一次回到仙游川时，知道了河运队发生的事情，便目瞪口呆了，一返回白石寨就找到了金狗，开口就说：“金狗哥，这是怎么回事？怎么会成了这样？”

金狗说：“大空，我只说你不会来找我了，会记我不给你们公司作宣传的仇了，你却来了？！”

大空说：“你写不写宣传文章，我倒不怪你，可听说你却写文章反对我们公司，我确实生了你的气！可事情闹到这一步，他田有善以我而有了政治资本，说要提拔，田中正又以此压制了河运队七伯他们，我这不是被人家利用了吗？我办这个公司为什么，我把世事闹得这么大为什么，完全想压住这些当官的，没想他们倒借我给自己脸上贴金，越爬官越要大了？！我这成了什么人？我还有什么脸回仙游川去？”

大空越说越激动，跳起来骂田家的祖宗八代了。

金狗说：“这些你知道了就好。不要太气愤，该办你的公司你还继续办，但我还是那句话，自己要行得端，走得正，不要有一点把柄让人抓住，否则，他们会为了他们的利益把你捧得很高，也会有朝一日为了他们的利益把你跌得最重！”

雷大空有雷大空的一套，他并没有听从金狗的话，但从此杜绝了被田家利用的一切机会。他首先回到了仙游川，他要想尽一些办法搞垮河运队，不能使出有善把他和田中正的河运队相提并用。他了解了河运队人心涣散的情况后，就大造舆论，说城乡贸易公司要招收一批人，月薪九十元。立即河运队船工有十五人来向他申请，他便挑选了十名精壮劳力收到了公司。这十名船工在公司并没有什么事干，但他宁可花钱养活他们，每十天又用车送他们回一趟两岔镇，体面威风，就惹得河运队剩余的人越发心神浮动，走的走，散的散，七零八落不能统一。搅乱了河运队，他又借一切机会辱没田有善，大凡白石寨召开个体户、专业户的什么会议，会议通知十点召开，田有善十点零五分坐着小车到会场，大空就偏在十点十五分才坐了小车赶到。会议一散，他的小车又比田有善提前发动，一直要压在田书记小车的前面穿街过巷。当得知田有善某晚去看某某新戏或某某新电影，他必是一定要买下十排前所有座位的票，而到时候，竟又全部空下，自己不去。

白石寨的人都开始议论起雷大空了，说他比县委书记威风。

大街上，大空碰见了金狗，问:“金狗哥，我做得怎么样？”金狗说:“你真是个混世魔王！”

大空说:“你得承认，我是把气出了，把光争了！”

说罢，仰面大笑。

下 卷

25

四十一年前，白石寨保安团在马王沟包围了田家游击队。游击队是在前一天埋伏在石板沟口的山峁上，抢夺了一辆从白石寨开往州城的卡车，一窝蜂扛了四十多个木箱钻进了马王沟，打开木箱一看，他们就傻眼了，木箱里装的并不是枪支弹药，也不是布匹、罐头，一尽几方的圆的镜子，是州警备司令贩运的商货。这伙人就在山沟里用石头将镜子全部砸碎，满坡里明光闪闪。倒霉是倒霉，但毕竟也出了一口气，又得了压车人的五支“汉阳造”，游击队就在马王沟休整了。不想，这次休整却遭了包围。当时正是半夜子时，队员们都在睡梦里，枪声惊醒，抵抗已措手不及，上百人就决定分四股突围。田老六身上负伤四处，天亮突围出来，身边跟着的只有警卫员许飞豹。许飞豹是湖北淅川人，因用石头砸死过本村一户地主，改名换姓化装弹棉花的工匠到了州河，被田老六收纳的。他一米八五，面黑如漆，参加游击队后，枪法准确，机警过人，待田老六如父一般。当下背了田老六，限天黑赶到鸡肠沟，投宿在一冯姓人家养伤。冯家人好，终日以南瓜瓤子敷在田老六的枪伤上，日渐好转，不想一日擦黑，冯家女人急急跑回家告诉说：沟里有人向白石寨保安团告了密，她家男人已被抓去，而保安团大批人马已经扑进了沟口。田老六和许飞豹抬脚就走，便听见不远处有了枪声，急急爬上沟脑山梁，又发现山梁那边也有了保安团的人上来。到此时，田老六伤口复发，已不能再走动了，就对许飞豹说：“豹子，今日怕是冲不出去了，你快走吧，要死不能两人全死！”许飞豹流下眼泪，说：“队长，我背你走，或许还能走出去。就是走不出去，死也要死在一搭！”田老六大骂飞豹，竟扇了他一个耳光，骂道：“屁话！叫你走你就走！再耽搁一个也走不掉了！你是闹革命来的，不是来白送死的！”许飞豹任打任骂，却就是不走。田老六只好说：“这样吧，我实在走不动了，你先到山梁那边去躲藏，我就藏在这里，说不定他们还寻不着我。若他们没有寻着，天黑你来接我是了。一年前我在东兆山庙里抽过签，说我命大哩。你要和我在一起，目标太大，说不定倒会带累了我！”许飞豹只好猫腰往那山梁跑去。田老六看看地形，就地一滚，滚入一丛密密麻麻的野刺莓蔓里。刚刚藏好，保安团搜山的就上来，一边骂，一边用刺刀到处戳。田老六从刺莓蔓里已经看见两个保安团的兵就站在蔓边，还用刺刀朝刺莓蔓里捅了几捅。他已经作好了准备：一旦被发现，就用枪打，打死一个够本，打死两个赚一个！但这两个兵弯腰点着了一支烟后，却又走开了，后来就随大队人马到别的山峁上去搜查。到了天黑，许飞豹过来轻声叫他，他方爬出刺莓蔓，说："今日全是这刺莓蔓丛救了命，等我事情干成了，我要封刺莓蔓是花中之王哩！"后来，田老六和许飞豹窜回仙游川，就在不静岗的寺里养好了伤，联络上了突围时分散的弟兄们。也就在这年冬天，田老六和许飞豹又来到鸡肠沟，却得知冯家男人当时被保安团捉去，因寻不到田老六，将他缚在两棵压弯的树梢，再把树放开，活活一撕两半，那女人也被一排保安团兵轮奸，末了用刺刀扎死在炕上。田老六和许飞豹扑倒在冯家门前，哭了数声，刺刀挑破右臂，化血酒喝了，发誓要为冯家报仇。就提了鬼头刀奔向下湾告密的那几户人家去，大小一一杀了，终得知亲自去保安团领路的是这族里一汉子，已去了州河岸上开办一所染坊，便连夜抓来，用一碗酒灌了，将冷水泼在前胸，只一刀划去，用膝盖猛一顶腹部，那一颗污血浸泡的心就蹦了出来。到了红二十五军过白石寨，田老六送许飞豹随徐海东走了，许飞豹便从此再无音讯。五十年代，白石寨有了风声，说许飞豹在江西一个军分区当了政委，是真是假，无人再作深究。州河上的人每每提说往事，免不得说到那个许豹子，天兵神将一般的传奇，但谈说起来，却似乎那已是极遥远的故事了。可谁也没有想到，几十年的沧桑变化，许飞豹还健在，竟又返回本省，在省军区里做了司令员。

许司令任职本省以后，年过花甲，但精神清正，每日身穿军服，坐如钟，立如松，气宇轩昂。他经常去一些中小学给师生作传统教育报告，说到州河游击队的胜战，哈哈大笑，说到败战，恨得骂娘，待讲到田老六牺牲，少不得肝肠俱裂，老泪纵横。怀旧情绪强烈，他就回到州城和白石寨，一处一处往战斗过的地方追抚往事，奠悼英烈。他毕竟是田老六的警卫，对田感情尤其深厚，便几次召见田有善，让组织编写州河革命斗争史。史书编写了一本，在州城的反应却与白石寨的反应相差甚远，巩家一派的人士大为不满，说是歪曲了历史真相，扬田抑巩，巩家就又组织人重写那段历史，遂使尚健在的当年打游击的人从此越发分化，开不成一个会议，坐不到一个凳子。许司令全然不知道这些世故，只是廉洁做人，清心寡欲地修身，严肃为官，废寝忘食地济世。忽有一日，晚饭后正在床上独坐，恍惚之中见一人立于窗外，招之不来，挥之不去，不觉激怒。那人却说："豹子，你好自在，功成名就做司令了？！"许司令忙问："你是谁？"那人说："我是荒野飘荡的游魂，你该忘不了你弹棉花时是谁收留的吧！"许司令叫了一声："你是田队长？！"定睛看时，那人果然是田老六，急扑过去，田老六却不见了。遂大惊，不知是幽灵再现，还是梦中所见，数日里神色不安。为了安妥灵魂，他向白石寨县委通知，提出上边拨专款，要在白石寨为田老六建一纪念亭，亭中竖碑，碑上刻文，悼念先烈英灵，完成一桩心事。此时田有善正处处遭到雷大空的蔑视，渐知巩家势力渗透到白石寨，就一面四处着人造他将去地区任副专员的舆论，一面接到指示和专款，聘请省城建筑设计师、施建队，大兴土木两个多月，将八角翘檐的古典风格的纪念亭高筑于寨城北门外一座公园内。石碑两人余高，上虽没有盘龙翔凤，下也没有卧龟蟾蜍，但正面“田老六烈士千古”七字，金烫赤黄，灿灿耀目，背面二千七百二十余字，写尽了烈士赫赫丰功伟绩。

纪念亭落成典礼决定在十天后就要举行了。

白石寨田有善为此召开了四次常委扩大会，专门部署了一切安排。仙游川是烈士的故乡，因直系亲属已无，田中正就以田老六的亲戚和当地领导的双重身份参加。他每一发言，就痛哭流涕，似乎几十年来他一直怀念着这位英雄的先烈，而对没有建纪念亭又一直牵心挂肠！金狗也是被邀请列席的，他不忍看这种表演，难受得浑身起了鸡皮疙瘩，正欲悄悄退走，田有善却点到他的名了，说：“金狗，上一次你可没有尽到一个记者的职责啊！这一次，不仅是县上的大事，也是地区是省上的一件大事！你要好好写些报道，报道可以在州报、省报、《人民日报》上发嘛！现在日子好过了，我们不能忘记这好日子是怎么得来的，要发扬光大革命传统啊！”金狗表示一定尽力，和白石寨县委通讯组、广播站的同志配合好，及时把一切新闻报道出去。

但是，就在四天后的晚上，两岔镇邮电局打来电话，说是福运死了！打电话的是金狗爹。金狗握着听筒，连声急喊：“福运怎么死的？他怎么就死了？！”自己就呜呜地哭起来。

爹在电话上说：“小水让我给你打电话，让你快回来！你回来什么都知道了！”

金狗连夜搭了便车到了两岔镇，从镇上急跑回仙游川。渡口上船在横着，韩文举已经不在，他来不及脱光衣服就浮水回来，打老远就听得到小水的哑了声的哭叫。

福运是死了，死得尸不囫囵，整个腹部用丈二白布裹了，已盛殓在一口白松木棺材里。棺材是临时买来的，尺寸有些小，长胳膊长腿的福运在里边伸不直，腿只好窝圈委屈着。金狗爬进去看了，福运脸被洗过，且淡淡地施了粉，鼻孔里、耳孔里塞了棉絮，就哇的一声哭喊起来。众人将金狗拖下，开始用八寸长的四棱铁钉钉了棺盖，沉重的打钉声压住了所有人的哭声。金狗不哭了，默默地看着打钉人的木榔头起落，觉得那钉子是砸在自己的心上！

铁钉是福运的铁匠铺打造的，他亲手打制的钉子现在却用来钉死了自己，第二天一明就被村人抬着送到高高的山梁上去埋葬了。

三天前，田中正从白石寨开会回来，传达了县委指示：纪念亭落成典礼那日，许司令及省上、地区有关领导要来，为了招待好上级领导，县上必须拿出最能代表当地的稀罕之物，两岔镇乡就得在七天之内猎捕一些野味。田中正和蔡大安、田一申商量，分配田一申组织人在州河捕捞娃娃鱼和鳖，蔡大安便组织人上南北二山深沟老林围猎黄羊、山鸡、野猪、狗熊。田中正本是打猎好手，无奈右脚小趾时时发炎，行走不便，就将重任交给蔡大安：无论如何，野味要按期交到！这蔡大安是个张狂分子，当即就以行政命令手段，从各村抽一些身强力壮的围山打猎好手，分三路进山。福运在镇东街的铁匠铺里正忙活，蔡大安把他抽去了。福运说："我打枪不行啊！"蔡大安说："你总有力气吧，打下野猪了还要你背哩！"福运不去是不行的，只好放下铁匠活，背了一口袋干粮，随蔡大安上了巫岭。

巫岭到处是老树枯藤，沿沟畔处树较少，却蒿草荆棘丛生，息集了一团一团黑色的蚊虫，闻见人腥气就黑糊糊扑来，用手去赶，赶不走，一抹一手污血。打猎队每人戴了帽子，又扎了人字形裹腿，使劲抽烟，将烟屎涂在脸上、脖上、手上。福运从上山起，就开始给大伙背干粮，背衣物，背水，累得张口喘不出气来。蔡大安叫他"毛驴"，说："有智的吃智，无智的吃力，福运打不了枪，你就多出脚力，到时候许司令说不定还会接见你！"

福运说："这许司令是什么样子，吃食也怪！"

蔡大安说："贵人吃贵物，崽娃子吃饸饹！你以为共产主义就是让小水一天三顿给你做辣子泼长面吗？"

打猎队在山上跑了一天，只打到三只山鸡、一只黄羊，大家就累得趴在地上了。蔡大安说："谁也不能回去，就这点野味回去怎么交代？咱们要的是熊掌，熊掌！"

为了猎到熊，他们就继续往巫岭深处走，白天啃些冷馍，夜里宿在山洞。有解手的，就得在一片蒿草中蹲下，用火点着草赶黑蚊虫，就这福运的屁股蛋上还是被咬得一个疙瘩连一个疙瘩。天明踏着沟底行进，蛇经常就在脚下出现，这恶物好伪装，如枯枝一样垂在石岩上。有一次走乏了，福运看见石崖下一节细枯木，就去坐下，掏了烟袋来抽，连抽了三袋，末了将发烫的烟锅在枯木上磕，那枯木竟蠕动起来往前走了，才发现是一条巨蛇，当下吓得瘫在那里半天喑哑不语。

到了第三天，他们发现了狗熊的踪迹，高兴得大呼小叫，立即兵分五路搜索。福运是背行囊的，蔡大安让他就守在山垭。半天之后，忽听见沟底响了枪声，接着有人喊："下来了！下来了！"福运就站起来往远处看，果然看见好大一只狗熊从草木间出现，直往这边过来。福运"呀"地叫了一声，他从未见过这么大的狗熊，又急又惊，眼看狗熊向自己方向来，手无寸铁，就丢下干粮袋爬上一棵矮树。狗熊到了树下，抬头看见了他，也是被沟底处的枪声人声激怒，便龇牙咧嘴向他怒吼，接着就以牙啃树，直啃得树干剩下一半。幸好这棵树是苦楝树，怕是狗熊已苦得不能耐了，转身要去不远处的涧里涮嘴，福运一急就从树上往下跳，"咚"一声，狗熊便听见了，折身返回。吼叫着又向他扑来。一切都来不及了，福运只觉得一阵疼痛，接着被一种强大的力量推打得向崖坎倒去，后来就滚下崖坎了。等清醒过来，狗熊也扑下了崖坎，福运朦胧意识到：狗熊是不吃死人的，听人讲过，遇到狗熊就要装死，装死过去，狗熊就会走开的。他立即仰面躺在那里，双目紧闭，屏住呼吸。狗熊过来，见人已倒地，便消了一半火气，过来围着福运转了一圈，用爪子拨拨，福运没有动，再近去用腥臭的鼻子闻，从脚到手，再到头部，直闻到他的口，他的鼻。一分钟，两分钟，一切都可以安全过去了，不想近旁正有一个土葫芦状的马蜂巢，马蜂受到干扰，倾巢而出，一只蜂就蜇了福运的脸，福运一受惊，动了一下，狗熊便一掌打在他的腹部，再抓起来，又远远地抛在一丛荆棘里，福运什么也就不知道了。

等蔡大安领着人赶来的时候，福运已经死了，他的腹部破裂，肠子挂在了荆棘上，惨不忍睹。而那只狗熊也死在那里，它是被成百成千只马蜂蜇死的，整个头部变了模样，体积比先前大了两倍。打猎人全悲愤红眼了，脱下全部衣服包裹了一个人的身子，持火把前去烧掉了马蜂巢，而四支枪一起对着死狗熊连打了十二发子弹。

蔡大安发火了，喊道："不要打了！把狗熊皮子打坏了，剥下来还有什么用？！"

打猎人瞧见蔡大安到了此时还操心着狗熊皮，就把他围起来，一起呐喊："福运不会打猎，为什么叫福运来？来了为什么不发给他枪，又为什么让他一个人守在山垭？！"

蔡大安害怕了，他突然痛哭流涕，跪倒在福运的尸体旁大声号啕，千声万声咒骂狗熊，又自己打自己耳光，怨恨自己不能替福运死去。伤心悲痛如真的一般。

福运永远地安睡在州河南岸的高山顶上了，狗熊却被一只木船运载到了白石寨。仙游川几天里处于悲哀之中。

但是，也就在这时，从两岔镇传来了一种说法，说是有人推算了，原来福运他们上山之日正是忌日，所以打猎队里是非死一个人无疑了。这说法一传开，倒有许多人不怎么怨恨了田家的人，自认这是命。这说法极快传到仙游川，也便有人说福运死的头一天夜里，猫头鹰叫得好凶，又便有人说他半夜起来上茅房，看见过一个火球从天上掉下来，落到福运家后的山坡上去了。但既然打猎队上山是忌日，可别人不死，偏偏就死了福运呢？于是有人就说起小水，竟联系到小水当年嫁给孙家就死了小男人的旧事，不禁叫道：这小水的命就这么硬吗？

各种议论和说法，韩文举听到了，小水也听到了，她也大吃一惊，搜索起福运死的兆征，依稀就记得那天上山的早晨，她送走福运回来，突然就听到过屋梁叭叭响过几声，那也就是福运的命该如此吗？那也就是自己命硬克了福运吗？小水暗暗之中也相信这一切了，她每日都要哭几场，哭那苦命的福运，也哭自己的命苦！

这狗熊运到了白石寨，来观看的人都夸这狗熊肥壮，皮毛光泽，县委田有善就表彰了田中正和蔡大安，说："中正，这狗熊杀了，皮子就奖给你吧，做皮褥子不错的！"田中正则立即说："我私人不要，那就奖给我们乡政府，是一个纪念品嘛！"

当田有善详细询问猎熊的过程时，蔡大安末了说到福运的死亡，田有善不言语了，脸色变得乌青。蔡大安忙做检讨，说自己责任心不强，安全工作没做好。田有善说："实在令人悲痛！唉，我们的人民是多好啊，战争年代为了革命他们牺牲了无数生命，今天，唉，人民群众这么好，我们做干部的就要尽心关心他们啊！大安同志，这是教训，惨痛的教训，一定要记取呀！”又问，“这事都谁知道？”

蔡大安说：“除两岔镇的一些人知道外，白石寨没人知道。”

田有善说：“既然发生了这样的事，猎熊之事就要封锁消息，千万不要再让人知道，更不能让许司令和别的领导知道！你们要做好善后工作，拿出一份钱，一定要安排好福运的丧事，救济他的家属！另外，把知道这事的人召集开个会，也给他们每人一些补助钱吧！”

蔡大安赶回仙游川，先是召集了知道这事的人，严厉指出不能扩散消息，否则后果自负，便一人又发了二十元钱。然后他又拿了二百元给小水，小水不要，她疯了一般抓住蔡大安，叫道：“福运就值这二百元吗？你们还我的福运！我要我的福运啊！”

说完，就昏厥过去。众人忙将她抱到炕上灌浆，用冷水擦额擦胸，她才慢慢地缓醒过来，一醒过来就又是哭。韩文举、七老汉和一些人又伤心又气愤，便返身去堂屋围着蔡大安，骂他，唾他，不让他走。小水却止了哭，对着坐在身边的金狗说：“金狗叔，让蔡大安走吧，咱不要那二百元钱，这是福运的命呀，这也是我的命呀！”

金狗生气地说：“小水，你怎能说这话，你是听一些人的胡议论了吗？你怎么能相信什么命不命的？！”

小水看着金狗，呜呜地就又哭开了。

金狗说：“咱要信命，咱就什么也不要干了，到了现在，真要是命，咱也要和命抗一抗了！这事你不要管，由我处理好了！”

金狗走出去，对蔡大安说：“你们为了讨好上边领导，就这么草菅人命，你们不觉得心亏吗？熊掌摆在宴席上，你们吃得满口流油，没想到这是在吃福运吗？”

蔡大安说：“金狗，你是有知识的人，你想想，我是什么嘴脸，我能吃到熊掌吗？”

金狗说：“你是跑腿的，你回去对田中正和田有善说，这事要不处理好，谁也不会答应的！”

当天晚上，田中正电话请示了田有善后，就又拿了三百元钱亲自到了小水家。他没脸去见小水，却把金狗叫到一边说：

“福运遇难，我心里像刀戳一样难受！我给县委田书记汇报了，他在电话上也哭出了声，一再叮咛说，有什么要求，组织上尽力照顾，绝对要家属满意。书记还讲，具体的事宜等纪念亭落成典礼后再协商，希望你也能节哀，赶明日一早就回白石寨，典礼是全县人民的大事啊！”

第二天早晨，金狗趴在山上福运的坟头哭了一场，就往白石寨去。才到渡口，小水已经在那里等着送他了。金狗说：“小水，你也不要太伤心，这冤情我一定会给福运申报的！到了白石寨，一有什么情况，我再给你来电话。”小水含泪点头，她的身子已经十分笨重了，站立不稳，坐在了岸上的一块石头上。金狗已经上了船，最后说：“小水，要坚强些，为了你，也是为了福运呀！”他的意思是保护好福运的未出世的后代，小水是听得懂的，转过身来，无声的泪水就潸潸地流下来。

白石寨城里，各个单位都在打扫卫生，墙壁一律刷上白灰，板面一律染上墨黑，欢迎领导同志到来的横幅标语已经在四条主要街道上空挂起。金狗走到十字街心，那里正集了一群人在吵架，立即街上的人都拥过去，里三层外三层地伸长了脖子往里看。原来刷墙队在刷墙时，白灰水飞溅，将一家个体书店的店牌弄脏了，店主人不服，拉住刷墙队嚷着赔偿，刷墙队的就叫道：“通知让用报纸覆盖字牌，你们为什么不覆盖？弄脏了就弄脏了，你要怎么着！”店主说：“怎么着，我拉你去派出所！”刷墙的就扬了手，说：“请吧！可我告诉你，你今日到派出所去，你就不得回来了，连你这个小小书店的营业执照也要吊销了！”旁边人就劝店主，说：“罢了，罢了！你重换一个新字牌吧。刷墙这也是好事，又不让你出灰钱，又不动手，多好的事呀！”店主说：“他娘×的，要来什么人，满寨城不安的！”旁边人就说：“我倒盼上边人每一月来一次，那咱这寨城就干净卫生得要上报纸了！刷墙的，怎么只刷街面上的墙，要干净，也得把田书记的肠子刷一刷啊！”众人爆发了哄笑。金狗听着，却笑不出来，匆匆离开，才过了一条街，一辆小车就停下来。金狗以为是雷大空，扭头看时，田有善在车里叫他。

田有善说：“金狗，才从仙游川回来吗？”

金狗说：“刚到。”

田有善说：“福运的丧事安排妥了吗？真没有想到会出这种事，他眼一闭什么也不管就走了，留下小水往后的日子怎么过？听说小水要坐月子了？总算他还有一条根留下来！”

金狗说：“为了许司令吃到野味，福运就失了一条命啊！”

田有善说：“打猎是常死伤人的，可不能说是为许司令而死的！你是记者，是党员，咱们说话可要注意党性。我已经给两岔乡政府去了电话，让他们照顾好小水，我还考虑了，福运能不能定个烈士，这得县委开会研究一下，如果符合条件，我是主张定个烈士，以后小水和未出世的孩子就有个生活保障了。现在，咱们先集中精力搞好县上这次活动，你想想，战争年代，那又是死了多少人？田老六那样的烈士要是还活着，现在该是多大的领导干部，可他也死了，死了连个坟也没有！他是为谁死了？为了我们人民，为了我们的今天啊！这典礼活动，省上很重视，红二十五军的老首长，现在都是中央一级领导人，也打来电报关心这场事，还写了题词，咱们就只能办好，不能办坏！你快去和通讯组同志联系一下，研究明天如何报道。我这要到城关小学检查检查明日少先队送花圈的准备情况！”

说完，车就一溜烟去了。

26

翌日，是个乍红的日头，天气十分地好。一清早，白石寨城内的各部各局、各个有关单位的代表列队集合在北门外公园里的大场子上，八角翘檐的亭子上挂了挽幛，四周的奇花异草全都开放，左右排列的柏树、松树上一条一条垂吊着纸带，大小不一、色彩存异的花圈摆满了亭的两边，而石碑却被红绸子覆盖得严严实实。典礼会主席台就设在纪念亭前的砖台上，扩大器、收录机、大喇叭银光锃亮，电线交织，错综复杂，不停走动的尽是胸前别有“工作人员”证件的人。

但是，主持会的县委书记田有善却不在。

少先队的孩子们穿着整齐，白上衣，蓝下身，锣鼓号角吹打了一阵，发现大会并没有立即开始的意思，声响就慢慢低下去，末了终止。公园的大门口，云集了一大群小摊小贩，他们以为今日人多，必是赚钱的良机，但无数的工作人员却揪着他们的衣领将他们轰开，门口不能呆，门外的大场子上也不能呆，他们只好隔着铁栅栏门远远窥探了一番，就一步一回头地到寨城北门内的集市贸易场去了。这日正逢初六，三、六、九是县城集市贸易日，北门内就是全寨城最大的杂货贸易点。大到木材、竹器、农具、家什，小到顶针、耳环、纽扣、掏耳勺，五花八门，应有尽有。驴马猪羊鸡狗猫兔，打滚的打滚，拉屎的拉屎，经纪人的手在草帽之下衣襟之内捏指论价，劁猪的骟猫的当场挥刀表演，一片的腾腾烟尘，一声的嗡嗡吵嚷。更有那卖菜的一边高叫自己菜鲜秤准招揽顾客，一边为菜筐里流出才从河里淋在菜叶上的水污湿了顾客的鞋袜而赔礼道歉。那些开设各种风味的饭棚里，黑烟红火，争桌抢凳，碗盘繁响，结果有的食客就吵起来，吵到极致，大打出手，饭连碗忽地砸来，涮锅泔水猛地泼去；有饥饿而不好事者就纷纷蹲在棚外街面上吃喝，吃喝毕了碗筷随地便放。直闹得交通堵塞，汽车不能过。后来突然来了一队公安干警，冲到这些卖饭卖菜售牲口售杂货的面前，喝令买卖停止，移至寨城西门口去。这些卖主不解，差不多在说：“我已经交过税了呀，你瞧瞧，这是市场管理费的收据，这是卫生费的收据，这是营业费的收据，这是……”干警们就吼道：“北门外公园开全县大会，这里不准贸易，你听见了没有？！”有卖主再说：“会开它的会，我做我的生意，井水不犯河水嘛！”干警们就说：“你们堵塞交通，破坏气氛，你要不走就收了你的营业执照，到公安局论说去！”于是，百口噤住，慌忙收摊关门，人像逃难一般四下散去，便有清洁工手执扫帚乌烟瘴气地扫起街面了。

但是，田有善书记的小车还没有来，省、地领导的小车也没有来。

坐在大场子内的各界代表严肃地静坐了一会儿，就不耐烦了，先是有一个扭头往公园的右墙角上看，立即就有了三四个人也扭头去看，末了，是几十人，几百人，全场的人都扭头去看。可惜什么也看不出稀罕，只看见墙角上的瓦棱里长了一株狗尾巴草。扭着脖子的脑袋又转回来，谁也没有说话，也用不着说话，但都将一个“无聊”蓄在了心里，同时却庆幸时间又过去了十分钟。后来，就有人站立起来，活动脚腿，将目光再一次停驻在纪念亭上，数清了面对着的那一面顶上的瓦，且以此类推出八面相加的总和，就说一句：“这亭子能花多少钱？”立即有说三万的，有说五万的，末了就吐舌头，感叹田老六有如此后福！一个便说：“他有甚福！要是活着，光他坐的小汽车，一辆就值十二万哩！田家的祖坟风水没巩家的好。”一个说：“这倒不一定，三十年河东，三十年河西，巩家人都活着，怎不见给巩家立个纪念碑？”金狗在人群里蹲了一会儿，连抽了五根香烟，就走到大会场子出口，问通讯组一位摄影师：“田书记呢，太阳老高了，怎么典礼还不开始？”

回答是：“许司令昨日是到了地区，打电话今日一早和巩专员一起来，田书记就率领了几个副书记、县长到县边界上去迎接了。也不知怎么搞的，至今还不到？”

金狗笑了一下，说：“当个书记也够累的了！”

回答说：“累呀！我知道他已经两个晚上没睡好觉了，成夜安排部署！”

金狗又是那么一笑，就出了公园门，到城门洞内的一家酒馆去讨了酒慢慢坐喝起来。

酒馆主人有个女儿，坐在柜台内一边打酒，一边嗑瓜子儿，样子俏俏的，眉里眼里几分酷似小水。金狗就看得走了神，喝过二两，又要了二两，一时腹热肠软，思想起福运来，眼角不觉已潮湿。如此痴痴呆呆半晌，听得见寨城门外的公园内鞭炮齐鸣，知道是许司令那些人已经到了，田老六的纪念碑剪彩揭幕了，仅听见一男一女的广播站工作人员现场向全县人民转播大会现场的报道，又听见了田有善宣读的来宾名单、职务，足足长达二十分钟！接着是田中正以烈士亲戚的身份宣念怀念之情，接着是许司令的讲话……金狗脚高步低出了酒馆，又来到公园大门口，却见三四个佩戴着“工作人员”证件的人将一个老头架着飞跑过来。那老头身子使劲往下沉，双脚就在地上踢腾尘土。金狗甚是奇怪，看清架人的一个是县委宣传部的，便过去问道：“小李子，怎么回事？”

小李子还未开口，那老头就一把拉住了金狗，鼻涕眼泪汪汪地下来，说：“这位领导，你评评理，我为什么不能见见许司令？他当司令了就认不得我了吗？你们让他认嘛，他要认不得我，算我是坏人破坏，要是他能认得我，我就有话要对他说呀！”

金狗莫名其妙，盘问了好久，才弄清这老头叫蒋来子，老山沟人。先是田老六和许飞豹打游击那阵，蒋来子也参加了革命，他是专给田老六喂马的，喂过整整六个月的马。他没有枪，田老六只发给他一颗手榴弹，一直没有撂过，后在一次战斗中撂出去，没有拉导火索，没能爆炸，但那匹马却喂得一根杂毛也没有。六个月后，在州河马王沟打了一仗，田老六的马让飞弹打死了，以后再没有了马，他就又回到村里去种庄稼。解放以后，打过游击的人全部当了官，最少也吃了国家月薪，他依然在当农民。

当农民也就罢了，他不识字，让他工作他也工作不了。可五年前，儿子上山去割柴，滚了坡，患下傻症，老伴又长年卧病，村里人鼓动他去找政府，提说前事，要求照顾，但县政府和县委却一直没人理睬。这次听说许飞豹成了司令来到白石寨，就跑来要许司令替他做证，工作人员却死拦住不让进会场。

蒋来子哭丧着声音说："我也是革过命的人呀！我要是那一次和田队长的马一块被打死，我现在也是烈士哩，我坟头上也是放你们送的花圈的。可我活着，你们就不管了？我不姓田嘛，我不姓巩嘛，可我是共产党的马夫！只要他许司令认出我，我也不想去当官，但也该享受一下照顾呀！"

金狗看着这老头衣着邋遢，面容憔悴，并不是无赖刁泼之徒，就说："让他去见许司令，或许他说的是真情。"

小李子说："让他去见许司令，这成什么体统！他找过几次田书记，又哭又闹，睡在县委大楼道上不走。让他去纠缠许司令，那影响多坏！"

蒋来子就说："我不闹的，许司令要是不认识我，我转身就走了，天不怪地不怪的，那只怪我命苦！"

金狗就对小李子说："许司令是最热爱劳动人民的，何况这老头又是许司令过去的战友，你要拦挡错了，许司令怪罪下来，你怎么交代？"

小李子想了想，就答应老头去见见许司令，却警告不得在许司令面前胡搅蛮缠，便几个人带进会场，让他呆在纪念亭旁边的一所州河革命史展览室的休息间里。

典礼终于结束了，许司令和巩宝山、田有善来到休息间吃茶。金狗是认识巩宝山的，一直注意到他的神色，瞧着脸面蜡黄有气无力的样子，就知道他对这次典礼活动不感兴趣，却身在许司令之下，又只好陪同而来了。许司令和田有善在说话的时候，他就尴尬难堪，只是苦笑着打哈哈。金狗就故意在他面前走过，巩宝山果然发现了，打招呼，并热情地走过来和他说话。

金狗说："巩专员你也来了？"

巩宝山说："是得来呀！"

金狗说："为烈士竖碑这就使州河人民又一次受到传统教育，永远不会忘记当年牺牲的先烈了！今日为田老六烈士竖碑，下来怕就又要在州城给别的烈士竖碑了吧？应该再竖一块巨大的革命纪念碑！"

巩宝山却低声说："你也是这么想吗？你是记者，下边的情况了解得多，人民群众也是这么议论的吗？"

金狗说："是这样议论的。我原先还以为这块纪念碑要竖在州城的，以为你要主持的。你是当年游击队的支队长，唯一健在的领导就是你啊！"

巩宝山便笑了，他笑得很苦，末了还摊摊手。但立即又说："金狗，听说你一直在白石寨记者站，你怎么不常到州城去？你应该多到我那儿去坐坐呀？！又写了什么好文章了？”

金狗一边回答着，就一边偷眼看那马夫在叫许司令。许司令抬头见是一老头，点头微笑着，且伸出手与马夫握了握，问：“这位老同志也来参加典礼了？”马夫说：“许司令，我来了，我是来了！”许司令说：“这次典礼办得真好，参加的人这么多，可见我们的人民在过上幸福日子的今天，是没有忘掉那些抛头颅洒鲜血的革命先烈的！”

巩宝山也注意到了这个马夫，问：“金狗，那老头是谁？”

金狗说：“他说他当年给田老六烈士喂过马，现在还是农民，找田书记多次要求照顾，田书记没有管，他是专门来向许司令告状的。”

巩宝山眼里立即生出一种光来，说：“咱们过去看看。”

许司令和那马夫说了几句，又扭过身去要同田有善说话，马夫就说：“许司令，你不认得我了吗？我是来子！我给田队长喂过马，咱俩在州河南山里还一块睡麦草窝。那一夜好冷，又饥又冻睡不着，抓着吃了一升稻皮子炒面。你第二天屙不下，我还用竹棍给你掏过。你真的记不起我了吗？”一席话说得大家都静下来。许司令愣了一下，细细看着马夫，似乎醒悟过来，说：“噢，你是来子？来子！你还活着？！”马夫说：“许司令认出我了。这就好了，许司令可以给我做证了！”许司令说：“来子，请原谅，我刚才实在没认出你！你现在做什么事，离休了吗？”马夫说：“我离什么休，我一直是农民啊！”许司令说：“你一直在农村？身体还好？”马夫说：“身骨儿不行了，今年七十有二了，一个儿子，还是傻子，我患气喘病，天一凉就不敢下炕了！”

巩宝山就拉了一条凳子让马夫坐了，惊讶地说：“你还是农民？政府没照顾你吗？”

马夫说：“要不我怎么就来找许司令做证的？我找县委，人家都不相信我呀，我只说今生白给田队长喂了一场马，没想老天有眼，许司令回来了！”

许司令就沉重地说：“我们有多少曾对革命有功的人还一直坚持在农业第一线，这精神实在令人感动。但作为政府，一定要照顾他们，否则我们的良心就有愧啊！”

金狗就瞧田有善的脸，脸已不成个颜色，笑着直对许司令点头。

马夫就欢喜地对田有善说：“田书记，许司令说了这话，我蒋来子就不是假的了！”

田有善立即说：“这是一定的，我们很快就照顾，凡是对革命有功的人，我们有责任使这些老同志乐度晚年！老蒋，你这几日就不要回去了，住在县招待所吧，解决好了你再走！小李子！”

小李子跑来了，看见田有善对着马夫说话，以为田有善要训他了，赶忙说：“这老头缠得厉害，我实在没办法才让他进来的！”

田有善说：“你把老蒋同志先领到招待所安排住下，让老同志洗个澡先休息着，代买上三天饭票。你带有钱吗，我给你吧！”

小李子莫名其妙，但立即说：“我带有钱！”就小声问马夫：“许司令认出你来了？”田有善便过来送马夫出了门，下台阶时低声训小李子：“怎么搞的，什么人也让到这里来？！你到招待所，就说人已住满，让他先回去等县委研究后的消息吧。”

金狗又气又笑，告别了巩宝山，便去找大会秘书讨要来宾登记册，准备写他的新闻报道了。

许司令整整在白石寨住了三天，三天里，县招待所里顿顿开宴十六桌，蘑菇竹笋，海参鱿鱼，田有善不住地敬酒夹菜，夸显当地的鳖肉、娃娃鱼、山鸡和熊掌。

许司令说：“哈，吃得这么好，你们可不要给我阔吃海喝啊！”

田有善说：“这吃些什么呀，我们怎能让您犯了错误？！”

“现在的白石寨生活普遍提高了，从寨城到乡下哪一家人吃饭不炒几个菜？您瞧瞧，这都是不花钱的当地土产。你尝尝这熊掌吧，没有好厨师，不知做得好不好？”

许司令夹了一筷子，吃得满嘴流油，连声说：“做得好，做得好！这熊是在哪儿打的？”

田有善说：“是在巫岭深沟里打的，这黑瞎子力气大，却蠢得很，打猎人在手上都戴有竹筒，它一抓住人就乐得直叫，像人在笑一样，一笑就笑得没死没活的，人手就从竹筒里退下跳上树去，它还抓住竹筒在笑，人一枪就把它打死了！”

许司令说：“说起巫岭，我是当年在那里的东沟呆过二十天的，那一户山民给我顿顿吃浆水包谷面搅团，那味儿真香，这几十年里我老想着那些饭，觉得比什么都好吃！我在省城也说了，城市人整天讲究保养呀，清早起来要锻炼呀，深山人就不干这些，人却长寿得很！深山里空气好，粮菜都是新鲜，还能吃上这熊掌……我也曾对老伴说，再过一两年离休了，就移居到深山去！”

田有善说：“许司令不忘老本，真使我们感动！若真能离休了到白石寨来度晚年，白石寨人民那是太欢迎了！”

论起人民，许司令又感叹了几声肺腑之言，田有善又趁机恭维了一堆美好词。这只狗熊，一顿吃掉一只掌，掌吃完了吃肝，吃心，吃肺。后来巩宝山不断地在饭间问到金狗，田有善就打电话也让金狗来吃吃，金狗没有去，不忍心看到那熊肉。

新闻报道写成，电发于州城报和省报后，田有善就再没有找过金狗。金狗去找，要谈谈福运之死的问题，县委大院的门房一律不让进人，说是县委、县政府正给许司令和地区领导汇报全县工作。也就在这三天里，县委的大院门口每日集了许多人，都是来告状的，县委的办事人员就在那里劝，嚷，最后哄散而去。哄散不去的惟有一个人，女的，四十六岁，蓬头垢面，破口大骂，死抱住铁门不走，口口声声要见许司令，要见巩专员。田有善下令把她赶出城寨，可白天几个人将她拉上卡车运至城外二十里、三十里，夜里她又回来，且用一面白布上书她的冤情，说是她男人在“文化革命”中被人诬陷贪污，上吊而死，要求平反，又在第二天一早站在县委大门口乱喊乱叫，将那白布状子见人就抖，一抖就念。满寨城的人都认识这女人，多少年里一直在告状，纷纷议论她差不多是疯了，只围着瞧热闹。田有善就给公安局打电话：难道你们连一个女疯子也治不住吗？县上正给上级领导汇报工作，让她在大门口吵闹，影响多坏啊！公安局就将她抓起来，但又不能将她投入牢里去，只好反锁在农林局大院的一间空房子里，任她哭声不绝，每日送几个馒头和一壶水去。直到许司令一行离开白石寨了，方放她出来，她已经满脸青疤，喉咙发哑。又闹过三天，方不知了去向。

许司令离开了白石寨，白石寨一切生活恢复了正常。金狗再去找田有善，田有善却拒不接见，说是这几天忙坏了，他需要休息休息。见不上人，金狗去找县委办公室主任，他想将情况先给主任谈谈。这主任是白石寨写材料的第一把好手，以往与金狗有文字之交，且最受书记宠爱。金狗去了他家，家人却说他已经住院了。金狗大吃了一惊：这主任素以身体好出名，怎地就住院了？赶到医院，主任果然躺在病床上，眼睛大睁，却说不出话来。

金狗问大夫："他得的什么病？"

大夫说："就是睡不着，已经三天三夜了，眼睛一直睁着。人不睡眠，这可不得了呀！"

主任的爱人流着泪说："金狗同志，你看把人整成什么样了！这次上边大领导来，县委要详细汇报各项工作，汇报材料全让他一个人写，他整整熬了五天四夜，抽了十条烟，材料是写出来了，人却不行了！他住院了三天，还是睡不着啊！"

大夫说："速眠片服了也不顶用，只能给他注射强力安眠针了！"

果然，安眠针加量注射后，这位主任眼睛闭上了。一天没醒，三天没醒，但他并没有死去，鼻孔里还有呼吸，却一直昏睡到第五天的中午方才醒来。看着全县第一位写家的可怜模样，金狗没有再提说福运死的事。

他默默地思索着白石寨的一连串的事，以一股怒不可遏的情绪写就了白石寨为田老六竖碑修亭的前前后后，揭露了一切鲜为人知的内幕。金狗是精灵了，他没有将这份揭露材料寄给州城报社，知道州城报是不敢登的，反倒惹来更多麻烦。他一方面去信通知了"青年记者协会"，让那些朋友们知道这事，密切关注事态发展，一面就将材料交给了还留驻在白石寨招待所的巩专员。

巩宝山收到金狗的材料，义愤填膺，连夜就让秘书去记者站把金狗叫到招待所，详详细细询问了一切情况。第二天，田有善来请他去白石寨一些厂矿视察的时候，他突然说他想回仙游川老家去看看："多少年没有回去了，今日到了家门口，是该回去看看呀！"

田有善说："应该应该，仙游川的人整天都在念叨您啊！我就一块陪您去吧？"

巩专员谢绝了，他说他和金狗一块回去，任何人也不要惊动。田有善一听要金狗一块回仙游川，心里就犯了嘀咕，表面上说"这好，这好"，一回到县委就给两岔乡田中正挂了电话：一定要热情接待，左右不离。

原本是说第二天下午回去，金狗出主意：田有善一定会给田中正打招呼的，要回去，当晚就回！小车于半夜开到两岔镇，没有停放在乡政府大院，而停在镇东头的小学院子里，金狗在渡口上喊应了韩文举，将船摇了过来。船一靠岸，韩文举问："金狗，怎么这个时候回来了？"

金狗说："巩宝山回来啦，我陪同的。"

韩文举说："他回来了？他不在州城享清福，回来干啥？"

金狗就将他的想法说了一遍，韩文举"嗯嗯"直点头，竟从船上下来去沙滩上迎接，说："巩专员，你一走就不回来了！今日晚上，我说怎么老睡不着，山上的'看山狗'也不叫了，心里就估摸事怪，没想就是你回来了！"

巩宝山说："韩兄弟，你身子这么好啊！还在撑你的船吗？我老想回来看看大家，可工作忙呀，歇也没空歇下！我听说你家福运的事啦，我心里好不难过，就说，我一定回去看看！小水这孩子怎么样，不要太伤了身子啊！"

韩文举竟是不吃软的人，听了这几句话，倒大受感激，忙说："倒还好，还好，亏得你还记着我们！仙游川就出了你这个大官，一村的百姓就靠你承携了！"

一行人上了船，过了河，巩宝山提出先到小水屋里去，一边让韩文举去通知巩姓的本家人，说是让给他收拾一下住的和吃的。韩文举就说："专员，住在咱家不干净，不敢留你，吃的可一定要在咱家，小水那孩子锅上的手段行哩！"一边说着一边就去通知巩家人了。

到了小水家，小水还没有睡，坐在灯下想心思，冷不丁这么多人进了屋，又惊又喜。但她认不得巩宝山，金狗暗中耳语了一番，当面作了介绍，小水就抱柴烧水，巩宝山说："小水，你不要忙了！我来看看你，给你说一句话：福运的冤情我包了给你申明！许司令来到白石寨，是许司令提出要吃熊掌吗？不可能的，我们的高级领导干部绝对是好的，就是这些下边人，把党风全搞坏了！不处理还了得，把下边搞成什么样子了嘛！"他说得大动感情，又作了许多自我批评，说："也怪我回来得少，一些情况不摸呀，往后有什么就可以给我写信嘛！小水，我身上有一百元，你就拿上先花吧，我作为一个领导，作为一个长辈，这也是应该的，你不要嫌少，就拿上吧！"

小水几番推托，金狗说："专员关心你，你就接了吧。关于福运之死的事，专员会给你鸣冤的！白石寨毕竟是属地区管辖的！"

巩宝山也就说："就是管不下，还有省委嘛！"

暂短的看望结束了，送走了巩宝山，金狗和小水、韩文举又说话到天明。吃过早饭，金狗陪巩宝山要回白石寨了，将小车开到乡政府门口。田中正早已做好了一切接待工作，听见车响，出门来迎接时，方知道巩专员昨晚就回到了仙游川，暗暗叫苦不迭。嬉皮笑脸央求专员再到乡政府歇一会儿，吃吃饭，他好汇报一下乡上的工作，巩宝山则立在车前逼问道："你是这个乡的党委书记？"

田中正说："专员不常回来，不认识我，我叫田中正呀！"

巩宝山说："噢，名字熟得很！田有善老表扬你工作能力强嘛？！你要汇报工作，那好的，我问问你：两岔乡共有多少口人？"

田中正万没想到竟是这么个汇报法，赶忙说："我有个材料，你进去坐下，我慢慢汇报吧。"

专员说："我就要你现在回答！"

田中正说："是二千三百四十多吧。"

专员说："多多少？土地面积呢？"

田中正说："现在盖房的多……"

专员说："有多少林木？有多少富裕户，年平均收入多少？有多少温饱户，年平均收入多少？有多少贫困户，年平均收入多少？有多少五保户，嗯？！"

田中正脸色通红，一头大汗，结结巴巴不知所云。巩宝山突然一拍小车的篷盖，咆哮道："你汇报什么？你再汇报一下为什么两岔乡有人造一股谣言，说某某之人要上调地区当副专员了，这话是有人指示给你让传播的吗，还是你自己凭空制造的，为什么要妖言惑众？"

田中正脸吓得灰白，说："这谣言我一点也不知道，我更没有说过一句，巩专员，我一定追究这造谣的人！"

巩宝山说："好吧，你就追究一下这谣言根子，告诉那些企图搅浑水的人，还是安分点为好，不要昏了头忘乎所以！"

说罢哐地拉开车门，叫金狗上来，小车就开走了。

金狗从来没见过巩宝山今天竟这么凶，看着他还气得呼呼的样子，就说："巩专员，你别生气，跟田中正那么个小人何必生气呢？"

巩宝山便说："跟他生气，也真是失身份，可我实在是憋不住了！一个白石寨都控制不住，我当什么专员？"话一出口，忙又说："你瞧瞧，作为一个乡党委书记，他什么也不了解，我能不发火吗？共产党的基层干部都像他这样，那还了得？！"

车继续在州河北岸的石坷道上颠簸，巩宝山突然又冒了一句："人心不足蛇吞象呀，可蛇能吞了大象吗？金狗，你是记者，你说呢？"

金狗笑了一下，没有言语。他在车疾驶而过的同时，看见了石崖上有一只松鼠，撮爪儿洗脸，滑稽可爱。巩宝山立即让司机停车，要去捕捉，但松鼠早已无踪无影了。车重新开动起来，金狗还在琢磨巩宝山刚才的话，心里说：蛇是吞不了大象的，可小鼠却能治住大象，小鼠钻进大象的长鼻里，大象也就完蛋了！但金狗没有说出这话，他又那么笑了一下。

27

巩宝山以极快的速度将金狗所写的材料呈转给省委，并附有一信，反映了他在仙游川作过亲自调查的这家受害人家庭的情况，鲜明地表明了自己的义愤态度，省委主要领导人在金狗的材料上批示：为田老六烈士竖碑建亭是应该的，无可非议的，但白石寨县委在此活动前后的所作所为却是党纪不能允许的！便责令地区组织调查组进驻白石寨，进一步调查落实，严肃处理。

金狗此时却返回了仙游川。

他建议小水到白石寨去，说他已给雷大空讲好，要她在城乡贸易公司干活。小水身有重孝，形容憔悴，当下就愣着失神的眼睛，说："金狗叔，你不是说大空靠不住吗？"

金狗说："可现在有什么办法？福运不在了，你一个人留在家里，又要养活韩伯，你能顾得过来吗？大空虽是混世的魔王，但我也能理解他，一个平民百姓，要成点事，也多少需要他这种冲劲。你暂时先到他那里去，挣得一笔钱，还了埋葬福运的那笔欠款，安顿好你伯伯的生活，等日子摆顺了，咱再想别的办法吧。况且你有身孕，一个人在家哭哭啼啼，真不如出去散散心也好。"

小水又和韩文举商量，韩文举也同意，拉着金狗说："金狗，我小水命苦，我也命苦，原说我和小水将来全靠了福运了，没想他竟一个人甩手先走了。韩伯一直待你没有二心，你又和小水先前有过那一场事，你就可怜我们了！"

说着，韩文举就要跪下去的样子，热泪又流了许多。金狗从未见过韩文举如此激动，心里也泛上酸水，说："韩伯，你不要这样说话，我之所以有了今天，哪一处不是受你们的照顾？如今福运死了，我少不得尽我的一份责任。你放心吧，只要有我金狗吃的饭，就不会让你和小水饿了肚子！咱还要活下去，刚刚强强活下去才是！"

小水便又去福运坟上奠了酒，化了纸，又为伯伯磨了麦面、杂面，碾了大米、小米，就和金狗到了白石寨。雷大空果然说一不二，安排小水在公司干些零碎杂活，月薪倒比一般人拿得多。

两岔镇的铁匠铺只好关门，房子又让另一家租用而去开做饭店了。

地区调查组经过内查外调，逐项落实，"青年记者学会"的同行们又大造舆论，施加压力，结果证明金狗所反映的情况完全属实。调查组写文呈报省委，田有善受到了党内严重警告的处分，田中正除了受到党内严重警告外，职务上又被降为两岔乡乡长。

这事又一次轰动州河地面，人们到处传说着金狗的事迹，说他是官僚主义的克星。到后来，越传越奇，说金狗之所以这般响当当、硬邦邦地做一颗铜豌豆，使那些官僚主义咬不动吞不下，哭不得笑不得骂不得打不得，是因为金狗不是人，是怪胎所变，是前世“看山狗”所托生。于是，人人争寻“看山狗”！但“看山狗”怪就怪在州城没有，白石寨没有，而深山没有，老林里也没有，唯独在两岔乡的仙游川一带。便有好事者就捕捉了那鸟在市场兜售，价大得吓人，竟一只换一头奶羊。可买来的“看山狗”离开仙游川的山林，囚于鸟笼之中却不吃不喝，日夜鸣叫，全都蹬腿而亡。因此，州河两岸所到之处皆掀起“看山狗”崇拜热，家家中堂上的“天地神君亲”牌位左右画上了“看山狗”图案。再到后，在门框上画，说是拒神鬼于门外，在牲畜棚上画，说是镇狼虎得安宁，病疾者装一张画纸，可禳灾祛邪，远行者装一张画纸，可吉星高照。以至白石寨、荆紫关、州城的那些卖鼠药的小贩也挂起招牌是“看山狗灭鼠剂”。

金狗哭笑不得了。

他毕竟仅仅是一个记者，工作单位又在白石寨县委管辖的记者站上，声名鹊起，使一些人不得不重视他，也更使他在往后的工作上遇到了意想不到的麻烦。但凡他写了什么报道，不管是表彰性的还是批评性的，皆会立即有人上书报社，控告说严重失实，且又有人以他的名义给一些单位和人去警告信，这些单位和人收信又呈转于白石寨县委和州城报社，便证明他以记者的身份在下招摇撞骗，胡作非为。

金狗对这些情况，有些清楚，有些则不清楚，当报社领导封封转来这些控告信件给他后，要他注意影响，考虑是否由白石寨的记者站调到报社机关来或者到别的县记者站，金狗向领导申辩他的清白，请求正因为这样，他要继续留在白石寨！

到了九月，也便是金狗三十五岁了，来年就是门槛年，小水早就提出要给他过一过了。且声明：要过就要大过一场，她要发动更多的人给金狗送虎头帽子送虎头鞋，送红裤衩和红腰带，保佑他在人生过半的关键年头消灾灭难，万事如意，大走红运，力争成亲立家！而她自己，则已着手买了一块红绸布做了肚兜，日夜精心地在上边用五彩花线刺绣一个“看山狗”图案了。

这天，金狗又收到一堆报社转来的信件，大都是各地群众所写，有些是溢美颂扬他的，有些是求他申冤的，有些则是恶毒咒骂的。看到最后，有一封竟是州城的石华写的！他大吃一惊：她怎么会来信了？！自他那次从她家出走后，他每一次去州城再没有去过她家，也没有只言片语的信件给她，紧张的生活使他竭力在遗忘过去，遗忘这个女人。但金狗确实是多次梦见过她的，常常半夜醒来便没能入睡，呆呆地坐在床上到天明，甚至激情震动，烦躁无法排泄。他一个人走出到寨城外的某一黑暗之处手淫，而又以此在睡眠中遗过几次精，弄得心神灰沉，精神萎靡。他痛苦地咒骂过自己，抓着自己的头发，扇打着自己的脸，恨自己的无能和卑劣！经过相当一段时间的自控，金狗终于战胜了自己，他坚强起来，身心也康复起来，发誓这一生一世也不可能再去见石华了！如今信的到来，使金狗坐在椅子上半天没有站起，大口喘气，他不得不又翻覆起过去的一切，他不得不承认这是神差鬼使，是缘法，是命运了！

信写得极长，虽然错别字满篇，但感情真挚，令人不能静读。先是一股脑地埋怨，甚至骂他不懂得女人，不懂得人的感情，后是叙述了她如何打听他处境的苦楚，新近听人们议论他又参倒了白石寨县委田家派的事儿，才得知他现在的情况。接着，就大写她现在对他的思念，说他们夫妇怎样在饭桌上谈起他，结果使这顿饭吃得没滋没味，怎样在夜里谈起他，结果大睁着眼睛守候到天亮。信的后半部分介绍了她的近况，说她已和那一位曾经看上他但他却拂手而去的女子一同调到另一个民办的公司，这个公司是如何气派，在省城也建立了一座贸易大楼，结识了一大批省委、省政府的高级领导干部的子女，这里边有的人相当糟糕，是没有在政治上捞到什么官位了，就来大发经济财的，什么胆儿都有，什么手段都施，花钱大方如流水。但在这一层人里边，也有些能干的人物，消息灵通，精明而有思想。她说她认识到中国的事情是离不得高干子弟的。

“你几时到州城来，一定到我家来啊，我介绍你认识几位。说老实话，你是我社交中认识的一位有才干使我动情的人，但你的身上有小农经济思想，有一种无形的但沉重的东西束缚着你，严格讲，你不是个政治家！（请不要笑话我运用这些名词，这都是向高干子弟学来的！）你与我的交往，你突然离开报社到记者站去，又莫名其妙地从我家走掉，也正说明了这一点！”

金狗读到这里，忍不住笑了：石华说的是对的，几年不见，石华真的是得刮目相看了！他不觉又想起了曾在仙游川渡口上碰见的那个神秘的考察人。是的，他金狗不是个政治家，他只是一心想当一名真真正正的记者。他并不后悔当时离开州城，甚至是庆幸，如果仍待在州城，他与石华的关系继续发展，那后果将是不堪设想的，而他的一切抱负就全部毁了！石华，我到底不是高干子弟啊，我是一个社会最底层的最无能为力的农民儿子！我只是在一个地图上找不到的地方做着自己该做的事。

信的最后一节，石华透露了这样一个消息：他们公司和白石寨城乡贸易联合公司最近有了联系，她是在省城的一次宴会上见到并认识了雷大空，本来他们公司要和山西一家林业种子公司做一笔生意的，但因谈判不成，转让给雷大空他们了。雷大空很是感激，与她交谈中才得知与金狗是同乡、朋友，得到了详细的金狗近况。自此，金狗才明白了石华为什么会直接把信寄到记者站来，心里说道：这个世界也真太小，山不转水转，什么事也不能隐匿，什么人也不能躲避过呀！

这天夜里，金狗失眠了，石华的来信，使他认认真真地思虑起自己的婚事了。在白石寨，像他这样大的小伙子没有成亲，已经寥寥无几，在仙游川、不静岗，比他小几岁的同辈人几乎个个成家有了孩子。国家的政策是生一胎的，如果没有限制，他们就会像下猪娃一样生下三个四个。他们负担沉重，日子拮据，但做了父母的小男小女虽然衣着肮脏，头蓬面污，而他们有他们的乐趣，来取笑那些光棍们做人的寡味。画匠，金狗的老爹，忍受不了村人的奚落，曾经在寺里一边作画，一边伤心落泪，他不止一次给金狗捎书带信，要他快解决自己的婚事。可金狗到哪里去找呢？金狗现在是吃公家粮的人，是声名赫显的记者，他不能从山上砍荆、从鸡屁股里掏蛋来赚钱为自己筹办婚事，不能提上四色大礼求媒婆去定谁家的姑娘，金狗是完全可以自由恋爱了，以至任何媒人都不来打问金狗的婚事，认为在他的屁股后是一群一群像过队伍一样多的姑娘在追着围着。可是金狗却一个谈心的姑娘也没有！

仙游川的人，甚至白石寨的人都不相信金狗没有对象，而知道实情的，则又在暗地骂金狗眼头太高。金狗也自问过：这怪谁呢？经历了小水、英英和州城那个石华，金狗痛恨着自己的过去，他实在没有心情再去接触任何姑娘。今晚心绪烦乱，他也不知道怎么搞的，竟走在了大街上，向城乡贸易联合公司而去，直到了他十分熟悉的这条街巷，看见了当年做铁匠铺的那几间门面，才意识到在他的心灵深层占据位置的仍还是小水。

小水近来气色很好，身子也一天天胖起来。那天晚上，已经是十二点了，雷大空告诉她：金狗把田有善和田中正参着了，各自受到党纪行政处分了！小水“啊”了一声，就放声大哭。这一哭，使雷大空如坠五里雾中，说：“小水，你哭什么呀？这么大的好事，你应该笑啊！”小水还是哭，还是哭，满公司的人都跑来，以为发生了什么事，小水就哭着说：“我这在笑着呀！我这在笑着呀！”雷大空才知道她是高兴得过分了！她详细问了处分的情况，就说：“咱俩到我金狗叔那里去，他知道不知道？”大空说：“他一定先知道！”小水说：“那咱去聚聚！大空，金狗叔行啊，他真起了作用！人都说中国的事难办，你没个后台靠山你别干成事，可金狗叔却干成了！”两人连夜来到记者站，把已经睡下的金狗又叫起来，三人喝酒，她竟喝了四大盅，有生以来的最大量！她说：“金狗叔，你是替福运把冤申了，他在阴间里也会保佑你的。他也算死得值得！”三人就跪下来，叫着福运的名字，将三盅酒洒在地上。

这夜，金狗默默来到贸易公司的门口，小水房子的灯还在亮着。她差不多快要绣好那个有“看山狗”图案的红肚兜了，突然左眼皮嘣儿嘣儿地跳。她揉了揉，再低头绣时，那眼皮跳得更厉害了！就捏了针在那里呆想：右眼跳烦恼，左眼跳客到，这么晚了莫非还有亲人来？她笑了一下，又绣起肚兜，但心里老是慌慌的。就开窗让风进来，让月光也进来，清静清静她的那颗心了。一开窗，却看见不远处站着一个人。

她立即就叫了：“金狗叔？！这么晚了你怎么在这儿？”

金狗脸刷地红了，他庆幸月光下看不清的，想走掉，已来不及了，就说：“我……才路过这里。小水你还没睡吗？”

小水喜欢地说：“金狗叔，快进来坐一会儿吧！我说左眼皮一劲儿跳的……”

金狗走了进去，小水便把茶沏好了，问到哪儿采访去，怎么回来这么晚，吃过晚饭了吗？金狗胡支应着，小水就说：“来了正好，我还说明日一早去你那里，问你捎不捎东西的，我回一趟仙游川去！”

金狗说：“要回去，想伯伯了吗？”

小水说："也有这层意思，天气慢慢转凉了，我给伯伯做了一身夹衣，要给他老人家送去。再是长时间没有回去，田有善和田中正受了处分后，我还没有去福运坟上给他说一声的。更重要的还是公司的事哩，大空前几天到荆紫关去了，他是通过州城一个公司联系到山西一宗生意，采购了十多吨松树种子。今日来了电报，让我到两岔镇找蔡大安，请河运队把松树种子运到白石寨，然后山西来车拉运。"

金狗笑着说："小水能搞外交了！敢去和田中正、蔡大安他们打交道？！"

小水说："我怕啥？你都敢把他们参得受处分，我现在还害怕见他们吗？我小水不怕了！我是以公司名义和他们谈生意的，我刚巴硬正的！"

金狗说："行，小水真的变了！"

小水说："再说，福运这一死，我再软软弱弱的，那还有我这寡妇活的路吗？"

说到这里，小水见金狗低了头，神色黯然下去，就又故意笑了一下，说："那你给家里捎什么吗？你老不回去，上次我到两岔镇，见到你爹，他老人家一说起就埋怨你把他忘了！"

金狗说："我不愿意回去，人上了年纪，说话啰唆。"

小水就正色说道："金狗叔，我知道你爹的心思，他总操心你的婚事！我也说一句你别上怪的话，你的事还要拖到什么时候呢？我知道在这事上你伤了心，可也不能老这样下去，要是找上一个合适的，或许会忘掉过去一切哩。"

金狗没有言语，灯光下看着小水，小水也正凝眸看他。后来小水就低了头，去给他倒水，身子扭动着，显得那么臃肿，笨拙，他突然又想起了福运，脑袋就沉沉地垂下了。

小水将水倒了端来，两个人又相对而坐，没有言辞，电灯明晃晃地照着。

好久的沉默，金狗终于苦笑了笑，说："小水，你在这儿还好吧？"

小水说："还好。"

金狗说："你要好好保重自己，不要干什么重活，有什么要办的事，你来给我说是了。"

小水直愣愣看着金狗，看着看着，眼泪就一颗两颗无声地流下来。

小水去了仙游川，和蔡大安谈妥了河运松树种子的事宜后，就在家住了几日。韩文举穿上了夹衣夹裤，小水又替伯伯缝做了棉衣。往年这时，小水是坐在炕上做棉衣，先给伯伯，后给福运，再是替大空缝制，如今伯伯的棉衣做好，却就没有事了，她不免想到那个又丑又憨的又令人疼怜的福运，他永远也穿不上她缝制的棉衣了！小水从柜子里翻出去年冬天福运的旧棉衣，抱着就哭，哭过了就去商店买了一刀麻纸，为福运叠做了一套纸衣，塞上棉花，拿着去往山顶的坟头，一边说着田有善、田中正处分的事，一边点火烧化。

山坡上的草已经黄了，黄麦菅的叶子枯干，风里铮铮地摇着金属一般的响声。她跪在坟头，一张一张烧了纸钱，焚了纸衣，就瓷眼看山下州河水面。河面上是一溜船排，那是河运队要去荆紫关运松树种子，又是好多人在渡口上相送，小水就又禁不住想起福运活着时的情景。当年每一次下河，她都是为他做一顿饺子的，饺子是囫囵的，吃了远行的人便没后顾之忧。他行船回来了，她就为他做一顿长条面，她的面食是仙游川最有名的，擀得如纸一样薄，切得如麻丝一样细。“吃长面，拉人魂，你是怕我的心丢在白石寨城外的那些花里胡哨女人身上吗？”这是福运每次吃长面时要说的话。她总是说：“瞧把你说得能成的，有谁看得上你呢？”他们的那一夜就这么说着闹着，一直到鸡叫头遍。如今，她没有了那份操心，也没有了那份操心的乐趣！小水扭过头去，拿眼睛狠劲着看远处的黑苍苍的巫岭，就是在那里，熊将福运抓死了，他死得多惨呀，为了人家的口舌享福，他就白白地没了一条命！小水恨死了那狗熊，恨死了吃狗熊掌的那些大小官人，现在田有善、田中正受到了处分，福运他却听不到看不到，喝不到大伙喜庆的酒！越思越想，就趴在坟头上放声大哭。

这哭声惊动了七老汉，七老汉年纪大了，已经不能再和年轻人一块去吃水上饭，他就又在山上谋生，每日拿了镰刀割那坡畔上的龙须草，割一把拢起来，如一条大姑娘的独辫，几十辫、上百辫捆在一起，就用皮绳扎紧了从山坡推滚下去，然后背往镇上去卖。他看见小水在山顶上哭得伤心，也老泪抹了几把。只说让小水哭一哭，散散心里的闷气，没想他已经推滚下两大捆龙须草了，小水还在那山顶上哭。他就害怕了，跑下山去，到渡口上对韩文举说：“文举，你快去山顶拉拉小水，她在那里哭了半天了，她是有身子的人呀！”韩文举慌忙到山顶上，将小水连劝带训地拉回家去。

也因为伤心过度，也因为在山顶上吸了凉风，小水回到家里，肚子就不舒服起来。她计算着日子，孩子还不到分娩的时候，心里也并未注意，烧了热汤喝下就睡下了。可第二天，肚子还是难受，隐隐地一抽一抽地疼，韩文举就说：“小水，你这样到白石寨去，我也是不放心，就在家里多住几日吧。肚子不好，也不敢耽搁，伯伯送你过河到镇上医院去检查检查。”小水看着年老的伯伯，也就去了两岔镇医院。

在镇医院门口，小水却碰见了英英，她远远瞧着像是英英，就想避开，英英却也挺个大肚子发现了她，锐声尖气地叫：“是小水呀，你也来医院呀？哎哟，咱俩都是大肚子了！也是胎位不正吗？”

小水没想到英英还这么大方，也自责起自己的小心眼，就笑着说：“多久没见到你了？你倒养得白白胖胖，坐的是什么时候的月子？”

英英说：“上月底的，可到现在还没个要生下来的意思，也不知道要生什么龙子凤女了？！听说你到雷大空的公司去了？那小子发横了，听说用钱买了四五个女人！怎么你也去了，他到底待你好！”

小水摸不清她那话是什么意思，只是替大空辟谣，说明自福运死后，日子艰难，还是金狗叔给大空说情才让她临时去的。

英英就瘪了嘴，嘿嘿地笑。

小水以为金狗参得田中正受了处分，英英一定会当她的面臭骂一通金狗了，没想英英笑过之后，竟说：“这金狗还行！”

小水说：“你说这话啥意思？”

英英说：“我说这金狗还真有能耐，终算把我叔叔参倒了！我早就预料了，我叔叔斗不过金狗，现在果然照我话来了！叔叔倒不倒，我无所谓，我现在看来，谁也靠不住，谁也甭相信，尤其是咱做女人的。你有体会没有？一结婚，什么都算看破了，想起做女儿时那些事，怪好笑的。金狗还是他那个样吗？他还没结婚吗？”说完，就又说：“小水，怀孕期间你没多看看花，多看看那些电影明星的照片吗？我听人说了，那么多看着，将来孩子就漂亮哩！”

这当儿，一个军人提了几只鸡过来，英英突然挥手叫道：“喂，过来，我给你介绍介绍，这就是韩小水！人长得不错吧，可怜就是命苦，那个金狗也甩过她，她嫁给村里的憨人福运，福运又死了，偏又给她留个孽种在肚里！小水，这就是我丈夫，他是从部队回来照看我的。月子前你要吃好哩，多炖些鸡汤喝，将来孩子聪明！”

小水万没有想到英英一结婚竟变成了这样！她也说不清这是变得好了还是变得更坏，但人生变化这么大，她小水似乎不敢相信这就是英英。

从医院里回来，她心里还想着这件事，突然就问伯伯：“伯伯，你说人的脾性也能变吗？”

韩文举说：“或许能变，或许变不了的。俗话说，人心是肉长的，这就可能会变；俗话又说，江山易改，禀性难移，这就可能不会变。”

小水说：“伯伯，你看我变了没变？”

韩文举睁大了眼睛说：“小水，你怎么问起这话？”

小水也觉得问得可笑，就说：“伯伯，没甚事的，回去吧。”自个搬动河面上空的铁丝，船泊泊地驶向了彼岸。

28

韩文举对小水那话纳闷，小水却不作解释，他就犯了心思，天黑时从渡口捎话：他晚上不回去吃饭了，要到七老汉家里喝酒。小水一个人，不知道该做什么饭吃着好，想来想去，就懒得在灶上麻烦，啃了一块干馍，早早就睡了。

睡到半夜，肚子突然疼得厉害，全不是以往的疼法，只觉得阵阵扭动，后背麻痛。爬起来用枕头顶住后腰眼，没想身下就破了红，她立即知道不好了，要提前分娩了。可家里又没人，又是独门独户，一时喊不来接生的，就一把拉开被褥，从针线筐篮里去找剪刀，没有找到，疼痛就将她放翻在土炕的麦草里。又一阵揪心裂肠的剧痛，使她产生了将要死去的恐惧感，浑身每一块肌肉都僵硬了，喉咙像被人卡住，气喘不得，挣扎，用尽一切努力地挣扎，她快不行了，头发揪下来一把也不觉疼，脸色乌青，汗如瓢泼，似乎已经看见福运就站在她面前，突然，就嘭的一声，如一盆水泼出，胎液、血浆流下来，同时看见了一个肉乎乎的孩子出现在麦草窝里。她忍受着疼痛，慢慢挪动着身子，从墙上取下了福运当年锻造的又亲自上山砍荆使用过的弯镰，在口里抿了几抿，将脐带割断了。当她用一件破衣裹住了孩子，看清那两条豆芽菜一样细嫩的腿间夹着一个直立的小东西，她叫了一声："福运，你有儿子啦！"就无力地倒在那里，脸上是笑是汗是泪。

关在屋中的黄狗，目睹了这一场惊心动魄的生人场面，急得在炕下转来转去。当小水躺在那里动也不动的时候，它就大声叫起来，使劲地抓炕沿，又去抓关严了的门。小水就说："狗子，狗子，不要怕，你又有了主人了！"黄狗还是焦躁不安地大叫。小水就又说："狗子，你是嫌家里没人吗？你是要去叫伯伯吗？"黄狗不叫了，却又去抓门。小水知道了狗的意思，她爬起来，用血手开了门，就抱住了黄狗说："伯伯在七老汉家，七老汉，你懂了吗？"狗便箭一般冲出门去了。小水终于鼓足了劲，从灶火口掏了一簸箕灰土撒在炕草上的血水上，就又用一卷破棉套垫在自己身下，静静地昏死似的睡下了。

韩文举正和七老汉喝完了一壶酒，脑袋沉重，脚下发软，一边责贱七老汉再拿一壶酒来，一边大骂那些当官的坑死了福运，末了就拿自己手打自己耳光，后悔年轻时不该听了学校先生的话用心读书，而没有也去上山打游击。七老汉知道他是醉了，死不肯再拿出酒来，在酒壶里盛了凉水让他喝，他人醉酒味不醉，将壶也摔了。正闹得不可开交，黄狗跑进来，汪汪地只是叫，韩文举猛地酒醒了，叫道："狗子，你怎么来了？家里有事吗？"

黄狗汪汪三声，掉头就往出跑。

韩文举说："家里一定有事了，狗子是来叫我的！"夺门就走，七老汉也放心不下，一块赶来。

一进门，韩文举见满炕的血，小水倒在炕头，失声就哭了，捶胸跺足地骂自己："我那么爱喝酒？！是我害了小水啊！我怎么就不去死呢！"

七老汉突然在炕边说："文举，你是疯了？小水到月子了，给你生了孙子了！"

韩文举扑过来，就到炕上去看，立即满脸泪水地就笑了，对着惊醒过来的小水叫道："孩子，你怎么不早早告诉伯伯？千不该万不该我这一夜去喝酒！"说着，突然闭口了，且用手捂了口鼻，拉七老汉到了卧房外，说："老七，你快去叫张家三嫂子来，让她来伺候小水。咱俩都喝了酒，让小水闻到酒味，会闭了孩子奶的！"

七老汉踉踉跄跄出去了，韩文举就走到门外，用指头在喉咙里抠，抠得恶心，将一肚子酒菜吐得一干二净，回来又用醋水涮了口，就开始和面摊饼，烧开水冲鸡蛋。

张家三嫂子是个小脚，七老汉背不动，让张家小子背了来，一边替小水收拾炕，一边重新为孩子擦身，用干净布包裹。说："小水，你也真是，事先怎不告我一声！你伯伯是外边人，也不懂得这些。你也够胆大的，用弯镰割了脐带？时间不长吧？"

小水说："按日子算还不到时候，没想他就出来了！时间倒不长的。"

三嫂子就说："多亏生得顺当！我那大儿媳妇生过两个娃娃，都是横的，上了炕折腾了一天一夜，出来的先还是一条腿，可把人能吓死！现在你就放心，我这几日就住在你这儿伺候你，你想吃些什么呢？"

小水感激得拉紧了老人，说："婶婶你真好，你是我娘哩。我这阵好生害怕，真不知道刚才是怎么生的！"

韩文举将荷包鸡蛋泡饼子端了来，一眼一眼看着小水吃了，就对七老汉说："老七，这下就好了，我韩家有了顶门立户的人了！忙了你半夜，你快回去歇下吧。"送七老汉出门，却从柜里取出一瓶酒来说："把这带上，这是喜酒，这里喝不成，你拿回家去喝吧！"

三嫂子就笑了，说道："文举，这月子里你可一口酒也不要沾！明日一早拿一撮线吊在大门环上，免得生人进屋来，冲了孩子，孩子月里会不停地哭哩！"

韩文举连声称是，也泡了一碗饼子，端给三嫂子吃了。

第二天，韩文举买了两串鞭炮，一串在家门前放了，一串在山顶上福运的坟头放了。村人都来到门前，三嫂子却将男人们赶走，只让女人家进去看孩子。孩子长得酷似福运，但都不敢说，只道："多像小水，将来怕比小水还俊哩！"

小水却将伯伯叫到炕边，说："伯伯，你今日一定到镇子上去，给大空打个电话为我请假，再给金狗打个电话，让他能回来的话回来一趟。"

韩文举照此办理。金狗和大空接到电话，几乎同时想将喜讯告诉给对方，结果在街头相遇，喜欢得就进了一家酒店，要了一碟鸡肉块，两壶酒，喝个大山倾倒。商量的结果是，过上几天，两人买上重礼回去，给福运的儿子过"看十天"。第八天里，雷大空坐了公司的小车，和金狗满寨城跑着买东西，先是童衣童裤，再是童鞋童帽，又是童毡披风。买了穿的再买吃的：奶粉十包，橘子汁五瓶，白糖十斤，红糖十斤。最后又买了大人小孩的用具：小水一身衣服，小孩奶瓶奶嘴，小水包头的丝绒巾，小孩的防淹的滑石粉。乱七八糟，五花八门，塞了几大包，两人坐小车到了两岔镇。

乡政府的大院突然开进一辆小车，慌得田中正跑出来迎接，却见下来的是金狗和雷大空，当下就瓷在那里。雷大空偏叫道："田乡长好啊！"

田中正只好说："好，好，你们回来啦！到屋子喝茶吗？"

大空说："不啦，我们回村里去。车放在你这儿丢不了吧？"

田中正说："没事的。"

大空便和金狗提了大小皮包往仙游川去。

消息已有人飞报到渡口，韩文举早早将船撑过来，见面就嚷道："啊，仙游川是出官的地方，田家、巩家的官人回来，坐的是黄吉普，你们倒坐的是两头尖的卧车，真是衣锦还乡了！"

上了船，雷大空突然叫苦起来，说："怎么忘了给伯伯买一件贺礼？"

韩文举说："你们给孩子和小水买了这么多，给我买做什么的呀？"

大空说："你是当了爷爷嘛！"

说得韩文举高兴起来，直发感慨："人到底还是要到外边去干事，大空在家时那个窝囊劲，如今事干大了，理也懂得多了！"

金狗就说："腰内有了钱，说话也口大气粗嘛！"倒使大空脸面发红，不好意思起来。

整整花费了半晌时间，金狗、大空、小水、韩文举坐在炕上给福运的儿子起名字，韩文举主张叫些并不好听的名，这样以反求正，对孩子更吉利，譬如"猪娃"、"丑蛋"、"锁锁"、"疙瘩"。雷大空则坚持起城里人的名字，要么叫一个单字名，要么就除过姓外，叫三个字、四个字的名，说州城里现有个时兴，孩子名学外国人，都将父母姓一起，再起两个字名，福运姓张，小水姓韩，就譬如叫："张韩大山"，"张韩抗田巩"，连针对田家、巩家的意思都有了。小水征求金狗的意见，金狗说："那都不好，依我看，起一个小名叫'丑蛋'，村里人叫着顺口，越是叫丑越不丑。再提个大名，将来上学时报名用，一时想不起来，咱拿个字典，翻两次，每一次翻到哪一页，第一个字就为准！"大家都说："金狗真是文人，主意都文绉绉的，将来孩子长大了，让金狗带着去寨城上学。"字典翻起来，说来真妙，第一次翻到"鸿"字，第二次翻到"鹏"，都是志在千里的飞行之物，大吉大利。福运当年是招入韩家门的，这孩子自然姓韩，韩鸿鹏，这名字就在村里传开了。孩子有了名字，四人就商议"看十天"的事，小水说："你们的心思我全领了，我想福运要是地下有灵，他也不亏和你们好过一场，也能瞑目了。可话说回来，福运毕竟死了，家里也没操持的人，你们又是大忙人，这'看十天'也就罢了去，难道过'看十天'孩子就一定长得好，不过'看十天'就不好吗？"金狗说："正是福运不在，我们才要热热闹闹'看十天'，也是争一口气的。操持的事你们都不要管，韩伯你到时候只要招呼客人就行，一切东西由我和大空张罗，你今日就去通知众亲广戚，村巷四邻，能来多少人就来多少人！"金狗和大空执意，韩文举也没说的，当下责任分明，各行其事。

"看十天"这天，来客果然不少，小水的亲戚不多，但她的同学，金狗的同学、战友，大空的三朋四友，一溜一串地陆续来了。来者都必携重礼：一笼涂大红大绿的面鱼，一截布料，或者是一斗小麦的褡裢，一身童装。来了就在门前放鞭炮，和出门迎接的韩文举拱手寒暄，道一串吉祥言辞，然后就在炕上看韩鸿鹏。小水已经能下炕了，穿了金狗和大空买来的新衣，头上扎了丝绒巾，脸虽浮肿，却白净净的光洁，看着柜台上越垒越高的面鱼、蒸馍、布料、童衣，说不尽的感激话。到了吃饭时间，席面安了十张桌子，临时搭成的灶棚里，三个厨师忙得乌烟瘴气，凉菜摆了，按大小辈入席，韩文举就挨桌敬酒。敬一杯酒，被敬者就要和敬者对碰一杯，韩文举几乎在十个席上喝下了五十多杯，人便兴奋之极，话如溢出一般，竟从三皇五帝说起，直说到州河的流长，巫岭的峰高，说到当今政府的政策，说到仙游川几十年来的历史。他一开口，就有人故意引逗，不时引起哄堂大笑，酒却喝得慢了。韩文举就道："说话不误喝酒呀！今日大伙来，我韩文举实在高兴，我韩家是寒门，我也是念过书的人，可惜那时不去打游击，落得一辈子撑了船。撑船是下贱事，可古人讲：桥头渡口，气死霸王留侯。我今年七十多了，在座的差不多都年轻，我看了看，有一半的人是坐我的船迎进来的媳妇，没有哪一个没成百上千次坐我的船！咱们仙游川是出官的地方，官都出在田家、巩家，人家是大门大户，有钱有势，可大家今日能赏脸到我韩家来，这是大家'凑红'我，我韩文举今生今世就这一次高兴！大家都喝呀，别的没有，水酒要喝的呀！"

金狗见韩文举话说得太多，过来附耳说："伯伯，你喝得是多了，咱们开始上热菜吃饭吧！"

韩文举突然冷静下来，说："好的，好的，上热菜吃饭！"他拍着脑袋进了卧房。

小水说："伯伯，你话好多，大家都笑你哩！"

韩文举说："我是喝得多了点，我心里高兴啊！小水，伯伯刚才说话在辙里吧？"

小水说："伯伯醉了说的全是在理！"

韩文举说："你伯伯别的不如人，说话倒不服人的，他田中正还讲究是书记，噢，他不是书记，是乡长，他说话像屙话一样艰难！"说罢，竟伏在柜盖上睡着了。

院子里，金狗和大空端菜端饭，有人就问金狗："金狗，酒是喝够了，菜有几道，有肉吗？"金狗说："十二道菜，你消停来吃，两道红烧肉，吃饱了三天也不饥了！"众人就笑说："你们两个操办得不错嘛！金狗，什么时候吃你的喜酒喜肉呀？"金狗脸红了，一时噎住。小水抱了孩子出来说："金狗叔，你明年春上办喜事吗，到时候，来辆大吊子车把我们拉到白石寨大饭店去吃吧！"众人就问金狗："啊，金狗已经找下对象了，是城里人吗？人家恐怕到时候不理睬咱乡下人喽！"雷大空就接话道："漂亮得很哩，走是走相，坐是坐相！"有人又问："有田英英好看？"大空就说："人家是一枝花，英英是豆腐渣！"

小水突然记起了什么，拉金狗到卧房里，说："坏了，坏了，把一件大事耽搁了！"

金狗倒吓了一跳，忙问："把什么事坏了？"

小水说："今日是十三？"

金狗说："是十三。"

小水说："这是你的生日呀！我说好要张罗给你过'三十六'的，谁知道这孩子就偏偏生下来了！”

金狗哈哈地笑起来说：“过生日还不是图个热闹吉利吗？今日多热闹！给鸿鹏‘过十天’，这么大的喜事，也算是给我把生日过了！”

小水想了想，也觉得是，只是遗憾那件绣好的兜肚儿没拿回来及时穿上，当下便从柜盖上取了一块客人送鸿鹏的红绸布撕成条儿，让金狗搓红绳系在裤带上。金狗不，她窝了一眼，出来竟把卧房门掩了。

金狗只好遵命搓绳儿系上。

饭菜吃罢，客人又坐着说了一席话，便道“时候不早了”，起身回去。韩文举酒醒过来，就去渡口撑船送过河的人。金狗和大空收拾了残汤剩饭，就安排厨师入桌吃饭，自己也端了碗。正吃着，渡口上有人喊：“雷经理！”大空出去看了，说是公司来人，丢了碗就去了渡口。小水和金狗全不知道有了什么事，等大空回来问时，大空说：“公司来人让我赶快回去的。”

小水说：“啥紧事，跑这么远来叫你？”

大空说：“是州城一家单位来要账的，先是要为他们买一批彩电的，但货没有买到，他们生了气，货也不要了，硬逼着要原款。”

小水就急了，说：“这影响可不好，坏咱公司的声誉哩！”

大空说：“没事的！金狗哥，把酒拿来，让我喝喝。天大的事，也得吃饱了肚子再说！”就三下两下扒了一碗饭，半壶酒。然后说：“金狗哥，你再待几天，我先走啦。小水你好好保养，出了月子，再说上班的事，我这回去，就给你寻个抱娃娃的，到时候有人经管娃娃，就不拖累了。”

走出门了，又对金狗说：“过两天我让小车来接你吗？”

金狗说：“不用了，我坐船去！”

大空就风风火火跑去，沿途又不停地与谁家媳妇说什么趣话，惹得那媳妇捡了土坷垃打他。

小水说：“大空这人风风火火的，心底倒善哩！”

金狗说：“人当然是好人……”却不再说下去了。对于大空，没有人再比他金狗更了解的了，他知道这个人所做的一切，也更清楚这个人将来会有个什么落脚，可社会就是这样的社会，大空又不能完全听从他的，他金狗还能再说什么呢？金狗看着远去的大空，他点着了一支烟吸，狠命地吸了一阵，就鼻里口里三股地喷出来。

小水是不了解这些的，她突然说：“也把人忙糊涂了，忘了问他那批松树种子运走了没有？”

金狗说：“那全运走了，山西来了六辆卡车，我们回来的头一天就拉走了。大空说，这宗生意，公司就赚了七万六千元。”

小水说：“这就好了。金狗叔，有一句话我一直想给你说，我在公司干了这一段时间，大空他们做什么生意，我多少也知道了些。他们差不多是空里来雾里去从中赚钱，刚才来人说州城那个单位来要原款，类似这样的事不少哩。这次贩松树种子，倒是实货，也是对绿化办了件好事。可这毕竟是少数，你还要多开导开导他，要多务实为好。”

两人说说话，直等到韩文举从渡口上回来，金狗才回不静岗家里去。

过了两天，金狗想回白石寨了，来到小水家告别。韩文举没有在，金狗说了许多话后，突然脸憋得通红，叫了一声：“小水！”

小水正抱着鸿鹏喂奶，听得金狗叫她一声，她明明就坐在他的对面，且又说了这么一阵话，他这么叫着，又叫得声调异样，便抬起头来看金狗。金狗叫过一声，却窘得难受了，不再说什么，用手去捏地上的一只蚂蚁，但没有捏住，他说：“我想回记者站去了。”

小水说：“你急什么呀？你那工作是没紧没慢的，明日走吧。”

金狗就看着小水，嘴又张了几张，但还没有说出什么来。

小水就说：“金狗叔，你是有啥事的？”

金狗赶忙说：“没事，小水，我只来给你说一声，我得回白石寨了。”就已经站起来，抬脚要走。

门外韩文举哼哼着什么花鼓曲子走进来，小水叫道：“伯伯，金狗叔说他要回白石寨去呀！”

韩文举说：“金狗你急什么！为给鸿鹏‘过十天’，够你劳累了，我还没好好谢你，你就要走了？走不成的，我为啥从渡口回来，就害怕你走了，我让七老汉替我管着船，才要去你家叫你来喝酒的！来，咱俩今日好好喝一场，酒是现酒，菜是现菜，咱在厨房里喝吧，不要叫小水和鸿鹏闻见酒气了！”

金狗拗不过，就取消了回白石寨的打算，同韩文举在厨房喝将起来。但这一场酒，韩文举话说得有十分之九，金狗只说了十分之一，他只是闷着头喝，喝得眼也直了，脸皮也僵了，偶尔笑笑，那笑就长久地硬在眉尖和嘴角。后来就摇摇晃晃站起来，说是不行了，要回家去。韩文举就说：“你小子今日里怎么啦，你喝闷酒，当然要醉的！小水，不要让他回去，醉成这个样子，矮子画匠又该骂我不是了，你扶他到我炕上睡一会儿吧！”

金狗说：“我不睡，让我在这儿坐一会儿，睡到上房去，鸿鹏会闻见酒气的！”

韩文举便从上房里拿来一个躺椅，扶金狗在上边躺了，小水也抱了一床被子盖在他身上，金狗就呼呼入睡了。

小水就怨伯伯：“你不该把他灌成这样，醉一次伤一次身子的！”

韩文举说：“今日喝得不多呀！不要紧的，睡上一觉就好了。我到渡口上去，你招呼着别让他从躺椅上跌下来，等他醒了，烧些浆水汤给他喝喝。”

韩文举走了以后，小水哄鸿鹏睡下，就去厨房烧浆水汤。烧好，金狗还没有醒，她就将一条毛巾浸湿了敷在金狗的额头，直觉得金狗今日奇怪：说话吞吞吐吐的，喝酒又喝闷酒，竟醉得这么沉重，金狗是有什么心事吗？

当她将毛巾又去浸了水再敷时，金狗眼睁开了，赶忙要坐起来。小水说："金狗叔，你醒了，你醉得好死！"

金狗说："我没醉的。"一歪头，却啊地发呕想吐。

小水说："还说没醉！想吐，你就吐，吐了肚里就好受了。"

金狗真的又啊啊了一阵，但是吐不出来，眼睛就又痴痴地看着小水。

小水说："你今日一定心里有事！"

金狗说："我没事的。"

小水说："你还哄我，你有什么事真的不给我说吗？"

金狗就努力地睁了眼，说："小水，那我就对你说，你坐过来，我给你说。"

小水刚一走过来，金狗却把她的手抓住了，说："小水，我想和你结婚！"说完了，就大口喘气，眼光直盯着小水。

小水没想到他说出这话，当下就愣了，待到金狗又使劲地抓她的手，她叫了一声便狠劲把手拔脱了，急而短促地说："金狗叔，你醉了，你醉了！"

金狗就站起来，但立即又倒下去，坐在了地上，说："我没有醉，我没有醉，我要和你结婚，真的我要和你结婚，我没有醉，我再喝也不会醉的！"

小水突然浑身颤酥起来，说道："金狗叔，你怎么能说这话？！你说这话是让我心碎吗？你不要说醉话了，我不听你这醉话！"就从厨房跑出去，在院子里说着"天神！天神"，跌了一跤，爬起来回到上房去，连上房门也关了。

金狗哇哇地就吐起来，他把酒吐出来了，把菜吐出来了，还觉得要吐，就吐清水，吐唾沫，似乎连肠子也要节节吐出来。吐过了，有几分清醒，但却有了几分沮丧，失神地看着小水关上的上房门，门环在晃动着。他一下子感到后悔，感到羞愧，无地自容！他不明白这酒是怎样的一种魔力，使他说出了他清醒时想说不敢说的话！他爱小水，敬小水，心中早打算好了要与小水结合，但他害怕小水误会自己是恩赐，是怜悯，而伤了她的自尊心，小水毕竟不是过去的小水啊！现在，酒使他冲动，使他轻浮，使他莽撞行事，果然小水痛斥了他，生分了他！他还能再去解释什么呢？

金狗扶着墙走出来，上房门还在关着，鸿鹏在炕上哇哇地哭着。他说："小水，我是不该说这话的，是我伤害了你！你恨我吧，骂我吧！我金狗怎么成了这样？"

蹲在院子里的黄狗，不明白这是发生了什么事体，它一声也不叫，默默地看着金狗。金狗在摇着头说："我是不配的，是不配的，这真是天意在惩罚我。"说完，满面羞耻地走了。

小水一直是附在上房门缝看着金狗的，看见他脚步蹒跚地走下场院前的斜地去了，就将门打开，她极力喊了一下："金狗！"但喊出的声音连她自己也听不见，就全身抽了骨头一样软下去，趴在门槛上呜呜地哭起来了。

自此，在一个月里，金狗回来了三次，每次都给小水母子买了许多吃喝、衣物，但却绝口未提到要求结婚的事。小水热情地招呼金狗，金狗一走，少不了却要痛哭一场。满月之后，雷大空回来了，将小水母子接到公司，果然他已为小水寻找下一个经管孩子的人家，小水就算又正式上班了。韩文举放心不下，专程来白石寨看过一次，见小水母子白白胖胖，就好言好语给大空说了一堆返身又回了仙游川。这样，日月流逝，到了春节，雷大空留小水不要回老家，就在白石寨过年，又去将韩文举接了来。初一、初二，金狗回家去与老爹团圆，初三也赶到公司，大小五人聚在小水的宿舍里喝酒。韩文举又喝得多了，说："人生光景真是几分过呀！想当初这房子是铁匠铺，充其量，每日赚得一元两元，如今还是这房子，办了公司，银子水就往进流哩！我这小水，说是苦命，也是福命，亏了你们二位，我要是死也能死下了，将来鸿鹏长大，就让他好好报答你们了！"

提起这房子，不免触动了金狗和小水的痛处，想起当初的情景，就都不言语了。大空了解他们的心思，当下说："铁匠外爷在世的时候，我也不少在这里吃喝，是他老人家荫福，这公司才有了今日，咱们今日在这喝酒，也该给他上天之灵祭祭酒才是！"说罢，四人就面南跪下，小水抱了孩子，将一碗水酒慢慢倒在地上。

29

初五过后，雷大空安排了公司工作，将一切日常事务交给了副经理处理，他就上广东去联系生意了。他这一走，竟一月有余，中间回来了一次，小住几天，又往州城去了。金狗三月里，主要在州河两岸采访，他是有计划地一个镇落一个镇落走动，准备在州城报上开辟一个"州河见闻"的专栏。这一计划很得"青年记者学会"的同伙们支持，他也有信心在这一组文章里渗透他长时间来学习和思索的一些问题，而使其产生一定的影响。

白石寨城里一时没了熟人，小水每日也不出外，兢兢业业干完自己应干的工作，就到经管孩子的那户人家去逗鸿鹏玩。入春来，她身子不好，时常害头疼，找东城寨门口的老中医扎过几次针，也不见效，只说是月子里伤了风，慢慢将息，也就再没有管。没想到了四月初五，寨城南门口出了一件骇人听闻的事，病就又复发得更严重了。

寨城南门口，也就是那高低不平的沿河阁楼上，一位年轻的寡妇身缚了七块砖，在子夜里从小窗跳入州河淹死了。这一夜，渡口上出奇地竟没有停船，这寡妇跳下去的时候谁也不知道，天明有人去河边洗菜，先看见一团蠕蠕而动的东西，用竹竿去捞，才发现是女人的头发，再一挑，那女人身子朝下，头朝上，脸肿得像发了酵的面团。洗菜人吓得跌了一跤，爬起来失声大叫，后有人去报案，公安局来人打捞了，认出是楼上的小寡妇。

小寡妇之死，骚动了整个白石寨城。后来听人说，这寡妇多年来恋着两岔乡的一个船工，船工前几日撑船下襄阳，在月日滩船翻人亡，寡妇得到消息哭了两天两夜，就自杀了。

小水去那里看过一次，认得这是和七里沟叫乌面兽相好的白香香。心下倒很是难过一场，想这寡妇住在那一片肮脏地方，却能有这般痴情，也是难得，可怜她命也是不强！一时联系到自己处境，流下两行热泪，夜到三更，偷偷去河边为那寡妇烧了一沓阴钱纸。

此事过罢三日，公司斜对门的那家，有一个常年害病的女人，突然发了一夜高烧，服药、打针不能退热，后来就双目紧闭，信口胡说。说着说着，旁边人就觉得不对，她一会儿扮的是州河淹死的白香香的口气，说她和乌面兽好了几年了，人都说她是破鞋，可她除了乌面兽，再没交结过第二个男人，×××来纠缠过她，××企图强奸过她，她将他们打骂跑了，他们就恨她，造她的坏名誉，且借了她的钱，她一死全都不还了。然后一一说出谁借了她多少钱，谁还欠了她什么东西，要让这些人将钱如数交还她的母亲。后又口气变了，变得苍老了，说他没有喝够酒，阎王爷让他做了酒官，但他还要打铁，他要他的铁匠铺……众人听了，就叫道："这不是铁匠麻子吗？"当即大惊："这是'通说'！那寡妇和麻子阴魂不散啊！"有好事者，偏又不信，跑去问了说出的欠寡妇钱的某某，那些人全满口应承是欠人家钱，连夜就退还寡妇的母亲了。一时风声旋起，都在议论这场怪事。那"通说"的女人还在唠唠叨叨继续说，越说越害怕，女人的男人就慌了，叫了阴阳师来，拿簸箕覆盖头上，折了桃木条狠抽狠打，又以桃木棍夹住左右手的中指使劲压。那女人方醒转过来，恢复了以往的口气，却如挖过二亩山地一般大声喘息，后就沉睡不醒。按照阴阳师的嘱咐，这家男人先去了寡妇家的小楼下钉了桃木楔，烧了阴纸，夜里又悄悄到公司的后院，在那棵苦楝树上贴了符，洒了鸡血，又将一个泥和棉花捏就的酷似麻子铁匠的小人儿身上扎满了钢针，挂在树杈上。

第二天天明，小水到后院，见了那小人儿，气得昏厥，出来和斜对面的那家男女厮骂。那男人粗胳膊壮腿，骂小水的外爷阴魂作祟，又骂小水是扫帚星，是破鞋，克死了福运，生了鸿鹏这个杂种。小水当即扑过去就与那男人厮打，却被人家一脚踹在肚子上，当场趴在街道上打滚。事情一闹大，副经理和公司的几个留守人员就扭住那男人不放，说这是故意制造谣言，破坏城乡贸易联合公司营业，一轰儿闹着到公安局去辩理。

到了中午，小水的肚子慢慢好些了，在公司等待辩理结果。一等不来，二等不来，后来公司的几个人员回来了，副经理却没有回来，一见小水就变脸失色地叫道："坏了，小水，大事坏了！"小水说："不要急，好好说，什么大事坏了？"那些人说："公安局把副经理扣下了，说是正要去抓他，他倒主动来了！"

小水惊得说不出话来，后来就抓住每一个人问："这是怎么回事，他们凭什么要抓副经理？"

那些人也不知什么原因，但脸色全然灰白，有的就去收拾自己的被褥要走，有的则趁机将货架上的一件两件商品塞进自己的怀里。小水就急了，跳在门口叫："你们要干什么，要溜？要趁机抢了公司的东西？做头儿的不在，你们这样做还够人吗？现在事情还没个水落石出，谁要偷拿了公司的东西，就别想着从这门里出去！"

那些偷商品的人感到了羞耻，将东西又放回货架，默默地走出去。小水就将公司的营业室门上了锁，自己坐在那里镇守。至下午，风声更紧，说是雷大空在州城也被抓了，白石寨城乡贸易联合公司是个黑公司，犯了罪了！公司的人员更是一片惊慌，跑来给小水说，小水确实也慌了，却安慰道："这不可能的，是外人造谣的。恐怕是公司生意好，人都忌恨，故意造谣生事败咱的运哩！"立即就给州城办事处挂电话，要找雷大空。电话还没有挂通，公安局就来了人，宣布封闭城乡贸易联合公司，没收了营业执照，拿走了所有账本，在保险柜上、货架上、仓库门上贴了封条，连大门口悬挂的字号牌子也摘下丢到后院去了。

小水木呆呆看着这突如其来的事变，脑子里几乎什么都想不来，也没什么想了，被人踢过一脚的肚子又疼起来。她靠在墙上，墙上方正好是这个公司受奖的锦旗，后来肚皮使劲往里陷，小腿发软，就倒下去了，同时那面锦旗也掉下来，盖住了她的身子。

第二天，公安局来人正式宣布了取缔城乡贸易公司的理由：假改革之名，行破坏社会主义经济之实，属于皮包公司。更严重的是将一批根本不能出苗的松树种子卖给山西，造成几百万元的经济损失，以此又危害了国家大面积的植树造林事业。

自此，小水才证实了副经理是被逮捕了，雷大空也是被逮捕了，便顾不及去看孩子，脚高步低地就往金狗那里去。金狗正在加紧写六篇"州河见闻"，听罢也叫了一声，坐在那里半天不动，末了说道："大空果然犯事了！"

小水说："这怎么办呢？公司是县委批准开办的，大空又受过县委、县政府的表彰，他们就真的这么逮捕了他？要说大空他们有不法行为，可县上哪一层领导没牵连？大空的那个笔记本儿全记着他们受贿的项目啊！"

金狗说："笔记本儿现在哪里？"

小水说："他去州城时，让我保存着。"

金狗说："这谁要也不给，说不定以后有用。你不要怕，无论天塌地陷都与你无关，你这几天好好经管孩子，我打听打听事情的内幕再说下一步吧。"

经过了解，金狗才知道大空他们犯案，还是那批松树种子引起的。原来这批种子已经腐烂，大空和山西方面采购员谈生意时，送了采购员两千元。种子到了山西，那边也没有作试验就入了库，后除了林场育了三亩苗圃外，其余全部用飞机播撒到上千亩山上。但三亩苗圃到期却全没有出苗，刨开看时种子已发霉了。结果山西方面就到省城告状，省委领导大怒，责令查处，严加惩办，雷大空就在州城被逮捕了，押回白石寨，现正在审理。

金狗知道雷大空这下是全完了，对小水说："这不怨天不怪地，全是他的罪了！眼下这里乱糟糟的，公司里又不能住，你还是和孩子先回村去吧。"

金狗把小水和孩子送回仙游川后，第五天里，公安局将他也逮捕了。罪状是受贿一万两千元，为雷大空进行宣传，丧失了一个新闻记者的职业道德，是新闻战线的败类！

消息像炸弹一样炸开，震动了白石寨，也震动了全地区。这天夜里，小水正在吃晚饭，金狗爹气急败坏跑来找小水，两人各抱头大哭，不知如何是好。后半夜，韩文举就叫了七老汉，撑了渡口上那只船，几个人下行到了白石寨。

这伙村民在白石寨无亲无故无熟人相识，白日在寨城里四处打探情况，晚上就歇身船上。情况每日都在变化，后来就打听到在监狱里雷大空是极坦白交待的，用不着软硬兼施，他将要说的全说出来，似乎他干的一切从一开始就准备了有今日，记性好得令人吃惊。审理案件的人喜出望外，但不久就大惊失色，因为雷大空交待的与他犯罪有关的，也就是说被他拉下水的竟是白石寨县大小干部二十多人，其中包括县委田有善，也包括公安局长。审理人拍着桌子大发雷霆："雷大空，你知道这是什么地方？你说话要负责任，不能疯狗乱咬！"雷大空说："当然实事求是，我怎么不说也有你呢？"他一一说出某年某月某日谁怎样收下他的东西，又怎样为他开了方便之门。笔录送给了局长，局长哈哈大笑，说："目前的阶级斗争复杂就复杂在这里，罪犯这么一咬，把水搅浑，故意要看我们共产党人的笑话啊！"又将这事汇报给田有善，从此亲自审理雷大空一案，让继续交待。雷大空就又一一说出这个公司与州城的巩专员女婿的关系。这一缺口打开，连连深挖，好多问题就牵连了巩专员和在州城工作的许多巩家派人。于是，白石寨公安局、县委经过材料整理，撕毁了雷大空关于交待白石寨田家派受贿的名单，而其余的全汇报给了上级。立即社会上传开，雷大空之所以世事闹得这么大，原来后台在地区，巩家的人差不多的都受过他的贿，大开了绿灯。

而金狗的被捕，则是在城乡贸易联合公司的账单上查出证据的：他受贿了一万两千元。金狗分辩：这一万元是雷大空他们赞助给州城报社"青年记者学会"的，那两千元他是借的，且打有借条。回答他的却是：雷大空为什么要赞助你们？金狗当即指出雷大空赞助的不仅仅是记者学会一家，他赞助的单位多，光给城关小学就赞助了七万，而县委是极力表彰嘉奖，并指令写报道的。恰恰是他金狗持不同意见，写了另一种反对文章的，这文章仍在州城报社领导手里，整个“青年记者学会”的同志可以做证。如此分辩，这一条罪状就不了了之了。但又认定他私人借了两千元，虽说是借，这明明是手段，是刘备借了荆州，是一种受贿的狡猾形式。金狗有口说不出，只喊冤枉，可一次审理之后，他就被关在号子里再也没有过问了。

小水、韩文举和金狗老爹愈是不停地听到这些消息，愈是心急如焚，轮番到公安局、检察院去，但接待室的人一见他们就推将出来，拒之不理。一日又去了，公安局的人说：“给他送几件衣服吧。怎么他的病还这么多，一条肋子也那样的不好！”小水当下就哭了，跑到街上商店买了几件衣服，又买了几大包蛋糕和一条烟，交给那人。那人接了衣服，竟将蛋糕和烟丢在地上，说：“嗬，他是来坐牢的，可不是来采访的啊？！”回到船上，小水就哭得泪人一般，说：“金狗叔身体那么好，怎么就病了？还说一条肋子不好，这明明是他们在打他嘛，将他打坏了嘛！”矮子画匠浑身筛糠一般，嘴唇颤颤地说不出话来，两行老泪只是往下流。韩文举说：“上一次为了大空的事，金狗是得罪了那些人，他这几年当记者，又冲了人家许多不是，今日犯在人家手里，能不打他出气吗？”小水说：“这怎么办？总不能让他在里边受亏啊！”矮子画匠就说：“咱去给田中正说说情吧，他与县上人熟，让他去通融通融。”小水说：“你这也是糊涂了，你去请田中正就等于给鸡请黄鼠狼子嘛！”三人苦于无计，又默默悲伤了一阵，直坐到月亮斜斜地坠到岸上高低不平的小阁楼子后边了。小水说：“你们先睡吧，上了年纪的人身子也不敢有个三长两短的，我去到东门口樊伯那儿走一趟。”矮子画匠说：“夜这么深了，你去那儿干啥？”小水说：“我外爷在的时候，常去樊伯的酒铺买酒，我也与他熟，以前听他说过他的一个老表在看守所工作，看他有没有什么法儿？”韩文举叹了一口气，说：“唉，那是一般工作人员，他能有什么法儿？你去吧，问问也好。”

小水出了船舱，月亮已经下落，夜黑漆漆的，风把她的衣服撩起来，一股寒气直从后背上钻进去，她打了一个冷颤。从搭在船头的木板上走过去，看见星星都沉在水里，水还在活活地流。上了岸，寨城门洞里没有灯，黑洞洞地怕人，捏一块石头在手里，慢慢盯住那门洞往前走，就看见在门洞微亮的那一头，有一个白色的影子靠在那里，同时有一个更黑的东西在缠附着，像竹篙插在水里似的有着软软的摇动……她怔了一下，立即明白了是什么，故意咳嗽了一声。那一白一黑的影子突然分开，又很快拢在一起没有了，听见在门洞后的树林子里哧哧地笑。不知怎么，小水想起了很久很久以前在州河滩上的事。她立即将手中的石头狠狠砸出去，石头在寨城的墙上碎裂了，爆响了。进了寨城门洞，街上的路灯稀稀落落，为了省电，夜里的路灯是隔三个四个才亮一盏的，有了灯，街上就有了一层淡淡的蓝雾，如炊烟弥漫，一切皆浸在飘渺之中，而树丛中的路灯，在那一圈范围中，树叶是那么绿，那么鲜，灯是那么净，那么亮。小水走着走着，胸部就憋起来，憋得难受，小鸿鹏还放在经管的人家那儿，她已经多日未去照看，这奶就饱得疼痛，遂立于一棵树下，背过身将奶汁挤流在树上。

天明的时候，小水回到了船上，她告诉伯伯和金狗爹：酒铺樊伯答应去看守所，他的老表已提拔为看守所长，而且为犯人做饭、送饭的，也有一个是他老表同村的小伙儿。三个人匆匆在城内小吃摊上吃了一点东西，就赶到东门口樊家酒馆。

樊伯一早去了看守所，人还没有回来，三人就坐着等，小水又去买了许多东西来。半早晨，樊伯回来了，同来的还有那个看守所长和送饭的，介绍后，韩文举就说了许多感恩戴德之话，又诉说了金狗的冤情。

看守所长说："我老表把什么都对我说了，金狗我以前也认识，他小伙子就是太气盛，那地方不是气盛的地方呀！"

小水就询问金狗的伤情，求看守所长能在里边关照关照。看守所长说："看样子，金狗是得罪的人多了……你们也不要太伤心，我会想办法照顾他的，可以让他在号子里不受同号犯人打。"

韩文举说："犯人还打犯人？"

所长说："那里什么人都有，新的进去，都要打的，把你打得趴下了，饭就被别人争了去吃，睡觉也不给你宽展地方。"

金狗爹就说："这金狗口是硬，他手善呀，必是要受人家打了！"

所长说："我要不怎么也把送饭的叫来了，他以后多给他一点饭，我也会去对同号犯人讲：谁敢打了金狗，谁小心点！谁要敢吃了金狗的饭，就罚谁一天没饭吃！这你们放心吧。至于金狗是真有罪还是受了冤枉，我就没办法管了！"

小水、金狗爹和韩文举便不迭声地说："就这样我们也感恩不尽了！"拿出四瓶好酒，两瓶给所长，两瓶给送饭的，说："这点小礼，表一下我们的心意！"

所长说："这我怎么能收呢？你们和我老表是世交，我才这样，要是别人，你送我千儿八百，我也不能答应这事的。说要喝酒，我老表开着酒铺，我三天两头来这里喝的！"

樊伯也说："算了，我老表不是外人，就免了吧。"

小水就又说："所长，能不能让我去见见金狗？"

所长说："这可不能，这案子没有了结，任何人也不能见的，出了事我就不敢担保了！"小水只好作罢，再要将几大包蛋糕和烟卷让所长带给金狗，所长也同样拒绝了。

三个人从酒铺回来，念叨了一路所长和炊事员的好处，韩文举说："世上还是有好人的！话说回来，熟人到底好办事。人常说：一个烂套子都能塞一个墙窟窿的，谁能想到开酒铺的樊老汉倒给咱帮了大忙！唉，金狗年轻，世事经得少呀，他当记者时事情看得太认真，这次吃亏还不是吃在太认真上了！"

小水说："伯伯说这话，是说金狗以前做错了？姓田的这么整他，他早年还不是救过田中正的命？"

韩文举说："唉，这世事，这世事使人越来越糊涂了！一会儿说是英雄，一会儿说是坏蛋，红脸一阵白脸一阵，这到底是怎么回事啊？！"

这样呆过几天，三个人既见不上金狗、大空，又对金狗、大空的案件无能为力。韩文举就不停地喝酒，喝了酒就发牢骚，金狗爹则每日吃一碗两碗饭，一坐下来就哭哭啼啼。这一日，韩文举又发牢骚，说这一切都是天命，该是皇帝的就是怎样，终了还是坐金銮殿，不该是皇帝的就是打进金銮殿也坐不了位的，就又唠叨起李自成当年屯兵州河，怎么攻到北京了，又怎么兵败身亡。小水就火了，对伯伯说："伯伯你是怎么啦？到了什么时候了，你说这泄气话是让大家都不管金狗、大空啦？！"

韩文举自觉失言，就说："怎么不管，可咱怎么个管法啊？"

矮子画匠忙劝小水不要动火，说大家心都是一样的，但四处碰壁，气就窝得烦躁。又对韩文举说："他韩伯，我看你还是回去为好，你在渡口上撑船，总不能长时间离开呀！我和小水在这里就可以了。"说罢又流眼泪，泣不成声。

小水就说："你哭什么呀，现在是哭的时候吗？这样吧，你们都回去，我一个人留在这里，一旦有了什么事情我就给你们捎信去。"

矮子画匠于心不忍，自己的儿子出了事，拖累得小水日日夜夜不安，但小水坚决，也确像男人一样有主见，自己在这儿担惊受怕，又不顶事，反是负担，就说："小水，我们家欠你的东西太多了！……你留在寨城，处处可要小心。我身上有八十元，就给你留下吧。"

小水拒不收，矮子画匠就悄悄塞在她的一个提兜里，划船和韩文举哭着回仙游川去了。

留下小水，她就借居在照管孩子的那户人家里，天天打听着金狗和大空的消息。一日看守所长来，关了门对小水说，金狗和大空的案子抓得又紧起来，每日审讯几次，大空脾气暴躁，总是破口大骂，审讯人就将他绑在柱子上，到另一个房间去玩扑克，他还在骂，骂得周围几个房子都听见，审讯人就进去将一块抹布塞进他的嘴里，直整治了一夜。金狗虽然没骂，但他拒不承认有罪，以理分辩，审讯人就说他态度顽固，一脚踢在他交裆处，那一脚踢得厉害，他当下就昏过去，七八个小时才醒过来。小水听了，一夜未能入睡。第二天，她瞒了樊伯，穿了一件浅花衫子，戴了一顶草帽，假装是看守所长的外甥女儿到看守所找所长，说是其母病了，要舅舅去医院联系住院事宜。看守所门口警卫认真盘问之后，领她进了三道岗门，在后院的水池旁见着了所长。所长先是疑惑，待见了她，大吃了一惊，但立即就招呼她，问其母病况，等领见人一走，他就低声训道："你好个死胆儿，这地方怎么个能进来？"小水说："我求求你，你让我见见金狗和大空！"所长说："你尽胡说，等着你和我都犯罪吗？你快出去！"所长领了小水就往外走，恰这时两个持枪的人押了一个犯人从一个号子里往后院走去。小水不看则已，一看正是金狗，忍不住就"啊"了一声。持枪人和金狗都同时扭过头来，所长吓得脸都白了，立即说："不要害怕，那是犯人要审讯去。你快到医院照看你娘，就说舅舅马上来的！"小水则镇定了，她大声说："舅舅，你要忙你就不要去了，我娘病再重，有我哩，我正想办法给我娘请医生抓药。我来看你一下，给你说一声，你不要太难过，人有病还能不好吗？总能碰着个好大夫的！"那边的金狗全听在耳里，却立即回过头去，走过了院子，到前边的一排房子里去了。小水再要往后看时，所长已经领了她走出了三道岗门，当着门卫的人说："人吃五谷谁不得病，你娘那病会治得好的。医院床位紧，我过会儿就找院长去！"将小水送出大门，头不回地就进了大门不见了。

小水总算见了几眼金狗，只说见上了心里会轻松一点，谁知见过之后，愈加难受，她想象不来那号子里的生活怎么过，又是怎样审讯，审讯人还会不会打他，饭吃得饱不饱，号子里不能抽烟，他的烟瘾发了怎么抗得了？如此越想越可怕，一颗心悬在喉咙眼，于第三天、第四天接连又去了几次。但小水再也不敢说谎进去找所长了，她假装闲散人，站在高高的拉着电网的砖墙下，痴心妄想。后来就在黄昏没人时大声唱州河行船的号子，先唱道：

州河水弯又弯，
上下都是滩连滩，
有名滩，无名滩，
本事不高难过关，
洪水滩上号子喊，
船怕号子马怕鞭。

唱罢总歌，她唱起"上滩拉船号子"：

"哟——哟哟嗨——哟——哟噢嗨——嗨——嗨——嗨——嗨——嗨——嗨。"

唱罢"上滩拉船号子"，又唱"下滩号子"：

"嗨嗨——不要放松——嗨嗨——摇橹嗨嗨——眼要望前——嗨嗨——嗨嗨——嗨嗨——摇哇——要吸气——快完了——上啊——嗨——嗨——嗨——叫啊——"

唱罢"下滩号子"，再唱"弯船号子"：

"哟号——哟啰啰——哟号——哟号——哟号——哟啰啰——哟噢——"

小水一套一套唱下去，"拖号"，"扯篷号子"，"连篷带抄篙号子"，"跑挽号子"，"过街号子"，"活锚号子"，"上挡号子"，"流星号子"……小水想，看守所的砖墙再高再厚，她眼睛看不透，这号子声却能穿透的！金狗和大空是关在哪一个号子呢？在那黑暗、冰冷的四堵墙内，他们听到了她唱的这号子声，他们就不感到寂寞，他们的心就会同小水的心在号子声中相互感应！小水唱得口也干了，声也哑了，但她还在拼着力气唱，唱只有金狗和大空听得懂的歌。

夜已经很深了，小水累得一丝力气也没有了，她拖着散了架的身子往借居的人家走，心里却感到了安慰和充实。金狗和大空在州河里行船撑排的时候，她整日听他们唱号子，她也会，但她从不唱，她的声不好，他们曾叫她唱时，她羞过口，一声也不唱，现在她唱起来连自己也吃惊唱得这般深沉和有力！这晚唱过之后，她几乎每天都来唱，她甚至感觉到在她唱的时候，周围的一切都是那样安静，黑黝黝的高墙里也是那样安静，她知道这号子声一定是一字不漏地全灌进了金狗的耳内、雷大空的耳内！后来，寨城的人就发现了一个女的老在这里唱州河行船号子，都觉得她唱得好，都拥来听她唱，以为她是卖唱挣钱的，纷纷将一分两分的硬币投在她的脚下。但小水却将这钱又退还他们了，结果有人就认出她来，说起她的冤情，皆大同情，当她再唱时就围听的人更多。那些州河上行船撑排的人，包括两岔镇河运队的，包括个体户船工的，也有人来和她一起唱。

一日，小水又在那里唱了，忽有一人近前来说："你是韩小水？"

小水说："你是谁？"

那人说："你在这儿唱什么呀？"

小水说："唱歌，你不爱听吗？"

那人说："你是给谁唱的？"

小水说："给我唱的，也给别人。"

那人说："是给金狗？"

小水说："你是公安局便衣吗，就是唱给金狗，你要抓我吗？"

那人说："你这么唱金狗能听到吗？听到了又能起什么作用？"

小水突然睁大眼睛，伤心得将要哭起来，但她没有哭，立即反问道："可我有什么办法？谁能替金狗申冤，你能吗，你敢吗？"

那人吃惊地看着她，她也紧盯着他，她猛地发现就在他的上衣口袋里，插着一个红塑料本儿，微微露出那上边一个字："记"，就嘿嘿地冷笑了："你也是记者？"

那人说："是记者。"

小水就说："金狗当记者的时候，他是怎么当的？他为了群众的事去惹那些人，去斗那些人！金狗被抓进牢了，却没有一个人来救他了？！这世事就这么不公平！"

那人说："小水，这里耳多眼杂的，你不要说！"

小水却声更大了，说："你是记者也害怕了？你要害怕，你就把记者证撂到州河里去吧！"

那人却一把扯了小水就走，走得极快，小水直嚷："你要干什么？"那人扯她到无人处了，说领她去见一伙人去，遂到了记者站金狗原来的办公室。办公室里已坐了上十个年轻人。一介绍，小水方知道这是州城报社的"青年记者学会"的成员。这些人得到金狗被捕的消息后，大为震惊，就集体到报社找总编，为金狗诉说冤情，希望组织出面向白石寨公安局交涉，但总编却拒绝了，理由是：公安局能逮捕金狗，金狗必是犯了法的，为学会找雷大空赞助的事现已否定不构成犯罪，但他以私人名义从雷大空那里拿走两千元则是他私人的事，组织不便出面交涉，更何况金狗和雷大空是那层关系，其中还有什么交易，那就说不清了。学会的记者们很是气愤，就再不找总编了，他们索要了金狗当年写雷大空公司的那份材料，以学会的名义去请了律师，又来找小水谈谈，再要写一份说明寄给公检法有关部门。小水便将她得知的有关金狗向雷大空借款事详细地说了前因后果，这些记者就写了一份《关于雷大空一案中涉及到金狗受贿的说明》，其内容主要为：金狗不属于受贿犯罪。理由之一是：据法律规定，受贿罪应是“以本职权力为他人牟取私利而非法获得收入”，而金狗身为记者，记者的本职权力就是写新闻报道，但金狗并没有为雷大空的城乡贸易联合公司写过一个字的新闻报道，这也就不存在为雷大空牟取了什么私利。理由之二是：金狗因为与雷大空是同乡、熟人，私人借款是正当交往，而虽说两千元是向公司借的，但当时主动要求打有借条。

说明书以州城报社“青年记者学会”的名义送给公检法有关部门后，小水明白了自己以前做法的笨拙，更明白了这些记者都是和金狗一样的人！与这些人打交道，她懂得了法，也懂得了以法作斗争的重要，她记起上次金狗就是利用巩家派和田家派的矛盾，整治了一下田家派，这次明明是田家派趁机报复金狗的，就以此又给州城的行署写了信，说明了其中原委。但信寄走后许多日毫无反应，小水就估计那信一定是巩宝山专员手下人私扣了，没有交给巩宝山本人。她于是买了一面大红锦旗，在上写了“明镜高悬”四个大字，然后将上诉信包在锦旗中以包裹的形式寄给巩宝山本人，包裹上署名仙游川巩族某某人的名字，从两岔镇邮局寄出，然后又搭车去了州城，在行署附近的一家邮局打问有没有巩专员家人领取了包裹，当得知包裹被取走后，她放心地返回白石寨等待消息。可过了十天，二十天，依然毫无动静，反得到一个令她魂飞魄散的噩耗：雷大空死了，是自杀的，用刮脸刀片割断了喉管身亡的。

小水急忙同樊伯去找看守所长证实，所长说消息可靠。但怎么死的，他也说不清，因为地区公安局后来插手了这一案子，将雷大空押解去州城召开了一次公审会，第四天里，只说再押解送回白石寨，但头一天夜里他却自杀了。

小水脱口说道：“大空那人我了解，他不是个会自杀的人，他怎么会自杀？就是自杀，他哪儿得到的刮脸刀片？他哪儿自杀不了，偏偏就在州城的牢里自杀了？！”

所长说：“外边也都是这么议论，可这话咱千万不要说，自有人处理的。”

小水又说：“这一定是他杀，是杀人灭口！”

所长脸就变了，训道：“这话可是你说的，我什么也没听见！”就急急走了。

樊伯就对小水说：“小水，说这话要捅娄子的。既然雷大空已经死了，你明日到公安局去一下，大空没家没眷的，尸体要是从州城拉回来，问人家怎么个处理。”

小水说：“怎么个处理？他毕竟是仙游川人，还是运回去埋在仙游川的好。让人家处理，不是让医院拿去剐了割了当标本，就是掘个土坑一埋，叫野狗刨出衔了去。”说罢了，就问道：“伯伯，大空那么死了，金狗会不会也……”

樊伯说：“事情别往坏处想，我这几日多去我老表那儿跑跑，有事我去找你。”

两人分手后，小水先在邮局给韩文举挂了电话，说明大空已死，要伯伯找些人来寨城搬尸。

30

雷大空的尸体于第二天果然运到了寨城。

当夜，仙游川来了一伙搬尸人，领头的是矮子画匠和七老汉，韩文举却没有来。公安局下令尸体运出寨城前不许开席包看，也不准哭。到了船上，一打开席包，搬尸人就全哭成一堆。大空还是老样，这几年的好吃好喝并没有将他养壮，只是皮肤白细了。他还穿着那身西装，还穿着那双尖头皮鞋，但血脓糊胶了袜子，老鼠已经连肉带袜子咬去了几处。那喉管被割开了，血凝固在前胸成一片黑色，无数的白蛆就从那喉管里往出爬涌。矮子画匠一见就仰后倒去，当场昏厥。七老汉只是让人剥了大空的西装，将几件新净农家衣服给他穿上，拍着那脸叫道：“大空，大空，你怎么就自杀了，你怎的就自杀了？！”悲愤交加，泣不成声。

限天亮，船到了仙游川，尸首停在村口的高石台上，赶吃早饭前就又抬至山坡下一个洼地里“浮丘”在一间土坯砌成的小屋里了。

当韩文举接到小水的电话后，他当即叫了许多人分头安置后事。一是去购买棺材：无论是柏木的是松木的还是杂木的，无论是八大块的是十六块的还是个木条装钉的，要越快越好。二是去请阴阳师选择坟宅，推算下葬日期。阴阳师来了，他骑着一头瘦骨嶙峋的长毛小驴，夹着一块罗盘，看过雷大空的尸容，问了雷大空的死因，查了雷大空的家谱，却说：“此人上无父母，下无妻小，坟地是不用看的。但他死的不是好日子，这一年里又是下葬的忌日，虽不怕克了他的亲属家眷，却要连累仙游川的村人的，就只能‘浮丘’了。”“浮丘”是不算正式埋葬，暂时将棺木安放在某一处，待忌日之后方能入土。当时韩文举、小水和七老汉等人商量，雷大空还是一次埋了好，但村人皆不同意，坚持以阴阳师的意见办，韩文举和七老汉一时因大空的死事理屈，只得尊重村人主张。

雷大空“浮丘”了，村人差不多也为他哭了几声，后就站在土坯房前为他，也为各人自己叹息了一番人生的无常，末了默然散去。土坯房前只留下了小水、韩文举、七老汉和矮子画匠，矮子画匠执意要为土坯房墙壁画些墓碑上的画，一边画一边泪流不止。小水已经没有眼泪了，她趴在土坯房前烧化了一刀麻纸，一边用湿柳棍挑翻着，免得熄灭，一边说：“大空呀，‘浮丘’就‘浮丘’吧，你安安宁宁地去吧，可怜英武了一场，挣得成千上万的钱，死了却分文没有！要立马埋葬，不是日子，就是埋葬，这拱墓的蓝砖白灰，请人帮忙的饭钱酒钱工钱，我虽可以替你出的，但一时也紧张。这也好，赶到明年忌日过了，由我主持，一定为你好好下葬啊！”

韩文举抹了一把眼泪，说：“小水，人一死他还晓得什么吗？你不必太伤心，咱们还是回去吧！”

小水没有应，也没有动，只是拿湿柳棍挑翻麻纸，纸灰屑就如黑蝴蝶一样满空浮飞。恰恰一群“看山狗”鸟从头顶飞去，山洼里阳光朗照，这声声鸟叫得越发死寂，越发恐怖。七老汉说：“小水心里太难受，让她在这里静静呆一会儿，咱先回去吧。”便同韩文举和矮子画匠垂头走了。

小水孤寂地坐在那里，脑子里突然一片空白。她看见有一个人向这边走来，走得是那样急，上坡坎也是小跑，一直走到离她两丈远近了，她才看清来的是英英。

英英叫了她一声“小水”，她没有动，只是木木地拿眼睛看着。

英英就又叫道：“是大空死了？大空死了？！”

小水还是没有动，英英则已蹲在了小水的身边，拿过了湿柳棍替她挑翻着未烧尽的麻纸，火苗又忽地喷上来，纸灰屑越发浮飞得厉害了。

英英说：“我今天早上听田一申在镇上说了，我真不相信大空就会自杀？刚才从镇上看见这边‘浮丘’人，我真吓瘫了，紧来慢来就迟了！”

小水说：“你还能来看看他？”

英英说：“我是要来看看的，小水，死了的不能起死回生了，那金狗呢，金狗的情况怎么样？”

小水说：“你要听什么情况呢？”

英英说：“小水，你以为金狗被捕了我就幸灾乐祸吗？那就不仗义了！如果他现在红红火火，我真不愿意见他，可他现在是被捕了！你想想，他要是和我事情成了，他遇到这事我能不替他难过吗？我现在是做了别人的老婆了，也有了孩子，回想起来，我就是和他结婚了，我们也会打打闹闹一辈子的，可我并不后悔我们那一段交往呀！和他初好，我说实话也并不爱他，可后来他不满意了我，我反倒真爱过他一阵子，我凭那一阵子的爱，我也该关心他现在的处境的。这话你还不信吗？”

小水久久地看着英英，突然就抱住了她，哇的一声就哭起来。她不明白自己已好多日子没有流过眼泪的眼睛里怎么一下子泪水肆涌！

小水和英英相厮着离开了雷大空的“浮丘”地，向仙游川走去。小水告诉了金狗的情况，英英说：“我回去给我叔叔好好谈一谈，让他出面给县上领导讲，大空有罪，大空现已死了，难道还要叫金狗死吗？”

小水说：“这你没必要！”

英英说："他不答应我我就哭着和他闹，他还得考虑我们夫妻将来养活他呢！再说，金狗当年还救过他一命啊！"

小水苦笑了一下，说："英英，你这心意我替金狗叔领了，可你千万不要那样做！你那样做了，我不同意，金狗叔更不同意，就是他日后死了，阴魂也会忌恨你，也会忌恨我的！"

英英疑惑不解地站在那里，看着小水一步步走下那洼地斜坡去了。

也就在这天下午，田中正从乡政府回到仙游川，他背了半扇子猪肉，在村道上见人就打招呼，说："晚上有事没？来我家喝酒呀，我给大家做粉蒸肉吃！"村人便感到疑惑：田中正近些日子怎么对村里人态度变了？况且一不逢年，二不过节，又不是田中正或者那英英娘生日大寿，平白喝的什么酒，吃的什么肉？田中正就咧着嘴笑了，说："不逢年过节，就不该好吃好喝了吗？来吧，到我家去喝一场吧！"那神气立即使村里人便思猜：他是为雷大空之死而欢庆吗？

韩文举和七老汉"浮丘"完大空，就回到渡船上喝酒解愁。两个人使劲地喝，喝得就都头晕眼花。韩文举说："老七，你瞧瞧这世事，完了！全完了！我只说仙游川的风水不仅成了田家、巩家，还有个金狗，还有个雷大空，这世事该要成另一番世事了，可田家还是田家，巩家还是巩家，金狗和大空却做了囚犯！如今大空死了，说是畏罪自杀，大空是自杀的人吗？大空要是在旧社会，落草当土匪他就是山大王，要是去打游击，他也能去当个队长，那是个刀架在脖子上不眨眼的人，他能自杀？！大空这一死，金狗我看也就活不了多久了！唉，这上边的政策到底是怎么一回事呀？当初嚷道着叫做生意，叫赚大钱，怎么要抓人就全抓了，既然现在是这样，那何必当初呢？老七，这就是咱们没命，两岔镇还是人家田家的，州城还是人家巩家的，咱是人家的草民命啊！来，咱喝，能多喝就多喝！你看过'三国'吗，你不认得字，可你爱看老戏，戏上'三国'时的曹操喝杜康酒，说，'何以解忧，惟有杜康'。咱这不是杜康，但啥酒也能解忧的，喝呀，你怎么不喝了？"

他把酒给七老汉的杯子倒满，也给自己倒了一杯，咕咕嘟嘟又喝了，还在说："田中正买了半扇子猪肉，高兴得在家里要摆宴席啊！让人家摆嘛！我气不气，气得牙根都出了血！老七，咱气有什么办法？咱气死了连这酒都喝不成了！人家厉害让人家厉害去，咱惹不起他，咱躲嘛，他田中正总不能再把你我送到牢里去吧？！"

七老汉说："文举，咱不要喝了，越喝越犯愁的。"

韩文举说："怎么能不喝了？喝醉了，是喜不知道，是愁也不知道了，喝醉了好呢！人活在世上真不如一只蚂蚁一棵草呀！草今年死了，明年又活了，大空这一死世上就没个大空了！唉唉，发财呀，赚钱呀，大空钱多不多，可一死他能再用一文一分吗？金狗是有本事，争争斗斗的，现在争到了什么，又斗到了什么？还是寺里的和尚好啊，老七，尘世上的事是没名堂啊！”

七老汉说：“文举，你是喝醉了，你心不该这么灰的。我要是年轻二十岁，我非出这口恶气不可！”

韩文举说：“你怎么出？”

七老汉说：“我上北京城里告去，脱裤当袄也要去告的！”

韩文举则笑了，说：“你告谁去？小水她也告了，把状子塞在锦旗里给巩专员告，可最后起什么作用？听说状子呈上去，领导手下的人直接就批个当地处理的条子下来，当地怎么处理？老七，你这么大年纪了，还没看清世事嘛！”

七老汉再没说话，只觉得胸堵头晕，无言地面对河水。韩文举还在自斟自饮，鼻涕、涎水也流下来，独说独念这人生世事。待到黄昏，两岔镇的陆家儿子提了七串三百响的鞭炮来坐船。七老汉说：“傻小子，你这是往哪里去？”

陆家儿子说：“去田乡长家呀，买些鞭炮去放放！”

七老汉当下火了起来，说：“你去喝酒庆幸呀？怎么不领了你翠翠姐也去？！”

陆家儿子说：“我姐姐？……你说这话啥意思？”

七老汉说：“田乡长要的是你姐姐的那二指宽的红白肉吃，倒不稀罕你去舔他的屁股，舔的时候可别把人家的两颗蛋丸儿咬了！”

陆家儿子说：“到这一阵子，你们还张狂呀？！”

七老汉说：“我们张狂什么了？我是叮咛你舔屁股的注意事项啊！”

陆家儿子毕竟口笨，想要动武，又见七老汉手持了竹篙，便不敢轻举妄动，只黑青了脸不理七老汉。

韩文举醉眼蒙眬地说：“老七，算了，骂他干啥？那小子是田家的狗，咱现在正霉着，你惹他干啥？”

船到岸了，七老汉用篙静住船，却在陆家儿子跃身上岸之时，船一晃荡，陆家儿子重心未把握住，仰面跌在水里。等大呼小叫地爬出水来，那七串三百响的鞭炮全泡湿泡软地散开了。七老汉倒骂开了：“陆家儿子，你 × 你娘的笨蛋，我船还未停稳，你急着上岸是去赶丧吗？把你淹死了白淹死，你把田乡长的鞭炮糟蹋了，你是不是存心要这样？你个 × 你娘的笨蛋！”骂得陆家儿子不但不责怪七老汉，反倒拿手自己打自己的耳光。

到了晚上，田中正自然没有鞭炮鸣放，村里的人又来得极少，他就郁郁不乐，让妇人再到村里叫些人来。妇人说：“咱这是何苦哩，他谁不来倒给咱省下酒菜了！”

田中正厌恶地看了一下妇人，就懒得再给她说什么了。大空的死，金狗的被抓，原本他是极其兴奋的，但他并没有兴奋到什么地方，而更多的是疑惑不解，甚至有些胆寒而栗了。他仇恨金狗和大空，但几年来的交手，他又不得不服这两个人的厉害，可这么厉害的角色要逮也真就逮了，要死也真就死了！虽然这两个角色的结局使他松了一口气，却同时使他发现关着门当“王”的日子过去了。世界大得很呢，在这么个仙游川、两岔镇再不敢像过去那么跋扈了啊！

妇人见田中正脸黑封得难看，也不敢再说什么惹他发火，就出门在村子里请人，但所请之人虽口上答应了，且还要说出一番感激话，却口说“过会儿就来”，竟到底未来，她就只好打发本家一个人去请镇上的那伙狐群狗党。七老汉将请人的人送过河后，就将船摇过来，拴在这边岸上，扶醉得软成一团的韩文举回家睡觉去了。蔡大安、田一申一伙来到对岸千呼万唤，这边无人理睬，只好脱了衣服趟水过来。

在酒席上，田中正果然七碟子八碗摆了一桌肉菜，端酒杯请大家喝，说：“这几日仙游川哭哭啼啼的事多，人心里都觉得不美气的，备些水酒大家喝一喝也好，晚上又没有事，就都放开肚皮喝，我田中正有的是酒啊！”

田一申就说：“是该热闹热闹了，田乡长今日高兴，咱们就喝个够！常言说，三十年河东，三十年河西，可这不要三年五年，一年来的天气世事又是一番景象了！雷大空一死，他死得罪有应得，除了一害嘛！金狗的死期虽没到，那就让他静静在牢里多待几年吧！来，干杯！”

十几个酒杯举起来，田中正却把酒杯放下了，训道：“一申你逞什么能？你懂得个屁！”

自个重新再端酒杯喝了。

酒桌上气氛冷下来，都莫能解田中正这是怎么啦。各自默默将杯中的酒喝下就坐着不动了。田中正也便又笑了起来，说：“喝呀，怎么冷场啦？”

蔡大安说：“田乡长，你有什么心思吗？”

田中正说：“有什么心思？！”

蔡大安就轻狂起来，说：“田乡长请大家来喝酒就是热闹来的，咱不要说那些死呀活呀的霉事，来，咱为田乡长热情款待碰一杯！”

喝酒人就哈哈笑起来，说许多吉祥话，一片碰杯声中把又一杯酒一饮而尽了。

喝过半夜，差不多人都喝得过了界限。田一申首先有些晕头昏脑，接着蔡大安也不行了，酒使他们又忘记了田中正的训斥，不知不觉又说起金狗和大空来。

一个说：“外边风声传得很大，说雷大空死得有些奇怪，咱也不知道他怎么就自杀了？”

田一申说：“不管他怎么死的，他反正是死了！你们怕还不知道，韩小水曾经给巩宝山去过信，她还想利用上次那一套让巩家来整咱们，这臭娘儿主意倒好！可她哪里知道，雷大空却很快就死了，不是死在白石寨，倒是死在州城！是州城，你们懂吗？”

蔡大安说：“金狗要是死了才好哩！说老实话，雷大空我倒不怕，怯火的倒是金狗！”

田一申就讥讽道：“大安还怕金狗呀？怪不得当年处处为金狗出力，要不是你，他金狗当不了记者，你也就不怯火他了！”

蔡大安脸红起来，忙看了一下站在一旁的英英娘。英英娘现在越发肥胖起来了，她也勾起了当年“熟亲”时蔡大安的所作所为，鼻孔里恨恨地发出一个“吭”来。蔡大安就再没有言语，只是默默喝酒，喝到最后，他站起来，说：“为了庆贺，我来给各位敬敬酒吧，请都赏脸，杯子要见底！”就走到每一位面前双手高擎，偏偏轮到田一申跟前头一扬空过去了。田一申也是借醉撒疯，勃然大怒，骂蔡大安有意伤他脸，两厢就骂开来，将往日的仇怨全喷吐于众，末了就扑在一起厮打，连酒桌都掀翻了。田中正大为恼火，上去一人扇了一个耳光，两人才安静下来。

到了后半夜，蔡大安醉醺醺往回走，一边走，一边骂雷大空，骂金狗，骂田一申。忽然被村里一个人一脚绊倒，压在那里挨了十多拳，几十脚。第二天一早，田中正发现自家的大门上被涂抹了黄啦啦的粪便，又见蔡大安还躺在村口满头是血，倒不知是怎么回事。村里却纷纷传开是蔡大安喝醉了，将屎尿屙在了田家门口，在村口又跌了一跤，裤裆里还有屎尿，头上却跌出了血。田中正怀疑其中有蹊跷，却有口说不出。

吃过早饭，小水到不静岗金狗家去，帮画匠洗了几件衣服，就一个人到寺里寻和尚去，要和尚掐指推算：金狗有没有什么凶事？和尚正坐在房里看佛经，他也知道雷大空死了，金狗还待在牢里，当下放了书让小水在一旁坐定，说：“金狗他们的事我已尽知，难得你一个弱女子四处奔走，为他们申冤鸣屈！世上之事本是一切皆空，各自养性念佛，都能成果，何必心强气盛争争斗斗？金狗不信我的劝告，落到这步田地，我也无可奈何！但念你这般慈善，也真是自性带清净，犹如青天，你若善知识，就能吹却迷妄，内外明澈，于自性中万法皆见啊！”

小水说：“和尚，你说这些我也不懂，我只觉得金狗是好人，他不是为了他自己去争争斗斗的，可好人为什么多难？！你看看他的冤能不能明了？”

和尚说：“你不要太急，你脱口说出几个字来，我替你拆拆。”

小水说了个“完”字，又说了个“回”字。

和尚叫道：“哎呀，小水，这是好征兆哩！‘完’字上头是个家，下边有个儿，‘回’字是口中套口，这都在说金狗能回家，而且今年要成亲，还有一个儿的！”

小水却哭丧了脸说：“你是在说宽心话哩，他就是能回家，哪儿就立即成亲有儿？”

和尚说：“我这也纳闷，但这两个字明明却是这层意思啊！”

小水见和尚说得认真，心里倒高兴了，说：“若真是你说的这样，那老天就算睁开眼了！大空一死，金狗还在牢里，你瞧瞧田家，都幸灾乐祸成什么样儿了！”

和尚说：“那么夜里是你们打的蔡大安？”

小水说：“我还不知道是谁打的。打得好，让他睡倒十天半月才解气哩！”

和尚还要说出凡事以忍为先的佛训，但小水已经起身走了。她回到家里，脑子里老想着和尚的拆字，想着想着，也觉得恍恍惚惚，似乎这字拆得灵验，就再也在仙游川呆不住，下午搭船到白石寨，直脚便去了东门口酒铺。

樊伯一见小水就说：“我正要去找你，你就来了！”

小水急问：“金狗有什么事了？”

樊伯说：“我老表中午来，说金狗的案定了，判他七年徒刑。”

小水当下软在地上，人像失去知觉一般。樊伯忙扶起来，说：“小水，听老表讲，大空之死，是州城巩家的人做的手脚，虽现在没有证据，但令人怀疑的地方很多。金狗判七年，也是县法院按行署有些人的意见定的。”

小水问：“州城巩家的人为什么要害死大空？金狗判七年，也是他们的意见？巩家的人怎么会这样，他们不是曾支持过金狗吗？”

樊伯说：“我也这么想，老表说，是大空供出他曾经贿赂过州城巩家的人，白石寨的田家人将这些供词呈报上去的，巩家的人能不这样吗？”

小水猛然叫苦不迭，后悔自己给州城巩宝山寄了锦旗、诉状，也后悔太相信了那些人，也曾主张“青年记者学会”将那份说明寄给了巩宝山！骂道：“巩宝山算什么‘明镜高悬’，算是我把眼窝也瞎了！”

樊伯说：“金狗在里边不服，也提出上诉，但他估计不行，就让送饭的悄悄送出来一个纸条，说是金狗要让一定交给你！”

小水忙从樊伯手里接过一张纸条，上面写道：“你去州城某街某巷某号找石华，让去省上找人，重新调查落实此案。”小水收了纸条，挥泪告辞樊伯，匆匆就走了。

31

石华是谁，小水并不认识，甚至连听也没听说过。她按照字条上的地址，找到某街某巷某号，门敲开，出来的是一位风姿飘逸的女人。

小水忙说：“对不起，我是打问一个人的。”

女人问：“打问的是谁？”

小水说：“叫石华的，恐怕是在州城报社工作。”

女人又问：“你是哪里来的，找她干啥？”

小水说：“我是从白石寨来，找他有件急事。”

女人就一脸狐疑，让她进了屋，说：“我就是石华。但我不在州城报社。”

小水简直吃了一惊，没想到石华竟是一个女人，又是这么漂亮时髦的女人，而且并不在州城报社，金狗怎么也会认识！她说：“啊，我还以为是州城报社的一个男记者！是金狗让我来找你的。”

石华听说金狗二字，神色大变，问道：“金狗在牢里，怎么会让你来找我？”

小水就掏出那字条，说了事情的前前后后。石华捏着字条，眼泪顿时潸然而下说：

“你是金狗的什么人？”

小水说：“我把金狗叫叔哩。雷大空是死了，死了再不能回生，可金狗他有什么罪，要判他七年？他一没参与公司的事，二没受过雷大空的贿，这明明是巩家人为了逃避自己，要拿金狗当替罪羊啊！”

石华还是紧紧地捏着那字条，她似乎并没有听见小水说话，只是说：“金狗是给我写信了，他金狗还算记得我呀？！”

小水不知道她这是什么意思，突然拖了哭腔央求说：“石华姐姐，金狗他能给你写这字条，金狗是相信你能想出办法的。我们眼看着他冤枉却没办法，你一定要救救金狗呀！”

石华赶忙扶住小水，说：“这是当然的，金狗是我的朋友，我不能见死不救！”说罢，却又勾头沉默不语，好半天了，咬了咬牙说：“我也是豁出来了！”

小水说：“石华姐姐，你看让我做些什么？我能跑的，我哪儿都敢去，我不怕！”

石华说：“这用不着你，你回白石寨去吧。我现在就到我们公司去把车定好，明日便上省城！”

石华到了省城，直接找到了他们公司的那几位干部子弟，说明了情况，商量救金狗的办法。想来想去，都觉得事情棘手，一个就说：“白石寨城乡贸易联合公司的事早听说了，这事坏就坏在那里的人际关系上！雷大空的死，必是有人在中做了手脚。现在看来，事情不是那么简单！”

石华一拍脑门叫道：“我也糊涂了，军区许司令的儿子和我熟，让他找他爸去干涉，巩家还敢把金狗怎么样？”

那些人就说：“你找许文宝吗，就是那个给你送金项链的傻小子吗？”

石华笑着说：“我可没收他的项链呀！我去找他，我想他不会不为我干的吧？”

石华回到住处，精心打扮起自己来，扯了眉，画了眼，涂脂抹粉，在镜前自己也吃惊自己一收拾起来还显得如二十七八岁的姑娘一样美丽！她找着了许文宝，这小子果然受宠若惊，神魂颠倒，一口答应。遂去给许司令说情，许司令先是不理，他又去哭啼着乞求其母，其母就劝说许司令，许司令还在说：“这怎么能成？社会主义的法制谁也不能破坏，任何人犯了法律哪一条就该按哪一条惩办，我怎么去干预司法部门？”许文宝的母亲说：“这些我何不知道？他要是我们的亲生儿子，我也是不管这些的！可他是许天武的遗骨啊！”原来许文宝并不是许司令的亲生儿子，他的亲父是许司令在红二十五军的战友。先是许天武解放初，同许飞豹一起在南方某省工作，他与结发夫人离婚后新娶了一位城市老婆，独独只生下许文宝。“文化革命”中，转业到地方工作的许天武被打成了走资派，投监入狱，妻子备受凌辱，上吊自尽，这许文宝就朝不保夕四处流浪。后许天武平反出狱，但因在狱中患了严重肝炎，一年后病情恶化死去，这许文宝就从此做了许飞豹夫妇的养子。许司令见夫人说起这段往事，不免勾动回忆，沉吟良久，说：“这孩子是受了大苦啊！……现在天下安定了，大家日子都好过了，可天武一家……唉，应该说，咱们国家是对他们欠有债啊！”许司令这么同意之后，许文宝就来对石华报了喜，却附加了条件，要亲亲她。石华没有办法，便将一只手伸过去，让他啃猪蹄一般地乱吻乱咬了一通后，说：“够了吧！你领我去见见你爸，我写了一个材料，让他把事情知道得更清楚些！”两人见到许司令，石华交了材料，一口一个许司令党性强，能为民做主，说得许飞豹哈哈大笑，后就看着材料骂道：“原来巩宝山竟敢这么目无党纪国法！石华，你就是不找文宝，直接找我，我也会出面管管这事的。党的威信全是让这些人破坏了！你放心吧，我去找省委书记，要好好查查这个案子的！”

但是，这天晚上，许文宝没有让石华走，他让石华呆在他的房子里，一面拿了许多酒肉来让石华吃，一面要石华在这儿等着父亲去省委回来的消息。石华为了将事情落到实处，也便呆下来。酒喝到一半，许文宝就直愣愣用醉眼看着石华，突然跪在了她的面前，提出要和她“玩玩”。石华担心的就是这些，当即拒绝了，但许文宝却抱住了她，凶狠狠地说：“你原来在耍我？我给你办了多么大的事，你还这样！你为金狗开脱罪责，金狗和你是什么关系？你要不同意我，我立即让我爸抽回他的意见！”石华奈何不得，可怜地屈服了，却向许文宝要了三粒安眠药片吞服，说：“半个小时你上来吧。”倒在床上满脸的泪水，直到昏睡过去之后，许文宝还听她在轻轻叫着金狗，叫着她丈夫的名字！

石华从省城回来了，小水却并没有走，她一直留在州城，每日到石华家门前探听消息。小水一见石华两眼浮肿，面容憔悴，人一下子衰老了许多，也大吃了一惊。问她是怎么啦，石华推说是害了病，就将找省上领导的情况说知了小水，小水当下跪在石华面前，激动得竟磕了几个头。石华并没有去扶小水，直呆呆睁着两眼看着小水出门去了，突然倒柴捆似的倒在床上，放声号啕大哭。

果然不久，省纪委和省公检法部门联合组织了调查组进驻了州城、白石寨，经过两个月的内查外调，论定了白石寨城乡贸易联合公司是一个应该取缔的皮包公司，逮捕该公司的正副经理是没有错的。但雷大空之死，是属巩宝山的女婿派人暗杀灭口，便依法逮捕了巩家女婿，又以情节轻重分别处理了州城十多个受牵扯的人。巩宝山也被给予了党内严重警告，撤销了专员的职务。

而金狗，则无罪释放。

城乡贸易联合公司的资金、物品全部收没后，铁匠铺的原来两间房子又归了小水居住。经过改造得焕然一新的房子，小水万分感慨，她一个人静静地坐在里边，突然觉得是那样的惊慌和恐惧。在她得知到金狗三天后就会释放出来，她不是一下子激动地跳起来，而是一句话也说不出，坐在法院接待室的凳子上，浑身乏软得没有一丝儿力气了。从法院大门出来的时候，太阳正在头顶上照耀，那一街两行的古老的瓦房上，阴雨滋长的绿苔在瓦槽间鲜得像新涂的绿漆，她突然疯一般地奔跑开来，跑过大街，跑过小巷，冲撞了街上的行人和路边摆设的杂货小摊，在邮电局里大声地呼叫着要两岔乡的仙游川村，对着话筒向那边接电话的金狗老爹喊道："金狗要出来了！他要出来了！他要无罪释放了！"然后又跑到东门口的酒铺去，老远喊着樊伯，进铺子时竟将放在铺内门槛内的一只木凳撞翻，使木凳上的铜盆哐当当滚到街面上去！

这一夜，小水将韩鸿鹏接了来，她要亲自搂着儿子睡觉。却怎么在麻子外爷的家里也睡不着，她使劲地逗孩子，亲孩子，啃他咬他抱他举他，看孩子乐她乐，看孩子哭她也乐，直折腾得孩子筋疲力尽睡熟过去了，她还直愣愣坐着出神。金狗是要出来了，这是天大的喜事，可金狗本来是没事的人，却白白在牢里呆了那么久，受了那么大的罪，这喜事使小水最后又哭起来了！她想着金狗的这几年，真不明白人的一生竟这么坎坷艰难，他已经是三十多岁的人了，事业上遭受这么大的打击，婚姻上又是如此不幸，他出来后，心境将会变得怎样呢？虽是无罪释放的人，但毕竟有过坐牢的历史，社会上又会如何看他呢？小水不禁想起她坐月子时金狗再一次地向她求爱的事，此事到了现在倒感到了说不出的后悔！那时，金狗正红火，她是一个守着孤儿的寡妇，她不想拖累一个人人刮目相看的记者啊！可是现在，现在……小水又呜呜地哭起来了。

翌日中午，一条船摇到了城南门外的渡口上，船上坐满了人，一路来到老铁匠铺里。

韩文举今天穿得特别新，一见小水眼睛浮肿，就说道："小水，你怎么倒哭了？"

小水说："伯伯眼睛真毒！我哪儿是哭了，笑都笑不及的！眼睛是刚才迷了沙子，揉得来。"

小水见和尚也来了，就说："你那字拆得灵哩，你真是个活神！"

和尚说："先不敢这么说。金狗回是要回来了，可他成亲得子的事还未灵验呢！"

小水说："会灵验的，现在只看金狗的意思了！"

和尚就看着小水，笑眯眯地说："嗯，小水行，小水行！真要是'本来缘有地，从地种花生'！"

韩文举便插话道："小水，你给金狗找下对象了？"

小水却抱了鸿鹏，一边红了脸，一边逗着孩子说："伯伯你不要问，到时候你就知道了。"

来的人全都忙活起来了，这个去买粮买菜，那个去杀鸡剖鱼，给金狗接风酒席的吃喝一应都备齐了。小水又买了一身新衣，等他回来了理发洗澡后换用。韩文举是热闹之人，事事要别出心裁，说要雇一匹马来，到时候披红挂彩到看守所门口去接金狗。画匠老爹感激得不知说什么为好，自个只买了一串鞭炮，就对韩文举说："文举，这马从哪里来，你别太热闹了，从看守所门口接人，人家能允许吗？"

韩文举说："马我已说定好了，是北门外照相摊子上的，多花几个钱罢了。谁不允许骑马，我要有车，我还要用车去接，组织个仪仗队哩！”

这一天一夜，谁也没有睡，天微亮，仙游川的来人就到了看守所门口，金狗一出来，即被拥在马上。马是高头大马，因为是照相摊上的，马鞍十分讲究，飘着彩带，挂着铜铃。金狗不坐，七老汉生气了：“你这一坐，就算是咱仙游川的人给你平反了！”便让前边一人牵马，左右各有两人护着，后边是十多个随行，俨然金狗是一位迎亲的新郎，是一位古时官人的出巡，是一位凯旋的将军！街上的人看见了，全围过来指点着叫：“那就是金狗！那就是被巩家田家的人陷害的记者金狗！”有一个老头从街对面斜跑过来，一把牵制了马头，说：“金狗！你是金狗？人都在说你的冤情是省上一个清官为你申的，你能不能给我说说清官的名字和地址？”

来人的突然，使这行人全发呆了，金狗从马上下来，问道：“你找‘清官’有什么状要告吗？”

那老头立时泪水汪汪，说他是 ×× 乡的，乡长是县委田书记的一挑子，前五年冬天打猎，他的老伴在山坡给猪打糠，被那乡长误为野物打了一枪，要命倒没要命，却把她惊得从坡上滚下去，脊梁骨断了，瘫痪了五年。他去找乡长，乡长不管，说老伴是滚坡伤的与他无关。结果告了五年状，五年告不赢，他要去找找为金狗申冤的“清官”呀！

金狗说：“你要找‘清官’，你只有到戏台上去找，我给你说不清哪个是‘清官’。你若愿意，把一份材料给我。”

那老头就不解了，说：“你能行？”

金狗说：“试一试吧！”

老头就从怀里掏出一个布包，解开了，从一堆烂得模糊的纸片里翻出一份，双手递给了金狗，随之就捏出一支香烟来，双手擎着又让金狗抽。金狗没有接烟，劝说老头走了，韩文举说：“金狗，咱的事才弄清，管别人事干啥，你能管得了吗？”金狗没有言语，说：“咱回去！”一行人回到铁匠铺来。

这一顿酒席十分丰盛，大家全拿了碗酒来敬金狗，金狗突然流下泪来，说：“今日就缺大空，他有这样罪那样错，可在中国的历史上，哪儿有几个这样的农民？他死了，他生的是时候，他死的也算是时候！我金狗平白吃了官司，我并不感到十分伤心，这是少不了的，不在这一场事上，或许就在另一场事上。我对不起的倒是乡邻众亲为我受累！可话说回来，大家能这样信任我，照看我，我金狗也更明白怎么去活人了！我给大家敬上一杯吧！”十多个酒碗碰在一起，金狗首先将酒饮下肚了。热酒下肚，脸色鲜红，只觉得头重脚轻起来，小水说：“金狗叔，你是饥肚子，酒不要喝得太多，让我伯伯替你和大伙打‘通贯’吧！”金狗又喝了几下，就退出来躺在炕上歇着了。小水坐在身边，替他扑索那受伤的肋部。

金狗说：“小水，我能出来，全亏了你哩。你瘦多了，也黑多了……”

小水说:“听说他们打你了,你不知道我心里多疼!我去找樊伯让他又找所长给你捎话,我真害怕你受不了想到短处去。”

金狗说:“你想想我能自杀吗?不明不白地吃了冤,我就死去?这伤不要紧了,再过不长时间就全好了。你去吃酒吧,能喝就多喝些,招呼让大伙喝好!”

小水就站起来,对酒桌上喊:“今日不放倒两个,就算没喝好呀!和尚,你要放开喝哩,来,我再敬你一下!”

和尚满脸满头都放红光,说:“小水,我不行了,你给你伯伯敬吧,你瞧他,你瞧他!”韩文举就摇摇晃晃过来,说:“我怎么啦,我没醉哩,再喝一斤也不醉哩!你不喝,我喝,小水把酒拿来我喝!”歪过头来将小水碗里的酒一口喝了,还要再说什么,人却坐下去,脑袋一摆不言语了。

最没有醉的是矮子画匠,他将七倒八歪的醉人扶在炕上、椅上歇了,就收拾着残汤剩水,又收拾了回去的行李,对小水说:“让他们多睡一会儿,半下午咱再开船吧,反正夜里有月亮!什么时候到家都行的。你去把鸿鹏接来吧,我这儿有五十元,看够不够人家的照管钱?”小水说:“我有钱,哪儿要你的!”便出门去了。

太阳偏西后,众人都醒了过来,嚷嚷着坐船回仙游川去。韩文举说:“金狗,这次回仙游川先住一月两月,再说到州城报社去的话。回去后,我再做主儿摆一场酒席,好好在咱那儿闹一场。”

金狗却说:“我不想现在回去哩!”

韩文举倒吃惊了,问道:“又要去上班?金狗,你怎地把工作看得那么重!吃一堑,长一智,你还不是把工作看得真才吃了这场亏吗?”

金狗就问小水:“小水,我记得你说过大空的那个小笔记本儿放在你那儿,还在吗?”

小水说:“我为了保险,放在家里了。公安局问过我有没有公司的什么材料,我没有给,也没有说。”

金狗说:“那就先回仙游川吧!”

韩文举说:“什么笔记本儿,这么重要的,小水竟也瞒着我?”

金狗说:“那笔记本是大空生前记的,全写着他们公司早期送给县上田家一派干部的黑食账。有了这个小笔记本儿,那些人的好日子也就该到头了!这一案既然现在要彻底搞清,那些人谁也跑不掉的,不能让他们暗地参与了犯罪,反过来现在又成了与不法分子作斗争的积极分子!”

韩文举就失了声,说:“金狗你真是疯了,你能搞倒田家的人?几个月的大牢还没把你坐清醒吗?”

金狗恶狠狠地说:“不管他巩家田家,还是张家李家,谁要是借权势营私舞弊,鱼肉百姓,我金狗也豁出来闹腾哩!”

七老汉说："你金狗在牢里不说这个笔记本，出了牢就找这个笔记本做铁证，你金狗行啊！大空就是缺你这份心劲，把什么都说了，人家才毁了证据，又要了他的命。大空是露牙的狗，金狗才是好狗哩！"

韩文举说："老七，你还在怂恿金狗呀？！你叫和尚说，和尚你说！"

和尚说："我该怎么说呢？佛门里讲摩诃般若波罗蜜，摩诃的意思是大，般若的意思是智慧，波罗蜜的意思是到彼岸，到彼岸就是讲终极和究竟。以此法行，心量就广大，犹如虚空，虚空了就能含日月星辰、大地山河，一切草木、恶人善人、天堂地狱尽在空中啊！可这些金狗怕是不这么办的。"

金狗说："要是两岔乡和白石寨都是一个大寺，我一定给你当徒儿的！"

韩文举就拿眼睛瞪金狗，拉面有难色的和尚到船舱去，说："他不信，我现在倒服你这一套的，你往后就多给我讲讲功课。"

船逆河而上，两岸黑山峭峭，流水沉沉，船走得很慢，但走得很稳，直至鸡叫三遍的时候方回到仙游川。众人散去，金狗和爹便同小水韩文举又坐在小水家说话，金狗就让小水拿出那个小笔记本，在灯下起草开一份揭发材料来。韩文举劝阻不了，就说身困，先往渡口的船上去睡了。矮子画匠陪着他们坐了一会儿，也觉得坐着白坐，说是回家收拾些酒菜，明日肯定来人多，别误了大家吃喝，也起身走了。只有小水眼睛光亮地抱着鸿鹏在一旁守着。待到材料写好了，小水突然问："你到了州城还是去找那个石华吗？"

金狗扭过头来，猛地愣住了，但立即说："是要找找她的，起码得感谢人家哩！"

小水说："石华是什么人，本事倒挺大的！你在报社时认识的？"

金狗喃喃起来，点头说是。

小水还在说："这石华待你可真好，我一谈了情况，她就哭了，第二天便去了省城，一办妥就又赶到白石寨！可在你要出狱的前一天，我给她打了电话，问她是不是也来接你，她却说不，她不见你，说是她先头给你来了几封信，你全不回她……我再不敢多问其中原因，金狗叔，这人倒怪哩！她结过婚吗？"

金狗低着头静静地听着，末了说："她丈夫和她在同一个单位，孩子都好大了……小水，夜不早了，我该回家去了。"

小水说："早着哩，慌什么呀！是嫌我在这里不方便吗？你中午饭没吃好，我给你做一点清汤面吃吃。你把孩子抱着吧，这小东西今晚也没瞌睡了！"

小水去了厨房，金狗就逗着孩子玩。孩子的眉里眼里太像福运了，金狗心里就酸酸的。很快，清汤面端上，小水坐在一边看着金狗吃，一边问咸不咸，酸不酸，撩了衣服将奶子塞进孩子的口里喂。金狗看了她一眼，突然发现她的上衣第三个纽扣没有了，顺口说："你扣子掉了，刚才我见你的扣子好好的，怕是遗在灶火口了。"

小水却勇敢地仰起了头，直看着金狗说："是掉了，你不是拿着我一枚扣子吗？明日，你给我带来，我再钉上，好吗？”

倏忽之间，金狗想起了当年上州城前在州河岸边的那一夜！那一夜是那么遥远的事，又是那么清晰，像是刚刚发生过的事一样，他看着小水，无声的热泪就骤然涌出来了。小水拿了手帕去给他擦的时候，她浑身竟然一下子软瘫，栽倒在金狗的怀里，也已经是泪流满面了。

油灯在摇曳，昏昏地却结了心花，睡着了的鸿鹏发出细微而又均匀的酣声。金狗感受到了小水的心跳，小水也感受到了金狗的心跳，那心律就合成一个节奏；他们都没有说话，后来看着那灯焰，一闪一闪的，就各自都在想：那也是心脏吧。

一声亮亮的鸡叫，窗纸白了。

小水说：“金狗叔，你今日就去州城吗？”

金狗说：“你还叫我是叔？”

小水说：“……金狗哥！”

金狗说：“今日怕不行的，既然回来了，村子里就有好多人要来的，我们家还没请过客的。”

小水说：“是要请客的，是要请客的。到了后晌，你去看看大空吧，他死了还没有埋，‘浮丘’在洼地里。过会儿我就去找伯伯，让他写一篇祭文，仙游川只有伯伯能写这类文章的，写了咱去给大空化化纸。”

金狗说：“是呀，得去看看大空，也该让他知道巩宝山的那个女婿被逮了，一命还一命了。”

这日中午，金狗家果然来了上百人，矮子画匠从来没有接待过这么多客，酒菜当然不够，他就把饭供足，小水擀好的一案长条面被捞吃完了，再擀一案还是吃完了，就直擀了十三案。

吃罢饭，韩文举把给雷大空写的祭文拿来，金狗看时，竟是老格老式的骈文。金狗就说：“这文章也真只有韩伯能写了！”

韩文举说：“你以为你当记者就文墨深吗？我有一本旧式文体书，怎样写铭锦，怎样写碑文，上面全有！你要学，我可以教你。你看看我写得像不像他雷大空的一生？”

金狗一边看着，就一边说：“你怎么能这样评价他呢？他不是‘心比天高，命如纸薄’，也不是‘失却根本，忘形得意’，更不是‘家聚万贯空身去，亡魂警示后人寒，生命如灯忽吹灭，人世烦乱向谁遣’！这我得改改！”

金狗就一字一句认真修改起来。

韩文举不悦了，说：“那是祭文，一烧化就完了，那全是给活着的人过眼的。”

金狗说：“韩伯这话对着的，可大空一死，却不是让活着的人都心灰意懒啊！”

小水也说：“伯伯你没金狗了解大空！国家干部死了是开追悼会的，大空原本是农民，咱给他写祭文，也就是和追悼词一样的！”

祭文改好以后，金狗就同抱着鸿鹏的小水去了雷大空的“浮丘”地，两人跪下，献了酒，上了香，化了纸，金狗就念起祭文来：

维公元一九八×年岁次××初冬月壬子日傍晚，愚兄金狗痴妹小水率内侄鸿鹏谨以灯光之明，香烟之绕，纸钱之化，杯酒之奠，盒食之供，致祭于弟兄雷大空之灵前曰：四者虽微，一聊表思念之心。贤弟笃兄幼生寒门，性情烂漫，父母早逝，行不检点。咱三人苦里结识，同命煎熬，数十年风风雨雨霜露冰霰，金狗从军，小水外迁，你浪迹社会，卖鼠药子荆紫关，下广州而贩银元，衣不蔽体羞丑不顾，蓬头污面遭人作践。幸遇世道变迁，巫岭上多种经营荣繁，州河上往来商船梭穿，你帮福运行船万里无事故，浪里白条赫赫显显男子汉，协小水整理家务，上敬下恭，爱人友邻和睦相处，沧桑共济费尽心肝，偏天有不测之风云，人有旦夕之祸福，你为小水义愤填膺，剁断仇人脚趾而复仇，身陷牢狱，蒙受冤情，咆哮公堂斥凶顽。千难万苦，逼你不甘可怜，政策英明，催你一腔大愿，贷国券，办公司，善于经济商行，通于人事周旋。几何时，千般聪明，万般精干，身缠万贯，气势喧喧，脱草履换皮鞋，着西装去褴衫，视田巩于眼角，抛贫贱于天边，吃山珍海味，住高级宾馆，天上有乐你都享，地上有福你也揽，州城抖风万人侧目，七万赞助白石寨谁不惊羡？铮铮耿直，硬不折弯，可敬你虽明知是火，飞蛾偏要赴焰，雄雄之气，莽撞简单，可叹你急功近利，意气褊狭陷进泥潭。你是以身躯殉葬时代，以鲜血谱写经验。呜呼，左右数万里，上下几千年，哪里有这样的农民？固有罪有责，但功在生前一农夫令人刮目相看，德在死后令后人作出借鉴。泥沙俱下，州河泛滥而水大好行船，浮躁之气，巫岭弥漫而山高色壮观。今愚兄痴妹幼侄想你念你爱你恨你怨你怜你，情绪万般，素文闲铭，无法体现。只告你凶手已捕不日即斩，帮凶落网余孽将剪，红日高照冰川必会消融完全，州河波起将扫荡一切暗滩。吾贤弟笃兄可俯视以欢，亦会笑于黄泉。光阴好快，不觉数月已满，若有阴暝，贤弟笃兄之灵尝我爵飨，收我纸帛，呜呼哀哉，伏维，尝飨。

念毕，已是苍暮之时，金狗将祭文火化之后，抬头望天边，万山若黛，州河似带，夕阳也一半在水中将浮将坠，红如血染一般。

32

州河在清静了几十年后，重新有了船行，一行开就再也安然不下来了。吃水上饭的人越来越多，东阳县的，庆亭县的，甚至州城附近的那些种庄稼的，一杆猎枪在山上吃饭的，或那些做了城镇摊铺买卖又破了产的，都云集到州河来。水上的好手在两岔镇，“浪里蛟”却全在仙游川。可是，几年里的水上饭，皆在阎王爷的饭锅里抢吃的，于是有的发了财，有的折了本，有的发了财后破的产，有的破了产后又翻上来再发了财。但见仙游川的村里，新屋不停地在盖，新屋的主人却常易其姓。新屋易姓有的是大大小小一齐走，一齐来，有的则只换一个男人，男人死在了河上。巩家和田家的人多是在外工作，那些年里是杂姓人养活干部的家属，现在反倒巩家、田家的小伙要比杂姓的多起来。这实在是悲惨的事。仙游川的人越来越多地诅咒州河，但还得咬了牙子吃水上的饭，如要赌一样全红了眼，全豁出去了，拿一切前途、命运和性命去“碰”那一点希望了！七老汉是最早洗手不干的人，一是看不惯一些世事，二是年岁不饶人，三是被灾事吓怯，将钱财看淡，就在山上砍荆条、割龙须草混度日月。到后，那些上了年纪的，伤了身子某一部分的，就做河运事业的辅助性的买卖：开办小本的饭店呀，旅店呀，小的零碎杂货铺呀。几何时，这流氓、盗窃、暗娼、二流子也粪中苍蝇一样产生了。州河两岸再也不是往昔的州河了，家家出门要上锁，晚上睡觉了关起门还要下贼关。都养狗，见人就咬，无人有风吹草动也咬，一家一咬，家家都咬。门上来了人，再也不会热情招呼，让吃让喝，勉强使其在门前的捶布石上坐了，主人的一双眼睛便一直盯着来人，怀疑稍不注意，这人就会将檐簸上的一件东西，或者一串烟叶，或者一吊辣椒拿了去。纯朴的世风每况愈下，人情淡薄，形势烦嚣。韩文举就在渡口上一边和寺里的和尚吃酒，一边说经论佛，神色庄重，态度严肃。河面上行来一只船，有人喊：“韩老伯伯，你真活得要做神仙！你知道吗，镇上王老八的女子又被一个外地人拐走了！你是本地一老，你也不出面想想办法，你老了不稀罕女人了，让我们都当光棍吗？”

韩文举说：“王老八的家我哪儿不清楚？羞丑他王家，也羞丑了咱两岔乡！王老八的女子也是少数，怎么能生人生事地就收他在家做活？一个青春，一个年少，这不是干柴遇着了明火？！王老八算是瞎了眼了，白吃了几十年的五谷，什么也不管！这下好了，女子跟着野汉子跑了，他才哭哩，哭那尿水子顶什么用？能来的都来吧，能挣钱的就挣，挣了钱要走就走吧！过去是说钱难挣，屎难吃，现在是屎难吃，钱好挣，有能耐的就去挣啊！小子，可你得记着一条，钱在世上是有定数的，没钱你受罪，钱多了钱又不是你的了！”

船上人说：“韩老伯伯这话也对！可你怎不就去管管？你给乡政府书记谈谈，书记又不是田中正了，你让他出面也整顿整顿！”

韩文举说：“要我去管？你韩老伯伯可没了那份心劲！新任书记既然官册上注了他的名字，月月拿了国家工资，他有他的政绩要建哩。州河上七奇八怪，各色人等，你管谁去？造下孽的他自己去难受，行下善的他自己去享福，我落个两袖清风，心底空静，倒能天增岁月人添寿！现在是风刮乱丝不见头，颠三倒四犯忧愁，慢从疑来头有绪，急促反惹不自由！”

船上人就骂道：“这韩文举老螃蟹，好强了一辈子到老却跟秃驴和尚学得一腔歪调！”这话当然骂得很低，韩文举是听不到的。韩文举听到的倒是这些人又说：“韩老伯伯，你当然会说这般话的，金狗、银狮、梅花鹿，州河上三件宝啊，又有小水在白石寨，你家里是有了钱嘛，所以你能心底淡和，活得清闲嘛！”

韩文举生了气，说：“你真你老娘放狗屁！正因为金狗、银狮、梅花鹿是州河三件宝，我韩文举才认和尚认佛！你小子年轻气盛，你是不懂的，红薯熟了才是软的，树枝子枯了才是发硬，你懂得这道理吗？人人都说神仙好，可就是酒色财气忘不了！”

他这一说，船上人就哈哈笑，韩文举方明白自己手里正端着酒杯，立即就说：“你们笑什么？酒是指酒后丧德，韩文举喝醉酒丧过德没？金狗是挣了钱，人旺财不旺，财旺人不旺，小水也就害了一夏的病，腰疼得直不起，鸿鹏也拉肚子住了一个月医院。话说回来，要不是我在渡口上积德行善，天地人和，真不知这家又该出什么事了！”

船上人本是河上生活寂寞，成心逗逗韩文举的话解闷的，没想这老家伙倒话多得烦腻，又是人不爱听的，就呼哨一声，招呼了前后左右的船只一排儿下行去。韩文举不感到难堪，仍又骂了一通金狗不听他的话，却又站在船头喊：“七娃子，牛子，到河上见着金狗了，让他也回来，大空‘浮丘’一年了，得给下葬了！再给他说，他不想我了，我还想他哩，他将来也是要做老人的，老了没人理是什么滋味？！”

船上人就笑了，七娃子说：“你骂金狗，倒这么想他？你这个心里一套嘴上一套的老不死！”

韩文举看着船渐渐远去，还在骂金狗：“我贱就贱在这里，谁让他做我的女婿哩！”

这支船队这一日黄昏到了白石寨，寨城南门外的渡口上没有碰见金狗，却看见了银狮和梅花鹿。银狮是两岔镇上人，二十七岁，却少年白头，太阳下银光闪闪的。梅花鹿则是白石寨城北门外杜家村人，小时患过皮癣，落得一身疤斑。当时船上人就问起金狗，银狮和梅花鹿说：“寻我大哥做甚？他前日去州河口市了！”

船上人说：“他老泰山伯说是想金狗，金狗也久不回去看看，又到那么远的市上去，做大生意了？！”

银狮说：“韩伯伯也是老得作怪！金狗把钱捎给他了，有吃的有喝的又跟着那老和尚还嫌寂寞？金狗是去联系机动船了，州河口市有，联系好了买回来，让韩伯伯整日整夜坐上，看他还舍不舍得那只破渡船！”

船上的人都噤口不语，他们在想他们的心事：这金狗、银狮、梅花鹿真是州河上的奇才怪物，竟闹腾着又买机动船了！心里就起了醋意，故意再说：“韩伯说雷大空‘浮丘’期到了，叫金狗回去看日子下葬，别发了财忘了那个雷大空！”

银狮听不来话中话，梅花鹿却听懂了，黑了脸说：“忘不了雷大空的！雷大空也算是州河上的人物，他倒给我们开了个路子！可他死也死得应该，谁叫他为了挣钱就胡来，犯了共产党的王法？！”

第二天，银狮、梅花鹿也就下州河口市去找金狗了。

这是后一年的事。

这个时候，金狗已正正经经在州河上行船有一年的光景了。

在他出狱之后，获得了雷大空的那个小笔记本儿，便亲自去了州城公安局，州城方面得到这批材料，如获至宝，连夜交给了省纪委和省公检法部门组织的联合调查组，白石寨田有善一伙人的问题就被彻底揭出来了。于是斗争异常地复杂，田有善立即派人去省军区找许飞豹，州城巩宝山也趁机起诉，将当时许飞豹到白石寨为田老六竖碑期间所发生的一系列旧事重新摆起。双方互相攻击，各找后台，末了，却事情愈搞愈暴露，社会舆论哗然，谁的问题也不能不解决，田有善就同样被撤销了职务。庆亭县的书记被调任了白石寨书记，其人姓马，精瘦而背驼，人称马驼子。马驼子知道白石寨的情况复杂，虽然姓田的下台了，可基层全是田家一派的势力，怕强龙压不过地头蛇，就请求上级，让他带一批干部去。结果带去一个副书记，一个县长，一个组织部长，去了之后又撤换了一些旧的中层干部，从此田家的势力就一落千丈了。到了此时，巩、田两家才似乎醒悟过来，龙虎相斗，两者俱伤，这其中全是吃了金狗的大亏，骂金狗是活鬼，是恶魔，是一个乱世奸雄！

金狗完成了他该完成的事情了，巩、田两家就暗中和州城报社的主编勾结，明里写告状信，暗里打匿名电话给报社造谣生事。主编就找到了金狗，大力表彰了他的敢于与不正之风作斗争的精神，却又拿出一封封告状信和电话记录威胁金狗，末了说：“这些信件和电话，当然也有不符实际之处，但社会舆论过大，你不能不考虑啊！我们领导研究过了，出于关心你、爱护你的角度，让你就不要在记者部工作，先到报社资料室去。在资料室好啊，一边工作，一边更有机会和条件加强自己业务学习啊！”金狗当时就笑了，说：“这我想得来，资料室对我来说是最好不过的地方了！”当天就离开了记者部，交出了记者证，又回到白石寨移交了一切手续。

这事自然引起全报社人的不满，有人鼓动金狗上告，金狗并不告了。“青年记者学会”的同事们就给地区宣传部写信，宣传部的答复则是：一切由本单位处理解决。金狗到资料室工作了一星期，却令人瞠目结舌地递交了一份停薪留职的申请报告。报社领导经过研究，很快作出批准决定，金狗就重新回到了生他养他的州河上。但是，就在金狗停薪留职后不到半个月，上边有了新的政策，不允许机关干部停薪留职，报社领导通知他：要回来就赶快回来继续当资料员，要不立即返回，报社就要除名了。金狗接到通知，冷笑了几声，没有回复，也没有返回，果真他的名字就被从报社的花名册上勾销了。

州河上的船只日渐繁多，白石寨成立了水陆运输公司，且用炸药爆破了三十二个滩口的礁石，河道大大地疏通了。这期间，州河上出现了两个奇人，一个就是银狮，一个就是梅花鹿，两人年纪都二十多岁，有文化，有气魄，一身超人水性。得知金狗回到州河上，便三上不静岗，邀金狗搭帮。第一次金狗不在，第二次金狗拒绝。第三次金狗心动，留下谈了一宿，义气投合，同意入股，银狮、梅花鹿当即以牙咬破中指滴血在酒，要拜哥儿们，推金狗为首。金狗说："我金狗既然入股，咱们就是你我不分亲如兄弟，却用不着旧日这种仪式！"

银狮就说："金狗大哥不喜欢这一套也就罢了。州河上我们二人虽在外有些声誉，但那也徒有虚名，我们并不是一心钻到钱眼里的人，之所以还吃水上饭，也是觉得活在世上应该干点事业。考学我们却考过三年，全是不中，参加工作，也是无门无路，只有在州河上闹本事！早听说过金狗哥的事迹，我们佩服得要命，才三番五次来求你到我们船上。"

金狗说："我也是没出息的人，在州河上混了几年，英英武武到州城，只说能为社会做些更大的事情，但现在看来未免有些幼稚。之所以没继续留在报社，停薪留职回到州河来，是那几个月的监狱生活激醒了我，知道了在中国，官僚主义不是仅仅靠几个运动几篇文章所能根绝得了。而只能在全体人民富起来的基础上来发展文化教育，富起来的过程也便是提高文明水平的过程。到那时，全体人民的文明水平提高了，官僚主义的基础才能崩溃。我这么思想：提高人民的文明水平只能保持目前的基本政治格局，一步步发展生产，同时一步步改革政治格局，逐步把生产、文明搞上去，这才是一条切合实际的正路。如今咱们合股，要干就先取消那些不着边际的想入非非，实实在在在州河上施展能耐，干出个样儿来，使全州河的人都真正富起来，也文明起来！"

梅花鹿就说："金狗哥你比我们大，知识比我们高，你说怎么办我们就怎么办！将来咱们有志气要领导整个州河的河运事业，你也是极有希望去当白石寨的人民代表，当地区、省上的人民代表。到时候，总有人会发现你这人才，说不定真能做了什么官儿，好为国家办更大的事的！"

金狗就笑起来了，说："你这想法倒比雷大空强，可劲要使在行动上，不要使在嘴上！当官不当官现在说这话未免有些可笑，现在的情况是即就是你来当官，当一位好官，也是无济于事。雷大空的教训我们要吸取，要知道今日的中国的改革完全不同于过去的战争革命，爱好悲壮是不成熟又不合时宜的做法，急需的是要智慧与实干。你们见过或许听说过有考察咱们州河的一位外地人吗？"

遗憾的是银狮和梅花鹿并未见过和听过有关在州河上考察的那个外地陌生人。金狗就将他与此人的接触说给了他们，讲述了考察人的观点和自己这些年来的切身体会，他提议他们都报考省城的某一大学的函授院，一面接受函授教育，提高自己，一面从事河运。于是，这三人一条大船，在州河里，运的货最多，读的书最多，行的路最多，经的事最多。两岸的人看见了，就跟着在岸上跑着看，一边锐声叫："金狗——银狮——梅花鹿！”

当日，银狮、梅花鹿也下了州河口市，那机动船还未买回来，白石寨就风摇似的传了消息。已经迁住在白石寨，又到平浪宫的前梁上作画的矮子老爹正骑在木架上抽烟歇息，平浪宫门外一串鞭炮响，进来了三个船工，已捧了小白蛇匣子在神位台上，一身水淋淋地跪在那里烧香磕头。画匠并未看清这三人眉脸，却听见其中一人在对神像祈祷："河神呀，你多多保佑我们吧！我们每每下河，都来给你磕头，你怎地就又撞坏了我们一只船呢？金狗、银狮、梅花鹿从不到平浪宫来，他们的船却不出一回事，他们当真是州河的三件宝吗？”

画匠听了，心里倒一震，知道这是两岔乡河运队的人，就在木架上磕了烟袋，说："刘家老三，你这是在神面前咒我家金狗吗？”

刘老三等三人吓了一跳，抬头瞧是画匠，就赶忙笑着说："是画匠叔呀！我们哪里是在咒你家金狗？我们倒怀疑这神是真灵还是假灵，也真弄不明白你家金狗的运气那么好，生意越做越红火，这不，又要去买机动船！”

画匠说："你们见着金狗了？他们真的去买机动船了？”

刘老三说："怎么你做爹的也不知道？”

画匠说："他们商量着要买机动船，我是不同意的，可他们哪里会听我的！怪道这几日不见了金狗，我问小水，她也只说是下州河口市了。”

刘老三说："你是有福的老汉，人家不让你操心，白叫你享福你还不悦意？画匠叔，这机动船开回来，金狗他们就更成事了，船上就不是要两个三个人，需得人手多，你给金狗说说，让我们入股去！”

画匠说："真说笑话，你们河运队人多船多，好大的势派，要跟金狗去？”

刘老三说："画匠叔，我们可说的实话！河运队人多是多，可心不回全啊！田家大势一倒，田中正调到北山乡政府去了，蔡大安和田一申就尿不到一个壶里去。他们一对头，苦了的就是我们，货源寻不下，货运回来又推销不出去，人心都乱了，好些人便退出走了。我们这些人只会撑船，别的什么也不行，不早早找个人承携着，往后日子就难过了！”

画匠在木架上沉吟了许久，不敢说出肯定的话来。刘老三将一包烟抛上去，画匠接住抽取了一支，别在耳后，将烟盒又丢给刘老三，说："这事我可以给金狗说说，能行不能行，我可不保险，你们要给金狗亲口去说说。”

刘老三说："这是自然的，你就先试试金狗的口气。”便又跪在神像前磕头作揖，方捧了小白蛇匣子要回到船上去。出门时，又对画匠说："画匠叔，你家金狗能行啊，我们在下边都说了，现在国家允许民主推荐各级领导，那我们就要推荐金狗去当县长！”

画匠在木架上笑笑，心里很是惬意，又提笔一笔一画描起画来，画完一条青龙，一只玄虎，心里突然说："民主推荐可不敢推荐金狗，他安安稳稳吃水上饭就好！”

画匠回到铁匠铺老屋去，天已经黑了，小水做好了饭，正逗着孩子在后院苦楝树下玩。树上的叶子黄黄的，结了许多苦楝蛋儿，一嘟噜一嘟噜，全是细巴儿往外伸，苦楝蛋儿沉沉向下坠。小水说那是放花炮，“那朵是放给你爹的，那朵是放给你娘的，那朵就是放给我们鸿鹏的！”画匠进了门，他是在路过城街口时买了一捆青菜的，说：“小水，你给鸿鹏说什么呀？”

小水对于画匠，最难的是称呼，现在的身份应该是叫爹的，但先前“爷爷”已经叫惯了，她就一直白搭话。所以先笑了笑，说：“你以后不要买菜了，你把什么都干了，还要我干什么呀？”

画匠洗了手，接过了孩子，小水就去厨房端饭菜了。饭菜端上，鸿鹏已坐在画匠的肩上，双手揉抓画匠的头，灰白的头发就乱得如茅草。小水说：“鸿鹏，你也被惯得没高没低了！”将孩子抱过让画匠吃，自己就倒过身子，撩起了衣襟，鸿鹏钻在那里吃起奶了。画匠极是喜欢小水的孝顺，每每这个时候，心里就感到说不出的满足，感到了一个长辈的幸福，便将那饭菜吃得特别香。

画匠说：“小水，金狗他们是去州河口市买机动船了？”

小水说：“是有这事，金狗没给你详细说吗？现在河里好行船了，他们想买一条机动船回来，从两岔镇到白石寨既能运货又能客运呀。”

画匠听出买机动船的事，做儿女的是都商量过的，惟独什么也不告诉他，不免有些小小生气，说：“你们什么也不听我的……金狗他们已经在州河上太显眼了，再买了机动船，这事情弄得太盛，并不是好事的。”

小水说：“他们之所以这么干，就是一心要给河上所有的船领个头，依我看，将来河上的船就全集咱这边来哩！”

画匠说：“小水，金狗那死倔毛病又犯了，你不说拦拦他，劝劝他，你倒火上给他泼油了！雷大空那阵世事闹得大不大，最后落脚哩？金狗为啥从州城又回到州河上呢？”

小水说：“你老人家说的这些，我们怎的不作想过？可雷大空他是犯了国法的，金狗在这一点，是让我放心的。话说回来，没有雷大空，怕巩家、田家现在也倒不了的。”

画匠说不过小水，就只是摇头了：“我总觉得人还是安稳着好，现在的日子不是不能过去，就是再穷，人不担惊受怕啊！我在外边已经逮了风声，有人说将来民主推荐要推荐金狗去当官的，我还真怕有一日有了那事，又要金狗出头露面……”

小水说：“真能推荐他也好！我这几年也算了解金狗了，他总想干些事情，如果真能在州河上受人拥护，被推荐上了那是好事啊！”

画匠吃完三碗饭，不言语了，把鸿鹏抱过来让小水去吃，脸上气色还是沉沉的。小水知道老人的心思，一边吃，一边说：“你养的儿子你不知道你儿子的脾性吗？他不是平地里伏低伏小的人，你让他干去吧。你上了岁数，身子又不好，别的事你都不要操心，想去平浪宫干活了就去，不想去，你就在家歇着吧。”

画匠也就有了笑，将孙子又放在肩上，让玩着花白的头发取乐，却突然说：“小水，咱在城里过活，只有你伯伯还在仙游川，你这几日也该回去看看他。他要悦意到这里来，你让他也搬来住住，我们也算有个说话的。”

说起伯伯，小水心里也不安起来，自搬进城里后，她最操心的也是伯伯，觉得他一个人在渡口上太孤单了。可叫过伯伯几次进寨城来，伯伯却是不肯。当下小水说：“我是该回去一趟了，再劝劝他，真说不定他这次会来的。”

小水又一次搭船回到了仙游川，但韩文举还是不来，说他住不惯寨城，寨城里又没有更多的熟人，会闷死他的。小水没办法，也就说：“伯伯既然不去，我也在家多伺候你几天吧。”一住五天，每顿做了好吃好喝给伯伯送来，那黄狗却再也不乱跑乱窜，终日跟着小水，亲昵得像是一个孩子。

这一晚，小水哄睡了鸿鹏，正乌烟瘴气地在厨房做饭，黄狗又在门前树下叫，叫得好凶。就听见是蔡大安的声音说：“这狗和我前世结了仇了，怎么老是咬我？！”

小水从厨房窗子里探出头，说：“蔡队长，你是找我伯伯吗？他还在渡口上没回来的。”

蔡大安就涎着脸说：“韩伯不在，你也不说让我进屋坐一会儿吗？真是成了寨城人了，将乡里乡亲不放在了眼里？”

小水说：“你是什么人物，我能巴结上你吗？”就吆住了黄狗，让蔡大安进了屋。

蔡大安说：“小水呀，你结婚怎地也不叫声我，悄悄就办事了？真是记我的仇了？！我也是当年身在田中正的檐下，不能不低头呀。哼，前日英英她娘跑去倒还叫我给她弄些山货，我理也不理她，什么东西，闪得远远地去吧！”

小水说：“这又何必哩，你是看人家势儿倒了才这样吧？”

蔡大安便一脸尴尬，噎了半晌才说：“听说你到了寨城还害了一场病，现在好了吗？”

小水说：“早好了。蔡队长，你今日怕还有什么事？”

蔡大安说：“你不要叫我什么队长！河运队现在让田一申搞成什么样了，我这个队长也是聋子的耳朵，样子货！我听说你回来了，特意来看看的。小水，金狗他们把机动船买回来了吗？”

小水说：“你真是狐子耳朵，消息这么灵！你怎么知道金狗他们要买机动船？”

蔡大安就说：“这事谁不知道呀！现在州河上的三件宝谁不另眼看待？一听说金狗买了机动船，河运队人心就散了，许多人都想到金狗这边入股。”

小水说：“那你们两个队长还不想办法把金狗他们整住，再要这么下去，你们河运队就完了！”